東野圭吾

白鳥とコウモリ

幻冬舎

白鳥とコウモリ

I

二〇一七年秋――。

窓枠の向こうに見える空の下半分が赤く、上は灰色だった。夕焼け空に分厚い雲が広がりつつあるのだ。インターネットで確認した天気予報には、雨のマークなど付いていなかった。

「中町《なかまち》君、傘、持ってる?」五代努《ごだいつとむ》は、隣にいる若手刑事に尋ねた。

「いや、持ってないです。降りますかね」

「不安になったから訊《き》いたんだ」

「コンビニ、近くにありましたっけ? もし降ったら、俺、買ってきますよ」

「いや、そこまでしなくてもいいけどさ」

五代は腕時計を見た。午後五時になろうとしていた。十一月に入り、少し肌寒い日が続く。降ってくれるなよ、と願った。所轄の刑事を小間使いのように扱うのは気が引ける。

二人は足立区にある町工場の事務所にいた。応接室などという洒落《しゃれ》た部屋はなく、安っぽいパーティションで仕切られた一画が来客用のスペースだった。壁際に置かれた棚には、商品サンプルが並んでいる。パイプ、バルブ、ジョイント等々。水道部品が、この会社の主力製品らしい。

人の気配がしたので、五代は目を向けた。一人の若者が入ってきて頭を下げた。グレーの作業服に明るい茶髪が案外マッチしている。

山田裕太《やまだゆうた》です、と若者は名乗った。

五代は立ち上がって警視庁のバッジを示し、捜査一課の捜査員であることを名乗った後、中町のことも紹介した。

会議机を挟んで、五代たちは山田と向き合った。

「早速ですが、白石健介《しらいしけんすけ》さんについて、いくつかお尋ねしたいことがあります。白石さんは御存じですね」

五代の問いかけに、はい、と山田は答えた。痩せていて顎《あご》が細い。俯《うつむ》いて目を合わせようとしないのは、刑事という存在に良い印象を抱いていないせいか。

「どういった御関係ですか」

「関係？」

「はい。白石さんとの関係です。話していただけますか」

ようやく山田が顔を上げ、五代のほうを見た。目に戸惑いの色が浮かんでいる。

「そんなの、だって……知ってるからここへ来たんでしょう？」

五代は笑いかけた。

「御本人の口から聞きたいんです。お願いします」

山田は不満と不安と当惑が入り交じったような顔をした後、再び目を伏せ、口を開いた。

「俺が事件を起こした時、弁護をしてもらいました」

「いつの、どういう事件ですか」

山田の眉間に、かすかに皺《しわ》が入る。知っていることをなぜわざわざ訊くのか、といいたいのだろう。

どんなことも本人に語らせるのが捜査の鉄則なのだが、それ以外にも理由はある。わざと苛《いら》立《だ》たせることで、本音を引き出しやすくするのだ。苛立った人間は、嘘をつくのが下手になる。

「一年ぐらい前の傷害事件です。働いていたカラオケ店の店長を殴って、怪我をさせました。その時に店の売り上げを持ち逃げしたってことで、窃盗でも起訴されました。金なんか盗《と》ってないっていったのに、警察では全然信用してもらえなくて……。その裁判での弁護人が白石先生です」

「白石さんとは以前から面識が？」

山田は首を振った。「ないです」

五代は頷《うなず》く。白石健介が山田の国選弁護人だったことは確認済みだ。

「で、裁判の結果は？」

「執行猶予三年です。金を盗られたっていうのは店長の勘違い……っていうか嘘だってことを白石先生が突き止めてくれたおかげです。しかも日頃から俺が嫌がらせを受けてたってことも証明してくれました。それがなかったら実刑でした」

山田の話は五代たちが事前に調べてきた内容と一致していた。

「最近、白石さんとは会いましたか？」

「二週間ぐらい前に、ここへ訪ねてきてくれました。ちょうど昼休みでした」

「用件は？」

山田は小さく首を傾《かし》げた。

「いえ、特に用件ってほどのものは……。ちょっと様子を見に来ただけだとおっしゃってました」

「どんな話をしましたか。差し支えなければ教えてもらえますか」

「だから大した話はしてないです。仕事には慣れたかとか訊かれました。この会社を紹介してくれたのが白石先生だったから」

「そうらしいですね。白石さんの様子はどうでしたか。いつもと違っていたところ、たとえば何か気になることを口にしていたとか、そういうことはありませんでしたか」

山田はまた首を傾げ、考え込む顔つきになった。

「はっきりとはいえないんですけど、どことなく元気がないような気はしました。いつもは俺を励ますようなことをいろいろと話してくれるんですけど、あの日はそれもなくて、何かほかのことを考えてるみたいな感じでした。でも——」山田は手を横に振った。「そんな気がするだけです。俺の思い過ごしかもしれないんで、あんまり大げさに受け取らないでください。軽く聞き流しちゃってもいいです」

自分の供述が重視されるのを恐れているようだ。裁判を経験している身だけに、無責任な発言はまずいと気づいたのだろう。

「今度の事件については御存じですね？」五代は確認した。

「知ってます」山田は顎を引いた。顔が少し強張《こわば》って見えた。

「どう思いましたか」

「どうって……そりゃ、びっくりしました」

「どうしてですか」

「だって、そんなのあり得ないと思いましたから。あの白石先生が殺されるなんて。なんでそんなことになるのか、さっぱりわからないですよ」

「心当たりはないわけですね」

ないです、と山田は強い口調でいった。

「白石さんを恨んでいた人間がいたとかは？」

「わかんないけど、いるはずないと思います。もしいたとしたら、そいつは馬鹿です。馬鹿で最低で、死んだほうがいいような奴です。あの先生を恨むなんて、そんなこと、絶対にあり得ないです」

山田の口調に熱が籠もってきた。最初は目を合わせようともしなかったが、今は五代の目をしっかりと見返してきた。

2

発端は一本の電話だった。

不審な車が止められているので取り締まってほしい、という通報があったのだ。通信指令センターの記録によれば、十一月一日午前七時三十二分のことだ。電話をかけてきたのは、そばにある会社の警備員だった。

場所は竹芝栈橋《たけしばさんばし》近くの路上で、地名でいえば港区海岸だ。東京臨海新交通臨海線と並行して走っている道路の脇に、その紺色のセダンは違法駐車されていた。

最寄りの警察署所属の交通課が出動したが、すぐにこの案件は刑事課に回されることになった。車の後部座席から男性の遺体が発見されたからだ。黒っぽいスーツ姿で、腹を刺されていた。凶器のナイフは刺さったままで、そのせいか出血はさほどでもなかった。

財布は盗まれておらず、内ポケットから見つかった。約七万円の現金も手つかずだった。財布には運転免許証が入っていたので、身元は簡単に判明した。

氏名は白石健介で年齢は五十五歳、住所は港区南青山だった。所持していた名刺から、青山通りの近くに事務所を構える弁護士であることが判明した。携帯電話の類いは見当たらなかった。

自宅の電話番号は、最寄りの警察署に提出されていた巡回連絡カードから突き止められた。捜査員が連絡してみると、家族は警察に行方不明者届を出そうとしているところだった。被害者より一歳下の妻と、二十七歳になる娘がいる。被害者が前日の朝に出かけたきり帰ってこず、連絡も取れないので、何かあったのではと心配していたのだという。警察署を訪れた二人は安置室で遺体と対面し、白石健介に間違いないことを泣きながら証言した。

彼女たちの話によれば、白石健介は携帯電話とスマートフォンを持っており、仕事では携帯電話を、家族との通話にはスマートフォンを使用していたらしい。どちらも犯人に持ち去られたと思われたが、携帯電話は全く繫《つな》がらないにも拘《かか》わらず、スマートフォンのほうは繫がってはいるようだった。

程なくしてこのスマートフォンは、ＧＰＳの位置情報を検索することで見つかった。発見されたのは隅田川《すみだがわ》の清洲橋《きよすばし》のそば、堤防を下りたところにある隅田川テラスという遊歩道で、地名でいえば江東区佐賀になる。地面のところどころに血痕があり、スマートフォンにも血が付着していた。分析の結果、白石健介のものに間違いないと判定された。携帯電話のほうは見つかっていない。

特捜本部が、その日のうちに開設された。五代たち警視庁捜査一課の捜査員が招集され、最初の捜査会議が行われたのは、午後一時のことだった。事件の概要が所轄の刑事課長から説明された。

被害者の足取りは、スマートフォンの位置情報を解析することで、かなり明らかになっていた。まず南青山の自宅を出たのが十月三十一日の午前八時二十分頃で、事務所に着いたのが八時三十分。そのままずっと事務所にいて、午後六時過ぎに車で移動を始めている。約三十分後に到着したところは、江東区富岡一丁目だった。ここには富岡八幡宮《とみおかはちまんぐう》があり、隣接しているコインパーキングに車を止めたと思われる。そこに十分ほど待機した後、再び移動を始めた。スマートフォンが発見された隅田川テラスには、午後七時より少し前に着いている。

スマートフォンに血が付いていたことから、ここが殺害現場である可能性が高い。さほど遅くもない時間だけに、ふだんならば散歩やジョギングをしている人が多い場所だが、事件発生時は事情が違っていた。すぐそばの排水機場で補修工事を行っており、テラスが通り抜けできなくなっていたのだ。いわば袋小路の状態で、犯行には都合がよかったと思われる。それをわかった上で、被害者をこの場所に誘導したとすれば、犯人はかなり土地鑑のある人間ということになる。

その後、遺体は車の後部座席に移された。被害者は痩身で体重は六十キロほどだから、体力のある者なら、運ぶのは難しくない。車は港区海岸の路上で見つかったわけだが、殺害現場から直接向かったのか、どこかを経由したかどうかはわからない。車を動かしたのは犯人だと思われるが、その意図も現時点では不明だった。

以上の説明が為《な》された後、捜査方針の検討が行われると同時に、捜査員の役割分担が決められていった。五代が組むことになったのは所轄の刑事課巡査の中町だった。中町は精悍《せいかん》な顔つきをした背の高い刑事で、年齢は二十八だというから五代のちょうど十歳下だ。無駄に血気盛んなところがあったら面倒だなと思っていたが、少し話してみて、淡々と物事に当たるタイプだとわかり安堵した。

五代たちに与えられたのは被害者の人間関係を洗う敷鑑《しきかん》捜査だ。最初の仕事は家族から話を聞くことだった。

南青山にある白石健介の自宅は、こぢんまりとした洋風の一軒家だった。地名や弁護士という職業から豪邸をイメージしていたので、五代は少し意外な気がした。

リビングルームで向き合った妻の綾子《あやこ》と娘の美令《みれい》は、すでに落ち着きを取り戻しているように見えた。手分けして方々に連絡し、通夜や葬儀の手配をしているところだったらしい。綾子は小柄で日本的な顔立ちの女性だが、美令の顔の造作は派手だった。父親似なのだな、と頭の中で遺体と比べながら五代は思った。

お悔やみの言葉を述べた後、白石健介が最後に家を出た時の様子を、まず尋ねてみた。
「昨日だけ特に様子が違っていた、ということはなかったと思います」綾子は沈んだ表情で話し始めた。「仕事以外で誰かに会うとか、帰りが遅くなるようなこともいってはおりませんでした」そういってから、ただ、と付け足した。「このところ少し元気がないというか、考え込んでいることが多かったように思います。何か難しい裁判を抱えているのかなと思っていたんですけど」

白石がどういう案件に取り組んでいたか、妻も娘も知らなかった。仕事の具体的な内容について白石が家で話すことはまずなかった、と二人は口を揃えていった。

五代は定石通りの質問を続ける。事件について何か心当たりはないか、最近何か変わったことはなかったか、などだ。

「心当たりなんて全くありません」綾子は断言した。「誰かから恨まれるようなこと、あの人は何ひとつしていないと思います。いつだって誠実に事に当たっていました。依頼人さんから感謝するお手紙だって、何通もいただいてます」

だが被告を弁護するという職業柄、被害者側の人間から嫌悪感を抱かれることも多いのではないだろうか。この疑問に対して妻は返答に詰まったが、娘が反論した。

「たしかに被害者の人たちから見れば敵かもしれないですけど、父は闇雲に被告人の味方をしていたわけではなかったと思います。父は細かいことは話してくれませんでしたけど、弁護士としての自分の生き方については、よく語っていました。ただ減刑を目指すんじゃなく、まず被告人自身に罪の深さを思い知らせるのが自分のやり方だって。その深さを正確に測るために事件を精査するのが弁護活動の基本だって。そんな父が殺されるほど憎まれるなんて、考えられないと思います」話すうちに気持ちが昂《たか》ぶってきたのか、美令の声は途中から上擦ってきた。目も少し充血していた。

最後に、殺害されるまでの白石健介の行動について五代は訊いた。富岡八幡宮、隅田川テラス、港区海岸といった場所を聞き、何か思いつくことはないか。

母娘《おやこ》は揃って首を傾げた。そういった名称を白石健介の口から聞いたことさえない、とのことだった。

結局、二人からは有益と思われる情報は得られなかった。何か思い出したことがあれば連絡してくださいと名刺を渡し、五代たちは辞去した。

次に五代たちが向かったのは、青山通りの近くにある事務所だった。壁面が銀色に光るビルの四階で、一階にはコーヒーショップが入っていた。

事務所で二人を待っていたのは、長井節子《ながいせつこ》という眼鏡をかけた女性だった。出された名刺の肩書きは、『アシスタント』となっていた。四十歳前後と思われるが、白石健介の下で働くようになり、十五年になるらしい。

長井節子によれば、白石健介は主に刑事事件や交通事故、少年犯罪を扱っていたという。国選弁護人に登録しているので、声がかかることも多かったようだ。

予想外に重い刑を受けた依頼人から、弁護のやり方が悪かったからだと恨まれるようなことはなかったか、と五代は質問してみた。

「そりゃ、いろいろな人がいますよ」長井節子は否定しなかった。「無茶苦茶なことをいったりね。自分は何もやってない、無罪だと主張するんだけど、白石先生の目から見て、どう考えてもクロなんです。そういう時、先生は粘り強く説得されるみたいでした。正直に話したほうが結果的に良いんだよ、とかね。それでも本人が言い分を変えないものだから、先生としては弁護のやりようがないんです。そのでたらめな話を裁判でなぞるしかありません。当然、心証は悪くなるし、減刑なんて望めません。完全に自業自得なんですけど、それでも先生に八つ当たりするって人が時々いますね」

五代は合点《がてん》した。かつて逮捕した容疑者にも、そういう人間がいる。

「ただ先生は、刑が確定した後、そんな人たちのことも手厚くフォローしておられて、最終的には殆《ほとん》どの方が納得していたと思うんです。判決が出た時には恨み言をいっていた人が、刑期を終えた後でお礼をいいに来たってこと、何度かあります」

長井節子の話を聞いて五代は、「人情派」という言葉を思い浮かべた。

白石母娘に質問した、被害者側から憎まれている可能性について尋ねてみた。長井節子は、可能性はゼロではないと答えた。

「示談《じだん》の席で殴られそうになったことなんて何度もあったみたいです。何しろ被害者側は怒ってますからね。話を穏便に済まそうとしている先生の態度が、何かをごまかしているように見えるんじゃないですか」

とはいえ、殺されるほどの恨みを買うような事案には心当たりがない、と付け加えた。

「私は白石先生以外の弁護士さんをそれほど多く知っているわけではありませんけど、依頼人だけじゃなく、相手のことも大事に考えて弁護をする、とても良心的な方だったと思います。

あの方が恨みだとか憎しみが原因で殺されたとは、到底考えられません。もちろん世の中には変わった人がいますから、絶対にないとはいいませんけれど」

では今回の事件の動機としてはどういうものが考えられるか、と五代は訊いてみた。長井節子は苦しげに唸《うな》った。

「長引いている裁判はいくつかありますけど、先生を殺したからって向こうが有利になるわけじゃありません。仕事とは無関係の個人的なことが理由ではないでしょうか。でも金銭トラブルなんかは抱えてなかったと思いますし、浮いた話だって聞いたことがありません。頭のおかしい人間に、きちんとした動機もなく、衝動的に殺されたのではないでしょうか。それしか考えられないんですけど」

五代はここでも、富岡八幡宮、隅田川テラス、港区海岸といった場所のことを尋ねてみた。まるで心当たりはない、と長井節子は答えた。

白石健介が最近取り組んでいた仕事に関する資料、事務所にかかってきた電話のリストのコピーなどを預かり、五代たちは事務所を後にした。これまでに請け負った裁判の資料などは、証拠品担当に任せることにした。

この後、五代と中町は、何人かの依頼人あるいは元依頼人のもとへ行き、話を聞いて回った。白石健介が殺されたことを知ると誰もが驚き、さらにほぼ同じ言葉を口にした。

あの先生が恨まれていたなんて考えられない――と。

3

山田裕太から話を聞いた帰り、五代と中町は少し早めの夕食を摂ろうということになった。どこがいいだろうと考えていたら、中町が魅力的な提案をした。門前仲町《もんぜんなかちょう》に行きませんか、というのだった。

「それはいい。グッドアイデアだ」五代は手を打った。

門前仲町は特捜本部への帰り道の途中にある。その名の通り門前町として栄え、今も商店街の活動が盛んで、深川を代表する繁華街だ。何より、門前仲町には例の富岡八幡宮がある。

電車を乗り継ぎ、門前仲町の駅を出た時には午後六時を過ぎていた。

どこの店がいいのかさっぱりわからなかったが、中町がスマートフォンを使い、候補の店を何軒か探してくれた。そのうちの一軒は炉端焼きの店で、蒸籠《せいろ》で蒸し上げた深川飯《ふかがわめし》が名物だという。聞くだけで涎《よだれ》が出そうになった。そこにしようと決めた。

店は地下鉄の駅からすぐのところにあった。入るとコの字形のカウンターがあり、真ん中で白い上っ張りを着た男性が野菜や魚介などを焼いていた。まだ空席がたくさんあったので、五代たちは奥のテーブル席を選んだ。カウンターでは密談がやりにくいからだ。

若い女性店員が注文を聞きに来たので、生ビールと枝豆、奴《やっこ》豆腐を頼んだ。酒臭い息を吐きながら特捜本部に戻るのはまずいが、ビール一杯ぐらいならいいだろう、と来る途中で意見を一致させていた。

「どの関係者からも、同じような話しか出てきませんね」中町が小型のノートを開き、吐息を漏らした。

「白石先生を憎んでいた人間がいるとは思えません……か。まあ、たぶん事実そうだったんだろうと思うよ。長井さんがいってたように、どんな仕事にも誠実に対応していたんじゃないか。弁護士というのは人から反感を買いやすい職業だし、過去には殺されたケースもあるが、実際にはそこまで恨まれることは稀《まれ》だ。怨恨のセンはないと考えたほうがいいのかもしれないな」

生ビールと枝豆が運ばれてきた。五代はグラスを手にすると、お疲れ様、と中町に声をかけてから喉にビールを流し込んだ。歩き回って疲れた身体《からだ》に、ほどよく苦味の効いた液体がしみこんでいくようだった。

「怨恨でないとしたら、何でしょうか。長井さんは、仕事とは無関係の個人的なことが理由ではないかといってましたけど」

「何なんだろうな」五代は首を捻《ひね》り、枝豆に手を伸ばした。「金銭トラブルはなく、女性関係も見当たらない。ほかに考えられるとすれば妬みか」

「妬み？　嫉妬ですか」

五代は上着のポケットから手帳を取り出した。

「白石健介。東京都練馬区生まれ。国立大学の法学部を出て、程なくして司法試験に合格。飯田橋にある法律事務所で弁護士として勤務し始める。二十八歳の時、学生時代から付き合っていた同級生と結婚。三十八歳で独立、今の事務所を開業。こういうふうに並べ立てると、まさに順風満帆の人生で、妬む人間がいても不思議ではない」

「たしかにそうですけど、それで殺しますか？　弁護士としては、わりとふつうですよ」

「そのふつうを妬ましく思う人間だっているんじゃないか。たとえば学生時代のライバルとか。弁護士を目指して、司法試験に受からずに断念した人間は少なくないはずだ」

「なるほど。それはありそうですね」

「とはいえ、その場合は殺意を抱いたとしても衝動的なものだろうな。凶器を用意して刺すという行為には結びつかない気がする。俺からいいだしておいて否定するのも変だが」五代は肩をすくめ、手帳をポケットに戻した。

　順風満帆という言葉を使ったが、妻の綾子によれば白石健介は決して苦労知らずの人物ではなかったようだ。生まれ育った家は決して裕福ではなく、学校はずっと公立で、しかも中学生の時に父親を事故で亡くしたらしい。高校時代はバイトをして家計を助けたとのことだった。一昨年暮れに亡くなった母親は認知症になり、白石健介も介護を手伝っていたというから、どちらかというと苦労人だ。そんな人物だから、あまり儲からないといわれる国選弁護人を引き受けることもあったのだろう。

　枝豆と奴豆腐を肴《さかな》にビールを飲み干した後、名物の深川飯を注文した。

「それにしても、この町に一体何があるんだろうな」深川飯の説明が書かれた貼り紙を眺めながら五代は疑問を口にした。

「被害者には縁もゆかりもない場所みたいですからね。気になります」

　五代は腕を組み、黙考した。

事件当日、白石健介が事務所を出て、車で最初に向かった先は、富岡八幡宮に隣接しているコインパーキングだ。そこの防犯カメラの映像には、間違いなく車が映っていた。駐車してから約十分後には、料金を支払うために車を出入りする白石健介の姿も確認できた。だがほかに車に近づいた人間はいない。

考えられることは一つ、白石健介は犯人の指示でコインパーキングに車を止めたが、駐車中に改めて連絡が入ったのだ。新たに指定された場所が、殺害現場となった隅田川テラスだったのだろう。

どこを犯行現場に選ぼうと犯人の自由だ。だが白石健介が最初に車を止めた場所が富岡八幡宮だったことに捜査陣はこだわっていた。なぜなら白石健介はこの一か月間に二度、この門前仲町に来ていることが、スマートフォンの位置情報によって判明しているからだ。

一度目は十月七日で、かなり歩き回った形跡がある。二度目は十月二十日で、この日は殆ど躊躇《ためら》うことなく、永代《えいたい》通りに面したコーヒーショップに入っている。いずれも車を止めた場所は、今回と同じ駐車場だ。

地取り捜査担当の刑事が、問題のコーヒーショップに聞き込みに行き、白石健介が店を出入りする姿を撮影した防犯カメラの映像を確認した。スーツ姿で、荷物は書類鞄だけだった。残念ながら白石健介のことを覚えている店員はいなかったらしい。特に変わった行動は取らなかったということだろう。

白石健介は、何のためにこの町を訪れたのか。証拠品担当の刑事たちがこれまでに調べたかぎりでは、裁判で関わった人間の中に、この町に住んでいたり、通勤や通学をしている人間は見つかっていないとのことだった。

深川飯が運ばれてきた。蒸籠から立ち上る香りに、五代は思わず口元を緩めた。

「しばし事件のことは忘れよう」

賛成です、と中町も蒸籠を見つめたままで答えた。

夕食を終えた後、例のコーヒーショップを覗いてみることにした。深川飯の店からは五十メートルほどしか離れていなかった。

店は二階建てで、一階にはカウンターしかなかった。コーヒーを買った後、二階に上がった。テーブル席が空いていたが、隣との間隔が狭いので、窓際のカウンター席に並んで座った。

「スマートフォンの位置情報によれば、白石さんはこの店に二時間近く滞在していたってことだ。縁もゆかりもない土地のコーヒーショップで、二時間も何をしていたんだろう？」

「一番考えられるのは、誰かと会っていた可能性ですね」

「それはそうだが、君も捜査会議に出ていたから知っていると思うが、防犯カメラの映像によれば、入る時も出る時も白石さんは一人だったそうだ。入る時はともかく、出る時は連れと一緒というのがふつうじゃないだろうか」

中町は、うーん、と唸った。

「そうなんですよねえ。だけど人と会ってなくて、こんな場所で二時間も何をするんですか。読書か、あるいは、ああいうふうに過ごしてたわけですか」そういって親指の先を後方に向けた。

五代はこっそりと後ろを振り返った。テーブル席に腰掛けている客の殆どがスマートフォンを操作していた。

「それはないだろうな」五代は苦笑した。「そんなことをするために、わざわざ縁もゆかりもない土地に来るわけがない。白石さんの事務所の一階が、たしかコーヒーショップだった」

「被害者が大のコーヒー好きで、この店のコーヒーが格別に美味しいと評判だからわざわざ探してやってきた……っていうこともなさそうですしね」

「面白い推理だが、この店はただのチェーン店だ」

「おっしゃる通りです」中町は悄然《しょうぜん》とした表情を作り、紙コップを口元に運んだ。

五代もコーヒーを含み、前を向いた。窓から永代通りを見下ろせる。ふと思いついたことがあり、ふふんと鼻から笑みを漏らした。

「どうかしましたか」中町が訊いてくる。

「一軒の喫茶店で、本も読まず、スマホもいじらず、一人で二時間もいる。ふつうの人はそんなことはしない。だけど、やむをえずそれをしている人間がいるじゃないか」

五代のいう意味がわからないらしく、中町は当惑した顔をしている。その顔を指差して続けた。

「俺たちだよ。刑事だ。張り込みなら、何時間も居続けなきゃならない」

あっ、と中町は口を半開きにした。

五代は多くの車が行き交う永代通りを指差した。

「見てみなよ。張り込みをするには、ここは絶好の場所だと思わないか。門前仲町の主な商店は、この通りに面して並んでいる。向かい側の店に関していえば、どこの店にどんなふうに客が入るのか一目瞭然だ。また、この町に来る人も、この町から出かける人も、大抵この通りを利用する」

中町は通りを見下ろし、たしかに、と呟《つぶや》いた。

「被害者がこの店に入った理由はそれではないか、と？　つまり、誰かの行動を監視していた」

「監視という表現が適切かどうかはわからない。白石さんは刑事ではないからな。誰かが現れるのを待っていた、というのはどうだろう？」

「それは歩行者でしょうか」

「それはわからない。そうかもしれない。あるいは車を道路脇の駐車スペースに止めに来る人物かもしれないし、どこかの店に入っていて、いずれは出てくるはずの客かもしれない。いろいろと可能性はあるが、一つだけいえるのは、ここは張り込みには最高の場所だということだ。コーヒーだって飲めるしな」

中町が目を輝かせた。「それ、上に報告しますか」

五代は薄く笑い、何かを払うように小さく手を振った。

「まだやめておこう。大した根拠のない、推理ともいえない単なる空想だ。こんな話にいちいち耳を傾けてたら、主任や係長が何人いても足りない」

「そうですか」中町は落胆の色を示した。「少しは土産話を本部に持ち帰りたいと思ったものですから」

「気持ちはわかるが、収穫がないことを後ろめたく感じる必要はない。獲物《えもの》が見つからないのは猟犬のせいじゃない。獲物のいないところに猟犬を放ったほうが悪いんだ。堂々と本部に帰ろうぜ」そういって五代は若手刑事の肩を叩いた。

遺体発見から四日が経っている。中町が気にするように、ほかの班と同様に敷鑑捜査班もこれといった成果を上げていなかった。

五代と中町は、携帯電話やスマートフォンの履歴などを手がかりに、白石健介と最近接触があったと思われる人物に当たっている。携帯電話は見つからないままだが、発信履歴は携帯電話会社に提出してもらうことで判明していた。山田裕太の電話番号は、その発信履歴に残っていた。

これまでに五代たちが当たった人物の数は三十人を超えている。依頼人や元依頼人だけでなく、弁護士仲間や契約している税理士にも会いに行った。行きつけの理髪店にまで足を運んだ。しかし誰もが口にするのは、心当たりなど全く思いつかないという意味の台詞《せりふ》だ。弁護士仲間の一人は、「もし犯人が捕まったとして、その人の弁護を依頼されたら、逃げだしたくなるでしょうね」とまでいった。どんな動機にせよ、情状酌量《じようじようしやくりよう》の余地があるとはとても思えない、ということなのだろう。

五代たちが特捜本部に戻った時には八時半を過ぎていた。敷鑑捜査を仕切っている筒井《つつい》という警部補が残っていたので、聞き込みの結果を報告した。

筒井は若白髪が目立つ、角張った顔の人物だ。部下からの収穫なしという報告にも、さほど表情を変えない。空振りの連続が当たり前の仕事なのだ。

「お疲れさん。今日は帰って休んでくれ。で、明日は出張だ」筒井は一枚の書類を五代に差し出した。

「どこですか」五代は書類を受け取った。それは運転免許証をコピーしたものだった。痩せた男性の顔写真が付いている。六十歳ぐらいだろうか。

住所は愛知県安城《あんじょう》市となっていた。

4

東京駅発の『こだま号』は思ったよりも混んでいたが、幸い自由席でも座ることはできた。三河《みかわ》安城駅までは約二時間三十分だ。『のぞみ号』で名古屋駅まで行き、『こだま号』に乗り換えて一駅だけ戻るという方法を使えば三十分ほど短縮できるが、料金が二千円も違うとなれば話が別だ。何しろ経費節減が理由で、中町の同行は認められなかった。

五代は窓際の席で、昨夜筒井から受け取った書類を改めて眺めた。

倉木《くらき》達郎《たつろう》——これから会いに行く人物の名前だ。生年月日によれば、現在六十六歳。それ以外の情報は殆どない。

白石法律事務所では、電話をかけてきた相手の名前を日時を添えて記録している。ナンバーディスプレイがあるので、番号が判明している場合はそれも記されている。白石健介が独立した時からの習慣だったそうで、一日の終わりにそれを見ることで、誰とどんなやりとりをしたかを振り返っていたらしい。

その記録によれば、十月二日に『クラキ』なる人物が電話をかけてきている。記されている番号は携帯電話のものだった。長井節子に確認したところ、覚えはあるとのことだ。ただし白石健介に取り次いだだけで、男性という以外、どういう人物なのかは全くわからないという。もちろん用件も不明だ。

依頼人リストに、その名字は見当たらない。電話をかけてきたのはその一回きりで、事務所を訪れたという記録も残っていない。

一体、何者なのか。容疑者ならば令状を取り、携帯電話会社に情報を求めることも可能だが、今の段階では無理だ。

結局、記されている番号にかけ、本人に直接確かめることになった。異性のほうが話しやすいだろうという配慮から、女性警察官がその役目を担った。

事件の内容は詳しく話さず、捜査の一環ということで、氏名と連絡先などを尋ねた。相手は回答を拒否したりせず、倉木達郎と名乗り、住所なども答えた。女性警察官の印象では、特に狼狽《ろうばい》している気配は感じられなかったらしい。

その後、筒井が改めて電話をかけ直し、少し話を聞きたいので時間を取ってもらえないだろうかと交渉した。倉木の答えは、今は働いていないのでいつでも構わないというものだった。

こうして今日、五代が三河安城に向かうことになったのだった。

倉木は筒井に、どんな話を聞きたいのか、しつこく尋ねてきたらしい。それはそうだろう。刑事が東京からわざわざ出向いてくるのだ、余程の用件だと思うに違いない。後ろ暗いところがなくても気になるだろう。

だがもちろん筒井は、「それはお会いしてから」としか答えていない。倉木が事件に関与しているかどうかはわからないが、実際に会うまでは相手に余計な情報を与えないのが捜査の鉄則なのだ。

午前十一時を少し過ぎた頃、三河安城駅に到着した。外に出てみると、こぢんまりとしたロータリーがあった。駐車場に車がちらほら止まっている。周りに大きな建物は少なく、派手な看板も見当たらず、牧歌的な雰囲気が漂っていた。

タクシー乗り場には空車が一台だけ待っていた。五代は事前にプリントアウトしてきた地図を運転手に見せた。

「ああ、ササメね」そういって運転手は車のエンジンをかけた。

「ササメと読むんですか。シノメではなく」五代は訊いた。地名は安城市篠目《ささめ》だ。

「そうですよ。よそから来た人は、まー読めんだろうね。有名なもんは何もない町だで」運転手が笑みを浮かべながら発した言葉には、少し訛《なま》りが含まれていた。三河弁というやつだろう。

五代は車窓の外に目を移した。道路は広く、歩道も広い。その道路に面して、民家や商店が建っていた。高層の建物が見当たらない代わり、民家にしろ店にしろ、敷地をたっぷりと使っている。こんなところに住み慣れたら、東京の密集した住宅地では暮らせないだろう、と五代は思った。

走りだして十分足らずでタクシーは止まった。「このあたりだけどね」運転手がいった。

「ここで結構です」

五代は料金を払い、車を降りた。周りの景色と地図とを見比べながら歩きだした。新旧様々な家が建ち並んでいる。共通しているのは、必ず駐車場があるという点だ。複数台の車が止められている家も珍しくない。

門に倉木と書かれた表札を掲げている家も、すぐ前がカーポートになっていた。そこに止められているのはグレーの小型車だった。バックミラーにお守りが吊るされている。

表札の下にインターホンがあった。ボタンを押して待っていると、はい、と男性の声が聞こえてきた。

「東京から来た者です」

「はい」

しばらくして鍵の外れる音がして、玄関のドアが開いた。カーディガンを羽織った、免許証の写真通りの痩せた顔をした人物が現れた。だが体格は、五代が想像していたよりもがっしりとしている。

「五代といいます。お忙しいところ、申し訳ございません」警視庁のバッジを取り出しながら近づき、相手に示すと素早く懐にしまった。代わりに名刺を差し出した。

倉木は受け取った名刺を目を細めて眺めた後、どうぞ、と中に入るよう促してきた。

失礼しますと頭を下げ、五代は屋内に足を踏み入れた。

案内されたのは、玄関から入ってすぐのところにある和室だった。だが畳の上には籐の椅子とテーブルが並べられている。壁際に小さな仏壇があり、すぐ上の壁に葬儀で遺影として使ったと思われる女性の顔写真が掛けられていた。おそらく五十歳前後だろう。丸い顔にショートヘアがよく似合っている。

「妻です」五代の視線に気づいたらしく、倉木がいった。「十六年前に逝きました。私より一歳上で、当時は五十一歳でした」

「まだお若かったのにお気の毒に。事故か何かで？」

「いえ、骨髄性白血病《こつずいせいはっけつびょう》というやつです。骨髄移植ができれば何とかなったかもしれませんが、結局ドナーが見つかりませんでね」

「なるほど……」どう返していいかわからず、五代は言葉に詰まる。

「というわけで、男の独り暮らしです。急須でお茶を淹《い》れるなんてこと、何年もやっておりません。ペットボトルのお茶でよければ――」

「いえ、結構です。どうかお気遣いなく」

「そうですか。では、お言葉に甘えて。あ、どうぞお掛けになってください」

倉木に促され、五代は椅子に腰を下ろした。

「昨日、電話をした者から聞いておられると思いますが、ある事件の捜査の過程で倉木さんの名前が挙がってきました。東京にある白石法律事務所の着信記録に、倉木さんの番号が残っていたのです。それがなぜ問題なのかといいますと、我々が捜査しているのは、白石さんが殺害された事件についてだからです」

一気に話した後、五代は倉木の反応を窺《うかが》った。痩せた顔の老人は殆ど表情を変えず、小さく顎を引いた。

「御存じでしたか、白石さんが殺されたことを？」

「昨日、警察から電話を貰った後、インターネットで調べてみました。こう見えても、パソコングらいは扱えますので。事件を知って、びっくりしました。警察が私のところへやってくるのも仕方ないかなと思いました」倉木の声は落ち着いている。

「事件を御存じなら話が早い。今日お尋ねしたいのは、倉木さんが白石さんに電話した理由についてなんです。白石さんとは、どういった御関係ですか」

倉木は短く刈った髪を後ろに撫でつけた。

「特に関係はありません。お会いしたこともないです。話したのも、あの日が最初で最後でした」

「会ったこともない人に電話をかけたわけですか？　何のために？」

「それは相談のためです」

「相談？」

「法律相談です。今、ちょっとした悩みがありましてね。金に関する悩みです。ある人物と揉めているわけですよ。それで法律上どうなんだろうと思い、電話をかけたわけです」

「なぜ白石さんのところへ？」

「別にどこでもよかったんです。インターネットで調べてみたら、簡単な相談なら電話で答えてくれるようなことが書いてあったからです。しかも無料で。こっちとしては、本格的に依頼するつもりはなかったから、東京だろうが大阪だろうが構いませんでした」

倉木が淀《よど》みなく答えた内容に、五代は脱力感を覚えた。愛知県在住の人間がなぜわざわざ東京の弁護士事務所に電話を、と大いに興味を抱いていたのだが、聞いてみると単純な話だ。しかも説得力がある。

「その相談内容というのを具体的に教えていただけるとありがたいのですが」

五代の頼みに倉木は眉をひそめた。「それは義務ですか?」

「いや、そういうわけではありません。できれば、ということです」

倉木は渋面で首を振った。

「申し訳ありませんが、プライバシーに関することなのでお答えはできません。私だけでなく、ほかの人間のプライバシーもありますので」

「そうですか。では諦めます」

五代はボールペンのノック部分で頭の後ろを掻いた。電話をかけた理由が拍子抜けするものだったので、次の質問が思いつかない。おまけに尿意を催してきた。

するとどこからか着信音が聞こえてきた。倉木の電話が鳴っているようだ。

「ああ、電話だ。あっちに置いてきたか。ちょっと出てきていいですか」倉木が訊いた。

「もちろん結構です。ところでトイレをお借りしても構いませんか?」

「どうぞ。廊下を挟んだ向かいです」

廊下の奥に向かって足早に歩く倉木を見送った後、五代はトイレに入った。小用を足しながら考えたことは、倉木への質問ではなく報告書にどう書くかだった。

トイレを出て、さっきの部屋に戻ろうとした時だった。そばの柱に貼られた札が目に留まった。そこに記されている文字を見て、身体が固まった。

『富岡八幡宮大前』とあり、下に『家内安全』と『諸業繁栄』の文字が並んでいる。

五代は懐からスマートフォンを取り出した。撮影しようと思ったのだが、足音が聞こえ、倉木が奥から現れた。

「何か？」倉木が尋ねてきた。

「いえ、何でもありません」五代はスマートフォンをポケットに戻した。

再びテーブルを挟んで倉木と向き合ったが、五代の心構えは数分前とは百八十度変わっていた。

「東京に行かれることはありますか」五代は訊いた。口調が硬くなったことに自分でも気づいた。

「ええ、あります。息子がおりますのでね」

「息子さんが？　どちらにですか」

「高円寺です。東京の大学を出て、そのまま向こうで就職したものですから」

「なるほど。よく会いに行かれるのですか」

倉木は小首を傾げた。「年に数回、といったところですかね」

「最近では、いつ上京されましたか」

「いつだったかな。三か月ほど前……だったように記憶しております」

「正確な日にちがわかれば大変ありがたいのですが」

倉木が、じろりと見つめてきた。「なぜですか？」

「申し訳ございません。こちらの都合です」五代は頭を下げた。「関係者の方全員に、こういった確認をさせていただいております。御理解ください」

「関係者といったって、電話をかけただけなのに……」

申し訳ございません、と五代は繰り返した。

倉木はため息をつき、ちょっと待ってください、と傍らの携帯電話を取り上げた。スマートフォンではなかった。神妙な顔つきで何やら操作を始めたが、東京から来た刑事を煙に巻く方便を考えるための時間稼ぎではないか、と五代は勘繰った。

「八月十六日ですね」倉木が携帯電話の画面を見ながら答えた。「息子とのメールのやりとりが残っています。十六日から一泊二日で行きました。お盆休みになっても息子が帰省することはないので、こちらから出張ったというわけです。まあ、毎年のことです」

「上京されたら、息子さんのお宅で寝泊まりされるわけですか」

「そうです。息子はまだ独身なので、気を遣う必要がありませんから」

「差し支えなければ、息子さんのお名前と連絡先などを教えていただけますか」

五代の言葉に、倉木は少し伏し目になった後、何度か瞬きした。逡巡《しゅんじゅん》しているように見えた。

やがて倉木は口を開いた。「カズマといいます。平和の和に、真実の真と書きます。勤めている会社は――」

倉木は大手広告代理店の名を挙げ、携帯電話を見ながら電話番号をいった。それらを五代は素早くメモに取った。

「上京された際は、どのように過ごされるのですか。よく行かれる場所などはありますか」

「その時によりますね。東京でしか見られないものがあれば、そういうところへ足を運びます。何年か前にはスカイツリーに上りました。ただ高いってだけで、どうってことはありませんでしたが」

「神社仏閣はどうです？　そういう場所を巡るのが好きだという方も多いようですが」

「神社仏閣……ですか。どうですかね。嫌いってことはありませんが、特に好きということもありません」

「トイレの前の柱に、富岡八幡宮のお札が貼られています。さほど古くないようですから、貼ったのは倉木さん御自身ですよね？」

「ああ、あれですか。人から貰いましてね、特に信心深いわけでもないんですが、せっかくだからと思い、貼ったわけです」

「貰った？　倉木さんが富岡八幡宮に行ったわけではないんですか？」

「違います。貰ったんです」

「どなたから？　どういった方から貰ったんですか」

倉木は訝《いぶか》しげに五代を見返してきた。目に浮かぶ警戒の色が濃くなっていた。

「なぜそんなことをお尋ねになるんですか。誰から貰おうが、大した問題ではないと思うんですが」

「それはこちらが判断いたします。誰から貰ったか、教えていただけませんか」

倉木は大きく息を吸った後、薄く目を閉じた。記憶を辿《たど》っているのかもしれないが、この様子もまた五代には時間稼ぎに思えた。

「申し訳ない」倉木は目を開けていった。「忘れました」

「忘れた？　神社のお札なんて、特に親しくもない相手から貰うことはないと思うのですが」

「そう思われるのも無理はありませんが、思い出せないんだからどうしようもない。すみませんな、歳のせいですっかり耄碌《もうろく》しております」

事情聴取や取り調べで厄介な回答の一つが、「忘れた」だ。「知らない」なら、物証を提示して、知らないはずがない、と追及することも可能だが、「忘れた」に対しては打つ手がない。

だが五代は手応えを感じていた。今回の出張は無駄足ではなかった。

「白石さんのところに電話したのは単なる法律相談だったということですが、その件について、ほかの法律事務所には相談しなかったのですか」

倉木は首を横に振った。「しておりません」

「白石さんに相談して、問題が解決したからですか」

「違います。逆ですよ。白石弁護士からは、インターネットで少し調べればわかるような、通り一遍の回答しか得られませんでした。考えてみれば、無料だし、当然のことかもしれませんな。それでもう意味がないと思い、よそへ相談するのもやめたという次第です」倉木は目をそらすこともなく悠然と答えた。事実を正直に答えているだけのように見えるが、嘘を見破られない絶対的な自信の表れのようにも受け取れる。

いずれにせよ、この場でそれを明らかにするのは不可能だと五代は感じた。だが一つだけ、確認しておかねばならないことがある。

五代は腕時計を見た。

「長々と申し訳ありませんでした。では最後の質問です。十月三十一日は、東京に行かれましたか」

「十月三十一日……それはアリバイ確認のように聞こえますね」

「失礼だとは重々承知しております。関係者の方々全員にお尋ねしていることでして。御理解いただけますと幸いです」

倉木は苦々しい顔を横に向けた。壁を見上げている。そこにカレンダーが掛けられているのだった。

「先月の三十一日ですか。生憎《あいにく》、何の予定も入っておりませんでしたな。つまり、いつもと変わらぬ平凡な一日だった、ということになります」

「それはどういうことですか」

倉木の顔が五代のほうに戻ってきた。

「どこかに出かけることも、誰かが訪ねてくることもなかったということですよ。この家におりました。一日中」

「それを証明することは……」

「無理でしょうな」倉木は言下に答えた。「その日のアリバイはありません。残念ながら」

卑屈な気配など微塵《みじん》も感じさせない答えぶりだった。その自信がどこから来るのか、これから突き止めねばならないのかもしれない、と五代は思った。

もう一度腕時計を見た。正午を少し過ぎていた。

「わかりました。結構です。お忙しいところ、申し訳ありませんでした」

五代が立ち上がると、倉木も腰を上げた。

「すみませんね。どうやら、何のお役にも立てなかったようだ」

「いえ、それは――」五代は倉木の顔を正面から見据えた。「まだ何とも」

「そうなんですか」倉木は目をそらそうとはしない。

失礼します、と五代は頭を下げ、玄関に向かおうとした。

刑事さん、と倉木が呼びかけてきた。

「ひとつ、思い違いをしていました」

「思い違い？」

「最後に東京へ行った日のことです。先程、息子がお盆休みの時に行ったといいましたが、その後、もう一度行ったのを忘れていました」

五代は手帳を取り出した。「いつですか」

「十月五日です。特に理由はないんですが、何となく息子の顔が見たくなり、ふらりと新幹線に乗ったんです。例によって一泊だけして翌日には帰りました。特に印象に残ったこともなかったので失念していた次第です」

十月五日——五代は素早く考えを巡らせた。白石健介が初めて門前仲町に立ち寄ったのが十月七日だ。

なぜ倉木は、五代が立ち去る直前になってこのことを話したのか。実際、今まで忘れていたのか。それならば仕方がない。だがほかに考えられることはないか。

五代は倉木の息子の連絡先を尋ねている。

倉木は、警察が息子のところへ行くだろうと予想して、十月五日のことを隠しておくのはまずいと思ったのではないか。息子に確認すれば、ばれてしまうからだ。そうであれば、なぜ隠したのかということが気になってくる。

とはいえ、それをここで問うても無駄だろう。失念していただけだといい張るに違いない。

「御協力に感謝します。ありがとうございました」

五代は礼を述べ、部屋を出た。玄関に向かう途中、あの札の前で立ち止まった。

「誰に貰ったのか、思い出したら御連絡したほうがいいですか」倉木が尋ねてきた。

「そうですね。是非」

「では考えておきましょう。思い出せるかどうかはわかりませんが」

「よろしくお願いいたします」

靴を履いた後、五代は改めて倉木を見上げた。

「ではまた何かありましたら、お邪魔させていただきます」

倉木は一瞬不快そうに眉をひそめた後、小さく頷いた。「そうですね。何かありましたら、いつでもどうぞ」

失礼いたします、といって五代は外に出た。ドアを閉めると、すぐに鍵の掛かる音がした。

道路に出ようとし、ふと思いついたことがあって隣の車に近づいた。身を乗り出し、フロントガラスの向こうを目を凝らして見た。バックミラーにお守りが吊るされている。

思った通りだった。赤い布に金色の糸で『富岡八幡宮交通安全御守護』と縫ってある。

これもまた人から貰ったものだと倉木はいうのだろうか。そしてそれが誰だったかは忘れた、と。

道路に出て歩きだしながら、なぜ買ったものだといわなかったのだろう、と五代は考えた。そうすれば、誰から貰ったか忘れた、などという不自然な答弁をしなくても済んだ。

もしかすると本当なのかもしれない。実際に貰ったものだから、ついそう答えてしまった。しかしその人物の名を口にするわけにはいかなかったので、苦し紛れに忘れたといったのではないか。

五代はいつの間にか早足になっていた。東京に戻ってやるべきことが増えた、と思った。

5

倉木和真《かずま》の勤務先は九段下にあった。靖国《やすくに》通りに面して建っているオフィスビルの中だ。しかし五代は中には入らず、外から携帯電話にかけた。電話に出た倉木の息子は、かけてきたのが警視庁の人間だと知り、意外そうな声を出した。訊きたいことがあるので会ってほしいと五代がいうと、何の件かと尋ねてきた。どうやら父親からは何も聞いていないようだ。

幸い和真は社内にいて、少し抜けられそうだというので、会社のそばにある古い喫茶店で会うことになった。今日は中町も一緒で、奥のテーブル席で並んで待っている。

「倉木はどういうつもりなんでしょう?」中町がいった。「警視庁の刑事が行くかもしれないって、どうして息子に知らせなかったのかな。そんなことはないだろうと思ったんですかね」

「それはあり得ない」五代は断言した。「あの人物は、なかなかの曲者《くせもの》だ。自分が疑われていることに気づいただろうし、俺が息子のことを尋ねた理由もわかっているはずだ。たぶん息子に知らせたところで意味がないと考えたんじゃないか。妙に口裏を合わせるのは、却ってよくないと思ったからこそ、十月五日に上京したことを話したんだと思う」

「たしかに。口裏を合わせて、十月五日の上京を隠すこともできたわけですからね」

「そういうことだ。仮に倉木が事件に絡んでいるとしても、息子のほうは無関係なんだろうと思う」

五代は慎重な言い方をしたが、内心では事件に絡んでいるどころか、犯人は倉木で決まりではないか、とさえ考えていた。白石に電話をかけていること、その後に白石が門前仲町に足を運ぶようになったこと、そして柱の札と車のお守り、何もかもが怪しすぎる。それについては上司たちも同意してくれて、すでに倉木の人間関係を洗うよう、ほかの捜査員に指示が出された。また門前仲町では、倉木の顔写真を手に、大勢の捜査員が聞き込みを始めている。

喫茶店のドアが開き、一人の男性が入ってきた。三十歳そこそことといったところか。鼻筋の通った、整った顔つきをしている。倉木の息子だな、と五代はすぐにわかった。父親と目元がそっくりだった。

ほかの客はカップルや女性たちだった。男性は五代たちに目を留めると、やや緊張の面持ちで近づいてきた。五代と中町は立ち上がった。

「電話をくださった方ですか?」

「そうです。お仕事中、申し訳ございません」五代は警視庁のバッジは示さず、名刺を差し出した。

倉木和真は名刺を見て、怪訝《けげん》そうに眉根を寄せた。捜査一課という文字に反応したのかもしれない。そこが殺人などの凶悪犯を担当する部署だということは、近頃は一般人でも知っている。

和真が戸惑い顔で席につくのを見て、五代たちも座り直した。白髪頭のマスターが水を運んできたので、和真はコーヒーを注文した。

「それで話というのは何でしょうか。とても気になっているんですが」和真はおそらく正直な気持ちを吐露したと思われた。

「電話では思わせぶりな言い方になってしまい、申し訳ありませんでした。話というのはほかでもありません。お父さんについて、いくつかお尋ねしたいのです」

「父？」和真は意表をつかれた顔になった。まるで予想していなかったらしい。「父というと倉木達郎のことですよね？」

「もちろんそうです」

和真は釈然としない様子で瞬きを繰り返した。

「父が何かしたのですか。父が住んでいる場所は、愛知県安城市ですよ」

「存じております。でも、時々上京されるそうですね」

「それはそうですけど……」

「最近では、いつ上京されましたか」

「ちょっと待ってください」和真は軽く両手を出し、五代と中町の顔を交互に見た。「これは何の捜査なんですか。父がどう関わっているんですか。そこをまず話していただけないと、こちらとしても答えようがないんですけど」

するると中町が、「そんなことはないでしょう」と笑みを含んだ口調でいった。「何の捜査かわからなくても、お父さんがいつ上京されたかは答えられるはずです」

「気持ちの問題です」和真は強い視線を返した。「プライバシーを話すわけですから、それぐらいは教えてくれてもいいのではないかといっているわけです」

剣呑《けんのん》な雰囲気が漂いかけた時、コーヒーが運ばれてきた。しかし和真が手を付けようとしないので、「どうぞお飲みになってください」と五代が笑いかけた。「ここのコーヒーは有名だそうですね。冷めてしまったらもったいない。さあ、どうぞ」

促され、不承不承《ふしようぶしよう》といった顔で和真はコーヒーにミルクを注いだ。

「殺人事件です」五代は和真がカップを口元に運ぶ前にいった。「東京で、ある人物が殺されました。そこで我々は、被害者と接触した人間、接触した可能性のある人物全員に当たっています。接触というのは、直接会ってなくても、電話やメール、手紙でのやりとりなどを含めます」

「その中に父の名も入っているわけですか」和真はカップを持ち上げたままだ。

「そういうことです。電話をかけておられます」

和真はコーヒーを一口だけ啜《すす》り、カップを置いた。

「相手の方がどういう人か、教えていただくわけには……」

「それは我々の口からはちょっと。どうしても知りたいということであれば、お父さんにお尋ねになってください。お父さんは御存じです」

「父にお会いになったのですか」

「先日、お会いしてきました。それであなたの職場や連絡先を教わったのです」

「父は、そんなことは一言も……」

「お父さんにはお父さんの考えがおありなんでしょう。さあ、これで大体のところはお話ししました。答えていただけますか。最近、お父さんが上京してきたのはいつですか」

ちょっと待ってください、といって和真はスマートフォンを取り出した。何やら操作しているが、どうやらスケジュールを確認しているらしい。

「十月五日ですね」和真の回答は五代たちの予想した通りのものだったが、続けた言葉が引っ掛かった。「正確にいえば十月六日ですけど」

えっ、と五代は思わず声を漏らした。「どういうことですか」

「五日の何時頃に東京に着いたのかは知りません。ただ、僕の部屋に来たのは日付の変わった午前一時頃だったんです」

「それまではどこで何をしておられたんですか」

「詳しくは知りません。尋ねても、あちこちぶらぶらしていた、という答えが返ってくるだけです。来る時はいつもそうだから、こっちも気にしなくなりました」

「いつもそう……すると親子で夕食を一緒に摂るようなことは？」

「最初の頃に何度かあっただけで、もう何年もそういうことはしてないです。こっちも父に合わせてスケジュールを調整するのは面倒だし、翌日の朝食だけで十分です。父親と息子で長く顔を合わせてたって、話すことなんてないし」

「お父さんは翌日すぐにお帰りになるのですか」

「そうだと思いますが、よくわかりません。近所に早くからやっている定食屋があって、そこで二人で食べた後、店の前で別れるんです」

「上京される頻度は？」

「二、三か月に一度といったところです」

この点は倉木の供述と一致している。

「あなたは上京して何年ですか」

「大学を四年で卒業して、そのまま就職して十一年ですから、十五年になります」

「お父さんが遊びに来られるようになったのは、いつ頃ですか」

「たしか、定年退職したのがきっかけだったと思います。時間ができたからといって、やってきました」

「それ以後、今のペースで来られているわけですか」

「そうですね。はい、そうだったと思います」

「その間、何か変わったことはありませんでしたか。良いことでも悪いことでも結構です。お父さんが、今日こんなことがあったと報告されたようなことが」

「どうだったかなあ」和真は手のひらを額に当てた。「小さなことはあったかもしれません。でも覚えてないです。すみません」

「お父さんは、東京ではいつも一人で行動しておられるんですか。誰かと会ったりしている様子はありませんか」

「そんな話は」和真の表情に、かすかに狼狽が走るのを五代は見逃さなかった。「父から聞いたことがありません。こちらには知り合いもいないし、新たに誰かと知り合ったなんて話もないです。いつも一人だったと思います」

「そうですか。では、あと二つだけ質問させてください。門前仲町という地名を聞き、何か思いつくことはありますか。あるいは富岡八幡宮でも結構です」

「もんぜんなかちょう?」思いがけない地名を出され、和真が軽く混乱しているのがわかった。演技には見えない。首を横に振り、「何ですか、それは?　どうしてそんな地名が出てくるんですか」と逆に訊いてきた。

「申し訳ないのですが、それについても我々から答えることは控えさせていただきます。最後の質問です。最近お父さんから、法律絡みのことで何か相談されましたか」

「法律?　どんな法律ですか」

「どんなものでも結構です。金銭関係かもしれないし、何かの権利に関わることかもしれません。相談されませんでしたか」

「いや、そんな話をされたことはありません」

「わかりました。私からは以上です。ありがとうございました」五代は自分の手帳を閉じた。

「自分から、ひとつ訊いてもいいですか」しばらく黙っていた中町が開口した。「お父さんの上京について、あなたはどんなふうに感じておられますか」

「どんなふうに?　どういう意味ですか」

「自分も地方出身者だからよくわかるんですが、親がしょっちゅう上京してきたら鬱陶《うっとう》しいものです。二、三か月に一度というのは、かなり頻繁《ひんぱん》です。何のためにこんなに来るんだろうと不思議に思うのがふつうではないでしょうか。東京見物といったって、行くところにはかぎりがある。となれば、何か別の目的があるんじゃないかと勘繰りたくなると思うんですが」

和真はあからさまに不快感を示した。眉間に皺を刻み、口元を曲げて、コーヒーカップを持ち上げた。おそらくぬるくなっているであろうコーヒーを飲み干した後、乱暴にカップを置いた。

「あなたのおたくの親子関係がどうかは知りませんが、うちはお互いに干渉しない主義なんです。父が頻繁に上京しようと、僕には関係のない話です。したがって、何かを勘繰るようなこともありません」和真は五代に目を向けてきた。「仕事がありますので、これで失礼させていただいて構いませんか」

「もちろんです。ありがとうございました」

五代は頭を下げ、次に上げた時には、和真は大股で出口に向かっていた。

「君の最後の一撃はよかった」五代は隣の中町に笑いかけた。「倉木和真も常日頃から疑っていたんだろう。それをずばり指摘されたものだから、つい取り乱してしまったというわけだ」

「疑っていた、というのはつまり……」

ふふん、と五代は鼻を鳴らして笑った。

「しょっちゅう上京してきながら、行き先を息子に教えない。そして息子の部屋にやってくるのは深夜。大した話もせずに翌日には帰っていく。男がこんな行動を取るとしたら、理由は一つしか考えられない」

「女、ですね」

五代は大きく頷いた。

「富岡八幡宮のお札もお守りも、『女』から貰ったものだと思う。『女』を見つければ、事件は動くぞ」

「本部に大きな土産を持ち帰れそうですね」中町は嬉しそうに目を細めた。

6

五代たちが倉木和真に会いに行った三日後、『女』ではないかと思われる人物が見つかった。手柄を上げたのは、倉木達郎の顔写真を手に、門前仲町を歩き回っていた捜査員たちだ。町の片隅にあるような小さな店も見逃さずに粘り強く聞き込みを続け、ついに一軒の酒屋の店員から、「何度か見かけた」という証言を得たのだ。といっても、その酒屋には飲酒コーナーなどはない。店員が倉木を目撃したのは、ある小料理屋だった。その店で客に出す酒が足りなくなって急遽《きゆうきよ》配達に出向いた時、店の客としてカウンター席に座っていたということだった。

その店は、『あすなろ』といった。門前仲町で店を出して、二十年以上になるらしい。店主は七十歳近い婆さんだが、実際に切り盛りしているのは娘で、そちらはまだ四十前後だという。六十六歳になる倉木の『女』として、十分に考えられた。

「この件はおまえたちの獲物だ。話を聞いてきてくれ」そういって筒井から手渡されたのは一枚の地図だ。『あすなろ』の所在地を示したものだった。

中町と二人で門前仲町へ出向いた。しかし五代には店に行く前に立ち寄っておきたい場所があった。そのことをいうと中町も同意してくれた。「いいですね。行きましょう」

その場所とは白石健介が訪れた例のコーヒーショップだった。前回と同様に二階に上がり、永代通りを見下ろせるカウンター席に並んで座った。

五代さん、と中町が呼びかけてきた。彼が手にしているのは、筒井から渡された地図だ。「俺、当たりだと思います」

五代は横からちらりと地図を覗き込んだ。『あすなろ』が入っているビルが、このコーヒーショップの真向かいにあることは、ここへ来る前に確認していた。白石健介が『あすなろ』の関係者が店に出入りするのを見張っていた、というのは、決して突飛な想像ではないだろう。

「そう決めつけるのは早計だが、まるっきりの外れってこともないだろうな」そういって五代は紙コップを手にした。中に入っているのはチェーン店の飲みなれたコーヒーだが、今日は格別の味がした。

今はどんなに小さな店の情報でも、インターネットを使えば簡単に手に入る。『あすなろ』の開店時刻は午後五時半のようだ。時計の針が四時半を少し過ぎたところで二人は腰を上げた。

『あすなろ』が入っているビルは小さくて古かった。一階はラーメン屋で、その脇に階段がある。上に『あすなろ』の看板が出ていた。

階段で二階に上がると、入り口の戸には『準備中』の札が掛けられている。

その戸を開け、中に入った。最初に五代の五感を刺激したのは、出汁《だし》の香りだった。次に店内の様子が目に入った。白木《しらき》を使ったカウンターがあり、その向こうに一人の若い女性がいた。スウェット姿でエプロンを着けている。だが化粧は済ませているらしく、丁寧に仕上げられた眉が印象的だった。

「あ、開店は五時半からなんですけど」女性はいった。

「いえ、我々は客ではないんです。こういう者でして」五代は警視庁のバッジを女性に向けた。

女性はしゃもじを手にしたまま、戸惑ったように動作を止めた。深呼吸をする気配があり、はい、と答えた。「どういった御用件でしょうか」

第一印象は「若い女性」だったが、よく見ると目尻に小皺があった。しかし四十代にはとても見えなかった。顔が小さく、目鼻立ちはくっきりとしている。

「失礼ですが、あなたがこの店の経営者ですか」

「違います。経営者は母です。今、ちょっと買い物に出かけていますけど」

「浅羽《あさば》洋子《ようこ》さんですね」

「はい、浅羽洋子は母です」

「あなたもこのお店で働いておられるようですね。お名前を教えていただけますか」

「浅羽オリエといいますけど……あの、この店がどうかしたんでしょうか」

不安げに瞳を揺らした相手の質問には答えず、五代は名前を漢字ではどう書くのかを尋ねた。

織物の織に恵まれると書きます、と女性は答えた。中町が隣でそれをメモした。

五代は一枚の顔写真を差し出した。「この男性を御存じですか」

織恵《おりえ》は写真を見て、少し目を大きくした。ええ、と頷く。

「名前を知っていますか」

「倉木……という方です。うちに時々いらっしゃいます」

「下の名前を知っていますか」

「たしか、タツロウさん……だったと思いますけど、違っているかもしれません」

織恵の口調は自信なげだ。男女の関係があれば知らないわけがないが、巧妙な演技の可能性も高い。この世の女は全員名女優、というのは五代がこれまでの刑事経験から得た教訓だ。

「最近来たのはいつですか」

織恵は首を傾げた。「先月の初め頃だったと思います」

「どのくらいの頻度で来ますか」

「年に数回です。続けざまに来られることもあれば、少し間が空くこともあります」

「いつ頃から来るようになりましたか」

「正確なことは覚えてませんけど、五、六年前だと思います」

和真の話と一致する。倉木は上京のたびにこの店を訪れていたようだ。

「この店に来たきっかけは聞いていますか。誰かに教わったとか」

さあ、と織恵は首を傾げた。

「それは聞いていないように思います。ふらりと入って、たまたま気に入っていただけたと思っていたんですけど」

「一人で来ますか。それとも誰か連れがいますか」

「いいえ、いつも一人でお見えになります」

「一人で何をしているんですか」

「何をって……そりゃあこういうお店ですから、食事をしつつ、お酒を飲んでおられます」

「大体何時から何時ぐらいまでですか」

「七時ぐらいにいらっしゃることが多いです。お帰りになるのは閉店間際でしょうか」

「この店の閉店時刻は？」

「ラストオーダーが十一時で、閉店は十一時半です」

「どの席で？」

「えっ？」織恵は虚を衝かれた顔になった。

「馴染みの店ができると、決まった席に座りたくなるものです。そういう席があるんじゃないかと思いましてね」

ああ、と織恵は頷いてから、そこです、と壁際の席を指した。

その席を見つめ、五代は倉木が座っている様子を思い描いた。ほかの客の邪魔にならない席で、閉店までの四時間半を酒を飲みながら一人で過ごす——店に対して特別な思いを抱いていないとできないことだ。

いや、店ではなく人か。

あの、と織恵が意を決したように口を開いた。「これは何の捜査でしょうか。倉木さんに何かあったんですか」

五代が黙っていると、あなたは、と中町が穏やかな口調でいった。「訊かれたことに答えてくだされば結構です。余計なことは知らないほうがいい」

「でも、こんなふうに倉木さんのことを根掘り葉掘り訊かれたら、気になってしまいます。今度、倉木さんがいらっしゃった時、どう接していいのかわかりません。たまにしかいらっしゃいませんけど、とても良い人です。私にも母にも優しくしてくださるし。今日のことを倉木さんにお話ししてもいいんですか」

「もちろん構いません」五代は即答した。「すでに本人にも会ってきましたから」

「そうなんですか……」

意外そうに視線を揺らした織恵の顔を五代は見つめた。倉木と特別な関係にあるのなら、東京の刑事が愛知県まで訪ねてきたことを聞いていないわけがない。だが無論、この表情を信じる気はなかった。女は女優だ、と改めて自分にいい聞かせた。

「根掘り葉掘りとおっしゃいましたが、我々はまだ大したことは尋ねてませんよ」五代は織恵の整った顔を見据えた。「本格的な質問は、これからです。倉木達郎という人物についてあなたが知っていることを、すべて話していただけますか。どんな些細なことでも構いません。

──中町君、メモの用意はいいか」

「いつでも大丈夫です」中町は小型のノートを開いていた。ボールペンを構え、どうぞ、と織恵を促した。

「そういわれても、大したことは知りません。倉木さんは御自分のことはあまり話されないので……。たしか愛知県にお住まいで、息子さんがこちらにおられると聞いています。その息子さんに会うついでに、うちに来てくださるみたいです。その時は大抵、愛知県のお土産を持ってきてくださいます。そのほかには……」織恵は首を傾げ、考え込む表情になった。「中日ドラゴンズのファンみたいですね。これといった趣味はなくて、定年退職直後は時間のつぶし方がわからずに困ったとか。ほかには……」吐息を漏らした後、ゆっくりと首を振った。「すみません。もっといろいろと聞いているはずなんですけど、今すぐには出てこなくて」

「では時間のある時にでも思い出しておいてください。どうせ、何度かお邪魔することになると思いますので」

五代の言葉に、織恵は憂鬱そうに眉をひそめた。また来るのか、と顔に書いてあった。これはたぶん演技ではないだろう。

背後で戸の開く音がした。振り返ると、ベージュ色の上着を羽織った、小柄な女性が驚いたように立ち尽くしていた。白いレジ袋を両手に提げている。年齢は七十歳前後で、眼鏡をかけた小さな顔には無数の皺が刻まれている。それでも五代には、織恵の母親だろうと一目でわかった。顔がそっくりだからだ。

「浅羽洋子さんですね」

五代の問いかけに彼女は答えず、カウンターに目を向けた。

「警察の人」織恵がいった。「倉木さんのことを聞きたいそうよ」

お邪魔しております、といって五代は洋子にバッジを見せた。

洋子は警察のバッジなんかには興味がないとばかりに見向きもせず、カウンターに近づいて提げていた袋を織恵に渡した。それからようやく五代たちのほうに顔を向け、「倉木さんが何かやったとでもいうんですか」と訊いてきた。

「それはまだ何とも。だからあちこち聞き込みに回っているわけです。こちらにも」

「なるほどね。何の捜査か知りませんけど、倉木さんを疑っているんだとしたら、とんだ的外れですよ。あの人が悪いことなんかするわけありませんからね」洋子は、きっぱりといいきった。

参考にしますと答えながら、五代は奇妙な感覚を抱いていた。今の洋子の台詞に、何か引っ掛かるものを感じたのだ。その正体が自分でもわからない。

「うちのことは倉木さんからお聞きになったんですか？」洋子が訊いた。

五代は苦笑し、小さく手を振った。「そんなことは明かせません」

「私たちは訊かれたことに答えていればいいそうよ」カウンターの中から織恵が皮肉の籠もった口調でいった。

「ふうん、そうですか。だったら、さっさと済ませてくださいな。こちらは開店時刻が迫ってるもんですから。それにこんなことをいっては失礼でしょうけど、私は警察ってのが昔から大嫌いでね」そういって五代を見上げた洋子の目には、ぎくりとするような冷たい光が宿っていた。

「わかりました。ではお二人にお尋ねしますが、白石健介という方を御存じありませんか。弁護士さんです」

「私の知り合いにはいませんね。あんたはどう？」洋子は織恵に訊いた。彼女が黙って首を振るのを見てから、「知らないそうです」と五代にいった。

「そうですか。ところで近くに富岡八幡宮がありますが、行くことはありますか」

「そりゃあ、ありますよ。こんなに近くなんですからね」

「お札やお守りを買うなんてことも……」

「ございます」洋子は頷いてから、「ほらあそこにも」と厨房の壁を指した。天井に近いところに、倉木の家で見たものに似た札が貼られている。

「買ったお札やお守りを人にあげたことは？」

「しょっちゅうありますよ。馴染みのお客さんなんかに」

「倉木さんにはどうですか」

「倉木さん？　ああ、そうだ」洋子は軽く手を叩いた。「そういえば倉木さんにも差し上げました。あれは何年前でしたっけねえ。三年ぐらい前でしょうか。いつもお土産をくださるんで、そのお礼に」

この回答に、五代は考えを巡らせる。洋子の話を聞くかぎりでは、誰から貰ったかを忘れたという倉木の言葉は、やはり不自然だ。なぜ倉木はこの店のことを隠そうとしたのか、それを突き止めねばならない。

「あなた方の話を聞いていると、倉木さんとお二人の親しげな様子が目に浮かびますが、常連さんとかの中に、倉木さんと仲が良い方はいますか」

「どうでしょうかね。こんなに小さい店ですから、何度か顔を合わせるうちに親しくなった人はいるようですよ」

「どういう人がいるか、教えてもらえますか」

「それは無理な相談です」洋子は笑いながらいった。「どうしても知りたいというなら、営業時間内に来て、御自分の目と耳で確かめたらいいじゃないですか。ただし、お客さんとして来てくださいよ。さっきのバッジなんかを振りかざしたら、営業妨害で訴えさせてもらいますからね」

五代は苦笑して頷いた。「考えておきます」

「刑事さん、まだほかに訊きたいことがあるなら、日を改めてもらえませんかね。もうお尻に火がついとるもんで」壁の時計を見ながら洋子がいった。

その瞬間、五代は先程抱いた奇妙な感覚の正体に気づいた。

イントネーションだ。洋子の言葉には微妙な訛りが含まれている。それは五代が最近どこかで耳にしたものに近かった。

三河安城駅から乗ったタクシーの運転手の言葉遣いだ。三河弁のイントネーションだ。

「どうされました？」洋子が怪訝そうな顔をした。

「いえ、何でも。では最後に一つだけ。十月三十一日は、いつもと同じように店を開けておられましたか」

「先月の三十一日ですか。その頃に臨時休業なんかをした覚えはありませんけどね」

「お二人とも店に出ておられたのですね」

「出てましたよ。おかげさまで、一人だと手一杯になっちゃいます。その日がどうかしたんですか」

「ええ、ちょっと……」

「あっ、そうでしたね。こっちからは質問しちゃいけないんだった」洋子は口元に手をやり、肩をすくめた。

「どうもありがとうございました。できましたら、お二人の住所と電話番号を教えていただけませんか」

洋子は顔をしかめた。「この上、自宅にまで押しかけてくるつもりですか」

「いや、今のところそういうつもりはないのですが、念のため」

洋子はため息をつきつつ、そばにあったメモに住所と二人の携帯電話番号を記してくれた。二人は東陽町にあるマンションで一緒に暮らしているらしかった。

「あなた方は、どちらの御出身ですか」五代はメモから顔を上げ、洋子を見つめた。「織恵さんはともかく、少なくともあなたは東京生まれではないようですが」

洋子の顔から表情が消えた。たった今まで浮かんでいた警察に対する嫌悪さえ、感じられなくなった。

彼女は、ふうーっと長い息を吐き出した。カウンターの織恵と目を合わせた後、五代のほうを向いた。

「御明察ですよ。愛知県瀬戸《せと》の出身です。その後、結婚して豊川《とよかわ》という土地に三十代半ばまでいました。上京したのは、主人が亡くなってしばらくしてからです」

「なるほど、そうでしたか。だったら、倉木さんとは故郷の話なんかで盛り上がれそうですね」

「いいえ、そんな話はしたことがありません。私が愛知の出身だともいってません。倉木さんは気づいておられたと思いますけど、尋ねられたことはありません。私がいわないので、触れてはいけないと気を遣っておられるのかもしれませんね」

「触れては……いけないのですか」

洋子は能面のような顔のままで深呼吸した。

「あちらこちらに手を回して調べられるのは嫌なので、今ここで告白しておきます。先程、警察は嫌いだといいましたが、きちんとした理由があるんです」

「どういうことですか」

「主人は……私の夫は」

能面が表情を作り始めた。目が血走り、頬が強張り、口元が歪《ゆが》んでいく。現れたのは、深い悲しみの色だった。

「警察に殺されました」洋子の皺に囲まれた唇から、呻《うめ》くような声が漏れた。「殺人事件の容疑者として逮捕され、そのまま帰らぬ人となりました。留置場で首を吊ったんです」

7

「事件が起きたのは、一九八四年五月十五日火曜日です。場所は名古屋鉄道東岡崎《ひがしおかざき》駅の近くにある雑居ビルの一室で、そこを事務所にして金融業を営んでいた男性が殺害されました。被害者の名前は灰谷昭造《はいたにしょうぞう》で、年齢は五十一歳。独身でした。発見したのは事務所の従業員で、警察に通報したのは同日の夜七時三十分頃。凶器は出刃包丁で、胸を刺されていたそうです」

筒井の低い声が、あまり広くない会議室内で響いた。机を囲んでいるのは、五代と筒井を除けば、捜査一課強行犯係長や所轄の署長、刑事課長、捜査一係長といった上役の面々ばかりだ。

「五月十八日、つまり事件の三日後、福間《ふくま》淳二《じゅんじ》が逮捕されました」筒井が資料を見ながら話を続ける。「何の容疑かは不明ですが、後の経緯から推察しますと、別件逮捕だった可能性が高いです。福間は当時四十四歳、豊川市在住という以外に詳しいことはわかりません。警察署の留置場で自殺を図ったのは、それから四日後のことです。衣類を使っての首吊り自殺だったようです。その後、被疑者死亡で送検され、不起訴処分ということで、この事件の片は付いています。一九九九年の五月に公訴時効を迎えたのを機に、関連の捜査資料はあらかた廃棄されたということです」

筒井が読み上げた資料は、浅羽洋子の話に基づいて五代が改めて調べ、作成したものだ。洋子は夫が逮捕された年月日は正確に記憶していたが、事件の概要はあまり把握していない模様だった。

「ある日、急に刑事やら警官やらが家に押しかけてきて、主人を連れていきました。主人は私に、すぐに帰れるだろうから心配するなといってたんですけど、何日経っても戻ってこず、次に知らされたのは牢屋で首を吊って死んだということでした」

淡々と話す洋子の顔を五代は忘れられない。三十年以上が経った今でも、彼女の心の傷が癒えていないことは明らかだった。

だが記録という面では、事件は完全に風化していた。愛知県警に問い合わせることで事件の内容については判明したが、どんな捜査が行われ、どういう流れで被疑者逮捕に至ったかなどは、もはや確認できなくなっていた。筒井が読んだ文面の一部は、当時の新聞記事からの引用だった。

「参考人自らが、その事件のことを話したわけだね」強行犯係長の桜川《さくらかわ》が確認した。五代たちの直接の上司である。

そうです、と五代が答えた。

「刑事が来たぐらいだから、どうせ自分たちが愛知県にいた頃のことも調べられるだろう、小さな町だから、ちょっと聞いて回ればすぐにわかる、それなら先に話しておこう、と思ったそうです」このことはすでに桜川には話してあるので、ほかの幹部たちのほうを向いて説明した。

「さて、この件をどう扱いますかね」桜川が幹部たちの意見を求めるようにいった。「被害者の行動の中で最も不可解なのは、事件当日を含めてこの一か月間に三度、門前仲町に足を運んでいることです。ところがその理由については全くわかっておりません。唯一繋がりがあるとすれば、倉木達郎なる人物です。倉木、小料理屋『あすなろ』、そして被害者の関係を、引き続き五代君たちに追ってもらおうと考えています。問題は、筒井君が読み上げてくれた三十数年前の事件にどこまで手を付けるかです」

うーん、と唸り声を漏らしたのは細長い顔の署長だ。「あまり筋の良くない話ですねえ」

「おっしゃる通りです」

「これ、愛知県警としては触れられたくない案件だと思うんですよねえ。勾留中の被疑者に死なれるなんて、失態もいいところだ。忘れたいというか、なかったことにしたいんじゃないかな」

「そうでしょうね」桜川は頷く。「ですから御相談しているわけです」

「その小料理屋の女将《おかみ》たちが犯人である可能性は少ないんですよね」

「五代君の話によればそうです。犯行時は店で働いていたと思われますから」

「だったら、店が何らかの形で事件に関与しているかもしれないとして、女将たち個人について調べる意味はあまりないように思うんですがね。ましてや三十年以上も前の過去を」

署長は明らかに及び腰だ。他県の警察を刺激したくないのだろう。

五代君、と呼びかけてきたのは刑事課長だ。

「君の感触はどうなの？　女将たち個人は事件とは関係ないと思うかね」

五代は小さく首を捻った。

「正直いって、よくわかりません。ただ、倉木達郎があの店のことを隠していた点が気になります。お札を貰った相手を忘れたといったのも不自然です。倉木が隠したかったのは、店ではなく、あの母娘の存在だったように思うんです。ですから――」

「わかった、もういい」刑事課長は五代を制するように手を出した後、署長のほうを向いた。

「愛知県警としては触れられたくない話でしょうけど、当時の責任者が残っているわけではないでしょうし、さほど気にすることはないように思います」

部下にいわれ、署長も踏ん切りがついたようだ。不承不承といった様子で桜川に頷きかけた。

「わかりました。お任せします」

「では上司と相談し、愛知県警の協力を得られるよう取り計らいます」そういってから桜川は筒井と五代に目配せした。御用済みということらしい。

失礼します、と上役たちに頭を下げ、五代は筒井と共に会議室を出た。

「面倒臭いことになるかもしれないぞ」廊下を歩きながら筒井が、先程読み上げた書類をひらひらさせた。

「一九八四年か」五代はため息をついた。「まだ学校にも行ってない」

「捜査資料なんて残ってなくて当然だ。となれば、当時の担当者に聞いて回るしかない」

「責任者たちは大抵死んでるでしょうしね」

「担当者が当時俺たちと同世代だったとして、今は七十歳以上か。生きてたとしても、こっちのほうが怪しいかもしれんぞ」筒井は、こめかみを指でつついた。

五代は苦笑しつつ、少し気が重くなった。もし事件について明瞭に覚えている人物がいたとしても、きっと今さら思い出したくないに違いない。自分が話を聞きに行ったところで歓迎はされないだろうと思った。

8

「味噌カツって、食べたことないんですよ。五代さん、食べたことあります？」隣席の中町がスマートフォンをいじりながら訊いてきた。

「いや、じつは俺も食べたことがないんだ。前回の出張の時に気にはなったんだが、結局食べなかった。味がイメージできなくてね。白状すると食わず嫌いなところがある」

「そうなんですか。見かけによらないですね」

「うちのお袋からは、そんなんだから結婚できないんだとよくいわれる。しかし中町君が食べるなら付き合うよ。仕事が終わって、良い店があったら入ろう」

「たくさんあるみたいです。何しろ名古屋ですからね」中町はスマートフォンから目を離さない。

車内アナウンスが、間もなく名古屋駅に到着することを告げた。五代はポケットの切符を確認した。

五代が再び愛知県に出張を命じられたのは、幹部たちだけの会議に出席させられてから四日目のことだった。今回の行き先は名古屋市天白区《てんぱく》だ。名古屋駅だから『のぞみ号』で行ける。しかも中町の同行も認められた。久しぶりの出張だそうで、張り切っている。

一九八四年に起きた『東岡崎駅前金融業者殺害事件』の捜査資料は、やはり殆ど残っていなかった。時効が成立していることや事件発生からの年月を考えれば自然なことで、愛知県警が意図的に隠しているとは考えにくい。それどころか県警はかなり協力的で、当時の捜査担当者を粘り強く捜してくれたのだ。記録が残っていないので、年配者たちの記憶だけが頼りなわけで、かなり大変だったことは想像に難くない。五代としては頭の下がる思いだった。

そうして見つかったのが、これから五代たちが会おうとしている人物だ。事件を担当した、元捜査員らしい。年齢は七十二歳。事件当時は四十前だ。第一線の刑事だったのではないか、と期待できる。

白石弁護士殺しについては、残念ながら捜査が進展しているとは到底いい難かった。凶器のナイフは量販店で買えるものだし、殺害現場から犯人の遺留品と思えるものは見つかっていない。現場周辺に設置された防犯カメラからも、今のところ有益と思える映像は得られていなかった。倉木が『あすなろ』に通っていたことを突き止めた地取り捜査班も、それ以後は特に成果なしだ。

現在は、白石健介が所持していたスマートフォンの位置情報に基づく捜査に期待がかけられている。初対面の相手に殺害されたとは考えにくいので、過去に白石健介は犯人とどこかで会っていたはずだ。そこで最近の足取りをすべて追い、店などに滞在していた場合は誰かとの会談の可能性が高いと考え、その店に設置してある防犯カメラの、同日同時刻の映像を調べるのだ。店にカメラがない場合は、付近の防犯カメラで歩道などを確認する。根気のいる作業ではあるが、被害者が最近どういう人間と接していたかを正確に調べられるという利点がある。とはいえ、それで犯人が判明するとはかぎらない。映っているのが仕事相手や依頼人ばかりでは、そこから先は手詰まりになる。

五代たちが名古屋駅の改札口を出たところで、一人の男性が近づいてきた。年齢は三十歳前後か。眼鏡をかけた、人当たりの良さそうな人物だった。

挨拶し、お互いの身分を確認し合った。向こうは愛知県警の地域課に所属する片瀬《かたせ》という巡査長だった。道案内をしてもらえることは、事前に打ち合わせてある。

「このたびは面倒なことをお願いして、申し訳ありません」東京からの手土産を渡しながら五代は詫びた。

「お気遣いなく、お互い様ですから」片瀬は微笑《ほほえ》んだ。

ここからは車で行くらしい。駅を出たところで五代たちを残し、片瀬は車を取りに行った。間もなく、白いセダンが現れた。運転しているのは片瀬だった。

中町が助手席に乗ろうとしたが、それを制し、五代が乗り込んだ。そのほうが片瀬と話しやすいからだ。

「東京から厄介なことをいってきたと思われたんじゃないでしょうか。何しろ三十年以上も前の事件についてですから」車が動きだしてから、五代はいった。

「個人的には楽しかったですよ。自分が生まれる前の事件を調べるのは初めての経験でした」片瀬の口調は穏やかだ。社交辞令には聞こえなかった。

「片瀬さんも今回の調査に加わっておられたのですか」

「捜す相手は元警察官といっても、今はただのおじいちゃんですからね。地域課の出番となります」

片瀬によれば、これから会いに行く人物の名前は村松重則《むらまつしげのり》といって、『東岡崎駅前金融業者殺害事件』発生当時は、所轄の刑事一係に所属していたらしい。その時の階級は巡査部長で、捜査の第一線に参加していたという。

「頭ははっきりしていて、事件のことも明確に記憶しているようです。それからたぶんこれが一番重要だと思うのですが、当時の捜査記録を保管しているとか」

「えっ、本当ですか」

「といっても個人的なものだけですがね。現役時代に使用していた手帳やファイルなどを捨てずに置いてある、ということです。その中に例の事件のものも含まれているそうです」

「なるほど」

五代は納得した。彼自身、これまでの捜査記録を自室にしまいこんでいる。何の役にも立たないとわかりつつ、捨てられないのだ。それらを得るためにどれだけ歩き回ったか、知っているのは自分だけだ。

三十分ほど走ったところで片瀬は車を止めた。住宅地で、近くに幼稚園があった。集合住宅が目に付くから、サラリーマン世帯が多く住んでいるのかもしれない。

片瀬が案内してくれたのは、和洋折衷の古い一軒家だった。例によって駐車スペースを広々と取っており、二台は楽に止められそうだ。だが今は軽自動車が一台止められているだけだった。

片瀬がインターホンでやりとりすると、玄関のドアが開き、白髪の男性が現れた。思ったよりも小柄で顔つきも温厚だ。元刑事、という雰囲気はない。

男性は愛想よく五代たちを招き入れてくれた。通されたのは小さな庭を見下ろせる洋風の居間で、大理石のテーブルを挟み、五代たちは村松と向き合った。改めて挨拶を交わした後、村松の妻が日本茶を出してくれた。物静かな女性で、短めの髪を明るい色に染めている。奇麗に化粧しているが、来客に備えてのものかもしれない。

「お忙しいところ、申し訳ございません」

五代が頭を下げると、村松はいやいやと手を横に振った。

「忙しいことなんかありゃせんです。ちっと前まで駐車監視員をしとったんですが、とうとうお払い箱になりました。毎日、暇を持て余しております。私なんかでよければ、いくらでも力を貸します」村松の口調は快活だ。片瀬がいうように頭は明敏なのだろう。

「お聞きになっておられるかもしれませんが、先日東京で起きた殺人事件の捜査の中で、ある参考人が愛知県の出身であり、かつてこちらで起きた殺人事件の被疑者の妻だと判明しました。

一九八四年の、『東岡崎駅前金融業者殺害事件』です」

五代の言葉に村松は神妙な顔つきで頷いた。

「そうらしいですな。東京に住んでおられましたか。私も一度や二度は会っとると思うんですが、顔は出てきません」

「果たして我々が捜査している事件に関係しているかどうかは不明なのですが、とにかくどんな事件だったかを把握しておこうと思い、こうしてお伺いした次第です」

村松は満足そうに、うんうん、と首を縦に動かした。

「そういうことでしたら、自分でいうのも何ですが、私は適任者だと思います。最初から最後まで、最前線で関わっておりましたから。何しろ、現場に最初に駆けつけた一人です。通報者は、まだ遺体のそばに立ったままで、部屋から出てもいなかったですから」

「そうでしたか」五代は目を見張る。それならばたしかに適任者だ。

村松は傍らの紙袋から一冊の古い大学ノートを取り出すと、テーブルに置いてあった眼鏡をかけた。

「あの日のことはよく覚えております。当時私は矢作川《やはぎがわ》のそばに住んでおったのですが、晩飯を食べてたら急に呼びだしがかかりましてね、あわてて現場に駆けつけました。名鉄東岡崎駅のそばにある雑居ビルの二階です。『グリーン商店』なんていう胡散《うさん》臭い看板が掛かった事務所で、背広姿の男性が刺されて死んどりました。床に血の付いた包丁が落ちていましたが、元々事務所に備品として置いてあったものらしく、犯行は計画的なものではなく、何らかの争いの末、衝動的に刺したものと思われました。でまあ、すぐに捜査本部なんかも立って、捜査が進められたんですが、調べてみると被害者の灰谷という男が、ろくなことをしていないことがわかりましてね。こういっちゃあ何ですが、殺されても仕方のないたわけでした」

「どんなことをしていたんですか」

「あなた方はお若いから、あまり御存じではないかもしれませんが、東西商事事件というのを聞いたことがありますか」

「東西商事……ああ、警察学校で習った覚えがあります。大規模な詐欺事件だったとか」

村松は、ゆっくりと大きく頷いた。

「まず客に純金を売りつけます。資産価値がある、必ず値上がりするとかいってね。それ自体は構わんのですが、問題なのは、その現物の純金を客に渡さないところです。現物の代わりに証券なんていう紙切れを渡すんです。で、現物のほうは会社で預かっておくといい張るわけですな。本当にそうなら問題はないんですが、じつはそうじゃありません。会社は純金なんか買わず、客から受け取った金を自分たちの懐に入れておったんです。よくそんなやり方が通用したなと不思議に思われるかもしれませんが、この手口に老人をはじめ、たくさんの人が騙《だま》されてました。もちろん、いつまでもごまかせるわけはありません。苦情を訴える人がいっぱい出てきて、会社の悪だくみが全部ばれてしまいました。会社は潰れ、残っていた資産は、被害者たちに返却されることになりました。といっても、微々たる金額だったそうですが」そこまで一気にしゃべったところで村松は茶を啜った。

「その事件が関係していたんですか」五代は訊いた。

「間接的に、です。東西商事という会社は潰れましたが、幹部や社員の中には、東西商事時代に得たノウハウを使って、新たなインチキ商法を始める者が多かったんです。ゴルフ会員権を使ったもの、パラジウムの先物取引、二束三文の宝石を高額で買わせる——とにかくありとあらゆる手を使って客を騙して金を集めるわけです。で、最後は逃げるか会社を計画倒産させる。そのたびに犠牲になるのはお年寄りでした。特に独り暮らしのお年寄りが狙われましたな。片っ端から電話をかけて、独り暮らしだとわかると、あの手この手で騙したわけです。銀行預金が多すぎると年金が減額されるから投資に回したほうがいいとか、でたらめをいったりしてね。まさに人間のクズですが、こんな連中に取り入って分け前を得ようとする、ハイエナのような真似をしていたのが被害者の灰谷昭造でした」

ようやく事件に繋がるようだ。五代は少し身を乗り出した。

「今もいったように悪徳商法の連中は、いつも獲物を探しとりました。灰谷はそんな連中に近づき、騙せそうな人間を紹介しておったのです。かつて生命保険会社にいたことがあったとかで、退職時に勝手に持ち出した顧客名簿が情報源でした。年齢も収入も貯蓄額も、場合によっては家族構成も把握しとるわけです。悪徳商法を企んどる人間にしてみたら、じつに都合のいい男です。灰谷は、そういう会社のセールスマンと一緒に狙いをつけたお年寄りのところへ行って、すでに加入している生命保険のアフターサービスのような顔をして、セールスマンを紹介しとりました。お年寄りとしては、自分が入っている保険と繋がりがあると思うから、ころりと騙されるわけですな。しかも灰谷という男、じつに口がうまかったようです。時々手土産を持ってきてくれたりするものだから、寂しいお年寄りにしてみれば、家族のように気を許したくなるんだとか」

村松の話を聞き、たしかに殺されても仕方のない人間だったようだ、と五代は思った。

「刺された動機、察しがつきますね」

「その通りです。捜査方針も、灰谷に騙された被害者を当たることが中心になりました。ところが調べてみると、意外にも事件が起きた時点では、騙されたと自覚していた人は案外少なかったんです。中にはまだ信じたままで、灰谷が死んだと聞き、あんな良い人がどうしてそんなことにといって泣いた婆さんもいたそうです」

五代の隣で中町が、それはすごい、と呟いた。灰谷の詐欺師としてのテクニックに対する感想をいったのだろう。

「そんな中、捜査線上に浮かんできたのが福間淳二という人物です。豊川で電器店を営んでおり、灰谷の紹介でパラジウムの先物取引に手を出しとりました。四十四歳と被害者の中では若いほうですが、下手に電気なんかの知識があったのがよくなかった。自分なりにちょっと勉強して、本当にパラジウムが有望な金属だと思ってしまったらしいです。ところが先物取引については全くの素人。一番高い時に買わされて、一番安い時に勝手に売られるの繰り返しで、瞬く間に財産が底を突きました。その間業者は何をしておったかというと、福間が買った時に売り、売った時に買っておったのです。福間と逆で、一番安い時に買い、一番高い時に売ったのだから丸儲けです。福間の金が、そっくり業者に渡ったことになる」

「それはまたあくどい」五代は顔をしかめた。「でもどうして取引を続けたんでしょう」

「業者が元本《がんぽん》は保証するといっておったからです。だからたとえ儲からなくても、自分が出したお金は戻ってくると福間は思っておったんでしょう。ところが業者が行方をくらましたんです。そこに至って福間は騙されたことに気づき、灰谷に抗議したわけです。どうせあんたも仲間だろうから損した分を返せ、と。もちろん灰谷が首を縦に振るわけがありません。うちは紹介しただけだ、何も知らん、の一点張りですわな。灰谷は電話番に自分の甥《おい》を使っておったのですが、その甥によれば、福間は何度も事務所に来たそうです」村松は眼鏡を触りながらノートに目を落とした。「事件当日も福間の姿が目撃されています。通報より三十分ほど前に、ビルの階段で蕎麦《そば》屋の出前持ちとすれ違っているんです。当然、任意出頭を求めることになりました」

「福間は犯行を認めたんですか」

村松は口をへの字にして首を振った。

「事務所に行って、灰谷と会ったことは認めました。けど、刺したのは自分じゃないといったんです。自分は殴っただけだと」

えっ、と五代は聞き直した。「殴ったんですか」

「殴ったそうです。それは認めると。それを聞いた途端、傷害で逮捕ということになりました。実際、遺体の顔面には内出血があり、犯人に殴られたのだろうと推察されていましたから」

そういうことだったか、と五代は納得した。それならば別件逮捕とはいえないだろう。

「その瞬間から、福間の身柄は拘束されたわけですね」

「そうです。傷害で送検した後、取り調べが行われました」

「村松さんが取り調べに当たったのですか」

「違います。福間を取り調べたのは、県警本部から来ていた警部補と巡査部長です。名前はたしか……」村松はノートを確認し、山下《やました》警部補と吉岡《よしおか》巡査部長だといった。「厳しい取り調べをすることで有名なコンビでした。殴ったけれど刺してはいない、なんてややこしいことをいう奴は、脅してでも吐かせるのが一番となったわけです。だから山下さんたちが取り調べを担当すると聞いた時には、妥当だと我々も思いました。あのコンビならすぐに片付けられるだろうと期待しとりました。乱暴だという意見もあるでしょうが、あの頃の捜査とは、そういうものだったんですわ」

取り調べの話になると、途端に村松の歯切れが悪くなった。

「村松さんは取り調べに立ち会うこともなかったのですか」

「ありません。ただ、記録係をしていた者から中の様子を聞いたことはあります。取り調べているのは主に吉岡さんで、すごい剣幕で問い詰めるものだから、福間はすっかり怯《おび》えきっていたようです。山下さんはそんな吉岡さんを窘《たしな》め、福間に少し優しい言葉をかけたりしつつ、早く白状しないともっと過酷な目に遭わせるようなことを仄《ほの》めかすんだそうです。あれだけやられちゃ、そんなに長くは保《も》たないだろう、近いうちに自供するだろうって記録係はいってました。ところが……」村松は太いため息をついた。「あんなことになるとは夢にも思いませんでした」

「首を吊ったと聞きましたが」

「そうです。脱いだ服を細長く丸めて、窓の鉄格子に掛けて吊ったんです」村松は湯飲み茶碗を手にしたが、どうやらすでに飲み干していたらしく、中を覗いてからテーブルに戻した。

「以上が、あの事件のあらましです。留置場の管理に手落ちがあったのはたしかですが、捜査という面では、特に落ち度はなかったと思います」

五代は頷く。話を聞いたかぎりでは、村松のいう通りだと思った。被疑者死亡のまま送検され、不起訴になったという結末にも納得がいく。

村松は離れたところに座っている妻を呼び、茶を淹れるよう命じてから五代のほうを向いた。

「事件について、ほかに何かお訊きになりたいことはありますか？」

五代は背筋を伸ばした。

「事件の関係者に、倉木という人物はいませんでしたか。倉木達郎というんですが」

くらき、と口に出してから村松は首を捻った。

「さあ、どうでしょう。何しろ三十年以上も前だし、その間にもいろんな人間に会ってきとりますからねえ、関係者の名前をいちいち覚えてたら頭がパンクします。少なくともあの事件の重要人物の中に、その名前はなかったと思います」

村松は紙袋の中から一冊のファイルを引き出した。すると何かが一緒に出てきて床に落ちた。小さな黒革の手帳だった。村松はそれを紙袋に戻してから、ファイルを五代に差し出してきた。

「灰谷が悪徳商法の連中に紹介した人々のリストです。中には怪しげな壺を買わされた人や、マルチ商法に引っ掛かった人もいます。インチキ商法のデパートですよ」

五代はファイルを受け取り、中町に渡した。「倉木の名前がないかどうか調べてくれ」

「わかりました」

中町がファイルを開くのを見てから、五代は紙袋に視線を戻した。

「先程の手帳は現場で使っておられたものですか」

これですか、と村松が手帳を手に取った。「そうです。現場に持っていってました」

「拝見していいですか」

「どうぞ、どうぞ。当時、この手帳をたくさん買い置きしていて、事件が起きるたびに新しいのを持っていってたんです」

「なるほど、それは合理的ですね」

五代は古い手帳を開いた。最初のページには、『5／15 7時55分現着 矢作川ビル2階 グリーン商店 ガイ 灰谷昭造』と記されていた。ガイは被害者の略だろう。かなり乱れた字だが、辛うじて読める。夕食の途中で駆けつけた緊迫感が伝わってくる。

次のページには、『坂野雅彦 妹の子 電話番』などと書かれ、そこから先は一層字が乱れて読みにくい。

「これ、どんなことが書いてあるんでしょうか」

「どこですか。いやあ、字が汚くてすみません。どれどれ、ちょっと見せてください」

五代が村松に手帳を渡すと、中町が横からファイルを返してきた。「このリストの中には倉木の名前はありませんでした」

「そうか」

そうだろうな、と思った。村松の話によれば、被害者は主に老人だ。当時三十歳そこそこだった倉木が狙われる可能性は低い。

「これは灰谷の甥から聞き取ったものですわ」村松がいった。「さっきもいったでしょ。灰谷は妹の息子を電話番に雇ってたんですよ。坂野《さかの》雅彦《まさひこ》と書いてあるのがそうです。私らが現場に駆けつけたら待っていたので、その場で大体のことを聞いたというわけです。ええと、公衆電話で通報後はビルの外にいた、と書いてありますな」

「えっ？」五代は村松の顔を見た。「先程、通報者は遺体のそばにいて、部屋から出てもいなかった、とおっしゃいませんでしたか」

「いいました。私の記憶ではそうなっとるんですよ。あれっ、おかしいな」村松は自分の古い手帳をめくり始めた。やがて、ああそうだ、と大きな声を出した。「思い出した。すみません。勘違いしとりました。二人おったんです」

「二人？」

「遺体発見者です。一人が通報した甥で、もう一人は部屋にいた人物です。ええと、甥の話によれば、運転手らしいですな」

「運転手？　タクシーのですか」

「そうではないです。ああ、ここに書いてありますな」村松が手帳から少し顔を遠ざける。老眼鏡をかけていても読みづらいようだ。「事故をした男性、詫びに送り迎え、か。ああ、なんかそんな話があったなあ」

「何ですか」

「はっきりとは覚えていないんですが、大した話じゃないです。交通事故で灰谷のほうが軽い怪我をしたんですよ。それで怪我が完治するまで、相手の男性が灰谷の運転手を務めていたということです。灰谷の甥は、その男性と一緒に部屋へ行って、遺体を見つけたというわけです。その男性については一度も問題にならなかったから、かなり早い段階で容疑の対象から外れたんだと思いますよ」そういいながら村松は手帳をぱらぱらとめくっていたが、突然その手をぴたりと止め、あっと声を漏らした。

「どうしました？」

村松は眼鏡の奥の目を大きく開き、手帳を開いて持ったまま腕を五代のほうに伸ばし、さらにもう一方の手で、ページの一部を指差した。

五代は腰を浮かせ、手帳を覗き込んだ。

いくつかの単語や短い文が、乱雑に書き殴られている。どれも読みにくいが、村松が示している字はカタカナで、比較的読みやすかった。

『クラキ』とあった。

9

村松の家を出ると、再び片瀬に名古屋駅まで送ってもらうことになった。今度は中町に助手席に座ってもらい、五代は特捜本部に電話をかけた。

「今、こっちからかけようと思っていたところだ」桜川がいった。「だけどまずはそっちの首尾を聞こうか。声に気合いが入っているみたいだな。何か摑んだか」

「驚きの事実を」

五代は村松の家で得た情報を桜川に伝えた。

「それはたしかに驚きだ。あの事件に倉木が絡んでたとはな」

「村松さんの手帳に記されていただけでなく、保管されていた資料を片っ端から調べたところ、指紋採取の同意書の写しってやつが出てきました。倉木達郎と自筆で書かれていました。間違いありません」

「これであの小料理屋と繋がったな。ふうん、パズルが解ける時ってのは、こういうものなんだな。次から次へとカードが裏返る」

「そちらでも何かあったんですか」

「あったなんてもんじゃない。防犯カメラを調べてた連中が金星だ。十月六日、白石さんは東京駅のそばにある喫茶店に入っている。その店の入り口に設置された防犯カメラに、白石さんに続いて、二分遅れて入ってきた人物が映っている。それが誰か、いわなくてもわかるな」

「倉木ですね」

「そういうことだ。すぐに倉木のところへ行って、問い質《ただ》すんだ。筒井たちも応援に向かわせた。地元の警察にはこちらから連絡を入れておくから、場合によっては倉木をそこに任意同行させてもいい」

「倉木の自宅に行く前に、所在を確認しなくていいですか」

「しなくていい。東京から再び刑事が来るとなれば、余程のことだと思うだろう。もし倉木が事件に関与しているなら、逃走するおそれがある。君たちのいる場所から倉木の自宅までは目と鼻の先だろ。無駄足になったところでどうということはない」

「おっしゃる通りです。予告せず、向かいます」

電話を切り、中町に桜川とのやりとりを話した。

「いよいよ何かが動きだした感じですね」中町が目を輝かせる。

「応援を寄越すのは、倉木が逃げないように家を見張るためだろう。係長、倉木を本ボシと睨《にら》んだようだな」

いいですねえ、と運転席で片瀬がいった。「何だか私までわくわくします。がんばってください」

ありがとうございます、と五代は答えた。

名古屋駅に着くと礼をいって片瀬とは別れ、新幹線『こだま号』の上りに乗った。

「それにしてもわからないな。三十年以上も前の事件が、今度の事件にどう絡んでくるんだ」

自由席のシートで五代は腕組みをした。

「あれも気になりませんか。たしかに倉木は昔の事件の関係者ではありましたけど、捜査陣にとってさほど重要な人物ではなかったみたいです。映画でいえばエキストラです。その程度の関わりなのに、未だに引きずるなんてことがあるんでしょうか」

「わからんな。何もわからない」五代は肩をすくめた。

三河安城駅に着くと、タクシー乗り場に向かった。二度目だから慣れたものだ。タクシーの運転手には、ササメのほうへ、と指示した。

倉木の家の前でタクシーから降りた。深呼吸を一つしてから門に近づき、インターホンのボタンを押した。だがしばらく待っても反応がない。留守だろうか。五代は中町と顔を見合わせた。

その時だった。「まだ何かありましたか」と背後から声をかけられた。振り向くと倉木が立っていた。紙袋を提げている。

「どうしても確認したいことがありまして」五代はいった。

「そうですか。それならまあ、どうぞ。何のお構いもできませんが」倉木はポケットから鍵を出し、近づいてきた。

家に入ると、前回と同じ部屋に通された。倉木は、「少し待っていてください」といって紙袋から生花を出すと、仏壇に飾り、最後に手を合わせた。その背中は、やけに小さく感じられた。

失礼しました、といって倉木が五代たちの向かいに腰を下ろした。

「仏壇には定期的に花を？」五代は訊いた。

「気が向いた時だけです。今日は何となくそういう気になりましてね」倉木は薄く笑った。心なしか前回よりも弱々しく見える。「それで、確認したいことというのは何でしょうか」

「前回の上京のことです。十月五日に上京し、翌日にお帰りになったということでした。目的は何だったんですか」

「それは前回お話ししたはずです。息子の顔を見たくなった、と」

「息子さんの顔だけですか」

「どういう意味です？」

「十月六日の夕方、あなたは東京駅の近くにある喫茶店に入りましたね」

倉木の頰が強張るのがわかった。返答に詰まっている。

「なぜそんなことがわかるのか、と不思議に思っておられるようですね。まあ、無理もない話です」五代は相手の表情を観察しながら続けた。「詳しい説明は省きます。要するに東京という街は、今や防犯カメラだらけだということなんです。飲食店やコンビニが防犯カメラを設置するのは自己防衛の観点から当然ですが、街中でも監視カメラがいたるところに設置してあります。かつて公衆電話は悪だくみをする連中にとって都合のいい道具でした。ところが今や警察にとって心強い味方です。犯人が公衆電話を使ったとわかれば、東京中の公衆電話付近の映像が解析されます。公衆電話の付近には必ずといっていいほどカメラが設置されていて、利用者の姿が捉えられるようにしてあるからです。そんな監視社会の網の目に、あなたも引っ掛かったというわけです。ついでにいえば、あなたがその店で会った人物の姿も、しっかりと映像に残っています。いうまでもありませんね。白石弁護士です」

倉木は無言だった。目は宙の一点を見つめているようだ。放心しているわけでないことは、目の色を見れば明らかだった。何かと葛藤《かっとう》しているのではないか、と五代は思った。

「前回あなたは、白石弁護士とは電話で話しただけで会ったことはないとお答えになりました。電話をかけた理由も、無料相談があったから、というものでした。しかし実際には数日後に上京し、白石弁護士に会っている。これはどういうことでしょうか。説明していただけますか」

倉木はやはり何もいわず、固まったように動かなかった。

五代は倉木と目を合わせる位置に移動した。「浅羽洋子さんと織恵さんに会いましたよ」

倉木の瞼《まぶた》がかすかに動いた。

「洋子さんが、あなたに富岡八幡宮のお札をあげたことを話してくれました。それなのにどうしてあなたは、そのことを忘れたなんていうのですか。忘れるわけがないでしょう」

倉木は瞼を閉じた。これではさすがに五代も目を合わせられない。

「なぜ、あなたは『あすなろ』に行くんですか。そのことを息子さんにさえも隠している理由は何ですか。それだけじゃない。あなたは浅羽さん母娘にさえも隠し事をしていますね。自分が、三十数年前に起きた『東岡崎駅前金融業者殺害事件』で遺体の第一発見者だったことを隠していますね。それはなぜですか」

倉木が目を開け、ゆっくりと立ち上がった。仏壇の前まで移動し、先程と同じように合掌した。

「倉木さん……」

「もういいです」

「えっ？」

倉木が五代たちのほうを向いた。五代は、はっとした。先程までとは比べものにならないほど穏やかな顔をしていたからだ。

「すべて、私がやりました。すべての事件の犯人は私です」

「すべてって……それはもしかすると」

はい、と倉木は頷いた。

「白石さんを殺したのは私です。そして灰谷昭造を刺し殺したのも私です」

10

今から三十三年前のことです。私は愛知県にある部品製造会社に勤務しておりました。まだ自分の家は持っておらず、国鉄岡崎駅の近くにあるアパートから会社まで車で通っていました。そうですね、当時はまだ国鉄といいました。ＪＲではなく。

その通勤の途中、自転車と接触事故を起こし、相手に怪我を負わせてしまいました。その相手というのが灰谷昭造です。

怪我といっても大したものではなかったのです。しかし灰谷は狡猾《こうかつ》で、陰湿な男でした。こちらが平身低頭で謝っていることにつけ込み、あれやこれやと無理な要求をしてくるのです。治療費を私が払うのは当たり前だと思いましたが、それにしても法外な金額でした。おまけに私に事務所への送り迎えを命じたりもするのです。

ついに堪忍袋の緒が切れたのが、あの夜でした。壊れた自転車の修理代を請求されたのですが、それがまたあり得ない金額だったのです。新しいものを買ったほうがまし、という数字を見せられ、頭に血が上りました。こんなものは払えないといいました。すると灰谷は、だったら事故のことを会社にばらすといったのです。

じつは私は事故を起こしたことを会社には黙っていました。というのは私の会社は大手自動車メーカーの子会社であり、社員の交通事故にはとても敏感で、一度でも事故を起こせば退職するまで査定に影響するといわれていたからです。

こんな男にこの先もつきまとわれたらたまらないと思い、事務所の台所にあった包丁を手にしました。本気で殺す気はありません。脅すだけのつもりでした。しかし灰谷は動じません。刺せるものなら刺してみろ、とせせら笑ったのです。その顔を見て、私の理性は吹っ飛びました。気づいた時、灰谷は倒れていました。私の手には血みどろの包丁が握られていました。灰谷は死んでいるようでした。

大変なことをしてしまったと思いました。とにかく一刻も早く立ち去らねばと思い、包丁の指紋などを拭き取った後、部屋を出ました。そして自分の車に乗り込んだ直後のことです。灰谷の事務所の電話番をしていた若者が帰ってくるのが見えました。私は、さもたった今到着したばかりだという顔で車から降り、電話番の若者と事務所に向かいました。こうして彼と共に、死体の第一発見者となったのです。

もちろん私も事情聴取を受けました。でも容疑者とするほどの根拠を警察は摑めなかったようです。拘束されることも、何度も呼びだされることもありませんでした。

そうこうするうちに意外な展開になりました。犯人が逮捕されたのです。福間淳二という男性で、灰谷とは金銭トラブルが原因で揉めていたということでした。

正直に告白すれば、助かったと思いました。何とかこれで決着してくれないかと願いました。福間さん本人は否定しているに決まっているわけですが、警察が耳を傾けない可能性はあります。

結果的に私の願いは叶いました。御承知の通り、福間さんが自殺し、それによって警察は以後の捜査をやめてしまったのです。

その日から、私は大きな十字架を背負って生きていくことになりました。何の罪もない男性の人生を奪ってしまったという自責の念が、いつも頭の片隅に、いえ、ど真ん中にありました。申し訳ない気持ちでいっぱいでした。しかし自ら警察に出頭する勇気は出ませんでした。刑務所に入るのが怖かったこともありますが、妻と生まれたばかりの息子のことを思うと、とても名乗り出られなかったのです。彼等を犯罪者の家族にはしたくありませんでした。

それがとんでもなく間違った考えだと気づいたのは、それから数年後です。世はバブル景気真っ盛りで、多くの人々が株や不動産取引などで利益を上げていました。

そんな頃、仕事の関係で豊川市に行きました。たまたま入った食堂で、同僚と投資の話などをしていたところ、店の女将さんが思わぬことをいいました。その町にかつてあった電器店の話です。その電器店の主人は何年か前、インチキな投資話に騙されて財産を失ったというのです。それだけではありません。投資話を仲介した人間に抗議に行った挙げ句、逆上して刺し殺してしまった、とのことでした。しかも逮捕された後、留置場で自殺したというではありませんか。

私は女将さんに、電器店の名前を訊きました。たしかフクマ電器店といった、という答えを聞き、震えました。あの福間さんに違いありません。

しかしもっと衝撃的だったのは、その後です。女将さんによれば、福間さんの奥さんは小さな娘さんを連れて、ひっそりと町を出ていったというのです。専門知識のない奥さんに電器店の経営が難しいことはいうまでもありませんが、やはり世間からの風当たりが強かったのだろう、と食堂の女将さんはいいました。殺人者の家族ということで、かなり悪質な嫌がらせを受けたらしいのです。

目眩《めまい》がしました。私は自分の家族を守った気でいましたが、代わりに別の家族を不幸にしていたのです。到底許されるものではありません。

それでも私はまだ決断できないでいました。自分と自分の家族を守ることを優先してしまったのです。今さら真実を述べたところで仕方がない、と自分を納得させました。

それからさらに時が流れ、一九九九年の五月、事件は時効を迎えました。嬉しい気持ちなど微塵もありません。改めて罪深さを嚙みしめただけです。ちょうどその頃、妻が白血病で倒れました。数年後に妻が逝った時、私は天罰だと思いました。神様は私に刑を与える代わりに、妻の命を奪ったのです。

私は探偵を雇うことにしました。まずは福間さんの家族が今どこで何をしているかを調べてみようと思ったのです。探偵社は電話帳で探しました。どういう名称だったかは覚えていませんが、なかなか誠実な対応をするところでした。依頼してから一週間ほどで調べあげてきましたが、法外な金額を請求されることはありませんでした。

報告書によれば、福間さんの奥さんと娘さんは、奥さんの旧姓である浅羽を名乗っているそうでした。東京の門前仲町という土地で小料理屋を始めたらしく、高校を卒業した娘さんも店を手伝っている、と書かれていました。隠し撮りした写真には、母娘で自宅を出るところが写っていました。年齢は違うのですが、姉妹のように顔や雰囲気が似ていました。

私は安堵しました。母娘が路頭に迷っていたりしたらどうしよう、と不安でたまらなかったからです。もちろん浅羽さんたちが今の生活を手に入れるまでには、想像を絶する苦労があったに違いないのですが。

一度様子を見に行ってみようか。いや、今さら自分が行ったところで意味がない。真実を告白して謝罪したとしても、どうせ時効を過ぎたからだろう、と不快に思われるだけだ。自己満足だと罵倒されるだけだ――。

あれこれ迷った末、またしても私は行動しないままでした。

そしてさらに十年ほど経ち、私にも定年退職の時が訪れました。これを機に何かしよう、と考えた時、真っ先に思い浮かんだのが福間さん、いえ浅羽さん母娘のことです。二人がどうしているか、どうしてもこの目で確かめたくなりました。

東京の大学に入った息子が、そのまま東京で就職していました。息子に会いに行くという口実を作って上京し、東京見物と称して一人で門前仲町に向かいました。

心配なのは店が存続しているかどうかでしたが、『あすなろ』は健在でした。二人と顔を合わせても決して動揺しない、おかしなことを口走らない、と自分にいい聞かせてから店に入っていきました。

中にいたのは二人の女性でした。それなりに歳を重ねていましたが、報告書の写真に写っていた浅羽母娘に間違いありませんでした。私は何かがこみ上げてくるのを堪《こら》えるのに苦労しました。それは、長い間会いたかった人たちにようやく会えたという歓びのようであり、ただひたすら申し訳ないという思いのようであり、今日まで二人が無事に暮らしてこられたことを天に感謝する思いのようでもありました。

洋子さんも織恵さんも、私の正体に気づくはずもなく、とても愛想よくしてくれました。出された料理はどれも美味しく、十数年間やってこられたのも当然だと納得しました。実際、その日も次から次に新しいお客さんが来て、二人は忙しくしていました。

帰る際、見送ってくれた織恵さんに、またどうぞ、といわれ、近いうちに来ます、と答えてしまいました。不謹慎なことに、私はすっかり楽しんでいたのです。

そしてそれから二か月も経たないうちに、本当に私は『あすなろ』に再訪しました。二人は覚えてくれていて、私は笑顔の歓待を受けました。良心の呵責《かしやく》は消えませんが、嬉しかったのは事実です。

このようにして何度か足を運ぶうち、私はすっかり馴染み客になっていました。二、三か月に一度程度で常連顔をするのも厚かましい話ですが、遠路はるばるやってくるということで、浅羽さんたちも特別扱いしてくれるようでした。

そこまでにしておけば、と悔やまれます。

彼女たちは彼女たちなりに幸せを摑んでいるようです。ならば私は余計なことをせず、二人をそっと見守り続けるべきだったと思います。

しかし彼女たちと親密になればなるほど、自分に何かできることはないか、贖罪《しよくざい》としてしてやれることはないかと考えるようになりました。

白石健介さんと出会ったのは、そんな頃です。

今年の三月末だったと思います。私は東京ドームに行きました。巨人中日戦のチケットを息子がくれたからです。内野スタンドの、なかなか良い席でした。

試合が始まってすぐ、ちょっとしたアクシデントが起きました。隣にいた男性がビールの売り子に千円札を渡そうとして、誤って落としてしまったのです。運の悪いことに、先に私が買っていたビールの紙コップに千円札が飛び込んでしまいました。男性は平謝りし、新たに私の分のビールも買ってくれました。

それをきっかけに言葉を交わしました。向こうも一人だったのです。

観戦しながら野球の話をするのは楽しいものです。聞けば、相手の男性も中日ファンだというではありませんか。てっきり愛知県出身なのかと思いましたが、生まれも育ちも東京ですと否定されました。元々はアンチ巨人で、巨人のV10を阻止したのが中日だったことからファンになったそうです。

試合が終わったのは九時前でした。助かったと思いました。十時の新幹線に乗らなければ帰れなかったからです。

ところが席を立った時、大変なことに気づきました。ズボンのポケットに入れてあったはずの財布がないのです。はっとしました。試合の途中に一度だけトイレへ行き、個室を使ったことを思い出しました。その時に落としたに違いありません。

あわててトイレに行きました。白石さんも一緒についてきてくれました。ところがトイレにはありませんでした。そこで総合案内所に行ってみましたが、届けられてはいません。私は途方に暮れてしまいました。新幹線の時刻が迫っているのに、切符さえ買えないのです。間の悪いことに、この日息子は出張で東京にはいないのでした。

すると白石さんが財布から二万円を出し、どうぞ使ってください、というのです。驚きました。初対面だし、野球の話ばかりしていて、自己紹介もしていなかったからです。

白石さんは名刺を出し、現金書留で送ってくれたらいいといいました。それを見て私は初めて、あの人が弁護士だと知ったのです。

辞退する余裕などなく、私はお金を受け取ると、お礼もそこそこにその場を離れました。世の中には親切な人がいるものだと東京駅に向かうタクシーの中で思いました。

安城に帰ると、翌日には礼状を添えてお金を郵送しました。すると三日ほどして、白石さんから手紙が来ました。無事にお金が届いたことと、法律について何かあれば相談に乗るので遠慮なく連絡してほしい、ということが書かれていました。

それからしばらく白石さんのことは忘れていました。思い出すのは、秋になってからです。テレビで『敬老の日』に関する番組を見ていたら、遺産相続と遺言について特集していました。それを見て、閃《ひらめ》きました。浅羽さんたちに詫びる方法としては、これが一番良いのではないかと思いました。つまり私が死んだ時、全財産を彼女たちに譲ろうと考えたわけです。

問題は、そんなことが可能かどうかでした。可能だとしても、どんな手順を踏めばいいのか、さっぱりわかりません。

そこで思い出したのが白石さんのことです。あの人に相談してみよう、と思い立ちました。

電話をかけたのは十月二日です。相談したいことがあるので会ってもらえないだろうかというと、即座に快諾が得られました。

お調べになった通り六日に白石さんと会いました。東京駅のそばにある喫茶店を指定したのは白石さんです。久しぶりに会い、財布を落とした時の礼などを述べてから、本題に入りました。

血の繋がりのない他人に遺産を譲ることは可能か。白石さんの答えはイエスでした。法的に有効な遺言状を残せば、それは叶えられる。ただし全財産を譲れるかどうかは法定相続人の意思にかかっている、とのことでした。私の法定相続人は息子の和真です。そういう遺言状を残しても彼には最大で二分の一を相続する権利があるそうです。だから彼を納得させられれば、全財産かそれに近い額を浅羽さんたちに残すことは可能なわけです。

そんな話をした後で白石さんは、あなたが遺産を譲ろうとしている相手は、あなたのその考えを承知しているのかと私に訊いてきました。承知していないと答えると、ではなぜそのようにするのかを遺言状に書き残したほうがいいのではないかといいました。その理由が納得のいくものであれば、息子さんが遺留分を放棄する可能性が高まるのでは、というわけです。

たった一度会っただけにも拘わらず、白石さんは親切でした。なぜ私が赤の他人に遺産を譲ろうとするのか、関心がないはずはないのに尋ねてはきませんでした。すると不思議なもので、私はすべての事情を話したくなりました。そのほうが遺言状をどう書けばいいのか指南してもらいやすいと思ったこともあります。しかし何より、今の自分の気持ちをわかってくれる相手を欲していたのかもしれません。東京ドームでの出来事もあり、白石さんが信頼に足る人物であることは明白です。

打ち明けたいことがあると前置きし、私はこれまでの経緯を白石さんに話しました。白石さんはさすがに驚かれた模様でした。表情が硬くなっていくのがわかりました。

事情はよくわかったし、遺産を譲りたい気持ちも理解できる、と白石さんはいいました。喜んでその手伝いをさせてもらうともいってくれました。

ただ、そのやり方には賛成できない、というのが白石さんの言い分でした。本当に詫びる気があるのなら、死んでからではなく、生きているうちにそれをすべきではないか、というのです。

そんなふうにいわれることを予想していなかったので、私は当惑しました。白石さんがいっていることは正論ですが、それができないから遺産の譲渡という方法を思いついたのです。ところが白石さんは納得しません。それでは詫びたことにはならない、あなたは逃げているというのです。話しているうちに興奮してきたのか、かなり口調がきつくなっていました。

私は白石さんに相談したこと、秘密を打ち明けたことを後悔しました。この話は聞かなかったことにしてくれといって席を立ちました。

安城の自宅に帰ってからも、私の心は落ち着きません。白石さんが何かするのではないかと気が気でなかったのです。『あすなろ』のことも話してしまっていたからです。

やがて白石さんから一通の手紙が届きました。そこには、何としてでも浅羽さんたちに詫びるべきだという考えが、長々と記されておりました。そのためには自分も力になる、何なら同席してもいい、と添えられております。

使命感と正義感に溢《あふ》れた、熱い文章でした。しかしその熱さが私には恐ろしく感じられました。放っておけばこの人は浅羽さん母娘にすべてをばらすのではないか、と思うようになったのです。その恐怖心は日に日に大きくなっていきました。

私から何の回答も返さずにいると、数日後に二通目の手紙が届きました。一通目と同様の内容ですが、私を責めるような言葉が増えていました。現在殺人罪に時効がなくなったように、あなたの罪が消えたわけではない、弁護士は被疑者の権利を守るのが仕事だが、罪をごまかすことには手を貸せない、そんなことをするぐらいなら、むしろ罪を明るみに出す道を選ぶ、とまで書かれていました。

私は焦りました。これはきっと最後通牒《つうちょう》だと受け止めました。私が黙っているのなら、白石さんは浅羽さん母娘に真相を語る気なのです。

何としてでもやめさせねば、と思いました。あの母娘と過ごす時間は、今や私の生き甲斐でもあったからです。真実を伝えるのは自分が死んだ後——その考えが白石さんのいうように「逃げ」であることはわかっています。それでも私は唯一の宝物を失いたくなかったのです。

十月三十一日、私は重大な決心をして東京行きの新幹線に乗りました。車中では、これから自分のすべきことを何度も反芻《はんすう》し、どこかに落ち度がないか確認していました。そうです。この時点で私は、白石さんには死んでもらうしかないと考えていたのです。懐にはナイフを潜ませていました。

東京駅に着いたのは午後五時頃です。私は白石さんの携帯電話にかけました。白石さんが出ると、東京に来ているのでこれから会えないだろうか、と訊いてみました。いくつか仕事が残っているが六時半以降なら大丈夫だとの答えが返ってきましたので、六時四十分頃に門前仲町で会うことにしました。白石さんは何度か車で行っており、その際には富岡八幡宮の横にあるコインパーキングを利用したらしいので、そこに車を止めて待っていてくれといいました。

約束の時刻までの間、私は門前仲町付近を歩き回りました。人気《ひとけ》のない場所を見つけるためです。午後六時前後ですから町中は賑わっています。私は隅田川に向かって歩きました。高速道路の高架下あたりからは極端に人の姿が少なくなります。

　こうして隅田川沿いの工事現場を見つけました。業者が車を止めるスペースが空いています。さらに都合がいいことに、近くにある清洲橋の脇の階段から下りた隅田川テラスという遊歩道が、工事で行き止まりになっていました。そのせいでしょう。人気は全くありませんでした。

　ここにしよう、と私は決めました。

　六時四十分を少し過ぎた頃、私は再び白石さんに電話をかけました。すでに富岡八幡宮隣のコインパーキングにいるということでした。私は散歩しているうちに迷ってしまったので、清洲橋のそばまで来てくれるようにいいました。

　間もなく、白石さんが車で現れました。工事現場にいる私に気づいたらしく、すぐそばに車を止め、降りてきました。

　少し話をしたいといって、私は隅田川テラスへの階段を下りていきました。白石さんはついてきましたが、さすがに訝しんだようです。こんなところで何をするのか、浅羽さんたちのところへ行くのではないのか、と責めるように訊いてきました。その尖《とが》った口調が、私の決断を誘発しました。

　周囲に目を走らせました。やはり人気は全くありません。今がチャンスだと思い、隠し持ったナイフで白石さんの腹を刺しました。

　白石さんは少し抵抗しましたが、すぐに動かなくなりました。遺体をどうするか迷い、車まで運ぶことにしました。少しでも門前仲町とは無関係の場所で見つかったほうがいいと思ったからです。

遺体を車の後部座席に乗せた後、運転席に乗り込み、車を移動させることにしました。とはいえ慣れない土地で、どこに車を放置していいかさっぱりわかりません。結局、二十分ほど走ったところで路上駐車し、携帯電話だけを奪って逃げました。そこが港区海岸という地名だということは後で知りました。

すべてうまくいった、これでまた浅羽母娘と今まで通り会える、と思うと同時に、深いやるせなさが心に棲みつきました。

またしても人を殺《あや》めてしまった。しかも何の罪もない人を。

振り返れば、後悔することばかりです。三十数年前から私は何ら変わっておりません。自分で自分が嫌になります。

白石さん、そして浅羽さんたちには、本当に申し訳ないことをしました。いえ、灰谷さんや福間さんにも、あの世で謝らねばなりません。

死刑になるのが当然だと思います。

11

グラスを合わせた拍子に泡がテーブルにこぼれた。構わずにビールを喉に流し込む。格別の味がした。

「やっぱり事件が解決した後に飲む酒は最高ですね」中町が声を弾ませる。

「かなりてこずったからな」

「五代さん、大手柄じゃないですか。査定ポイント、稼ぎましたね」

「やめてくれ。そんなものに興味はない。それに俺一人の手柄じゃない。ほかの班の連中もよくやってくれた」

五代は頬杖をつき、カウンターテーブルの内側を眺めた。白い上っ張りを着た男性が、野菜や魚介類、鶏肉などを焼いている。以前中町と入った、炉端焼きの店に来ているのだ。あの時はテーブル席についたが、今夜はカウンターに並んで座った。

倉木達郎が全面自供してから二日が経つ。今は供述内容の裏付けを取っている段階だが、現時点で自供内容との矛盾は見つかっていない。

倉木の話には、五代も圧倒された。

『東岡崎駅前金融業者殺害事件』の真相は意外なものだった。自殺した福間淳二は無実で、浅羽母娘は本来受けなくてもいい差別を受け、中傷にさらされ、人生を変えられてしまったことになる。

しかし倉木の心理も理解できなくはない。村松の話を聞き、灰谷という男には五代も激しい嫌悪感を抱いた。おそらく倉木は相当に屈辱的な思いをしたのだろう。衝動的に刺してしまった、というのもありそうなことだ。問題はその後の行動だが、本来善良な人間でも、すぐには自首に踏み切れず、あれこれ逡巡するのはふつうの心理だ。もう少し時間があれば、倉木の考えも変わっていたかもしれない。ところが、別の人間が逮捕されるという事態が彼の心理に大きな影響を与えた。人間は弱い動物だ。ごまかせるものならごまかしたい、と思ってしまったのは不自然ではない。

むしろ、その後も倉木が自分の過ちを忘れず、浅羽母娘の存在を知ったことで、さらに強い贖罪の意識を持つようになったのは、彼の誠実さ故だろう。

それだけに白石健介との間に起きた出来事は、ひどいボタンの掛け違いとしかいいようがない。倉木の行動は本人が認める通り身勝手で軽率だが、白石健介の対応にも問題があったように思える。

「あの二人、どんなふうに思うでしょうか」中町が、しんみりした口調になった。「浅羽さん母娘です。事件の真相については、まだ教えてないんですよね」

「上からは、まだ黙ってろといわれている」

「でもいつかは教えなきゃいけませんよね」

「ああ、いつかはな」五代の胸に大きな塊が生じた。その嫌な役目は、たぶん自分に回ってくるだろうと覚悟している。

「親しくしていた馴染み客が、じつは夫や父親に罪をなすりつけた張本人だと知ったら、どんな気がしますかね。想像できないんですけど」

中町の問いに五代は答えられない。黙ってグラスを傾けた。

「まあでも、よかったですよ」中町が口調を明るくした。「一時は何の手がかりもなくて、捜査が暗礁に乗り上げかけましたものね。じつはうちの係長がいってたんですよ。このままだと迷宮入りだなって。ところが迷宮入りどころか、大昔の事件の真犯人まで明らかになったんだから、すごいことです。ある意味、あの過去の事件も迷宮入りしていたわけですからね」

焼き銀杏《ぎんなん》を口に運びかけていた五代は、その手を止めた。

迷宮入り、か――。

倉木の供述は多くの疑問に答えてくれるものではあった。しかしひとつだけ、大きな謎を残している。

なぜ倉木は三十数年前に逮捕されなかったのか、なぜ容疑の対象から外れたのか、ということだ。本来、事件の第一発見者は、真っ先に疑われるのがふつうだ。だがそれについては倉木自身も、わからない、と答えるばかりだ。

自分たちは本当に迷宮入りを免れたのだろうか、もしかすると新たな迷宮に引き込まれたのではないか――そんな思いを五代は懸命に振り払った。

12

六階から眺める街の景色は、故郷のそれとは別世界だ。ここでは大小様々なビルが建ち並び、その間を縫うように道路が複雑に交錯している。和真が生まれ育った町には、面積はあるが高さのない建物しかなかった。しかもそれぞれの間隔が広く空いている。最近はあまり帰省していないが、たぶん今でもさほど変わってはいないだろう。あれはあれで完結した、変わる必要のない場所なのだ。

深呼吸を何度かした。景色から想像するほどに空気は埃《ほこり》っぽくない。今の季節にふさわしい冷たい空気が肺と頭を冷やしてくれた。

ガラス戸を閉め、レースのカーテンを引いてから振り返った。金縁眼鏡をかけた四角い顔の中年男性は、数分前と同じ姿勢でダイニングチェアに座っていた。

すみません、といって和真は男性の向かい側に腰を下ろした。

「少し落ち着かれましたか」男性が尋ねてきた。

いや、と和真は首を傾げた。

「どうなんでしょう。何も考えられないっていう感じのままです」

男性は何度か頷いた。「無理もないと思います」

和真は傍らに置いた名刺に視線を落とした。『弁護士　堀部孝弘』とある。目の前にいる人物から受け取ったものだ。

正午より少し前、職場にいた和真のスマートフォンに電話がかかってきた。相手が弁護士だと知り、当惑した。そして次に聞かされた話に愕然《がくぜん》とした。父の達郎が逮捕された、というのだった。しかも殺人容疑だ。

すぐに思い浮かんだことはあった。二週間ほど前、警視庁捜査一課の刑事が和真に会いに来た。達郎が上京した日にちや、その際にどんなふうに過ごしているかなどを訊かれた。殺人事件の捜査らしいが、詳しいことは教えてもらえなかった。

その夜、達郎に電話をして確かめた。達郎の答えはあっさりしたものだった。

「関係ない。おまえは気にしなくていい」

抑揚のない口調で発せられた返事を聞いた時、嫌な予感が胸を掠《かす》めた。しかし、それ以上問い詰めることはしなかった。刑事は、被害者の電話に達郎からの着信が残っていたので事情を調べているだけだ、といっていた。単なる取り越し苦労だと思うことにした。父が殺人事件に関わることなどあり得ないと思った。

堀部《ほりべ》と名乗る弁護士は、詳しい話をしたいので、なるべく人目のない場所で会えないかといってきた。もちろん和真も一刻も早く事情を知りたかったから、すぐに自宅で会うことを提案した。午後の予定をすべてキャンセルし、家族がトラブルに巻き込まれたという理由で会社を早退した。和真の家族は父親だけだと知っている上司は詳細を尋ねてきたが、明日話します、とだけいった。

高円寺にあるマンションに帰る途中、インターネットで記事を検索してみた。倉木達郎の名前を入力すると、間もなく見つかった。それによれば逮捕されたのは三日前らしい。白石という弁護士を殺害した容疑で、動機などは捜査機関によってこれから明らかにされる見込み、とあった。

世界が暗転するような衝撃を受け、手にしていたスマートフォンを落としそうになった。悪夢としか思えなかった。白石という弁護士？　誰だそれは。聞いたこともない。

ここ二、三日は仕事が忙しく、自分に関係がないと思える記事など読んでいる暇がなかった。テレビは持っているが、スイッチを入れない日は多い。それにしても警察は、逮捕したことを犯人の家族に知らせないのだろうか。

そして先程、和真のマンションに堀部がやってきた。手短に挨拶を交わした際、彼が国選弁護人であることを知った。殺人事件の場合、被疑者が希望すれば国選弁護人が選任されるそうだ。

堀部によれば、今朝初めて達郎に会ってきたらしい。達郎は非常に落ち着いていて、健康状態も悪くなさそうに見えたとのことだ。すぐに自分の犯行について淡々と語り始めたそうだが、その中身は理路整然としていて矛盾がなく、そのまま書き写すだけで供述調書として完成するほどだったという。

その内容を堀部は和真に詳しく話してくれた。三十年以上も遡《さかのぼ》ったところから始まったので面食らったが、その時に起きた出来事を聞いてさらに衝撃を受けた。達郎が人を刺し殺していたというのだ。

月日が流れ、事件は公訴時効を迎えた。達郎は冤罪で苦しんだ浅羽という母娘を捜し出し、何とか詫びたいと考えるようになった。やがて自分の遺産を譲ることを思いつき、白石という弁護士に相談したところ、生きているうちに詫びるべきだと諭された。白石は正義感や使命感が強く、このままでは浅羽母娘に真相を明かされると思い、このたびの犯行に及んだ――。

話を聞いている途中から、和真の頭は混乱し始めていた。誰の話なのか、まるでわからなくなることさえあった。何度か話を遮り、「本当に父がそういっているのですか」と尋ねた。そのたびに、「倉木達郎さんが述べた通りに話しています」という答えが堀部から返ってきた。

すべてを聞き終えた後は、言葉を出せなくなっていた。熱でもあるのかと思うほどに頭がぼうっとしていて、思考力が麻痺していた。気がつくと立ち上がってガラス戸を開け、風に当たっていたのだった。

和真は名刺から堀部に視線を戻した。

「それで、今、父はどういう状況なんでしょうか」

堀部は金縁眼鏡に手をかけ、頷いた。

「すでに送検されていて、検察での調べが始まっています。でもまだ警察で裏付け捜査をしている段階で、達郎さん本人に確認すべきこともたくさん残っているので、身柄は引き続き警察署で勾留されている状態です。私も警察の留置場で接見してきました。犯行を認め、全面的に自供しているので、勾留の延長はないでしょう。起訴後は東京拘置所に身柄が移されます」

弁護士の言葉の一つ一つが、現実感を伴うことなく和真の脳裏を通過していった。

ふうーっと息を吐いた。

「僕はどうしたらいいんですか」

「弁護士として御家族にいえるのは、刑がなるべく軽くなるよう協力してください、ということに尽きます。裁判員たちに情状酌量を求めるわけです」

「具体的には何をすれば？」

「それをお話しする前に、あなたに渡しておきたいものがあります」そういって堀部は傍らの鞄から封筒を出してきて、テーブルに置いた。「達郎さんから預かったものです。達郎さんはこれをあなたに渡してほしくて、国選弁護人を希望したといっていました」

封筒には『和真様へ』と書かれていた。

「読んでいいんですか」

もちろん、と堀部は答えた。

和真は封筒を手に取った。封印はされていない。当然、警察が内容を確認しているに違いなかった。

折り畳まれた便箋を広げてみると、丁寧な文字が整然と並んでいた。

『便せんを広げる際の不愉快そうな顔が目に浮かぶ。怒りから破り捨てたくなっているのではないだろうか。実際、破ってもらってかまわない。そのことを嘆く資格が今の自分にないことはよくわかっている。しかし願わくば、破るのは最後まで読み終えてからにしてもらいたい。

このたびのこと、まことに申し訳ない。詫びてすむ話でないことは重々わかっているのだが、ただひたすらあやまるしかない。たぶん和真には相当迷惑がかかっている、あるいはこれからかかるに違いなく、それを考えるだけで胸が痛む。

事件の詳細は弁護士の先生から聞いたと思う。何もかも、大昔にしでかした過ちが発端になっている。今さらこんなことを嘆いても遅いのだが、本当に悔やまれる。愚かだった。

これから私は残りの人生を償いにかける。もしかするとそれほど長い年月ではないかもしれないが、そのかぎられた時間で悔い改めたいと思う。

和真に伝えておきたいことが三つある。一つは、親子の縁を切ってもらって結構だということだ。いやむしろ、切ってもらいたい。倉木達郎という人間が父親だったことなど忘れ、新たな人生を歩んでほしい。こちらから連絡するつもりは一切ないので、手紙などもくれなくていい。会いにも来なくていい。たとえ来てくれても私は会わないつもりだ。もちろん裁判にも出なくていい。何かの証人を頼まれるかもしれんが、断ってほしい。

伝えておきたい二番目は、千里《ちさと》のことだ。千里は私が灰谷氏を殺したことなど知らなかった。死ぬまで知らないままだった。一人息子への愛情を含め、彼女の誠実さにはいささかの曇りもなかった。私が父親だったことは過去から消してもらってよいのだが、千里が母親だったことはどうか忘れないでほしい。

最後に、篠目にある自宅のことを頼みたい。好きなように処分してもらってかまわない。権利証などは、タンスのひきだしに入っている。二束三文でたたき売ればいいと思う。荷物もすべて業者にまかせればいい。残しておいてほしいものなどない。

本当に申し訳なかった。和真のこれからの人生が馬鹿な父親のせいで暗いものにならなければいいと、今はそればかりが気がかりだ。

身体に気をつけて、どうか良き人生を送ってくれることを祈っている。』

四枚の便箋を折り畳んで封筒に戻し、テーブルに置いてから吐息を漏らした。感想が何も思い浮かばない。ただひたすら虚《むな》しさだけが胸に広がっていた。

「いかがでしょうか」堀部が尋ねてきた。

「いかが、と訊かれても……」和真は顔をしかめて頭を掻いた。「本人がこう書いているんだから、何かの間違いとか冤罪ではないんだな、とは思います。でもどうして、という気持ちが強いです。あの親父が、そんなことをするなんて……」

「大変よくわかります。今日達郎さんと会ってみて、じつに真面目な方だという印象を持ちました。とても人を殺めたりするようには見えない。警察や検察でも、真摯な態度で取り調べに応じているようです。それだけにこのたびの犯行は、相当気持ちが追い詰められた上でのことだったと想像できます」

「そうかもしれないけど……」

後の言葉が出なかった。自分自身の気持ちがよくわからなかった。何て馬鹿なことをしてくれたんだ、という怒りはあるし、ほかに方法はなかったのか、という疑問もある。だが結局のところ、やっぱり信じられない、というのが正直な気持ちだった。

「先生、あの……親父は、父は」唇を舐めてから続けた。「死刑になるんでしょうか。一人を殺しただけでは死刑にはならないけど、二人以上なら死刑だという話を聞いたことがあるんですけど」

堀部が右手で金縁眼鏡に触れた。レンズが照明を反射して、きらりと光った。

「そうならないようにがんばるつもりです。たしかに二人の命を奪っているわけですが、最初の事件は時効になっています。しかも、自分の代わりに逮捕されて自殺した人の遺族に詫びたいという気持ちがあったのだから、その事件に関しては、十分に苦しみ、反省していたとみることができます。裁判員に、過去は一旦リセットされていると思ってもらえるかどうかが分かれ道です」

「でもそれなら白石さん……でしたっけ。その弁護士の方にいわれたように、潔く名乗り出て謝ればよかったじゃないか、といわれそうな気もします」

堀部は口元を歪めつつ、何度か首を縦に動かした。

「おっしゃる通りですが、冤罪で自殺した人の遺族と親しくなりすぎたがために、もはや真実を打ち明けにくくなったというのは、人間の心理として理解できることではないでしょうか。白石弁護士の言い分は正論だったのですが、あまりに達郎さんを追い詰めすぎたのではないか、という点を強調したいと思っています。いずれにせよ裁判では、事実関係を争うのではなく、そこが焦点になると思いますので」

「それによって死刑かどうかが決まると？」

「有期刑になる可能性もあるとみています」堀部は慎重な口調でいった。「ですからとにかく、達郎さんが深く反省していること、本来は人殺しなんてする人ではないってことを裁判では主張していくことになります。そのためにはやはり、周囲の方々の証言が必要になってきます。そこでまずは御家族です」

「いや、でも……」和真はテーブルに置いた封筒を指した。「ここには、親子の縁を切る、裁判にも出なくていい、と書いてありますけど」

「それこそが反省している証だと思いませんか。減刑などは望んでないということです。手紙に、それほど長い年月ではないかもしれない、と書いてあったでしょう？　死刑を覚悟している、ということだと思います。私は、この手紙も証拠として提出するつもりです。その上で息子さんには情状酌量を訴えてもらいたいんです。だからどうか、この手紙は大切に保管しておいてください。間違っても破ったりはしないように」

弁護士の言葉を聞いても、和真はどこかぴんとこなかった。息子さんというのが自分のことだと気づくのに数秒かかったほどだ。

「いくつか確認しておきたいことがございます」堀部が手帳とペンを構えた。「一九八四年の事件について、あなたは何ひとつ御存じではなかったのですね」

　和真は首を振った。「全く知りませんでした。何しろ一歳にもなっていませんし」

「達郎さんがしばしば上京されるようになったのは定年退職した六年前の秋から、ということですが、間違いありませんか」

「そうだったと思います」

「いつもこの部屋にいらっしゃるんですか」

「そうです。日付が変わる前後ぐらいにやってきます」

「そんな遅い時間になることについて、達郎さんはどう説明しておられたんでしょうか」

「行きつけの飲み屋ができたので、そこで飲んできた、といってました。実際、いつも少し酒臭かったです」

「どういう店か、具体的にお聞きになっていましたか」

「新宿というだけで詳しいことは何も。でもあれ、嘘だったんですね。まさか、門前仲町なんて粋な場所に行ってたとは」和真は呟くようにいってから、ああそうだ、と付け足した。「この話、刑事にはいわなかったんだ」

「刑事？」

「二週間ぐらい前、父のことを訊きに来ました。その時にも、父が遅い時間に来る理由について質問されたんです。わからないといってごまかしましたけど」

「なぜごまかしたんですか」

「なぜって、そりゃあ……」和真は少し口籠もった後、ため息をついて続けた。「いいにくかったからです。父が上京してくる目的は、その飲み屋だろうと思っていたので」

つまり、と堀部は上目遣いをした。「そこに好きな女性がいるのだろう、と」

ええ、と和真は頷いた。「でも、悪いことではないと思っていたんです。母が亡くなって何年も経っていますし、父だってまだ六十代なんだから、そういう楽しみがあるのはいいんじゃないかと」

「実際はどうだったんですか。この部屋に来た時、達郎さんは楽しげでしたか」

「いやあ、それはどうだったかな」和真は首を傾げた。「不機嫌ってことはないけど、浮かれているようにも見えませんでした。いい歳なんだし、うちの父はそれほど軽薄ではないと思うんですけど」そういってから、犯した罪を考えれば、じつは思慮深い人間でもなかったのかな、と和真は思った。

「いずれにせよ、その店や女性について達郎さんと話したことはないんですね」

ありません、と和真は断言した。

堀部は手帳に目を落とした。

「達郎さんが最初の事件を起こしたのは一九八四年の五月十五日です。五月十五日——この日付を聞いて、何か思い出すことはありませんか」

和真は質問の意図がわからなかった。「どういうことですか」

つまりですね、と堀部は少し身を乗り出した。

「毎年五月十五日には、達郎さんが神棚に手を合わせていたとか、どこかに出かけていた、といったことはなかったでしょうか。誰かの墓参りに行っていたようだ、なんていうエピソードがあれば理想的なんですが」

そういうことか、と合点した。

「自分が殺した人の供養を父がやってなかったか、ということですね」

「そうです、そうです」堀部は二度頷いた。「その日だけはお酒を飲まなかったとか、写経してたとか、そういうことでもいいんです。何かありませんか」

和真は、五月十五日、と口に出してから首を横に振った。

「だめです。何も思いつきません。我が家にとっても、父にとっても、特別な日だったという記憶はありません」

「そう簡単に諦めないでください」堀部はしかめっ面をした。「どんな残虐な人間だって、人を殺めた日を忘れるなんてことはありません。ましてや達郎さんは本来善人です。逮捕されることはなかったけれど、自分を許していたはずがないんです。きっと何かをしておられたと思います」

和真は眉根を寄せ、首を捻った。堀部のいっていることはよくわかるが、思い当たらないのだからどうしようもなかった。

「そのこと、本人には訊いてないんですか」

「まだ訊いていません。こういう話は、本人以外の口から出てきたほうが説得力があるんです。本人が、毎年五月十五日には心の中で詫びていた、手を合わせていた、なんてことをいくらいっても、空々しく聞こえるだけですから」

いわれてみればその通りだな、と和真も思った。

「だけど、本当に思い当たることが何もないので……」

堀部は諦めの表情で頷き、腕時計をちらりと見てから手帳を閉じた。

「仕方がないですね。でもどうか、今の話を心に留めておいてください。そしてもし、そういえば、と何か思い出したなら、すぐにでも連絡していただけますか」

「わかりました。自信はないですけど」

「がんばるんです。きっと何か見つかります。いいですか、これはお父さんのためだけじゃない、あなたの今後の人生に関わることでもあるんです。考えてみてください。父親が服役囚というだけじゃ、どんな罪を犯したのかはわかりませんよね。でも死刑囚となれば、その者が犯した罪は一つしかない。その違いは大きい。とてつもなく大きい」

熱い口調で語られた死刑囚という言葉に、はっとした。自分の人生には無関係だと決めつけていた言葉だった。

「僕はこれからどうすればいいんでしょうか」

和真が訊くと、堀部は少し思案する顔になってから口を開いた。

「平常通りに生活して問題ないと思いますが、目立つ行為は避けたほうがいいでしょうね。気をつけなければならないのはマスコミです」

「マスコミ?」和真は聞き直した。まるで考えていなかったことだ。

「時効によって一度処罰を免れた殺人犯が、また人を殺したってことになれば、マスコミが騒ぐかもしれません。そうなれば、あなたのことを取材しようとする人間も現れるでしょう。連中は執拗で無神経です。あらゆる手で挑発し、何らかの発言、リアクションを得ようとします」

その状況を想像するだけで暗澹《あんたん》たる気持ちになった。

「無視したらだめですか？」

「あまりに冷淡な態度を取るのは考えものです。こんなふうに書くかもしれません。犯人の息子は我関せずを決め込んでいる、とかね」

弁護士の言葉に軽い目眩を覚え、両手で頭を抱えた。

和真さん、と堀部が声をかけてきた。

「現在の心境とかを質問されたら、正直に答えてくださって結構です。信じられない、ショックを受けている、で構いません。ただし、犯行の動機など事件の詳細については、決して話してはいけません。しつこく尋ねられたら、裁判に関わることなので話さないように弁護士から釘を刺されている、と答えてください。被害者や遺族のことをいわれたら、本人に代わって心よりお詫び申し上げます、といって頭を下げる。そういう感じで乗り切ってください」

和真は壁際に置いたテレビに目を向けていた。ワイドショーの映像が頭に浮かんだ。大勢の記者やレポーターたちに囲まれ、深々と頭を下げている自分の姿――。

「プライバシーの侵害だと感じるようなことがあれば、私に連絡してください。こちらから抗議します」

堀部の言葉は頼もしい一方、これから何が起きるかわからないから覚悟しておけ、と宣告しているようにも聞こえた。

「何か訊きたいことはありますか」

堀部にいわれて考えたが、すぐには思いつかなかった。事態の急変に気持ちがついていけないのだ。だがテーブルに置かれた手紙を見て、頭に浮かんだことがあった。

「面会は……できるんでしょうか。ここには、会いに来なくていいと書いてありますけど」

「接見禁止にはなっていません。やっぱり、お会いになりたいですよね」

「本人から直接話を聞きたいという気持ちはあります」

「わかりました。私のほうから達郎さんに伝えておきます。ほかに何か、伝えたいことはありますか」

和真は少し考えてから、いえ、と首を振った。「今すぐには何も……」

「では、身体に気をつけるように、というのはいかがでしょうか。そういう一言だけでも、家族からの言葉には勇気づけられるものですから」

「ああ……じゃあ、それでお願いします」

「わかりました、また連絡します」堀部は立ち上がった。

堀部を見送って部屋に戻ると、和真はソファに身体を投げだした。これからどうすべきか、まるで考えられなかった。

とりあえず明日の予定を確認しようと思い、そばに置いてあったスマートフォンを手に取った。その瞬間、家族がトラブルに巻き込まれたという理由で早退したことを思い出した。詳しいことは明日話します、と上司にはいった。

一体、どんなふうに話せばいいのだろう——いきなり目の前に大きな壁が現れたような気分だった。

するとスマートフォンが着信を告げた。知らない番号が表示されている。

電話に出てみると、倉木和真さんですか、と男性の声が訊いてきた。

「そうですが……」

相手は、警視庁の者です、といった。

13

東陽町駅から歩くこと約八分、五代たちが到着したマンションは、いくつか並んでいる似たような建物の一つだった。小学校がすぐそばにあるようだが、騒音は聞こえてこない。

年季を感じさせるエレベータに乗り、五階のボタンを押した。腕時計で時刻を確認すると、針は午後二時五十分を指していた。

エレベータを降りた後、「少し早い。ここで待とう」と五代は同行の中町にいった。部屋の前などで待っていたら、ほかの住民が怪しむかもしれないからだ。

エレベータホールの窓から住宅街を見下ろしながら、五代は頭の中を整理した。じつのところ、あまり考えはまとまっていなかった。こちらからの質問に対して相手がどう答えるか予測できないからだ。そもそも今日の聞き込みは、気の重たい仕事だった。

これから会うことになっているのは浅羽洋子と織恵だった。『あすなろ』の女性経営者と、その娘だ。馴染み客の倉木達郎は、彼女らの夫であり父親である福間淳二が獄中で自死した事件の真犯人だったわけだが、今回、それについては伝えるなと係長の桜川からは命じられている。倉木の逮捕はすでに報道されているが、事件の詳細について警視庁は正式な発表をしていない。愛知県警への配慮から、倉木が告白した動機は極力伏せておこうというのが上層部の方針らしかった。だから五代の気持ちを重くしている原因は、もっと別のところにあった。

「あの二人、今はどんな気持ちでいるでしょうかね」中町がいった。「どんなことを訊かれるんだろうって、落ち着かないんじゃないですか」

「そりゃ、殺し担当の刑事から電話がかかってきて、話を聞かせてくれっていわれたら穏やかじゃいられないだろうさ。たとえ後ろ暗いところがなくてもな。それに倉木が逮捕されたことは知っているかもしれないし」

「五代さんはいわなかったんですよね」

「いわなかったけど、ニュースで知っていた可能性はある。もし知らなかったとしても、俺からの電話の後、ネットとかで調べるんじゃないか」

五代が電話をかけた相手は浅羽織恵のほうだ。警察嫌いを明言している洋子より、かけやすかったからだ。

織恵の声は落ち着いているように聞こえた。用件を尋ねてこなかったから、倉木のことだと察したのではないかと考えている。

中町が腕時計を見た。「そろそろですね」

「行こうか」

長い外廊下を進んだ。五〇六号室が浅羽母娘の住居だった。ドアの前で止まり、部屋番号を確認してからインターホンのボタンを押した。すぐに、はい、と女性の声が答えた。織恵のものと思われた。

「先程、電話をかけた五代です」

間もなく鍵の外れる音がし、ドアが開いた。顔を見せたのは浅羽織恵だった。髪をヘアバンドでまとめている。薄く化粧はしているようだ。グレーのセーターにジーンズという出で立ちだった。

「無理をお願いして申し訳ございません」五代は頭を下げた。

織恵は小さく会釈し、どうぞ、といった。

お邪魔します、と五代は室内に足を踏み入れた。靴脱ぎの先にはすでにスリッパが用意されていた。

折れ曲がった廊下の奥に案内された。こぢんまりとしたリビングルームがあり、ソファとテーブルがコンパクトに配置されている。一人掛けのソファに座っていた洋子が、五代たちを見て立ち上がった。こちらは紫色のカーディガン姿だ。織恵と同様、仕事前だがきちんと化粧をしている。客商売をしている者のプライドだろうか。

「先日は捜査に御協力いただき、ありがとうございました」五代はいった。

「大したことは話してないと思うんですけど」洋子は座り直した。その顔は無表情だが、刑事たちを歓迎していないのはたしかだった。

「どうぞお掛けになってください」織恵が、洋子のソファと直角に置かれている二人掛けソファを勧めてきた。

失礼します、といって五代と中町は並んで腰を下ろした。何気なく室内を見回し、壁際の棚に置かれた写真立てに目を留めた。小さな男の子と浅羽織恵が並んで写っている。少年は小学校高学年ぐらいだろうか。

「あの写真は?」五代は写真立てを指した。「親戚のお子さんですか」

「息子です」織恵が気まずそうに答えた。

「えっ、そうなんですか」

織恵に結婚歴があることは把握していない。

「別れた夫との間にできた子です。今は向こうの家にいます」

どうやら訳ありのようだ。この点について突っ込んだ質問をすべきかどうか五代が迷っていると、織恵は隣のキッチンへ行ってしまった。食器を用意しているところを見ると、飲み物を出す気らしい。

「どうかお気遣いなく」五代が声をかけた。

「お茶ぐらいはお出ししますよ」洋子がいった。「その代わり、手短にお願いします」

「そのように心がけます。じつは本日も、前回と同様、倉木という人物についていくつかお尋ねしたいんです」

五代がいうと洋子は大きく呼吸をした。自分に気合いを入れたように見えた。

「倉木さん、逮捕されたそうですね」

「御存じでしたか」

「昨夜、店に来たお客さんから聞いたんです。その方は、テレビで見たとおっしゃってました。

倉木さんによく似た人が画面に映ってて、警察の車でどこかへ連れていかれるところだったそうです。まさかと思ったけれど、アナウンサーが倉木容疑者っていったから驚いたと」

送検された時の映像だな、と五代は察した。テレビが犯人逮捕を伝える時の定番だ。

「殺人の容疑です。我々が捜査を担当しているんです」

「そうみたいですね。お客さんから聞いて、私たちもすぐに確かめました。どこかの弁護士さんを殺した疑いとか」

「おっしゃる通りです」

洋子は不快そうに唇を曲げ、首を小さく横に振った。「あり得ないですよ」

「何がですか」

「倉木さんが人を殺すなんてことがです。きっと何かの間違いです。どうして倉木さんがそんなことをしなきゃいけないんですか」洋子は唇を尖らせ、強い口調でいった。

「事実関係や動機については現在詳しいことを確認中です」

動機を知ったら洋子はどう反応するだろう、と五代は思った。

織恵がトレイに湯飲み茶碗を載せてやってきた。無言で五代たちの前に茶碗を置いた後、平たいクッションを床に置いて正座をした。

「もっとちゃんと調べたほうがいいですよ」洋子が強い口調で断言した。「倉木さんがそんなことをするわけないです。絶対に間違ってます」

「そうでしょうか」

「決まってます。警察なんて、証拠がなくても平気で人を捕まえるんだから」洋子は憎々しげに呟いた。「その人が牢屋で首を吊ろうが何とも思わない」

「倉木は自供しているんです」中町がたまりかねたように横から口を挟んできた。

中町君、と五代が窘めた。すぐに中町は、すみません、と首をすくめた。

刑事さん、と織恵が口を開いた。「倉木さんは、どんなふうにいってるんですか」

「それをお話しするわけにはいきません」五代が答えた。「いろいろと裏付け捜査を行っている段階なものですから」

織恵は特段不満そうな表情も見せず、そうなんですか、と沈んだ声を出した。

「信じられない」洋子が俯いた。

「倉木容疑者は、お二人の店には年に数回のペースで来ていたということでしたね」五代は確認した。「午後七時ぐらいに現れて、閉店までいる――間違いありませんね」

織恵と洋子を交互に見ると、二人は顔を見合わせてから、どちらからともなく頷いた。

「間違いありません」織恵が答えた。

「倉木容疑者と店外で会ったことはありますか」

「店以外で、ですか」織恵は再び洋子のほうを見た。「あったかな」

さあねえ、と洋子は首を捻った。「なかったと思いますけど」

「誘われたことは?」五代は織恵のほうを見て訊いた。

彼女は不思議そうな顔で見返してきた。「何にですか」

「倉木容疑者は閉店までいることが多かったんですよね。店が終わった後、飲み直しに行こうとかいわれたことはありませんか。あるいは、店が休みの日に食事に行こうとか」

「私にですか？」織恵は当惑した顔で胸に手を当てた。

「いや、どちらでも」五代は織恵から洋子に視線を移し、再び織恵に戻した。

「ありません。なかったと思います」

「あるわけないじゃないですか」洋子が娘の声に被《かぶ》せていった。「あの人はうちの店の料理が気に入って、来てくださってたんですよ。ほかの店に行く理由がどこにあるんですか」

五代は眉の横を掻いた。どう説明するべきか、難しいところだ。

「前回、富岡八幡宮のお札を倉木容疑者にあげた、とおっしゃいましたよね。逆に倉木容疑者から何か貰ったことはありますか」質問内容を変えてみた。「お二人のどちらでも構いません」

「ああ、それならありますよ」洋子が何でもないことのように答えた。「うちに来るたび、何か持ってきてくださいました。ういろうとかプリンとか海老せんべいとか。愛知県は美味しいお菓子がたくさんありますからね」

「いえ、そういう食品などの手土産ではなく、何といいますか、プレゼントという意味合いの濃いものです。アクセサリーとか服飾品とか……」

洋子は解《げ》せない様子で眉をひそめた。

織恵が口を開いた。

「もしかして刑事さん、倉木さんが私か母のどっちかを好きだったんじゃないかとか、そういうことを調べておられるんですか？」

この問いかけに五代は思わず顔をしかめた。図星だったからだ。

「ええ、まあ、そうです」歯切れ悪く答えた。

馬鹿馬鹿しい、と洋子が吐き捨てるようにいった。

「私はもうこの歳ですよ。もし倉木さんにそういう気があるなら娘に対してでしょうね。だけど、どうなのあんた？」織恵に尋ねた。「そんなふうに思ったことある？」

織恵は首を傾げた。

「贔屓《ひいき》にしてもらってるんだから、嫌われてはいないと思ってた。でも、あまり考えたことはない。実際、何かいわれたことはないし」

「プレゼントなどを貰ったことはないのですね」しつこいと思いつつ、五代は確かめた。

「ありません」織恵の答えは明快だ。

「そのことと倉木さんが逮捕された事件と、どんな関係があるんですか」洋子が焦《じ》れたように訊いてきた。

「倉木容疑者が定期的に上京する理由について調べているんです」五代は用意しておいた台詞を述べた。「贔屓にしている店で酒を飲みたいからという理由だけで、新幹線代を払ってまで上京はしてこないと思いますから」

「息子さんが東京にいるからでしょ。そう聞いてますけど。——ねえ」洋子は娘に同意を求める。

「それだけにしては頻度が高い、というのが我々の印象なんです」

母娘は揃って黙り込んだ。そんなことを自分たちにいわれても困る、といったところか。

「もう一度確認しますが、倉木容疑者から好意を持たれていると感じたことは、これまでに一度もなかったのでしょうか」五代は織恵の瓜実顔《うりざね》を見つめた。

彼女はちらりと母親のほうに視線を向けた後、「さっきもいいましたように、考えたことはありません」と答えた。

「では、考えてみていただけませんか。今改めて振り返れば、好意を抱かれていたかもしれないというようなことが、何か思い当たるのではありませんか」

織恵は困惑した顔で首を横に振った。

「そんなことをいえば、きりがありません。倉木さんからは親切にしてもらいましたし、さっきもいったようにお土産も貰いました。好意といえば好意ですよね。でもどういう種類の好意だったのかは私にはわかりません。はっきりいえるのは、好きだという意思表示を言葉や態度でされたことはない、ということだけです」

極めて筋の通った弁だ。五代は何も反論できない。

「わかりました。ではもう一つだけ失礼な質問をさせてください。現在、付き合っている男性はいますか。これは無理にお答えにならなくても結構です」

「いいえ、そういう人はいません」織恵は即答した。

五代は頷き、洋子のほうに顔を巡らせた。

「倉木容疑者の逮捕を、お客さんから聞いたとおっしゃいましたよね。その方の名前を教えていただけますか。できれば連絡先も」

「お客さんを面倒なことに巻き込むのは――」

洋子がいい終わらぬうちに、「その方に迷惑はかからないようにします」と五代はいった。

「また、倉木容疑者と面識があったと思われるお客さんがほかにもいるなら、その方々についても教えていただけますか。前回は了承していただけませんでしたが、殺人事件の被疑者に関する捜査です。こちらも簡単には引き下がれません」顎を引き、洋子を見つめる目に力を込めた。

洋子は口元を少し歪めた。「皆さんの連絡先を知っているわけじゃないですよ」

「わかる範囲で結構です」

洋子は頷いて小さく息をつき、織恵のほうを向いた。「名簿、持ってきて」

織恵が不承不承といった様子で立ち上がった。

浅羽母娘の部屋を辞去した後、真っ直ぐに特捜本部に帰る気になれず、五代は中町を誘い、永代通り沿いにあるコーヒーショップに入った。コーヒーを飲むつもりだったが、カウンター前で並びながらメニューを眺めているうちに気が変わり、ビールを注文していた。中町は驚いた様子だったが、「俺も付き合っていいですか」と訊いてきた。

「もちろんだ。奢《おご》るよ」

通りから目立たない席を確保し、ビールで喉を潤した。

「とりあえず、訊くだけのことは訊いた」

「五代さん、質問の仕方に苦労されてましたね」

中町の言葉に五代は口元を曲げて頷いた。

「向こうにしたら、おかしなことばかり訊くと思っただろうな。倉木に恋愛感情を持たれてたかどうかなんて、どうでもいいじゃないかって。実際、俺だってそう思ってる」

「ところが裁判ってことになると、それじゃあだめなんですね」

「だめってことはないだろうけど、検察としては、はっきりさせたいらしい」五代はビールをひと飲みした。「全く面倒臭い話だ」

倉木が犯行を自供しているので、裁判で事実関係が争われることはない。焦点は情状酌量の余地があるかどうかだ。

倉木は白石を殺害した理由について、浅羽母娘と過ごす時間は今や生き甲斐であり、過去の犯罪を二人に暴露されることで失いたくなかったからだ、と述べている。そこで弁護側としては、生き甲斐を守ろうとするのは人として当然の本能、と訴えてくるだろう。だが検察は、自分の代わりに冤罪を被った人物の遺族との時間を生き甲斐にすること自体、前の犯行を反省していない証拠であり、歪んだ身勝手な欲望だと断じるつもりらしい。そして、そもそも浅羽母娘に対する気持ちは本当に純粋なものなのか、もっと男としての欲望に根ざしたものではないのか、と疑っているようだ。

かくして五代が上司から命じられたのは、倉木が浅羽母娘のどちらか――おそらく娘の織恵に恋愛感情を抱いていたことを裏付ける物証なり証言なりを摑めということだった。

五代が接した印象では、倉木は至ってまっとうな人間だ。もしかすると織恵のことを女性として見ていたかもしれないが、手を出してはいけないと自制していたに違いない。だったらそれについては触れなくてていいではないかと個人的には思う。今日の聞き込みが気の重たいものだったのは、そういう考えがあったからだ。

特捜本部に戻ると、主任の筒井に浅羽母娘から聞いた内容を報告した。

「ふうん、やっぱりそうか」筒井は、予想通りという口ぶりだ。

「やっぱりというと？」

「倉木の息子からも話が聞けたんだ。息子は、父親が頻繁に上京することについて、行きつけの飲み屋に好きな女でもいるんじゃないかと疑ってはいたようだ。だけど本人から話を聞いたことはないし、はっきりとした根拠があるわけではないといっている。たぶん嘘じゃないだろう」

五代は倉木和真と会った時のことを思い出した。父親とはお互いに干渉しないことにしている、とむきになっていた。

「倉木本人は浅羽母娘に恋愛感情はなかったといってるんですから、それでいいと思いますけど」五代は自分の意見をいってみた。

「同感だが、担当検事としちゃあ、少しでも裁判員たちの心証を悪くする材料がほしいんだろ。浅羽母娘の店に通っていたのは贖罪の気持ちからではなく、下心があったから、というふうにな。倉木のことを良い人だと思わせたくないんだよ」そういって筒井は、ふんと鼻を鳴らした。

「ひとまず、御苦労だった。報告書にまとめておいてくれ」

はい、と五代は答えた。その時、遠くの席で電話をしている桜川の声が聞こえてきた。

「車掌だけじゃなく、改札口にいる駅員にも写真を見せてみろ。……自動改札を通ったとはかぎらんだろ。そんなことまで俺に指示させるなっ」尖った口調から、かなり苛立っているのがわかる。

五代は腰を屈《かが》め、筒井のほうに顔を近づけた。「新幹線、まだ特定できないんですか」

筒井は、しかめっ面を小さく上下させた。

「防犯カメラのほうは諦めるしかなさそうで、目撃者捜しに賭けてるんだが、あの分だと成果は期待できそうにないな」

「下りもだめなんですか」

「だめだから、係長もカリカリしてるんだよ」筒井は声をひそめていい、桜川のほうをちらりと見た。

現在、多くの捜査員たちにより、倉木の自供内容の裏取りが行われている。十月三十一日に東京行きの新幹線に乗った、という供述についてもそうだ。ところが倉木は、名古屋駅から乗車したが、何時何分発の列車だったかは覚えていないという。そこで、東京駅に着いたのが五時頃だったという供述を元に、名古屋駅周辺の防犯カメラの映像が片っ端から調べられたのだが、倉木だと断言できる姿は確認できなかった。そこで車掌らに倉木の顔写真を見てもらうため、捜査員が名古屋駅に出向いたというわけだ。下りもだめだということは、帰りの新幹線も特定できないでいるらしい。

「あっちはどうなんですか。門前仲町のほうは？」五代は筒井に小声で訊いた。

筒井の表情は、さらに渋いものになった。無言で首を横に振る。

「やっぱりだめですか」

「裏通りは防犯カメラが少ないし、倉木が目立つ行動を取ったとは思えないからな。仕方がないんじゃないか」

倉木は白石健介と会うまでの間、門前仲町付近を歩き回ったといっている。だが目撃者は見つかっていないし、町内に設置してあるどの防犯カメラの映像にも映っていないのだ。

「筒井さん、ちょっとおかしいと思いませんか」

「何が？」

「ろくに裏を取れてないじゃないですか。例の車から、倉木が運転したっていう物証も見つかってないんでしょう？　こんなんで大丈夫ですか」

「声がでけえよ」筒井が舌打ちし、桜川のほうを窺い見た。

「まずいんじゃないですか」五代は声を落とし、重ねて訊いた。

例の車とは、いうまでもなく殺された白石健介の車のことだ。倉木は白石の遺体を車に乗せて移動したといっているが、車内から倉木の指紋、DNA、毛髪といったものが見つかっていないのだ。

「鑑識は、そういうこともあり得る、といっている」筒井は苦しげにいった。「車に乗ったからといって、毛髪やDNAが必ず脱落するわけではないらしい。それから指紋だが、ナイフの柄とハンドルには、布か何かで拭き取った跡がある」

「でも倉木の最初の供述では、指紋を拭いた話なんか出てこなかったじゃないですか。取調官から指紋はどうしたって訊かれて、最初は覚えてないと答えたんでしょう？　拭いたんじゃないのかといわれ、そうかもしれないと答えただけです」

「本人が覚えてないというんだから、しょうがないだろうが」

五代は首を振り、頭を掻きむしった。「何だか苦しい説明に聞こえますけどね」

「じゃあ、どうしろっていうんだ」筒井が口を尖らせた。

「もう少し調べてみる必要があるんじゃないですか。倉木が本当のことをいっているとはかぎりませんよ」

「どこが嘘だというんだ？」

「それはわかりません。だから調べるんです。こんなに裏が取れないなんて変ですよ。もしかしたら俺たちは、とんでもなく的外れなことをしているのかもしれない」

「おまえ、それを係長の前でいうなよ」筒井が睨んできた。「たしかに、倉木のいってることが全部事実かどうかはわからん。裁判で急に違うことをいいだすことはあり得るだろう。だけどあいつが犯人だという事実は動かない。警察としては、それで十分なんだ。役目を果たしたってことになる」

「秘密の暴露……ですか」

「ああ、そうだ。わかってるじゃないか」

倉木は白石を刺殺した場所は清洲橋近くの隅田川テラスだと自供している。犯行現場に関しては報道されておらず、犯人しか知り得ない。こうした「秘密の暴露」が、裁判では物証に匹敵するぐらい重要視されるのは事実だ。

「あれだけで公判を維持できるんでしょうか」

「俺の見たところ、倉木が突然否認に転じるとは思えない。大丈夫だ。余計なことは考えず、さっさと報告書を仕上げてくれ」筒井は五代の背中を叩いた。

はい、と五代は不承不承答えた。内心では、倉木が浅羽織恵に恋愛感情を抱いていたかどうかなどより、もっと大事なことがあるように思えてならなかった。

「ああ、そうだ。東京ドームのことは、息子に確認できたぞ」筒井がいった。「三月頃、たしかに巨人中日戦のチケットを倉木に渡したそうだ」

「財布を落としたことは？」

「それは知らなかったらしい。失敗談だから、わざわざ息子には話さないだろう」この話はこれでおしまい、とばかりに筒井はパソコンに向かった。

五代は釈然としない思いで歩きだした。

じつは裏を取れていない重要なことが、もう一つあった。

昨夜、五代は一人で南青山にある白石健介の自宅に行った。確認したいことがあるからだった。前回と同様、リビングルームで妻の綾子と娘の美令と向き合った。

確認したいこととはほかでもない、倉木と白石の出会いに関してだった。

倉木は白石とは、三月末に東京ドームで出会ったといっている。巨人中日戦だ。席が隣り合った二人は、ひょんなことから言葉を交わすようになり、財布を紛失した倉木に白石が新幹線代を貸すほどに親しくなって別れた——そのエピソードを知っているかどうかを彼女たちに尋ねた。

二人とも、そんな話は聞いていない、と答えた。当然、倉木という名も耳にしたことはないという。

それどころか、白石が東京ドームに一人で観戦しに行ったということ自体に、母娘は意外そうな反応を示した。

「中日ドラゴンズのファンだというのは本当です。人に誘われて何度か球場へ行ったこともあるようです。でも一人で観戦するほど熱狂的に応援していたわけではないと思うんですけど」

綾子が腑に落ちない様子でいった。

結局、倉木の供述の裏は取れないまま、五代は白石家を辞去することになった。だがその前に娘の美令から、事件について教えてほしいといわれた。

「倉木という人が逮捕されたことはニュースで知りました。でも動機とかは報道されていません。教えてください。なぜ父は、その人に殺されたんですか。その人は一体何者で、父とはどんな関係があったんですか」

美令は彫りの深い洋風の美人だ。その顔で眉を吊り上がらせ、大きく目を見張ると、威圧感とでもいうべき迫力があった。

現在捜査中です、と五代が型通りに回答しても、彼女は引き下がらなかった。

「ニュースによれば、容疑者は犯行を認めてるってことでした。どんなふうに認めてるんですか？　殺したことは認めてるけど、その理由はいわないんですか？」嚙みつかんばかりの勢いだ。

捜査上の秘密は話せないのだと五代がいうと、「遺族なのに」という言葉を美令は何度も口にした。

「あたしたちは遺族なのに、何も教えてもらえないんですか？　そもそも、犯人が逮捕されたなら、真っ先に教えてくれるべきじゃないんですか。遺族なのに、こんな扱いをされるのって、おかしくないですかっ」

美令の苛立ちは十分に理解できた。倉木の供述内容を話してあげたかった。しかしそれが外部に漏れない保証はどこにもなかった。口止めしたからといって、その約束が守られるとはかぎらないのだ。それならば話さないのが最善の方策だった。五代は、すみません、とただ頭を下げるだけだった。

それにしても、東京ドームでの出来事を家族が知らないのは、どういうことだろうか。わざわざ話すほどのことでもないと白石が思ったのだろう、といわれれば反論できないが、本当にそれで済ませていいのか。一人で観戦に出かけたとは思えない、という綾子や美令の発言も気に掛かる。

いずれにせよ、あの遺族のためにも、この事件はもっと深く掘り下げる必要があるのではないか、と五代は思った。

14

堀部弁護士の訪問を受けた翌日、和真は体調不良を理由に会社を休んだ。今の心理状態では、到底まともに仕事などできないと思ったからだ。直属の上司である課長の山上《やまがみ》は、昨日和真が口にした、「家族が巻き込まれたトラブル」について気になっている様子だった。まさか部下の父親が逮捕されたとは夢にも思っていないだろう。近いうちに説明しますといって切り抜けたが、明日以降のことを想像すると気持ちが沈んだ。

昨夜から食欲は全くなく、睡眠もろくに取れていない。これから自分が何をすればいいのか、さっぱりわからなかった。堀部はマスコミが来るかもしれないといっていたが、それはいつ頃の話なのだろうか。

和真はスマートフォンを睨んだ。今にも見知らぬマスコミ関係者から電話がかかってきそうな気がする。あるいはインターホンを鳴らされるのだろうか。

気が進まなかったが、インターネットの記事をチェックし、テレビのチャンネルをワイドショーやニュース番組に合わせた。これから自分たちがどうなっていくのかを予測するためには、現在の状況を把握しておく必要があると思ったからだ。

だが和真の予想に反し、達郎が起こした事件に関する新たな情報は見つからなかった。考えてみれば当然で、日々新たな出来事が起きている中、関係者が有名人でもなければ、刑事事件の続報が細かく伝えられることなどないのだった。

結局、昼近くまでベッドの上でぼんやりと過ごしたが、どこからも連絡はなかった。昨日、堀部が帰った後で二人の刑事が訪ねてきたが、野球のチケットを達郎にあげたかとか、細かい質問をいくつかされただけだ。その中には、達郎が女性と交際していた形跡があったかどうか、というものもあった。そんなふうに想像したことはあるが、はっきりとした根拠はないと答えておいた。あんな話が捜査にどう役立つのだろうか。

スマートフォンをチェックしてみると、何人かからのメッセージが届いていた。内容が気になるが、読めば何らかの対応をしなければならなくなる。それが面倒で放置することにした。どうせ大した用ではないだろう。

午後になるとさすがに空腹を覚えた。自炊する気にはとてもなれず、部屋を出た。行きつけの喫茶店に入ってコーヒーとサンドウィッチを注文した後、スマートフォンで、『家族』『加害者』『裁判』といった言葉で検索を行った。

すぐにいくつかの記事が見つかった。法律事務所が発信している情報が多い。裁判において被告人の家族にできるのは、真摯な気持ちで傍聴し、情状証人として証言台に立つことのみ、などと書かれている。情状酌量を訴えるならば、どんな形で被告の更生を手助けするつもりなのか、具体的に説明できねばならないそうだ。

昨日の段階では、なかなか現実として受け止められなかったが、こうした記事を読んでいると、これらが自分の身に起きたことなのだという実感が湧いてきた。そして改めて、なぜ達郎はそんなことをしてしまったのかと疑問が膨らむのだった。事情は堀部から聞いたが、納得できなかった。何としてでも本人の口から説明を聞きたかった。

胃袋に押し込むようにしてサンドウィッチを食べ終えると、店の隅に移動して堀部に電話をかけた。相手はすぐに出た。何かありましたかと尋ねられたので、いつになれば達郎に会えるかを訊いた。

「今は警察署と検察を行ったり来たりしていて、なかなか時間が取れないんです。拘置所に移ってからのほうが、ゆっくり話せるんじゃないでしょうか」

それに、と弁護士は続けた。

「さっきもお父さんに会ってきたのですが、やはりあなたには会いたくないといっていました。合わせる顔がないということなんでしょう。今の段階では、逆に心理的な負担になるのかもしれません」

だから少し時間を置いたほうがいい、と堀部はいうのだった。

こっちの気も知らないで、と和真は不満だったが、堀部に当たるのは筋違いだ。わかりました、といって電話を切った。

喫茶店を出て、自宅に帰った。仕事のことが気に掛かるが、だからといって何かができるわけではなかった。昨日、打ち合わせをキャンセルした取引先に、詫びのメールを書いたぐらいだ。さほど難しい作業ではないのにうまい文章が思いつかず、小一時間ほどかかってしまった。

山上から電話がかかってきたのは、夕方の五時過ぎだった。着信表示を見て、胸騒ぎを覚えた。電話を繋ぎ、はい倉木です、といった。

「山上だ。今、ちょっといいかな」心なしか沈んだ口調に聞こえた。

「はい、何でしょうか」

「体調が悪いという話だったけど、今はどうだ？　明日は会社に出てこられそうかな」

「あ……はい、たぶん大丈夫だと思います」

「そうか。だったら、いつもより一時間ほど早く出勤してもらえないだろうか」

「一時間……ですか。構いませんけど」

「悪いな。じゃあ、そういうことでよろしく」

山上が電話を切ろうとする気配を察し、課長、と声を発した。「何か重大な用件があるんじゃないですか」

和真の問いかけに上司は沈黙した。勘が当たったようだ、と確信した。いや、ふつうに考えれば誰でも思いつくことか。

倉木君、と山上が改まった声で呼びかけてきた。「これから少し時間はあるかな」

待ち合わせ場所にあれこれ迷った挙げ句、山上に部屋まで来てもらうことになった。会社の近くなどで会って、社内の人間に見られたくないと山上がいったからだ。

話の内容は想像がついていた。だから昨日堀部が座っていた椅子に腰を落ち着けた山上が、「用件というのはほかでもない。君のお父さんのことだ」と切りだしても、動揺はしなかった。

「警察から連絡があったのですか」

「いや、警察からは何もない。総務部のほうからいってきたんだ。倉木君の父親が逮捕されたという事実を把握しているか、と」

「総務部？」

なぜそんなところから、と訝しんだ。

「その様子からすると、君は知らないようだな」

「何をですか」

「うん……何といったらいいかな」山上はテーブルの上で両手の指を組み、唇を舐めた。言葉を選ぶのに苦慮しているように見えた。「じつは今日の昼間、会社に奇妙な電話がかかってきたそうだ。おたくの会社に倉木和真という社員はいるか、というものだった。もちろんオペレーターは、そういう問い合わせには応じられないと答えた。すると相手は、なぜ答えられないのかと訊いてきた。個人情報だからだとオペレーターがいうと、殺人犯の息子だからじゃないのか、と相手はいったらしい。間もなく電話は切れたそうだが、驚いたオペレーターは上司に報告した。上司から総務部に連絡が入り、総務部が調査を行った。そしてすぐに君の父親と思われる人物が殺人容疑で逮捕されたという事実を摑んだ。さらにそれと同時に、君の名前がインターネット上に出回っていることも判明した」

「僕の名前が？」思わぬ展開に和真は当惑した。「どうしてですか」

「発端はＳＮＳだ。君のお父さんが逮捕されて間もなく、これはうちの近所に住んでいる男だと発信した者がいた。すると誰かが、逮捕された人物の住居や息子がいることを明かした。やがて、その息子の高校時代の写真と名前がネット上にアップされた」

えっ、と思わず声を漏らした。「本当ですか」

「残念ながら本当だ」

「……今、確認してもいいですか」

うん、と山上は頷いた。

和真は手元にあったスマートフォンを操作し、自分の氏名で画像検索を行った。いきなり表示された画像に、目眩がしそうになった。卒業アルバムを接写したと思われる、高校時代の和真の顔だった。

「冗談じゃない……」

「そういう時代なんだよな」山上は気の毒そうにいった。「そうなってしまうと、情報は果てしなく拡散する。それを目にした人間の中に、君に関する詳細を探ろうとする者がいたんだろうな。あるいは、たまたま君の進学先や就職先を知っていた誰かが情報を流したか。そしてそれを目にした別の誰かが、うちの会社に問い合わせの電話をかけてきた――おそらくそんなところだろう」

和真はため息をついた。「何てことだ……」

「君は、お父さんが逮捕されたことを昨日知ったのか」

「弁護士の先生から連絡があったんです。すみません。あの時点ではどう説明していいかわからなくて……」

「君が動転したのも無理はない。ただ問題は、これからどうするかだな」

「それについては、情状酌量を狙うしかないと弁護士さんは……」

「いや、私がいってるのはそういうことではなくて」山上は小さく右手を振った。「会社のことだ。仕事の話だよ」

「あ……そうですよね。すみません」

裁判の行方など、会社や山上には関係のないことだった。

和真は背筋を伸ばし、上司の顔を真正面から見つめた。

「逆にお尋ねしたいのですが、僕はどうすればいいでしょうか。今後も会社には置いていただけるのでしょうか」

山上は背筋を伸ばし、小さく首を縦に動かした。

「君が逮捕されたわけではないから、クビになるとか、そういうことは考えなくていい。ただ、今まで通りというわけにはいかないかもしれない」

「といいますと……」

「総務部から連絡が来た後、役員らと君の今後の処遇について話し合った。一度出てしまった情報を完全に消すことは不可能だろうから、君に関して外部から問い合わせがあったり、何かいわれるかもしれない。当分の間、表に出なくて済む仕事に回ってもらったほうがいいんじゃないか、ということになった」

「配置転換……ですか」

「一時的に、だよ。どんな影響が出てくるか、全然予測できないからね。案外、時間が経てば何事もなかったようになるのかもしれない。そうなれば戻ってくればいい」

「どこの部署に移るんですか」

「それはこれから各部署と調整する予定だ。で、それが決まるまでの間、休暇を取ってくれないか。とりあえず二週間ほど」

「そんなに……」

じつはね、と山上は気まずそうに口を開いた。

「どんなふうに話が漏れたのかは不明だが、社内でも噂が広がりつつある。社員たちの動揺を少しでも早く鎮めたい、と社長がおっしゃってるんだ」

「僕が出社したら、仕事どころじゃなくなると……」

うんまあ、と山上は細かく頷いた。「そんなところだ」

「では、明日はどうすれば？　さっきの電話では、いつもより一時間ほど早く来るように、ということでしたけど」

「それはもういい。休暇の手続きは、こちらで済ませておくから」

和真は唾を呑み込み、顎を引いた。「わかりました」

山上はさらに何かいいたそうな顔を見せた後、「じゃあ、そういうことで」といって腰を上げた。

和真も立ち上がり、頭を下げた。「御迷惑をおかけして、申し訳ありません」

山上が深く呼吸する音が聞こえた。それにしても、と上司はいった。「お父さん、どうしてそんなことをしてしまったんだ？　金銭トラブルか？」

「あっ、いえ……」

和真がいい淀むと山上はあわてた様子で手を横に振った。

「いやいや、答えなくていい。すまなかった」

そして和真の肩を二度叩くと、「また連絡するから」といい残し、逃げるように部屋を出ていった。

上司を見送った後、和真はスマートフォンを手にした。自分に関してどんな情報が拡散されているのか、気になったからだ。だがそんなことを調べたところで何のメリットもないのは明らかだった。良いことなど書いてあるわけがなく、気持ちが落ち込むだけだろう。

ネットに接続したい気持ちを抑えてスマートフォンを置こうとした時、メールが届いていることに気づいた。確かめると同期入社の雨宮雅也《あめみやまさや》からだった。タイトルは『雨宮です』だった。和真が社内で最も親しくしている男で、たまに二人で飲みに行くこともある。じつは昨日からメッセージが届いていることには気づいていた。一向に既読にならないからメールを送ってきたのかもしれない。

開けてみると次のような文面だった。

『いろいろと聞いた。力になれることがあればいってくれ。返信は不要。身体に気をつけてください。雨宮』

和真は数分考えた後、『ありがとう。』とだけ書いて送信した。

15

永代通りに面した自転車店では、父親らしい男性に連れられた少年が、青いフレームの自転車に跨《また》がっているところだった。二人に説明しているのが、店主の藤岡《ふじおか》らしい。小柄だが、がっしりとした体格をしている。年齢は五十歳前後か。灰色の作業服を着ていた。

五代は店内に並べられたカラフルな自転車を眺めながら、彼等のやりとりが終わるのを待った。時折藤岡が、ちらちらとこちらに視線を向けてくる。

親子連れが去ると、愛想笑いを浮かべた藤岡が近づいてきた。「お待たせしました。自転車をお探しですか」

五代は苦笑し、上着の内側に手を入れた。

「申し訳ないんですが、こういう者でして」警視庁のバッジを見せた。「藤岡さん、ですね」

藤岡は口を半開きにして五代の顔を見ると、はあ、と間の抜けた声を発した。

「少し話を聞かせていただけませんか。門前仲町にある『あすなろ』のことです」

藤岡は何度か瞬きしてから頷いた。「ああ……いいですよ。じゃあ、こちらにどうぞ」

店の奥に丸椅子が二つあった。そこに腰掛けてから、五代は一枚の顔写真を藤岡に見せた。

「この人物を御存じですか」

写真を目にした瞬間、藤岡の頬がぴくりと動いた。「倉木さん……ですね」

そうです、といって五代は写真をしまった。「逮捕されたことは？」

「聞きました。びっくりしました」藤岡は息を整えるようなしぐさを見せた。「でもあれ、本当なんですか」

「何がですか？」

「だからその、倉木さんが人を殺したってのがです。何かの間違いじゃないんですか」

五代は薄い笑みを浮かべた。「どうしてそう思うんですか」

「だって、考えられませんから。穏やかで、良い人ですよ。酒の飲み方は奇麗だし、大きな声を上げたこともない」

五代は手帳とペンを出した。

「藤岡さんは倉木容疑者とは、『あすなろ』で、かなり親しくしておられたとか」

「かなりかどうかはわからないけど、わりと親しかったです。こっちも一人で行くことが多かったから、よくカウンターで並んで飲みました」

「二人でどんな話をしていたんですか」

「どんなって、そりゃいろいろですよ。世間話とか、政治の話とか。最近じゃ、病気や健康の話が多かったかな。この歳になると、それが一番盛り上がるんでね」

倉木について訊かれること、つまり殺人犯と親しかったと思われていることが、藤岡は迷惑そうではなかった。むしろ倉木の真人間ぶりを積極的にアピールしているようにさえ思えた。

「野球の話なんかはどうですか」

「野球？　ああ、それもよくやりますね。倉木さんはドラゴンズのファンで、こっちは巨人。スマホで試合結果を見ちゃあ、勝った負けたで一喜一憂するんです」

「倉木容疑者は球場で観戦することもあったようですが、そんな話を聞いたことは？」

「観戦？　ああ、そういえば一度聞いたなあ。初めて東京ドームに行くとか」

「いつ頃ですか」

「今シーズンが開幕した頃じゃなかったかなあ」

倉木の供述と一致する。どうやら倉木が野球観戦に行ったのは間違いなさそうだ。

「球場で何か変わったことがあったとか、聞いてませんか」

「変わったことって？」

「誰かと会ったとか、何かを落としたとか」

五代の問いかけに、いやあ、と藤岡は首を傾げた。

「そんなやりとりがあったのは、倉木さんが東京ドームに行く前日です。翌日、倉木さんは名古屋のほうに帰っちゃいました。次に会ったのは、それから何か月も後だったから、もうその話はしませんでしたね」

そういうことかと五代は失望する。倉木と白石の接触を、ここでも確認できない。

すみません、と表のほうから女性の声がした。中年女性が店先に立っている。

「ああ、どうも」藤岡が立ち上がり、駆け寄っていった。店内に置いてあった自転車を渡している。修理を頼まれていたようだ。

レジスターで会計を処理し、女性客を見送った後、藤岡は戻ってきた。「まだ何か訊きたいことがありますか？」

「『あすなろ』での倉木容疑者の様子を教えていただきたいんですが」

「様子って……別にふつうですよ。誰かに絡むことはないし、いつも静かに飲んでいます」

「あの店は女将さんと娘さんでやってますよね。二人と倉木容疑者は、どんな感じですか」

「どんな感じといわれても……」

「たとえば倉木容疑者は浅羽織恵さんに好意を持っていたようだった、とか」

藤岡は、うーんと唸ったが、意外な質問だとは思っていないように見えた。

「織恵ちゃんは美人だし、お似合いだと思いますよ。でも倉木さんのほうはどうかな。歳が離れているからか、女としては見てなかった、というか、見ないようにしていたように思いますけどね」

妙な言い方が気になった。

「倉木さんのほうは、とはどういうことですか？」

「いや、その……」藤岡は額に手を当てた。「こんなこと、いっちゃっていいのかな」

「あなたから聞いたとは誰にもいいません。話してください」

藤岡は、うーんともう一度唸り、口元を手の甲でぬぐってから、なぜか周りを見回した。

「私の印象だと、織恵ちゃんのほうが倉木さんに惚れていたように思うんです」

「織恵さんが？」

「そう思ってるの、たぶん私だけじゃないですよ」藤岡は声をひそめて続けた。「ほかの客にも、そんなことを噂してるのがいました」

「織恵さん本人に確かめたことは？」

「あるわけないじゃないですか。刑事さん、これ、私がいったってことは本当に内緒にしておいてくださいよ。お願いしますからね」

藤岡が早口でいうのを聞きながら、五代は浅羽母娘の顔を思い浮かべていた。客たちが噂するぐらいだから、洋子が娘の気持ちに気づいていないわけがない。だが先日五代が会いに行った際には、あの母娘はそんな気配を微塵も示さなかった。刑事相手に恋心を告白する必要などない、ということか。

この世の女は全員名女優——改めて思った。

16

達郎が起訴されたことを報告しに堀部がやってきたのは、前回の訪問から六日後のことだった。達郎の身柄はすでに東京拘置所に移されたという。本人は落ち着いていて、裁判のことはすべて任せると堀部にいっているらしい。

「すでに起訴状は入手しています。内容を確認しましたが、これまでに達郎さんが話してきた内容に沿ったものになっています。達郎さんも目を通されたようで、記載してあることに間違いないと認めています」堀部は丁寧な口調でいった。

「事実関係では争わない、という話でしたものね」和真は言葉に力が入らない。胸には諦めの気持ちしかなかった。

「基本的にはそうです」

「つまり裁判は形式的なものだと……」

堀部は表情をやや険しくして首を振った。

「そんなことはありません。それでは検察のいうがままの判決が出てしまいます。こちらとしては有罪を認めた上で、極力減刑を目指さねばなりません」

「そうはいっても、父はすべてを認めているわけですよね。たとえば、どんなところを争うんですか」

堀部は自分のノートを広げた。

「まず重大な点は、計画性です。犯行がどの程度に計画的なものだったかは、量刑に大きく影響します」

「いや、でも」和真は記憶を辿った。「前に聞いた話では、父は相手の人を殺すつもりで上京してきたわけですよね。犯行場所も決めて、そこへ呼びだしたんじゃなかったですか。それならどう考えても計画的だと思うんですけど」

「おっしゃる通りです。起訴状にも、そのように記されています」

「だったら、争いようがないんじゃ……」

堀部は眼鏡に手をやり、何度か頷いた。

「たしかにそうなんですが、達郎さんの話をよく聞いてみると、微妙な部分もあるわけです。

たとえば隅田川テラスでの達郎さんと白石弁護士のやりとりです。白石さんが、こんなところで何をするのか、浅羽さんたちのところへ行くのではないのか、と責めるように訊いてきて、そのきつい口調が決断を誘発したといっています。決断を誘発——いかがですか。つまり、その直前までは決断していなかった、ということになるのではありませんか。殺すしかないと思いつつ、じつは迷っていたとなれば、ずいぶんと印象は違ってきます」

ああ、と和真は声を漏らした。「なるほど。でも、凶器を用意しているわけだから……」

「その点についても、弁解の余地はあります」堀部はノートのページをめくった。「犯行に使われたナイフは、アウトドア用の折り畳みナイフです。量販店でも取り扱っていますし、通販でも入手可能だそうです。ずいぶん昔に買ったもので、達郎さんは店を覚えてないといってるんです。実際警察は、入手先を突き止められていません。つまり犯行のためにわざわざ購入したわけではない、ということです。衝動的に犯行を思いつき、家を出る時に手元にあったナイフを無我夢中で懐に忍ばせたと考えるのが妥当です。いかがです？　計画性がなかったとはいえませんが、周到に練られたという感じではないでしょう？」

「そういわれれば、たしかにそんな気もしますけど……」

「白石さんから責められ、切羽詰まった思いで上京した。いざとなったら殺すしかないと思い、ナイフを持って出た。でもできれば話し合いで解決したかった。その余地がわずかでもあることを祈ったが、白石さんの態度に絶望し、やむをえず犯行に及んだ——裁判ではそのように主張したいと考えています」

流暢《りゅうちょう》に語る堀部の口元を見て、和真は不思議な生き物を目にしているような気になった。初めて事件の内容を聞いた時には、なぜそんな馬鹿なことをしたのかと思ったが、今のように説明されれば、少しは合点がいくような気がする。

さすがは弁護士だ、と改めて思った。

「反省の態度も重要です」堀部は続けた。「警察や検察で素直に取り調べに応じていることは前にもいいましたが、それ以前に達郎さんは、刑事の二度目の訪問で、早々に自白しています。嘘をついて切り抜けようとした形跡は一切ないんです。これは自分の罪を認め、反省していることの証左だと思われます。裁判員たちへの印象は悪くないはずです」

「でも検察は、違ったことを主張してくるんでしょう?」

「向こうはそれが仕事ですからね。身勝手で残虐な犯行だと強調してくると思います。時効になった過去の殺人事件についてどう考えているのか、本当に反省しているのなら白石さんの言葉に従うべきではないのか、といった点を突いてくるでしょう。検察での取り調べの際、達郎さん本人に問い質しているはずです。それについて本人がどう答えたかも裁判では争点になりそうな気がします。そのあたり検察の記録を精査してみないとわかりません。現在、記録の開示を検察に求めているところです」

堀部の話を聞いていると、裁判にはいろいろと戦略が必要なのだなという気がしてくる。和真は、よろしくお願いします、と頭を下げるしかなかった。

「でも一番の問題は、達郎さん本人です」堀部が意味ありげに声の調子を落とした。

「どういうことですか」

「裁判のことはすべて私に任せるといっておられるんですが、私を信頼しているというより、どうでもいいと思っているふしがあります。前向きでないというか、無関心というか、どこか投げやりなんです。情状証人になってくれそうな人を尋ねてみても、誰にも迷惑をかけたくないの一点張りで、日頃親しくしている人の名前を教えてくれません。無理してまで情状酌量を求めなくてもいい、なんてことをいいだす始末でね」

ため息交じりに堀部が話すのを聞き、和真は奇妙な思いを抱いた。達郎が逮捕されたと知った時から、愕然とする話ばかりを聞かされてきた。とても信じられなかった。だが今の達郎に関するエピソードだけは、あの父らしい、と思ったのだった。罪を犯したのだから罰を受けるのは当然、どんな罰であっても潔く受け入れる、と頑なに態度を変えない姿が目に浮かんだ。

「ところで、先日の件についてはいかがですか」堀部は傍らに置いた鞄にノートをしまいながら訊いてきた。「何か思い当たることはありましたか」

質問の意図がわからず和真が戸惑っていると、五月十五日のことです、と堀部はいった。

「毎年その日に、達郎さんが何か印象的なことをしていなかったか、という話です」

ああ、と和真は前回のやりとりを思い出した。

「すみません。考えてみたんですけど何も思いつかなくて……」

「やはりそうですか」堀部は息をつき、肩を落とした。「じつは本人にそれとなく尋ねてみたんです。昔の罪について、振り返ることはあるのですか、と。それに対する達郎さんの回答は、忘れたことはないし、いつも悔いている、というものでした。でも具体的に、供養や懺悔《ざんげ》といった行為をしていたわけではなさそうです」

「そうだと思います」

「まあいいでしょう。ところであなたのほうはいかがですか。会社は休まれているんでしたよね。ほかに何か変わったことはありますか」

「特には何も。マスコミも来ませんし……」

「警察が情報を出さないからでしょうね。殺害動機をどう発表するか、警視庁なりに悩んでいるんだと思います。愛知県警に気を遣っているんですよ。一九八四年に留置場で自殺した被疑者は、じつは冤罪だったなんてことになったら、県警は二重に失態を責められるでしょうからね。でも起訴したからには、何らかの発表はあるかもしれません。そうなれば内容次第では、マスコミが騒ぐことも大いに考えられます。彼等は遺族にさえも無神経な態度で取材しますから、少し覚悟をしておいてください」

遺族という言葉で頭に浮かんだことがあった。

「僕が謝罪に行ったほうがいいんでしょうか。遺族の方のところへ……」

堀部は首を傾げ、かすかに眉根を寄せた。

「現時点ではやめておいたほうがいいでしょうね。向こうは詳しいことを知らされていません。おそらく質問攻めに遭います。なぜあなたの父親は我が家の大黒柱を殺したのか、二人の間に何があったのか、とね。もちろん、それらの質問にあなたが迂闊《うかつ》に答えるわけにはいきません。詳しい話を何ひとつ聞けないまま、ただ謝られても、先方は苛立ちを募らせるだけです。まずは警察の発表を待ちましょう。遺族だけでなく、どの事件関係者とも接触は避けてください。わかりましたね?」

「はい……気をつけます」

では今日はこれで、といって堀部が立ち上がった。

「あの、先生……」和真も腰を浮かせた。「父には、まだ会えないんでしょうか」

堀部は神妙な顔つきになった。

「さっきもいいましたように、誰にも迷惑をかけたくないといい張っています。今のところ、あなたにも会う気はないようです。でも時間が経てば気持ちが変わるかもしれません。それまで待つしかない、としか申し上げられません」

「そうですか。じつは父に訊きたいことがあるんです。先生から尋ねてもらえますか」

「もちろんです。どんなことでしょうか」

「事件のこと……今回の事件ではなく、八四年に起こしたほうです。人を殺したことを、家族にも一生黙っているつもりだったのか、それともいつかは話すつもりだったのか、それを訊いておいてもらえますか」

堀部は鞄から筆記具を取り出しかけていた手を止めた。

「それは……なかなか鋭い質問ですね」

「でも、知っておきたいんです」

「よくわかります」堀部は頷き、手帳に何かを書き込んだ。

堀部が帰った後、和真は書棚から一冊のファイルを取り出した。ファイルには何枚かの書類が綴《と》じてある。古い新聞記事をネットで検索して見つけ、プリントアウトしたものだ。

ソファに腰を下ろし、内容を眺めた。一九八四年に起きた殺人事件に関する記事だ。何度も読んだから、内容はすっかり頭に入っている。

新聞記事では、東岡崎駅前金融業者殺害事件、という名称が使われていた。殺された灰谷昭造という人物は、『グリーン商店』という事務所の経営者だったらしい。事件発生直後の記事には、『仕事上の金銭トラブルがいくつかあったらしく、そのもつれによる犯行ではないかとみられている。』とあった。

その三日後、今度は有力な容疑者が見つかったことが報じられている。ただし、この時点では氏名は明らかにされていない。それが判明するのは、さらに四日後だ。『東岡崎駅前金融業者殺害事件の容疑者が署内で自殺』という記事で、福間淳二という名前が出てくる。

この出来事については、どの新聞も警察署の管理ミスばかり責めていて、事件については殆ど触れていない。せっかく捕まえた容疑者に死なれてしまい、事件の真相がわからなくなってしまった、という主張が目立つ。福間淳二が犯人だったかどうかを疑う発想はなかったようだ。

和真は腕組みをし、瞼を閉じた。記憶を可能なかぎり過去まで遡らせた。最初に頭に浮かんだのは、トラックから荷物を下ろしている光景だった。達郎が安城市篠目に建てた一戸建て住宅に引っ越した日のことだ。和真が小学生になるよりずっと前だ。転校させるのはかわいそうだから、家を建てるなら和真が小学校に上がる前にしようと両親が話し合って決めた、と後から聞かされた。

引っ越す前は岡崎駅のそばに住んでいたようだ。ようだ、というのは地理に関する明確な記憶がないからだ。古い二階建てのアパートだった。狭い部屋で母と一緒に布団に入っていたことは、ぼんやりと覚えている。

アパートのそばに月極駐車場があった。そこに我が家の車が止められていた。車種に関する記憶は曖昧だ。というのは、達郎はしょっちゅう車を買い換えていたからだ。車種は変わっても、色はいつも白だった。白にすれば車検の時に安く済む、という理由からだった。もっとも、実際に安かったのかどうかはわからない。

とにかく達郎は白い車に乗っていた。駐車場には屋根がなく、しかもめったに洗わないので、いつも薄汚れていた。その車で会社に通っていた。堀部の話によれば、達郎は通勤途中で事故を起こしたらしい。相手は自転車に乗っていた灰谷昭造だった。灰谷は怪我の治療費を要求するだけでなく、達郎に事務所への送り迎えを命じた。達郎の勤務先は大手自動車メーカーの子会社で、社員が人身事故を起こせば退職時まで査定に響くといわれていた。灰谷はそのことを知っていたから、無理難題をふっかけてきたのだ。

とうとう堪忍袋の緒が切れた達郎は、事務所に置いてあった包丁を手にして脅したが、灰谷は一向にひるまず、刺せるものなら刺してみろと挑発した。かっとなった達郎は、気づくと灰谷を刺してしまっていた――。

和真は目を開けた。立ち上がり、キッチンへ行って水道水をコップでひと飲みした。たった今、自分が思い浮かべた光景を振り返った。

どう考えても、達郎の行動とは思えなかった。達郎は頑固だが、いくら頭に血が上ったからといって、自分を見失うような人間ではない。

それとも当時は、まだそういう激しやすい性格だったということか。そしてその事件をきっかけに反省し、人柄が変わったのだろうか。

いやそんなはずはない、と即座に却下した。和真が子供の頃、母親の千里から聞いたことがあった。お父さんは誰にでも優しく親切で、時にはお人好しすぎるといわれるけれど、そういうところが好きで結婚したんだ、と。そんな人間なら、そもそも包丁で脅すという発想自体がないのではないか。

今回の事件にしてもそうだ。やはり納得できなかった。何から何まで、達郎の性格を考えれば、あり得ないことばかりだ。過去の罪を反省しているのなら、生きているうちに冤罪で苦しんだ母娘に真実を告白すべきだ、と白石弁護士に諭されたらしいが、そんなことは人からいわれなくてもわかっていたはずだ。指摘されたからといって動揺するわけがない。白石弁護士が母娘に何もかも話すというのなら、それはもう仕方がないと観念するのが、和真の知っている達郎という人間だ。

何かがおかしい、と和真は思った。達郎は本当に真実を話しているのだろうか。

しかし一連の話の中に、達郎らしいと思えるエピソードが全くないわけではない。たとえば浅羽という母娘への対応だ。冤罪で自殺した福間淳二の遺族のことを心配し、居場所を突き止め、陰ながら応援していたというのは、大いに首肯できる話だった。

会ってみたい、と和真は思った。その浅羽という母娘に会って、達郎とはどんなふうに接していたのかを訊いてみたかった。

そんなことを考えているとスマートフォンに着信があった。堀部からだった。先程はどうも、と前置きしてから弁護士は続けた。

「今回の事件について、警察がマスコミに情報を流した模様です。すでに報道機関は動いているようです。ニュース番組やネットをチェックしてみてください」

電話を切った後、和真はテレビをつけ、スマートフォンで速報を調べた。間もなくインターネット上に、『時効になった事件の隠蔽目的で殺人』という記事があるのを見つけた。民放のニュース映像がアップされていた。

17

スマートフォンの画面の中で、女性のアナウンサーが深刻そうな顔つきで話し始めた。

「先月初め、港区の路上に放置された車内で弁護士の白石健介さんの遺体が見つかった事件に関し、殺人罪で起訴された倉木達郎被告が、時効になった過去の事件について暴かれるのを避けるために刺し殺した、といっていることが捜査関係者への取材で明らかになりました。倉木被告は過去の罪の償い方について、予《かね》てより親交のあった白石さんに相談したところ、すべてを明らかにするのが誠意ある態度だといわれ、このままでは周囲に過去の事件のことを暴露されると恐れ、犯行に及んだといっている、とのことです――」

五代は吐息を漏らした後、椅子の背もたれに掛けた上着のポケットにスマートフォンを戻した。十二月だというのに、店内は蒸し暑い。炭火がすぐそばにあるからだろうか。

「上の連中、よりによって中途半端な情報を流したもんだ」五代は自分と中町のグラスにビールを注《つ》いだ。「まるで靴の上から足を掻いているようだ」

「中途半端って、時効になった事件の詳細を明かしていないことですか？」そういって中町が枝豆を口に放り込んだ。「たとえ被告人でも、プライバシーは極力守られなきゃいけないっていう理由らしいですけど」

五代たちは門前仲町にある炉端焼きの店で、カウンター席についている。今回の事件がきっかけで知った店だが、すっかり馴染みになった。今夜も、別の聞き込みに回っていた中町に声をかけ、息抜きをしに来たのだった。

「それは表向きの理由だろ。本当のところは愛知県警への配慮だ。隠したくなるのはわかるけど、あんな半端な情報じゃ逆効果だ。却って世間の好奇心を刺激するってことに気づかないのかねえ」

「でも公表するわけにはいかないでしょう。自殺した被疑者が冤罪だったなんて」

五代は周囲に視線を走らせた後、右隣にいる中町の脇腹を肘でつついた。「壁に耳あり、だぜ」

「あっ、すみません」

「なるべく隠しておきたいというのがお偉方の本心なんだろうけど、どっちみち公判が始まれば明らかになる。何しろ今回の事件の肝になるところだからな」

「裁判じゃ、浅羽さん母娘も証人として呼ばれるんですかね」

「どうかな。検察としちゃあ、倉木に恋愛感情があったことを摑めない以上、あの母娘から引き出さなきゃならない証言はない。あの母娘を呼ぶとしたら……弁護側か」

えっ、と中町が声を漏らした。「何のために？」

「もちろん、情状酌量を求めるためだ。倉木がいかに真面目な人間かってことを、二人に証言してもらうんだ」五代は焼き椎茸に生姜醤油をつけ、齧《かじ》った。

「証言しますか？　自分の夫や父親が、倉木のせいで自殺したっていうのに」

「問題はそこだ。自殺したのは倉木のせいか？　違うだろ？　早とちりして逮捕した、当時の捜査陣のせいじゃないのか？　実際、洋子さんは警察嫌いを公言している」

「でも倉木が自首していたら、冤罪もなかったわけだし……」

「それはそうだが、洋子さんはともかく織恵さんのほうは、そんなふうには思わないかもしれない」

五代が声のトーンを落としたことに感じ取るものがあったのか、中町が顔を寄せてきた。

「浅羽織恵さんのことで、今日もまた何か摑んだんですか」

織恵が倉木に恋愛感情を抱いていたらしいことは、中町にも教えてあった。

「『あすなろ』の常連に不動産屋の親父がいる。浅羽さん母娘とは二十年来の付き合いだそうだ。その親父から面白い話を聞いた。一年ほど前に倉木から、東京のマンション相場を訊かれたらしい。家賃だけでなく、生活費とか税金についても尋ねられたとか。上京する気なのかと訊いたら、まだそこまでは考えていないけれど一応知っておきたかった、と答えたそうだ」

「へえ、どこまで本気だったんですかね」

「死ぬまで浅羽さん母娘への償いを続ける気なら、東京に住んだほうが便利だ。わりと本気で検討していた可能性はある。だけど本当に面白いのは、ここからだ。倉木がいない時、不動産屋がその話を織恵さんにしたら、えらく興味を示したというんだ。倉木さん、上京する気なんだろうか、するとすればいつ頃なんだろうって、若い娘みたいに嬉しそうにはしゃいでたそうだ。その様子を見て、やっぱり倉木さんに惚れてるんだなと確信したってさ」

「じゃあ、決まりですね。異性として好意を抱いてたのは織恵さんのほうか。なるほどそれなら、彼女が弁護側の証人に立つこともあり得るのかな」

「可能性は低いがゼロではない」

瓶ビールが空になったので酒を変えることにした。五代は女性店員を呼び止め、芋焼酎のロックを注文した。

「その不動産屋の親父、付き合いが長いというだけあって、あの母娘について詳しかった。さすがに洋子さんの亭主が留置場で自殺したことは知らなかったが、織恵さんが結婚した時のことは覚えていた。それどころか織恵さんの結婚相手を知っている、店で会ったこともあるとさえいうんだ」

「いつ頃ですか」

「十五、六年前だといってたな」

芋焼酎が運ばれてきた。五代はロックグラスを摑み、左右に軽く振った。大きな氷がからからと鳴るのを聞きながら、不動産屋の話を思い出した。

相手の男は財務省に勤めてましてね、おまけに悔しいぐらいの二枚目でした——太った親父は憎々しげにいった。

「織恵ちゃんは今でも奇麗だけど、その頃は何しろ二十代半ばだ。あの子目当てで来てる客は多かったと思いますよ。だから結婚すると聞いた時には、所帯持ちの私でさえ大いにがっかりしました。でも、仕方がなかったんですよね。その時すでに、織恵ちゃんのお腹には赤ちゃんがいましたから。所謂《いわゆる》、できちゃった婚ってやつでした」

織恵の結婚後の二年間は、洋子はアルバイトを雇ったりしながら『あすなろ』を切り盛りしたらしい。子供を預けられるようになると、毎日ではないが、織恵は再び店を手伝えるようになった。その頃の様子を不動産屋の親父は、幸せそうだった、と表現した。

「小さい息子さんがかわいくて仕方ないみたいでね、走ったとか、ボールを投げたとか、言葉をしゃべったとか、嬉しそうに話してました」

そこまでしゃべった後、不動産屋は顔を曇らせた。

「だけど、わからんもんですよ。それから何年かして、気がついたら毎日織恵ちゃんが店にいる。家のほうは大丈夫なのかって訊いたら、じつは別れましたっていうじゃないですか。驚きましたね。幸せな家庭生活を送っているとばかり思ってましたから。結局、結婚してたのは五年ぐらいじゃなかったかな」

離婚の理由は尋ねなかったし、今も知らないらしい。

五代は浅羽母娘の部屋で見た、織恵と少年の写真を思い出した。あれはいつ頃のものなのか。息子という共通点からか、不意に倉木和真の顔が頭に浮かんだ。父親が起訴されたことを、今頃は聞いているかもしれない。

上京し、一流企業に就職した彼には、明るい未来が拓《ひら》けているはずだった。だが今回の事件で、すべてが暗転したのではないか。彼が進まねばならない茨《いばら》の道を想像するだけで、五代は気持ちが重たくなった。グラスの中の焼酎を、ぐいと口に流し込んだ。

18

インターホンのチャイムで目が覚めた。時計を見ると、午前九時を過ぎたところだった。頭がぼうっとする。昨夜、眠りについたのは午前三時以降だ。

嫌な予感を抱きながらベッドから出た。こんな時間に訪ねてくる人間に心当たりがなかった。宅配便が届く予定もない。

モニターを見ると、口髭《くちひげ》を生やした男性が映っていた。年齢は四十歳ぐらいか。ジャケットを羽織っているが、ネクタイは締めていない。

和真は訝しみつつ、受話器を取り上げた。「はい」

「朝早く申し訳ありません。折り入ってお話ししたいことがあり、直接訪ねさせていただきました。ほんの少しで結構ですから、お時間をいただけませんか」男の声は重々しく、口調は丁寧だった。

どきりとした。ついに来るべき時が訪れたのだろうか。

「どちら様でしょうか」尋ねる声が少し震えた。

「ナンバラといいます。詳しい自己紹介はお会いしてからさせていただきたいと思います。用件というのは――」男は少し間を置いてから、お父さんのことです、と続けた。

テレビ関係者か新聞記者か。いずれにせよ、マスコミだ。和真は困惑した。このまま会話を続けるのはまずかった。相手はオートロックの共用玄関の前にいる。そんなところで長々と粘られたら、管理人やほかの居住者に訝られるだろう。やりとりを聞かれるのも避けたい。

仕方なく、解錠のボタンを押した。部屋に入れる気はない。ドアの外で話そうと考えた。

相手はどんなことを訊いてくるだろうか。堀部からアドバイスされたことを反芻しながら待ち受けた。悪口を書く材料を与えぬよう注意せねば、と思った。

チャイムが鳴った。和真は深呼吸をしてから玄関に向かった。ドアロックを掛けたまま鍵を外し、ドアを開けた。開いた隙間は二十センチほどだ。その隙間から相手が覗き込んでくることを和真は予想した。

しかし訪問者は、そうはしなかった。ドアから少し離れて立っているらしく、姿が見えなかった。

「お気持ちはよくわかりますから、このままの状態で話せということでしたら従います」感情を押し殺した声で男はいった。「しかしほかの住民の方が通りかからない保証はなく、会話の一部が耳に入ってしまうことは大いに考えられます。私は構いませんが、あなたがお困りになるのではないですか？　部屋に上がり込むつもりはありません。せめてドアの内側に入れていただけると、お互い気兼ねなく話せると思うのですが」

冷徹という表現がぴったりの口調は、下手な脅し文句よりもはるかに強い圧力を感じさせた。悔しいが説得力もあった。和真は一旦ドアを閉めた後、ドアロックを外し、改めてドアを開けた。

肩にショルダーバッグを提げた男が、恭《うやうや》しく頭を下げた。「突然申し訳ありません」

どうぞ、と和真はいった。ぶっきらぼうにならないよう気をつけたつもりだが、相手にどう聞こえたかはわからない。

男は入ってくると、靴脱ぎに立ったまま名刺を出してきた。南原という名字で、肩書きは『記者』だった。

「フリーで仕事をしています。倉木達郎さんが起訴された件について取材をしたいと思い、御迷惑を承知で伺いました。達郎さんは、あなたのお父さんですよね」

「そうですけど、どうして僕のことやこの場所を御存じなんですか?」

南原は髭の下の口元をかすかに緩めた。

「倉木被告が逮捕されて間もなく、あなたの名前もネット上で取り沙汰されるようになっていました。今の時代、ほんの少し人脈を駆使すれば、SNSで名前が挙がっている人物の住所を調べることなど難しくありません。でも、どうやら私が一番乗りのようですね」

和真はため息をついた。「何が訊きたいんですか」

南原はショルダーバッグから小さなノートとボールペンを出してきた。「お父さんが逮捕されたことは、いつ知りました?」

「先週です」

「誰から聞いたんですか」

「弁護士の先生から連絡がありました」

「弁護士さんとは直接お会いになったのですか」

「電話があって、その後、会いました」

南原はノートを開き、ペンを構えた。

「お父さんが犯行に至った経緯などを聞いて、どう思いましたか」

「そりゃあ驚きました。ショックだったし、信じられませんでした」

「被害者の白石さんという方は御存じですか」

「僕は知りませんが、大変申し訳なく思っています。御遺族の皆さんには、父に代わってお詫びしたいです」

ふむ、と南原は小さく頷いた。ノートに視線を落とさず、和真の顔を見つめた状態でボールペンを走らせている。器用なものだな、と頭の隅で思った。

「今、弁護士さんの話を聞いて信じられないとおっしゃいましたが、具体的には、どの部分が信じられませんでしたか」

「どの部分って……全部です。父が殺したっていうこともそうだし――」

「動機も？」南原が質問を被せてきた。

はい、と和真は答えた。

「動機については、どんなふうに説明されましたか」

それは、といいかけたところではっとした。余計なことは話さないよう、堀部から釘を刺されていたのを思い出した。

「すみません。事件に関することは、お話しできません。今後の裁判に関わってきますので」

「なるほど」予想通りの対応だったらしく、南原は平然としている。「警察の発表によれば、お父さんは、すでに時効になっている過去の事件のことを隠したくて白石弁護士を殺害した、ということです。この件について、あなたが聞いた内容と矛盾している部分はありますか」

「それは……ないように思います」

「その過去の事件について、あなたは以前から御存じでしたか？」

「申し訳ないのですが、そういった御質問にもお答えするわけにはいきません。どうか御理解ください」和真は頭を下げていった。

「先程、今回の事件の遺族に詫びたいとおっしゃいましたが、過去の事件の遺族に対してはどうですか。やはり詫びる気持ちはありますか」

「それは、はい、もちろん」反射的に答えた。

南原の口元が緩んだように見えた。その瞬間、和真は自分がミスをしたことに気づいた。警察からの情報では、「時効になっている過去の事件」というだけで、殺人事件とは特定していない。しかし今の和真の発言は、そのことを認めたも同様だった。見事に誘導に引っ掛かってしまったのだ。

「事件に関する質問には答えられないということなので、少し違う角度からお尋ねします。時効というものについては、個人的にどうお考えですか」

「どうって……」

「現在、殺人罪に時効はありませんが、以前はありました。何年だったか、御存じですか」

「十五年……じゃないんですか」

「二十五年に延長された時期もあったのですが、それはこの際いいでしょう。では時効が廃止されたことについてはどう思いますか。賛成ですか？　それとも、やはり残しておくべきだったでしょうか」

この質問の意図は何だろう――和真は南原のすました顔を見つめながら考えを巡らせたが、相手の真意は読めなかった。

「それはやはり賛成です。廃止されるべきだったと思います」

無難に答えたつもりだった。

記者が、じっと見つめてきた。「なぜですか」

「だって、罪を犯したのだから、償わなければなりません」

「なるほど。時効などで償いを免除すべきでないと？」

「ええ、まあ……」

「すると、お父さんが過去に犯した罪についての償いは終わっていない、そう思っておられるわけですか？」

「あっ、それは……」

「その考えに基づけば、過去の事件と今回の事件と合わせて、罪の重さは二倍になったことになります。裁判でも、あなたはそのように証言するおつもりですか」

畳みかけての質問に、和真は混乱した。どう答えていいのか、わからなくなった。

黙り込んでいると、倉木さん、と南原がいった。

「突然の質問に戸惑われたのも無理はありません。一旦、白紙にしましょう。今後のことを考えて、慎重にお答えになってください。時効になった過去の事件については、お父さんの償いは済んでいると思いますか」

堀部の言葉を思い出した。過去は一旦リセットされていると思ってもらえるかどうかが分かれ道、と弁護士はいっていた。

和真は空咳《からぜき》をひとつしてから口を開いた。「そうですね。済んでいる、と思いたいです」

「その理由は？　現在はともかく、当時は十五年という時効があったから、ということでよろしいでしょうか」

「そう……ですね」答えながら和真は不安になった。こんなことを発言してよかったのか。

ありがとうございます、と南原は満足そうにいった。

「ここまで話したんですから、その過去の事件について、もう少し教えてもらえませんか。あなたが何歳ぐらいの時に起きた事件ですか」

「いや、それは、あの……勘弁してください。弁護士の先生からも口止めされているので」

「隠していても、いずれは明らかになります。そうなってからより、あなたの口から話したほうが世間からは誠実に映ると思いますが。やっぱり深く反省しているんだなと」

南原は言葉巧みだった。つい、そうなのだろうか、と心が動きそうになる。

すみません、と和真は頭を下げた。「そろそろ、このあたりで終わりにしていただけませんか」

「では最後に一つだけ。あなたにとって倉木被告とは、どんな父親でしたか？」

「どんな……」和真は口の中で呟いてから続けた。「頑固で厳しいところもあったけれど、優しくて、真面目で、誠実な父親でした」

「素晴らしい人物ですね」

「尊敬できる人間だと思っていました」

「でも人間だから、いつも完璧ってことはないでしょう？　あの頃はちょっと荒れてたな、なんていう時期もあったんじゃないですか。あるいは逆に、落ち込んでいたとか」

「ああ……元気がない時期はありました」

「いつ頃ですか？」南原の目が光ったようだ。

「定年退職の直前です。寂しそうでした」

途端に南原の表情が冷めたものになった。メモを取ることなく、どうもありがとうございました、といって筆記具をバッグにしまい始めた。その様子を見て、達郎が過去に事件を起こした時期を推定したかったのだなと気づいた。

南原が立ち去った後、和真は堀部に電話をかけた。どうかしましたかと訊かれたので、フリーの記者が来たことを話した。

「余計なことは話さなかったでしょうね」

「そのつもりだったんですけど、誘導に引っ掛かってしまいました」

和真は南原とのやりとりを詳しく話した。相槌《あいづち》を打つ堀部の声は、徐々に重くなっていくようだった。

「たしかにミスですね。相手は、人を殺してまで隠したい罪なのだから、過去の事件とはおそらく殺人罪だろうと見当はつけていたと思います。そこで遺族という言葉を使って鎌をかけてきたわけです」

「それにまんまと引っ掛かってしまいました。すみません」

「でもそれ以上に大きなミスは、その後、殺人罪の話に付き合ってしまったことでしょうね」

「えっ、どういうことですか」

「遺族がいるからといって、殺人罪とはかぎりません。傷害致死や過失致死の可能性もあります。たとえば轢《ひ》き逃げの場合、時効は七年です。もし達郎さんの犯した罪がそういったものなら、殺人罪の話をされた場合、あなたの対応は違っていたはずです」

和真はスマートフォンを耳に当てたまま、顔をしかめた。自分の間抜けさに腹が立った。

「達郎さんが犯した過去の罪について警察が明らかにしないので、何とかして突き止めようとしているんでしょう。今後、同じような目的で近づいてくる輩《やから》が増えるかもしれません。注意してください。インターホンを鳴らされたら、できるだけ居留守を使ったほうがいいと思います」

「わかりました。今後はそうします」

南原に対してもそうすればよかった、と今さらながら悔やまれた。

それから、と堀部は続けた。

「時効云々《うんぬん》について答えたのもよくないです。今後は、そういう質問に答えられる立場にない、とかわしてください」

その手があったか。簡単に相手のペースに乗せられた迂闊さが情けなかった。

「また何かあったら、いつでも連絡してください」堀部がいった。

「わかりました。ありがとうございます」

電話を終え、スマートフォンをテーブルに置こうとしたが、メールが届いていることに気づいた。またしても雨宮からだった。

『体調を壊してないか。何か必要なものがあればいってくれ。SNSだが、すべてやめてしまったほうがいい。何ひとつ読むな。ネット上に味方はいない。一人もいない。アカウントの削除を勧める。』

スマートフォンを手にしたまま、和真はため息をついた。友人のありがたみが身にしみた。そして改めて、自分たちは嫌な時代を生きているのだなと痛感した。

19

午前十時を二分ほど過ぎた時、自動ドアが開いて白髪の痩せた男性がロビーに入ってきた。高級そうなブルゾンを羽織っている。

白石美令は立ち上がり、笑顔を作ってから頭を下げた。「おはようございます」

田中《たなか》です、と男性は名乗った。

「お待ちしておりました。どうぞお掛けになってください」デスクの反対側の椅子を勧め、男性が腰を下ろすのを見届けてから美令も椅子に座った。

脇のキーボードを素早く操作する。男性に関する情報が液晶モニターに表示された。職業は会社役員となっている。年齢は六十六歳。

「田中様、本日は会員証と受診カードはお持ちでしょうか」

男性はショルダーバッグを開け、二枚のカードを出してきた。さらに、「これもここで出すんだよね」といって封筒をデスクに置いた。少し膨らんでいるのは、中に円筒形の容器が入っているからだ。検尿容器だ。

「恐れ入ります。お預かりいたします」

会員証の名義を確認した後、封筒を引き寄せた。代わりに受診票を差し出す。

「お手数ですが、こちらに住所とお名前をいただけますでしょうか」

「ああ、はいはい」

男性が記入する間に抽斗《ひきだし》からリボンを取り出し、印刷されたバーコードを手元のリーダーで読み取った。

「これでいいかな」男性が受診票を美令のほうに向けた。

「結構です。では田中様、手首にＩＤリボンを付けさせていただきたいのですが、右左、どちらがよろしいでしょうか」

「じゃあこっち」男性は右手を出してきた。

失礼します、といって美令はリボンを巻き付けて留めた。「検査がすべて終了したら、こちらでお取りしますので、それまでは決して外さないでください」

「うん、わかっている」

「これでお手続きは完了です。そちらのソファにお掛けになってお待ちいただけますか。間もなく係の者が参りますので」

少し離れたところに並んでいるソファを手のひらで示した。ソファは革張りでテーブルは大理石だ。新聞が何紙か揃えられていて、小さな書棚にはゴルフ雑誌や経済関連の情報誌が並んでいる。

男性は頷き、ゆったりとした歩調でソファに向かっていく。その背中を見送った後、美令は腰を下ろした。指先でこっそりと頬をマッサージする。笑みを浮かべ続けているのは案外疲れる。

『メディニクス・ジャパン』は会員制の総合医療機関だ。いくつかの病院と提携し、会員が最新鋭の検診とサポートが受けられるように取り計らうことを売りにしている。ここ、帝都大学医学部付属病院内にあるワンフロアも、『メディニクス・ジャパン』が運営する検診施設の一つだ。ＭＲＩやＣＴ、エコー検査はもちろんのこと、最新のＰＥＴ検査も受けられるようになっている。

傍らに置いたバッグから、小さな振動音が聞こえた。スマートフォンを取り出し、ゲストたちからは見えないよう、デスクの下で画面を確認した。ＳＮＳのメッセージを送ってきたのは母の綾子だった。

『今夜、佐久間先生がうちにいらっしゃることになりました。19時ごろ。』

即座に、了解しました、と返した。スマートフォンをバッグに戻し、何事もなかったように背筋を伸ばした。

自動ドアが開き、新たにゲストが入ってきた。毛皮のコートに身を包んだ婦人だ。美令は笑顔を作り、立ち上がった。

美令がここの受付係として働き始めたのは昨年の四月だ。話を持ってきたのは、父の健介だった。知り合いの弁護士が『メディニクス・ジャパン』の顧問弁護士を務めているらしい。健介自身も『メディニクス・ジャパン』の会員だった。

「長年受付をしていた女性が辞めてしまったそうだ。お嬢さんに頼めないかといわれた。娘が今の仕事を辞めたがっている、という話を覚えていたみたいだな」雇用条件を記した書類を示しながら健介はいった。

書類を読み、悪くない話かな、と美令は思った。報酬は決して高額ではないが、今の仕事よりはストレスが少なくて済みそうだ。何より、生活リズムが一定しているのがありがたい。

当時、美令はキャビンアテンダントをしていた。憧れて選んだ職業だったし、それなりにやり甲斐もあったが、達成感を通り越して倦怠感を覚えるようになっていた。人間関係の煩わしさにも少し疲れていて、そろそろ別の世界を覗いてもいいかなという気になっていたのだった。

二日ほど考えた後、やってみる、と答えた。健介は満足そうに頷いた。

「よかったよ。誰でもいいというわけにはいかず、困っていたみたいだから。きっと、喜んでもらえるだろう」

そういわれ、まだ働いてもいないのに誰かの役に立ったようで、悪い気がしなかった。

誰でもいいというわけにはいかない、というのは個人情報に触れる仕事だからだろう。人選にあたり何より優先されるのは、信用できる人間、ということなのだ。

もちろんこの場合、信用されたのは美令本人ではなく、白石健介という人物だ。それだけのものを築き上げてきた父親を、美令も尊敬していた。

だがその父親が今はいない。あの世に去ってしまった。

美令が最後に健介と言葉を交わしたのは、十月三十一日の朝だ。母の綾子が用意してくれた朝食を二人で食べた。おかずは焼いた鮭とほうれん草のお浸し、味噌汁だった。健介がパンをあまり好きではないから、白石家の朝は大抵和食だ。

箸を動かしながら健介が話しだしたことは、今年の冬は雪が多いか少ないか、だった。健介はスキーを趣味にしていて、美令も子供の頃は毎年のように連れていってもらった。しかし最近は殆どやらないし、家族で行くこともない。だから雪の量なんて、どうでもよかった。

「あまり降らないんじゃない。温暖化してるし」そんなふうに応じた覚えがある。しかも健介の顔を見もしなかった。

それに対して父がどう答えたのか、全く記憶がない。たぶんまともに聞いていなかったのだろう。朝食時は、いつも傍らにスマートフォンを置いている。誰かからメッセージが届いていないか、そんなことばかりを気にしていたに違いない。

あれが父娘で過ごした最後の時間になってしまった。当たり前のことだが、あの時はそうなるとは夢にも思わなかった。

あの日、夜に帰宅すると綾子が怪訝そうにしていた。健介に電話をかけたが、呼出音が聞こえるだけで繋がらないらしい。

「どこかにスマホを置き忘れてるんじゃないの？　ケータイにかけてみれば？」

健介は携帯電話を二台持っていて、仕事では未だにガラケーを使っている。

「それが、そっちは呼出音すら鳴らないのよ。一体、どうしちゃったのかしら」綾子は首を傾げていた。

だがその時点では、どちらも深刻には考えていなかった。弁護士の健介は多忙で、急な予定変更などざらだ。深夜に呼びだされることも多い。単に電話に出ている余裕がないだけだろうと楽観していた。

ところが夜が明けても連絡が取れず、さすがに心配になってきた。美令も仕事どころではなく、急遽職場に連絡を入れ、休みたい旨を伝えた。

綾子と話し合い、行方不明者届を出そうということになった。最寄りの警察に行こうと美令が支度を始めた時、家の電話が鳴った。

電話に出たのは綾子だ。受け答えする母の青ざめた顔、上擦った声で発する言葉から、何が起きたのかを美令は察知した。「本当に主人で間違いないんですね」と尋ねる綾子の声は、涙まじりになっていた。

間違いないと思うが確認してほしい、と綾子はいわれたようだ。遺体が運び込まれたという警察署に二人で向かった。タクシーの中で、綾子はずっとハンカチを目に押し当てていた。美令は歯を食いしばって涙を堪えた。頭の中では、どうしてこんなことに、何があったの、という疑問が渦巻いていた。

何かの間違いであってほしいという願いは、警察署の安置室で崩れ去った。安らかとさえいえる表情で目を閉じている男性は、前日の朝にスキー場の降雪を心配していた父親にほかならなかった。美令の我慢は限界に達し、とめどなく涙が溢れ始めた。

聞けば港区海岸の路上に放置されていた車の中で見つかったという。車の写真を見せられたが、見慣れたマイカーだった。ただし健介の遺体があったのは後部座席らしい。つまり健介以外の誰かがそこまで運転したのだ。

どういうことですか、何があったんですか――安置室まで案内してくれた警官に尋ねたが、現在捜査中です、という苦しげな答えが返ってきただけだ。

司法解剖に回される健介の亡骸《なきがら》を残し、美令たちは帰宅した。どちらも泣き疲れていたが、すべきことはいろいろとあった。通夜や葬儀の手配だ。懇意にしている人たちへも連絡しなければならない。

気力を振り絞ってそれらの作業を進めていると、インターホンのチャイムが鳴った。やってきたのは二人の刑事で、五代と名乗った年嵩《としかさ》のほうは警視庁捜査一課の所属だった。本格的に殺人事件としての捜査が始まったのだなと思った。

五代は健介と最後に接した時のことなどを確認した後、最近の様子や、異変を感じたことの有無などを尋ねてきた。美令には思い当たることなど何もない。綾子も同様のようだったが、「このところ少し元気がないというか、考え込んでいることが多かったように思います。何か難しい裁判を抱えているのかなと思っていたんですけど」と付け加えた。

横で聞いていて、そうなのか、と美令は思った。父親に対して無関心すぎたことを悔いた。今の仕事を得られたのだって、健介のおかげだったのに。

健介は家で仕事の話を一切しない。どんな案件を抱えていたかを五代から訊かれたが、答えられるわけがなかった。

ただ、被告人を弁護する立場上、被害者側の人間から恨まれることもあったのではないかといわれた時には、美令は反論した。

「父は細かいことは話してくれませんでしたけど、弁護士としての自分の生き方については、よく語っていました。ただ減刑を目指すんじゃなく、まず被告人自身に罪の深さを思い知らせるのが自分のやり方だって。その深さを正確に測るために事件を精査するのが弁護活動の基本だって。そんな父が殺されるほど憎まれるなんて、考えられないと思います」

五代は黙って頷いていた。心の中では、青臭い意見だと退屈していたかもしれない。

最後に彼は奇妙な質問を発した。富岡八幡宮、隅田川テラス、港区海岸といった名称を挙げ、何か思いつくことはないか、というのだった。

美令は綾子と顔を見合わせた。我が家とはまるで縁のない場所だし、健介の口から出たこともなかったので、そのように答えた。

刑事たちは帰っていった。その背中には、収穫なし、と書いてあるようだった。

あれから数週間が経つ。その間に、様々なことが起きた。最も大きな出来事は犯人が逮捕されたことだろう。

倉木達郎という愛知県在住の男だった。そのことを美令はニュースで知った。五代が南青山の家まで知らせにやってきたのは、それから何日か経ってからだ。しかも彼にはほかに目的があった。それがなければ、いつまでも知らせに来なかったのではないかと美令は疑っている。

五代の目的は、倉木の供述の一部を確認することだった。

倉木は、三月末に東京ドームで健介と出会ったといっているらしい。席が隣同士になり、ドラゴンズファンだということで意気投合したそうなのだ。財布を紛失した倉木に健介は新幹線代を貸したとかで、かなり親密になったと思われる。

そういう話を健介から聞いたことがあるか、と五代は尋ねてきた。

ここでも母娘で顔を見合わせ、首を傾げることになった。二人とも初耳だった。それどころか、健介が一人で野球観戦に行ったということ自体が意外だった。ドラゴンズを応援していたのは事実だが、そこまでのファンではなかった。最近の選手など、あまりよく知らなかったのではないか。

美令たちの話を聞き、五代は当惑した表情を浮かべていた。予想と違ったのだろう。

刑事がそのまま引き揚げようとするので美令は引き留め、倉木や事件についてもっと詳しいことを教えてほしいと頼んだ。すると、捜査上の秘密は話せないという。美令は、遺族なのに、という言葉を出して食い下がった。

「遺族なのに、何も教えてもらえないんですか？　そもそも、犯人が逮捕されたなら、真っ先に教えてくれるべきじゃないんですか。遺族なのに、こんな扱いをされるのって、おかしくないですかっ」

だが五代は、すみません、と頭を下げただけだった。

その後も警察からは何の説明もないままに時間が過ぎた。ようやく事件に関する情報を得られたのは、犯人逮捕から一週間以上が過ぎた頃だ。しかし警察が教えてくれたのではなく、ネットニュースで知ったのだ。それによれば倉木は、時効になった過去の罪の償い方について健介に相談したところ、すべてを明らかにするのが誠意ある態度だといわれ、このままでは周囲に暴露されると思って犯行に及んだというのだ。

記事を読み、愕然とした。何という理不尽な動機なのか。健介が人から恨まれることなどないと思ってはいたが、まさかこんな理由だったとは思わなかった。

だが——。

何となく腑に落ちなかった。動機が理不尽だからではない。気になるのは、「すべてを明らかにするのが誠意ある態度だといわれ」の部分だ。

健介がそんなことをいうだろうか。

ふつうの場合ならわかる。真実を語らせることが結局被告人の利益になるんだ、とはよくいっていた。しかしこの場合は違う。すでに時効が成立しているのだ。今さら真相を告白したところで、誰も得をしないのではないか。

この疑問を綾子に話したところ、私もそう思う、と同意してきた。

「お父さんのイメージじゃないのよねえ。相手が切羽詰まるほど追い詰めたりするかしら」そういって首を傾げた後、でも、と綾子は続けた。「記事だけじゃわからない。実際にどんなやりとりがあったのかを聞いてみないことには、何ともいえないわね」

そうなのだ。結局のところ情報が足りなすぎる。そもそも過去の事件がどういうものかさえわかっていないのだ。

すると綾子が、じつは考えていることがある、といいだした。

「望月《もちづき》先生を知っているわよね」

「知ってるけど、あの方がどうかしたの？」

望月は健介の後輩で、同じく弁護士だ。九段にある大手の事務所で働いている。葬儀に駆けつけてくれた時、挨拶した。

「望月先生がね、被害者参加制度を使ったらどうかとおっしゃってたの」

「ああ……」

その言葉なら美令も健介から聞いたことがあった。法律が改正され、被害者や遺族が裁判に参加できるようになったらしいのだ。だが詳しいことは知らない。知る必要のない、一生自分には関係のないことだと決めつけていた。

綾子によれば、もしその気があるのならサポート役を紹介してもいい、と望月はいってくれたらしい。裁判に参加できるといっても、法律の素人に複雑な手続きなど無理だ。そこで法的な視点から被害者を支援する、被害者参加弁護士制度というものもあるのだという。東京地検に相談すれば弁護士を紹介してくれるが、望月には一人適任者に心当たりがあるようだ。

「それ、やろうよ」美令はいった。「裁判に参加するってことになれば、いろいろと教えてもらえるはず。どうしてお父さんが殺されなきゃいけなかったのか、犯人がどんな人間なのか、自分の目で確かめたい」

綾子も前向きに考えていたようだ。そうよね、と決意を固めた顔になった。

殺害動機が公表されて以来、取材させてほしいという申し出が毎日のように来るようになった。綾子によれば、先日も南原と名乗るフリーの記者が家まで訪ねてきて、ほんの少しでいいから話を聞かせてもらえないかと粘ったらしい。

「白石さんは、時効によって罪が消えたわけではないというお考えの持ち主だったようですが、そのことを彷彿させるエピソードはありませんか」玄関先で、そんなふうに尋ねてきたという。

そんなものが思いつかないから、自分たちだって動機に納得できないのだ——綾子から話を聞き、美令は思った。

20

午後七時ちょうどにインターホンのチャイムが鳴った。綾子が受話器を取り、「はい、どうぞ」と応対をしている。受話器を戻し、「お見えになった」といってから玄関に向かった。

美令はダイニングテーブルの上が汚れていないかを確認し、椅子の位置の乱れを直した。

間もなくドアが開き、綾子に続いて小柄な女性が現れた。ショートヘアで黒縁の大きな眼鏡をかけている。三十代半ばに見えるが、もう少し上かもしれない。女性だとは聞いていたが、美令が想像していたイメージとは違った。濃いグレーのスーツ姿で、ビジネス用のバックパックを背負っていた。

女性は、佐久間《さくま》です、といいながら名刺を出してきた。佐久間梓、と印刷されていた。事務所は飯田橋にあるらしい。

よろしくお願いいたします、と綾子が挨拶した。

美令は、どうぞ、とダイニングチェアを勧めた。失礼します、といって佐久間梓が座るのを見て、美令も腰を下ろした。

綾子がキッチンに向かいかけるのを見て、「飲み物なら、どうぞお構いなく」と佐久間梓はいった。「お話に集中したいので」

「あ……はい」綾子は戸惑ったような顔で戻ってきて、美令の隣の椅子を引いた。

「早速ですが、被害者参加制度については、どの程度理解しておられますか」佐久間梓が尋ねてきた。

「望月先生にいわれてから娘と二人で少し勉強しました。弁護士の家族なのに、今さらお恥ずかしい話なんですけど」綾子が申し訳なさそうにいった。

「医者の家族であっても医学に詳しいわけではありません。それに比較的新しい制度なので、弁護士の中にも、まだ慣れていない人は少なくないです」明快な口調で佐久間梓はいった。

「一言でいいますと、被害者や遺族が蚊帳《かや》の中に入れるようになった、ということです」

蚊帳の中、と綾子が呟いた。

「かつての裁判は、被告人、弁護人、検察官のみを当事者として行われていました。被害者は、目撃者や証人と同様、被害状況などを立証するための証拠の一つにすぎず、完全に蚊帳の外に置かれた状態で、抽選に外れたら裁判を傍聴することさえできませんでした。それではいけないと何度か法律が改正され、被害者も裁判に参加し、意見を述べたり、被告人に質問できるようになったのです。それが被害者参加制度です」そういってから彼女は、口元を緩めた。「勉強されたということですから、すでにこんなことは御存じですよね。失礼いたしました」

「でも、具体的にどういうことをすればいいのか、さっぱりわからないんですけど」

綾子の言葉に、それはそうだろう、とでもいうように女性弁護士は深く頷いた。

「そこをお手伝いするのが私たちの仕事です。ただし、お手伝いしかできません。あくまでも被害者の代理で、その意向に沿わない行為は一切認められていないんです。その点、被告人の意思とは別に訴訟行為をできる弁護人とは大きく異なります。つまり大事なのは、被害者――白石さんたちの意向です。自分たちが一体何をやりたいのか、何を求めているのか、今後はそれをしっかりと考えていただきたいのです」

「たとえばどんなことでしょうか」美令が訊いた。

「まずは量刑です。検察官は検察官で求刑しますが、それとは別に被害者参加人からも求刑できます」

「それが検察官と違っててもいいんですか」

「構いません。殺人事件の場合――」佐久間梓は少し迷う表情を見せてから続けた。「検察の求刑内容に拘わらず、遺族が極刑を求めるということはよくあります」

美令はちらりと隣を見た。綾子と目が合った。どうしようか、と問うてきているようだ。

そんなの死刑に決まってるでしょ、と口には出さず目で答えた。

「ほかにはどんなことがありますか」美令は佐久間梓に訊いた。

「それは事件によっていろいろです。どんな気持ちで犯行に及んだのかを被告人に質問する人もいれば、現在の心境を尋ねる人もいます。いずれにせよ、裁判員たちにどういう印象を与えたいのか、ということが重要となります。感情的な思いだけを吐き出すのはよくありません。裁判員たちの多くは、感情に流されないよう冷静になろうと努めます。被害者が熱く語れば語るほど、裁判員たちの心が冷めていき、最終的に被害者の思いとは逆の結果が出てしまうこともあり得ます」

どうやらかなり難しい作業になりそうだ、と美令は思った。

「でも、あの、佐久間先生」綾子が口を開いた。「そのようにいわれても、私たち、事件については殆ど何も知らないので、質問しろといわれても困ってしまうんですけど」

「そうだろうと思います」佐久間梓は頷いた。「すべてはこれからです。とりあえず明日、担当の検察官に電話をかけ、白石さんに被害者参加の意思があることを連絡しておきます。その上で参加申出の手続きをします。私がしますが、委任状が必要ですので、明日、事務所に来ていただけますか」

私が参ります、と綾子が答えた。

「すぐに裁判所から回答が来ます。今回のケースで許可されないことは考えられません。そこからがスタートです。ええと、公判前整理手続は御存じでしょうか」

「それも少し勉強しました」綾子がいった。「裁判前の準備ですよね」

「そうです。裁判で何を証拠にするか、誰を証人に呼ぶか、何を争うかなどを決めるんです。裁判官、書記官、検察官、弁護人が参加しますが、残念ながら被害者参加人は立ち会えません。だから検察官のところへ出向き、可能なかぎり情報を入手します。記録の謄写《とうしや》も申請し、一体何が起きたのか、被告人と白石健介さんとの間にどんなやりとりがあり、なぜ白石さんが殺害されるに至ったのかを、徹底的に分析したいと思います。それを読んだ後ならば、被告人に何を質問したいか、どんなふうに罪を償わせたいか、お二人にも考えが浮かぶと思うのですが」

いかがでしょうか、と佐久間梓は美令たちに問いかけてきた。

美令は綾子と頷き合い、女性弁護士のほうを向いた。「結構です。それでお願いします」

「では明日、事務所でお待ちしています」佐久間梓は立ち上がり、隣の椅子に置いたバックパックを持ち上げた。

あの、と美令も立ち上がりながらいった。「佐久間先生は、いつからこういったお仕事を?」

「こういった、といわれますと?　犯罪被害者支援のことでしょうか」

「そうです。被害者参加制度というものがあることは父から聞きましたけど、たぶん父はそういう仕事はしていなかったと思うので」

「そうでしょうね。弁護士の中でも特異な存在ではあります。何しろ裁判の時、検察側の席に座るわけですから。でもじつは私、そちらのほうが慣れているんです」

どういうことかわからずに美令が首を傾げると、佐久間梓はふっと口元を緩めた。

「五年間、検察庁で働いておりました。元検察官なんです」

あっ、と美令は声を漏らした。

「検察官は裁判の前に被害者から話を聞くことがあります。皆さん、苦しく、辛い思いを抱えておられます。裁判において被告人の罪を追及するのが検察官の務めなのですが、どうしても被害者の思いを十分には表現しきれませんでした。気持ちを代弁できませんでした。だったら被害者、あるいは遺族の方の口から訴えていただくのが一番だと思い、今の職に移った次第です」佐久間梓は黒縁眼鏡に手をかけ、レンズの向こうから美令を見つめてきた。「これで答えになっているでしょうか?」

「大変よくわかりました。よろしくお願いいたします」

がんばりましょう、といって佐久間梓はバックパックを背負った。一瞬、大きな山に挑もうとする登山家に見えた。

21

壁際の席に並んで座っている二人の女子高生の動きが、和真は少し前から気になっていた。スマートフォンを見ながら、何やら囁《ささや》き合っている。彼女たちの視線が、時折自分のほうに注がれているように思えてならないのだ。

和真が席につき、マスクを外した直後からのような気がする。だからといって、また着け直すのも妙だ。マスクを着けたままではカフェラテを飲めない。

そんなことを考えていたら、女子高生の片方が立ち上がり、和真のほうに近づいてきた。まさか何か話しかけてくるつもりなのか。思わず身体を硬くする。

女子高生が立ち止まった。和真がいるテーブルのすぐ前だ。スマートフォンを構えると、和真の少し右横の壁にレンズを向け、シャッターを切った。画面を確認し、満足そうな笑みを浮かべて自分たちの席に戻っていく。

和真は身体を捻り、壁を見上げた。そこにはポスターが貼られていた。若い男性アイドルがホットドッグを手にして笑っている。彼女たちの目当てはこれだったらしい。和真は、ほっと息をついた。拍子抜けだが、安心した。

このところ、外出するたびに緊張する。誰かに見られているような気がしてならないのだ。素顔を晒《さら》したくないので、必ずマスクを着けている。

とはいえ、話しかけられたことがあるわけではない。「あなた、倉木達郎容疑者の息子さんじゃないですか」と突然訊いてきた者などいない。

それでも落ち着かないのだ。いずれそんなことがあるような気がしてならない。

原因はSNSだ。誰の仕業かは不明だが、和真の画像が流出している。最初は高校の卒業アルバムを接写したものだったが、最近になり、ずいぶん昔に自分でSNSにアップした写真が出回っていることに気づいた。友人の結婚式に出席した時のもので、和真以外の者たちには黒い目線が入れられていた。

そんな画像に注目する人間など、さほどいないだろう。殺人犯本人の写真ならいざ知らず、息子にすぎないのだ。だがそれを初めて見た時の衝撃は言葉で表せない。逃げ場のない迷路に閉じ込められたような気持ちになった。

紙コップを引き寄せ、カフェラテを飲んだ。本音をいえば外出はしたくなかった。部屋でじっとしていれば人目を気にしなくていい。だがそれはそれでストレスが溜まるのだ。原因は情報不足だった。達郎が起こした事件について、何もわからないのがもどかしかった。

どういう事件だったのかは、弁護士の堀部から聞いて理解はしている。しかしまるで納得できなかった。何から何まで初耳で、思い当たることなど一つもない。このまま裁判が始まり、有罪判決を受けて達郎が刑に服すようなことになったとしても、その現実を受け入れられる自信が到底なかった。

入り口のドアが開き、一人の男性客が入ってきた。スーツの上からベージュのコートを羽織っている。和真は小さく手を上げた。相手も気づいたらしく、頷いてきた。

会社の同僚である雨宮雅也だ。今日の昼間にメールでやりとりし、待ち合わせをしたのだった。

雨宮は飲み物を買ってから、和真の席までやってきた。だが顔を見ようとしない。よう、と声をかけてきたのは、ラージサイズのコーヒーをテーブルに置き、コートを脱いで椅子に座ってからだった。

「わざわざすまなかったな」和真は詫びた。

「気にするな。メールにも書いたけど、門前仲町には一度来てみたかったんだ。賑やかな、なかなかいい町じゃないか」そういって雨宮は紙コップを口元に運んだ。長髪で、口の上にうっすらと髭を生やしている。

「俺も来たのは初めてだ。こんなことでもなかったら、一生来なかったんじゃないかな。いや本当は、今もあまり近づくべきじゃないのかもしれないけれど」和真は視線を手元の紙コップに落とした。

「親父さんが上京のたびに、この町に来ていたそうだな」雨宮が、和真がメールに書いたことを確認した。

和真は顔を上げ、頷いた。

「『あすなろ』という小料理屋に通っていた。お母さんと娘さんとでやっている店だ。彼女たちに会うのが親父の目的だったらしい」

雨宮は少し肩をすくめるしぐさをした。「いいのか、そんなことを俺に話しても」

「おまえのことは信用している。それに、ある程度のことを話しておかないと、俺の考えをわかってもらえない」

「口外する気はない。倉木が話してもいいと思えることだけ話してくれ。事件について俺のほうからは質問しない」雨宮は真剣な眼差しを向けてきた。

うん、と和真は友人の視線を受け止めた。

「その『あすなろ』に、これから俺と一緒に行ってもらいたいんだ」

「お安い御用だ。俺はどうしていればいい？」

「いつもと同じでいい。二人で飲みに行く時の感じだ。ネットで調べたところ、わりと美味《うま》い店らしいから、肴を何点か注文して、酒を飲もう。ただし、注意事項が二つある。ひとつ目は、事件のことは話さないこと。もう一つは、店内では俺のことを名前で呼ばないでくれ。どうしても名前を呼ぶ必要が生じた場合は、シバノと呼んでくれ。一応、漢字も教えておく。芝生の芝に、野原の野だ」

「わかった、芝野《しばの》ね」雨宮はテーブルに人差し指で書いた。

「お袋の旧姓なんだ」

「なるほど。飲みすぎ注意だな。酔っ払ったら忘れそうだ」

「悪いな。面倒臭いことに付き合わせて」

雨宮は、ふんと鼻を鳴らし、片手を横に振った。

「気にするな。美味いものを食って、酒を飲んでりゃいいんだろ？　いつもと同じじゃないか。

どうってことない」

「すまん」

「だから謝らなくていいって」雨宮は顔をしかめた。「それよりおまえ、体調のほうはどうなんだ」

「何とか大丈夫だ」

「本当か？　しっかり食ってるんだろうな」

「心配してくれなくても、時間が経てばきっちりと腹が減る。気分は飯どころじゃないんだけど、本能のほうが勝っているようだ」

「それを聞いて安心した。一人の食事が退屈なら連絡をくれ。いつでも付き合うぞ」

友人の言葉に和真は苦笑した。

「そういってくれるのはありがたいが、忙しいおまえにそんなことは頼めない。今日は特別だ」ところで、と言葉を継いだ。「会社のほうはどうだ？　かなり騒ぎが大きくなっているのか？」

雨宮は紙コップを手に首を振った。

「いや、そうでもない。社内で事件の話をするのは御法度《ごはっと》だからな。マスコミ連中が会社の玄関前をうろちょろしていたが、このところは見かけなくなった。諦めたんだろう」

和真は吐息を漏らした。

「会社には、かなり迷惑をかけているんだろうな。復帰しても元の職場には戻れないだろうけど、クビにならないだけましか」

何と答えていいかわからないらしく、雨宮は複雑な面持ちでコーヒーを飲んでいる。

「正直、未だに信じられないし、実感もないんだ」和真はいった。「あの親父がそんなことをしただなんて、想像もつかない。頑固で曲がったことが嫌いな性格だ。弁護士の先生によれば、悪いのは自分だから、どんな刑でも受けるといっているらしい。そんな潔い人間が、昔の罪を隠すために人を殺すか？　あり得ないだろ」

雨宮は考え込んでいる。事件については質問しない、とさっき彼がいったことを和真は思い出した。

「親父さんには会ったのか」雨宮が訊いてきた。

和真は首を横に振った。

「俺には会いたくないそうだ。こっちとしては、訊きたいことが山のようにあるんだけどな。俺宛の手紙を弁護士の先生から渡されたけど、ただ詫びているだけで、事件のことには触れていない。そんなんで、どう納得しろというんだ」

「それで自分なりに調べようと思ったわけか」

「調べるというか、親父が東京で何をしていたのか、この目で確かめておきたいんだ。肉親が過ちを犯したことを認めたくなくて、ただあがいているだけのようにしか見えないかもしれないけど」

「いいじゃないか、あがけば。俺は付き合うよ」

雨宮の言葉に、また詫びの言葉が口をつきそうになったが、それを呑み込んで、ありがとう、と短く答えた。

午後七時になるとコーヒーショップを出た。目的の店は、永代通りを挟んで向かい側にある。横断歩道を渡り、店が入っているビルまで歩いた。

細い階段の上に『あすなろ』と書かれた小さな看板が出ていた。階段を上がると入り口の格子戸に『営業中』の札が掛かっている。

深呼吸を一つした。マスクは外している。その代わりにニット帽を深く被り、枠の太い伊達眼鏡をかけていた。浅羽母娘がSNS上に流出している和真の写真を見ていないともかぎらないからだ。せめてもの変装だった。

雨宮が戸を開け、先に足を踏み入れた。和真はその後ろに続く。白木のカウンター席に並んで座っている二人の男女の背中が、雨宮の肩越しに見えた。

いらっしゃいませ、といって割烹着《かっぽうぎ》姿の老女が近寄ってきた。七十歳ぐらいだろうか。小柄で、皺だらけの顔に眼鏡をかけている。浅羽母娘の母親のほうらしい。名前はたしか洋子のはずだ。

「お二人様?」洋子が指を二本立て、雨宮を見上げた。

そうです、と雨宮が答えた。

「カウンターとテーブルじゃ、どっちがいいですかね」洋子は雨宮と和真を交互に見てきた。

和真は咄嗟《とっさ》に顔を伏せた。

「どっちにしようか」雨宮が訊いてきた。

「あ……テーブル席を」和真は俯いたままで答えた。

「はい。じゃあ、こちらへどうぞ」洋子は特段怪しんだ様子は見せず、二人を壁際のテーブル席に案内してくれた。

席につくと、すぐに洋子がおしぼりを持ってきた。先に飲み物の注文を伺いたいというので、和真はハイボールを、雨宮は生ビールを頼んだ。

おしぼりで手を拭きながら、和真はカウンターの向こうに視線を走らせた。洋子と同じく割烹着姿の女性が立っている。すらりと背が高く、アップにまとめた髪は栗色だった。鼻が高く、目は大きい。四十歳前後らしいが、もっと若く見えた。彼女が浅羽織恵らしい。

達郎は、この二人に会いに来ていた。三十年以上も前に自らが犯した殺人事件の冤罪で、夫と父親を失った二人に——。

その行為自体は父らしいと和真は思う。彼女たちに詫びるため、遺産をすべて譲りたいと考えたことも。大昔、もし本当にそんな犯行に手を染めていたとすれば、だが。

おいシバノ、と声をかけられた。前を向くと雨宮がメニューを手にしていた。

「何を注文する？　任せてくれるなら、俺が適当に選ぶけど」

そうしてくれ、と和真はいった。

浅羽洋子が飲み物を運んできた。和真の前にコースターを敷き、その上に細長いタンブラーを置いた。

生ビールが置かれたところで雨宮が料理を注文した。手羽先、味噌おでん、といった愛知県の郷土料理を選んでいる。

洋子が立ち去ったところでタンブラーを手に取った。お疲れ、といって雨宮が生ビールのグラスを掲げてくる。お疲れ、と応じてハイボールを口に含んだ。

ちらりとカウンターのほうを見て、ぎくりとした。

浅羽織恵と目が合ったからだ。

だが一瞬のことで、彼女はすぐに視線をそらしていた。ほかの客に笑顔を向け、何か話している。

何だろう、今のは――和真は狼狽した。

たまたま目が合っただけなのか。それともその前から彼女は、和真のことを見つめていたのか。

タンブラーを口元に寄せながら、もう一度カウンターに視線を移した。しかし彼女は調理をしていて、その顔が上がることはなかった。

22

佐久間梓《あずさ》の事務所はビルの三階にあった。彼女の体格に合わせたようにこぢんまりとした部屋だ。ガラステーブルとソファを並べた簡易な応接スペースで、美令と綾子は部屋の主《あるじ》と向き合った。

「昨日、検察庁に出向き、担当の検察官に会ってきました」佐久間梓がいった。「公判前整理手続は着々と進んでいるようです。被害者参加について弁護人は、被告人が大いに反省していることを御遺族の方に確認してもらえる機会になれば、と話していたそうです」

そうですか、と綾子が淡泊な口調で答えた。特に感想はないのだろう。美令だって同じだった。

被害者参加の申出が為されると、その旨が裁判所から弁護人のもとに伝えられ、意見を求められるらしい。否認事件などでは反対する弁護人もいるそうだが、今回はそうはならないだろうというのが佐久間梓の見立てだった。事実、すんなりと被害者参加の許可が裁判所から下りていた。

それで、と佐久間梓が両手を組んだ。「記録はお読みいただけましたか」

はい、といって綾子が紙袋から大きなファイルを取り出し、テーブルに置いた。ところどころ付箋が貼られている。

三日前、佐久間梓から渡された。検察官が持っている証拠などの記録を謄写したものだった。犯行に至った動機、犯行の具体的内容などが記されている。再コピーしない、インターネットなどで公開しない、といった取り扱いに関する注意事項をいくつか説明された後、この次までにしっかりと読んでおいてください、といわれたのだった。

記録を読み、美令たちはようやく今回の事件の全容を知ることができた。

その内容は思いがけないものだった。何しろ、はるか昔の殺人事件から始まっているのだ。しかも犯人と思われた人物は冤罪で、警察署の留置場で自殺していた。倉木達郎は、その事件の真犯人は自分だったと告白しているらしい。さらには自殺した男性の遺族に詫びたいと考えていたという。

その話に健介がどう関係しているのかと思っていたら、東京ドームでのエピソードが出てきた。遺産を他人に譲る方法を白石弁護士に相談したが、話の流れで過去に犯した罪を打ち明けたところ、そういう償い方は賛成できないといわれた。以後、真実を明らかにするよう執拗に手紙等で責められ、殺意を抱くに至った。そして十月三十一日、白石弁護士を呼びだし、隅田川テラスにて犯行に及んだ——概要は以上のようなものだった。

「いかがでしたか」佐久間梓が訊いてきた。「どのように思われましたか」

美令は綾子のほうを見た。

じつは読んだ後の感想は二人とも同じだったのだ。

何でしょうか、と佐久間梓が重ねて訊いてきた。

「主人の話じゃないみたいなんです」綾子がいった。

佐久間梓が目を見開いた。「どのあたりがですか」

「だからその」綾子はファイルを開き、該当のページを示した。「償い方に賛成できないとか、真実を明らかにすべきだといった、というところです。何というか、その、主人らしくないんです」

「どんなふうにですか」

「どんなふうに……と訊かれたら困るんですけど」

父なら、と美令が口を挟んだ。「そういう考え方はしないと思います」

佐久間梓の顔が美令のほうを向いた。「考え方？」

「そんなふうに闇雲に正義をふりかざすような考え方です。父ならしないと思うんです。そりゃ、死んでから遺産を譲るなんていう償い方は、あたしだって甘いと思います。本当に詫びる気があるなら真実を告白すべきだ、というのが正論でしょう。でも、それができないのが人間という生き物だってことを、父はよくわかっている人でした。だから、そんな言い方で倉木っていう人を責めたというのが、どうにも納得がいかないんです」

隣で綾子が何度か首を縦に振るのが視界に入った。

佐久間梓はさほど表情を変えることなく、手元のファイルに目を落とし、それからまた顔を上げた。

「被告人の供述は信用できない、ということでしょうか」

「そこまではいいませんけど……」綾子はいい淀む。

「あたしは信用できません」美令は断言した。「父は、そんな人じゃないです」

佐久間梓は口元をきゅっと引き締め、鼻で何度か呼吸をしてから唇を開いた。

「検察官によれば、弁護人は事実関係で争う気はないようです。争点はおそらく計画性ということになります。とはいえ凶器を用意していたのだから、その場の成り行きで犯行に及んだなんていう言い分は通りません。ただ、なぜ犯行を思い止まらなかったのか、という点は問題になる可能性があります。いえむしろ、弁護側が強調してくるとすれば、その一点でしょう。できれば殺したくなかったけれど、白石弁護士の態度から取り付く島がないと感じ、犯行に及んだ、というふうに。つまり事件当日に白石健介さんがどういう態度を取ったのかが、重要になってくるわけです」

でも、と佐久間梓は美令の顔を見つめながら続けた。

「今のお話を伺うと、当日の白石さんの態度以前に、倉木被告人の相談事に対する反応自体が白石さんらしくない、ということのようですね」

そうです、と美令は頷いた。

佐久間梓は考え込む顔になった。

「だけど本人の言葉を信用するしかないんですよね。白石さんが倉木被告人に何といったか、ほかに聞いている人はいないわけですから」

「でも手紙の話もおかしいです」美令はいった。「手紙等でも父から責められた、ということでしたけど」

「二通受け取ったけれど、どちらも捨てた、と被告人はいっていますね。手紙には、罪をごまかすことには手を貸せない、そんなことをするぐらいなら罪を明るみに出す道を選ぶ、というようなことが書いてあったとか」

「あり得ないです」美令は首を振った。「父がそんなこと、絶対に書くわけない」

「検察官も、眉唾ではあるといっていました。精神的に追い詰められたことを強調するための作り話かもしれない、と。ただし、その手紙が証拠として出てくるわけではないので、問題にする気はないとか」

「手紙以外はどうなんですか。信用するんですか」

「被告人が嘘をつく理由がありませんからね。十分に説得力のある動機だと検察官は考えているようです」

美令は髪に指先を突っ込み、頭を掻いた。「納得できないなあ」

「では、とりあえずその意向を検察官に伝えましょう」佐久間梓はいった。「何なら、御自分で検察官に説明されますか？」

「あたしが？　そんなことができるんですか」

「それが本来の形です」佐久間梓は頰を緩めた。「私は代理人です。いずれ検察官とも話し合わねばなりませんから、今度、一緒に検察庁へ行きましょう」

「わかりました」

「ほかには何かありますか。疑問点とか、被告人に訊いてみたいこととか」佐久間梓が再び美令と綾子を交互に見てきた。

綾子は黙って首を傾げている。そこで再び美令が口を開いた。「何だか、よくわからないんですよね、犯人の人間性が」

「といいますと？」

「冤罪で自殺した男性の遺族に詫びたいっていうのは、すごくまともな感情だと思います。しかも苦労して捜し出して、定期的に愛知県からわざわざ上京していたなんて、生半可な気持ちではできないことだと思うんです。そこまで他人のことを思いやれる人間が、どうして殺人なんかを犯すのか……。衝動的にならともかく、今回は計画的なんでしょ？　わかんないなあ」

「その点には、被告人が自供した当初から検察も疑問を持っていたそうです。だから、遺族を捜し出したのは良心の呵責からかもしれないけれど、定期的に通っていたのは、別の理由が生じたからではないかと疑ったとか」

「別の理由って？」

「下心です」佐久間梓はいった。「遺族の浅羽さん母娘ですけど、娘さんの織恵さんは四十歳前後で独身、倉木被告人が恋愛感情を抱いたとしてもおかしくありません」

美令は驚いてファイルに視線を落とした。「そんなこと、どこにも書かれてなかったですけど……」

「そうです。捜査担当の検事はその可能性を疑って、警察にかなり詳しく調べさせたみたいですけど、被告人が恋愛感情を持っていたことを示す証拠は、とうとう見つからなかったのです。それどころか、母娘のほうが倉木被告人に好意的だという報告を受けました。それでも公判担当の検察官は浅羽洋子さんを呼び、倉木被告人が三十三年前の事件の真犯人だったことを明かした上で、改めて被告人に対する印象を訊いたそうです。夫が冤罪を被ることになった諸悪の根源だと知れば、多少言い分が変わるのではないかと期待したわけです」

「それで結果はどうだったんですか？」

美令の問いに佐久間梓は顔をゆっくりと左右に動かした。

「急にそんなことをいわれてもぴんとこない、倉木さんは自分たちにとっていいお客さんで、とてもよくしてもらったという気持ちしかない、と浅羽洋子さんは答えたそうです。それを聞き、検察官は浅羽さん母娘を法廷に呼ぶ気はなくしたようです。自分たちの役に立たない証人に用はありませんから」

元々は自分も検察官だったからか、佐久間梓の口調には冷めたものがあった。

「するとやっぱり、倉木被告人は純粋に誠意から遺族に会いに行っていたということになるんですね。それって情状酌量に考慮されるものなんですか」

「根っからの悪人ではない、という程度の印象は裁判員たちに与えるかもしれません」

「でも、それならどうして父を――」殺す、という言葉を使いたくなくて、美令はただ唇を噛んだ。

「その疑問はもっともです」佐久間梓がいった。「今のそのお気持ち、それを法廷で発していただきたいのです」

23

有楽町の映画館を出てスマートフォンをチェックしたら、着信履歴に中町の名前があった。映画を観ている間に電話をくれたらしい。歩きながら発信ボタンをタッチし、スマートフォンを耳に当てた。呼出音が二度聞こえた後、「はい、中町です」と元気な声が聞こえてきた。

「五代です。電話をくれたみたいだけど」

「お忙しいところをすみません。大した用ではなかったんですけど、ちょっと気になることがあって。五代さん、今週号の『週刊世報』をお読みになりましたか」

「『週刊世報』？　いや、読んでないけど」

『週刊世報』は、政治問題、経済問題、社会問題、企業の不祥事といったものから有名人や芸能人のスキャンダルに至るまで、とにかく話題になりそうなネタなら何でも扱う週刊誌だ。五代も時折買って読む。

「今度の事件のことが載っているんです。『港区海岸弁護士殺害及び死体遺棄事件』のことが」

聞き捨てならない。スマートフォンを強く耳に押し当てた。「どんなふうに？」

「わりと踏み込んでいます。何しろ、一九八四年の愛知県の事件に触れています」

「何だって？」思わず立ち止まった。「わかった。すぐに買ってみよう」

「五代さん、もう食事は済まされましたか？」

「いや、まだだ」

「だったら今夜、これから空いてませんか。これについて話をしたいんですけど」

「空いてるよ。事件が片付いて、ありがたい待機中の身だからな。今も映画を観終わったところだ」

「だったらどうです？」

「いいよ、会おう。『週刊世報』を買っていく。どこの店がいい？」

「それはもちろん例の場所じゃないですか」

中町は門前仲町にある炉端焼きの店を挙げた。五代に異存があるわけがなく二つ返事で了承し、じゃあ午後八時に、と約束して電話を切った。

近くの書店で『週刊世報』を入手した後、コーヒーショップに入り、早速読み始めた。

その記事はなかなか大きく扱われていた。タイトルは、『時効は恩赦《おんしゃ》か？　罪に問われない殺人者たちのその後』というものだった。南原というフリーの記者が書いている。

記事は、『十一月一日午前八時より少し前、東京都港区の路上に違法駐車されていた車から男性の刺殺死体が見つかった。』という書き出しから始まっていた。その後は被害者の身元や所持金が盗まれていないこと等、すでに発表されていることとの概要が続く。そして、『警察の捜査の結果、逮捕されたのは、愛知県在住の倉木達郎なる人物だった。』と綴られている。記事が熱くなっていくのは、ここから先で、まず倉木が自供した動機について触れている。

『警察関係者によれば倉木被告は、自らが関与し、すでに時効になっている事件のことを白石弁護士に告白したところ、すべてを明らかにすべきと責められ、このままでは周囲に過去を暴かれるのではないかと思い犯行に及んだ、と語っているらしい。だが時効になった事件というのがどういうものなのかは明らかにされていなかった。そこで記者は倉木被告の地元に飛び、現地で取材をしてみた。その結果、驚くべきことが判明した。』

記事は、事件とは一九八四年五月に起きた『東岡崎駅前金融業者殺害事件』であることを明かし、どういう事件であったかを詳細に説明した後、次のように続いている。

『当時、倉木被告と同じ職場にいたAさんによれば、倉木被告は遺体の発見者として警察の事情聴取を受けたらしい。その時には嫌疑がかからず、逮捕されることもなかった。だがじつは倉木被告こそが真犯人だったのだ。年月は流れ、事件は時効となった。そして今回の事件である。つまり時効によって殺人罪での裁きを免れた人間が、再び人を殺めたわけだ。』

ここから先、段落が変わり、以下のように続く。

『殺人罪の時効は二〇一〇年四月二十七日に廃止になったが、あくまでもその時点で時効が成立していない事件が対象である。一九九五年以前に人を殺し、時効が成立した犯人たちは、堂々とふつうの人と同じように生活できているのだ。極端な話、犯行日が一九九五年四月二十八日ならば、今後も犯人が逮捕され、罰せられる可能性があるが、もし前日の二十七日だったなら、その犯人は永久に罰せられない。こんな理不尽な話があっていいものだろうか。』

そこまで読んだところで、なるほどそういう切り口か、と五代は合点した。今回の事件に関しては、少々調べただけでは詳しいことはわからないはずだし、白石健介の遺族が取材に協力するとも思えなかったので、大した記事にはできないのではないかと思っていたのだ。どうやら記事の狙いは、殺人罪の時効が廃止されたにも拘わらず、すでに時効が成立した事件については効力が発揮されない不公平さを訴えることにあるようだ。

この後の記事は、時効が成立した過去の殺人事件について取材した内容が続いている。時効は廃止されたのだから、すでに成立していた時効も取り消すべきではないか、という趣旨のもとに各方面から意見を聞いているようだ。取材に応じた遺族もいたらしく、彼等の声を載せた上で、『時効によって犯人が罪に問われなくなった一方で、このように今も苦しみ続けている遺族は存在する。彼等の心の傷に時効などないのだ。』と力説している。

五代は少し退屈してきた。これはこれで価値のある記事かもしれないが、今度の事件とは関係がありそうにない。だがそう思って飛ばし読みしていたら、最後のあたりに気になる記述があった。

『冒頭の事件に戻ろう。取材の結果、倉木被告が過去に起こした事件には、殺された被害者や遺族以外にも、犠牲になった人々がいたことがわかっている。じつは当時、倉木被告とは別の男性が逮捕されていたのだ。その男性は自らの無実を訴え、警察署の留置場内で自殺していた。

今回、その男性の遺族からも話を聞こうとしたが、そっとしておいてほしい、とのことだった。しかし長年、真犯人の代わりに犯罪者扱いされた者の身内として、相当に肩身の狭い思いをし、苦労してきたことは容易に想像がつく。

では加害者側はどう感じているのだろうか。

そこで倉木被告の長男に直撃してみたところ、次のような答えが返ってきた。

「現在はともかく、当時は十五年という時効があったわけだから、過去の事件に対する父の償いは済んでいると思いたいです」

要するに過去に関してはリセットされているので、裁判では今回の犯行だけで量刑を決めてほしいということらしい。

さてもしあなたが裁判員ならどう考えるだろう？　倉木被告は一人を殺しただけの被告人として扱っていいのだろうか。』


炉端焼きの店は相変わらず賑わっていたが、中町が電話で予約を入れておいたとかで、隅のテーブル席でゆったりと向き合えた。ビールで乾杯した後、早速『週刊世報』の話になった。

「あれ、驚かなかったですか。一九八四年の事件だと突き止めていたところ」中町が声をひそめて尋ねてきた。

「驚いたってほどじゃないが、よく調べたもんだと感心はした」五代は週刊誌をテーブルに置いた。

「昔の職場仲間から話を聞いたんですね」

「そうらしいな。倉木が過去に起こしたのが殺人事件だと見当をつければ、記事にもあるように一九九五年以前ということになる。当時、倉木と付き合いがあった人間に片っ端から当たったんだろう。それにしても結構手間のかかる作業だったはずだ。このフリーの記者、なかなかの行動派らしい」

「こんな記事が出ちゃって、本庁の幹部たちはどう思いますかね。愛知県警に気を遣って、これまで八四年の事件には触れてこなかったのに」

「いや、むしろ好都合と思ってるんじゃないか。裁判になったら、どうせ明らかになることだ。下手をすればマスコミに大々的に取り上げられるおそれもある。だったら今のうちに情報が拡散していたほうが、衝撃度が緩和するってわけだ。それに週刊誌が勝手に記事にしたわけだから、警視庁としちゃあ愛知県警には顔が立つ。検察なんかも、もしかしたらこういう記事が出ることを歓迎しているかもしれない。裁判が始まってから世間にああだこうだと騒がれたら、裁判員の心理に影響を与えかねないからな。騒ぐのならば今のうちにというわけだ」

「なるほど。それは考えられますね」そういって中町は枝豆を口に入れた。

「それより俺が驚いたのは」五代は週刊誌を開き、記事の最後を指差した。「倉木被告の長男に直撃した、という部分だ。これ、倉木和真氏のことだろ？　本当に取材したのかな」

「したんでしょうね。でなきゃ、こんなことは書けないわけで」

ふーん、と五代は鼻を鳴らした。

「ふつう、取材を受けるか？　ノーコメントで押し通すもんじゃないか」

「少しでも父親の裁判に有利になれば、と思ったのかもしれませんね」

「そうかもしれないが、これじゃあ逆効果だ。加害者の身内は余計なことはしゃべらず、お騒がせしてすみませんといって、ただひたすら頭を下げるだけってのがセオリーなんだけどなあ」

五代は倉木和真の上品な顔立ちを思い出していた。感情的になって父親を庇《かば》うような発言をするほど軽率な人物には見えなかった。あるいは、巧妙に誘導されたか。

焼きたての椎茸とシシトウが運ばれてきた。醬油の匂いが香ばしい。五代は椎茸の串に手を伸ばした。

中町が週刊誌を手に取った。「この記者、浅羽さん母娘にも会ったんですね」

「それらしきことは書いてあるな。話は聞けなかったみたいだが」

「つまり一九八四年の事件の犯人が倉木だったということを、今では彼女たちも知っているわけですね。一体、どんな気持ちでしょうか」

「それは俺も気になっている。聞くところによれば、洋子さんが検察に呼ばれたそうだ。どんなやりとりがあったのかは知らないが」

五代は浅羽母娘との連絡係を担当していたが、倉木の犯行動機に一九八四年の事件が大きく関わっていることを、結局彼女たちには最後まで話さなかったのだ。

「犯人は捕まったけど、結構、いろいろなことを引きずる事件ですね」中町が重たい口調でいった。

「殺人事件はいつだって、そうだ。だからといって、こっちまで引きずっていたら、刑事なんて仕事は務まらない。後は黙って裁判の行方を見守るだけだ」そういって五代は空になっている中町のグラスにビールを注いだ。

雑談をしながら酒を酌《く》み交わしていると、あっという間に閉店時刻になった。店を出た後、地下鉄の駅に向かって歩きだしたが、どちらからいいだしたわけでもないのに通り過ぎていた。

『あすなろ』が入っているビルの前に来たところで足を止めた。

「彼女たち、どうしてるでしょうね」中町がビルを見上げた。

「どうかな。案外、いつも通りじゃないのか」五代がいった。

「そうでしょうか。『週刊世報』、読んでませんか？」

「読んでるかもしれないが、あんなもので揺らいだりしない。何となく、そういう気がする。あの二人は強《つえ》えよ。どっちも強い女だ」

帰るか、といって五代が踵《きびす》を返しかけた時、ビルから一人の男が出てきた。年齢は五十歳より少し手前か。小太りで、あまり背は高くない。四角い顔に金縁眼鏡をかけている。

あっ、と隣で中町が発した。

「どうした？」五代は小声で訊いた。

中町が五代の耳元に口を寄せてきた。「あの人、倉木の弁護士です」

えっ、と五代は眉をひそめ、遠ざかっていく男性の背中を見つめた。

「起訴が決まるまで、うちの署に何度か接見に来ていました」

中町によれば、堀部という国選弁護人らしい。

「そうなのか。だけど、何の用があってこんなところに……」

偶然とは思えない。おそらく弁護士は『あすなろ』を訪ねてきたのだろう。一体、何のためか。

「もしかしたら、情状証人を頼むつもりですかね」中町がいった。「ほら、前に五代さんもいってたじゃないですか。裁判で証人に呼ぶとしたら、検察側じゃなくて弁護側じゃないかって」

「いったけど、まさか本当にやるとは思わなかった」五代はビルを見て、少し考えてから中町に視線を移した。「今夜は声をかけてくれてありがとう。楽しかった。また暇な時にでも飲みに行こう」

中町は、はっとしたように目を見張った。

『あすなろ』に行く気ですね。俺も御一緒させてください」

五代は苦笑し、顔の前で手を振った。

「単なる個人的な興味、野次馬だ。それなのに君と一緒だと、向こうからは捜査の一環にしか見えない。申し訳ないけど、今夜は一人で行かせてくれ」

「えー、そうですか」中町は無念そうに両方の眉尻を下げた。「わかりました。残念だけど、諦めます。その代わり、どんな話が聞けたか、今度教えてくださいよ」

「ああ、わかった。じゃあな」

「がんばってきてください」

五代は頷き、軽く手を上げてからビルに向かった。胸の中では、一体何をがんばるんだ、と呟いていた。

ラーメン屋の脇にある階段を上がりながら時計を見ると午後十時四十五分だった。しかし『あすなろ』の入り口には、まだ『営業中』の札が掛かっている。戸を開け、店内に足を踏み入れた。

割烹着姿の浅羽洋子が駆け寄ってきて、「すみません。ラストオーダーが――」といったところで言葉と足を同時に止めた。五代の顔を見たからだろう。

「ラストは十一時でしたね。それで構いません」五代は店内を見回した。テーブル席に二組の客が残っている。「できればカウンター席で」

洋子は呼吸を整えるように胸を一度だけ上下させると、「では、こちらへ」と営業用の笑みを浮かべ、案内してくれた。カウンターの中では浅羽織恵が硬い表情で立っている。五代は、こんばんは、と声をかけてから椅子に腰を下ろした。

洋子がおしぼりを持ってきて、「何になさいますか」と尋ねてきた。

「日本酒を貰いましょう」

五代の言葉に、洋子は眉を動かした。「お酒、大丈夫なんですか」

「勤務中ではないですから」織恵のほうをちらりと見てから洋子に目を戻した。「お薦めは何かありますか」

「だったら、これなんかいかがですか」洋子は飲み物のメニューを開き、『萬歳』という文字を指した。「キリッとしていて、飲みやすいですよ」

「じゃあ、それを冷やで」

「かしこまりました」

洋子はカウンターの内側に入ると、棚から出した一升瓶の酒を、ガラスの冷酒器に注ぎ始めた。

どうぞ、と織恵が五代の前に小鉢を置いた。海老とワカメの酢の物だ。お通しらしい。

洋子が切り子のぐい呑みと冷酒器を運んできて、一杯目を注いだ。五代は一口飲み、なるほど、と首を縦に動かした。香りが良く、のどごしがいい。

「気に入っていただけましたかね」洋子が訊いてくる。

「最高です。飲みすぎに気をつけないと」

箸を取り、お通しをつまんだ。こちらも美味だ。日本酒に合う。

五代はテーブル席のほうを窺った。二組の客はそれぞれに話が弾んでいるようで、当然のことながらカウンター席には目もくれない。

「さっき、このビルから堀部弁護士が出てくるのを見かけました」五代は織恵を見上げていった。

横で片付けを始めていた洋子の手が止まった。

「うちを見張ってたんですか」織恵が訊いてきた。

五代は薄く笑い、首を横に振った。

「何のために見張るんですか。そんなわけないでしょう。たまたま見かけたんです。それで、ちょっとお邪魔してみようかと思いついたわけで」

織恵は洋子のほうを見た。刑事の言葉を信用していいものかどうか、目で相談しているのだろう。間もなく、そうですか、と彼女は淡泊な口調で答えた。とりあえず信用してもらえたらしい。

テーブル席の客が、すみません、と声を上げた。はい、と返事して洋子が行った。会計を頼まれているようだ。

「手紙を持ってこられたんです」やや俯き加減の織恵が小声でいった。

「手紙?」

「倉木さんから預かってこられたとかで」

「ああ……そうでしたか」

拘置所から外部に手紙を郵送することは可能だが、弁護士が仲介することはよくある。

どういう内容かと尋ねたいところだが、黙っていた。事件は解決している。

残っていた二組の客は、結局どちらも会計を済ませて店を出ていった。彼等を見送った洋子が戻ってきて、五代の隣に座った。ぐい呑みが空になっているのに気づいたらしく、冷酒器で注いでくれた。

「お詫びしたい、という内容でした」洋子はいった。「倉木さんの手紙」

「……そうなんですか」

「五代さんはもちろん、とっくに御存じだったわけですよね。倉木さんが東岡崎の事件の犯人だったってことは。知っていながら、そのことは隠して、私らのところへ話を聞きに来ておられた。そういうことですよね」

「上司から、そのように命令されていたので……」言い訳じみた口調になっているのを五代は自覚した。命令、というのは便利な言葉だとも思った。

「まあ、それは別にいいんですけどね。どっちみち、検事さんから聞かされたわけだし」

「驚かれたでしょうね」

洋子は口元を緩め、ふんと鼻から息を吐き出した。

「あんな話を聞いて驚かない人間がいたら、顔を見たいですよ」

でもね、と彼女は続けた。

「それで倉木さんのことが憎くなったかって訊かれたら、正直よくわからないんですよ。ずっとよくしてもらってきたし、良い人だと思ってましたからね。いえ、今だってそう思ってます。きっと何もかも、やむにやまれずだったんですよ。根っからの悪人なら、冤罪で自殺した者や、その家族のことなんて考えないでしょ？　私らのことを捜し出すのでさえ大変だったと思いますよ。検事さんは、私が倉木さんの悪口をいうのを期待していたみたいですけどね」

五代は上着の内ポケットから折り畳んだ紙片を取り出し、洋子の前に置いた。『週刊世報』の例の記事だけを切り取ったのだ。「これ、お読みになりましたか」

洋子は一瞥《いちべつ》し、げんなりしたように口元を歪めた。

「今朝、織恵が見つけて買ってきました。そんなもの読んだってしょうがないっていったんですけどね」

「だって、勝手に変なことを書かれてたら嫌じゃないの」織恵が唇を尖らせた。

「記者は、この店に来たんですか」二人を交互に見ながら五代は訊いた。

「自宅ですよ」洋子が答えた。「急に押しかけてこられたもんだから、えらい迷惑でした。三十年以上も前のことをほじくり返して、あれこれ尋ねてくるんですけど、何も答えたくないといって追い返しました」

記事には、『そっとしておいてほしい、とのことだった。』と書かれていたが、ずいぶんとニュアンスが違う。

「倉木がこの店の常連だったことを記者は知っている様子でしたか」

「さあねえ、そのことは訊いてこなかったです。もし知っていたら、もっと粘ったかもしれません」

そういうことかと納得した。記事がそのことに全く触れていない点が不思議だったのだ。たぶん南原という記者は、倉木が過去に犯した事件を突き止めただけで満足してしまったのだろう。

また洋子が酒を注いでくれた。それで冷酒器は空になった。

「堀部弁護士は手紙を届けただけですか。ほかに何か話は――」そういってから五代は顔をしかめ、頭を掻いた。「すみません。答える必要はないです」

「別に疚《やま》しいことはありませんから、お答えしますよ」洋子がいった。「あの弁護士さんは、私たちの様子を見に来られたんです」

「様子……とは?」

「ショックのあまり店を開けられなくなっているんじゃないかとか、おかしな噂が立って客足が遠のいてるんじゃないかとか、倉木さんはいろいろと心配しておられるそうです」

「そういうことでしたか」

「だからね、弁護士さんに、倉木さんにはこう伝えてくださいとお願いしたんです。私らは大丈夫ですから、身体に十分気をつけて、しっかりと罪を償うように、と」

そういった洋子の顔を見て、五代はぎくりとした。笑みを浮かべているが、皺に包まれた目に潜む光は、口先だけの言葉ではないと力強く語っていたからだ。

本気だ、と五代は感じた。この母娘は心の底から倉木を慕っている。

ぐい呑みに残った酒を飲み干し、五代は腰を上げた。「帰ります。お勘定を」

「今夜は私の奢りです」洋子がいった。

「いや、そういうわけには」

「お気になさらず。その代わり、今度お仲間といらしてくださいな」

思いがけない言葉に、どう対応していいかわからず五代が当惑していると、がらりと戸の開く音が背後から聞こえた。振り返ると、ベージュ色のコートを羽織った男性が入ってきたところだった。

今夜はもう閉店です――洋子がそういうだろうと思った。しかし彼女は黙っている。代わりに声を発したのは織恵だ。「十二時頃っていわなかった？」

その口調には驚きと非難、そしてわずかだが親しみが込められているようだった。たしかなのは彼女たちにとって、男性は全く見知らぬ人物ではないということだ。

「用が早く片付いたものだから」そういって男性はコートを脱ぎ始めた。中に着ているスーツは、一目で上質とわかるものだ。

年齢は四十代半ばといったところか。鼻が高く、顎が細い。短く刈り込んだ髪には清潔感があった。

男性は五代のほうを見ようとはせず、無言でそばのテーブル席についた。どうかお構いなく、とでもいうようにスマートフォンの操作を始めている。

五代さん、と洋子が呼びかけてきた。「今夜はありがとうございました。またよろしくお願いいたします。おやすみなさいませ」

何も訊かずに早く帰れ、といわれているのだと気づいた。

ごちそうさまでした、と洋子にいい、織恵にも頭を下げてから出口に向かった。横目でちらりと男性の様子を窺ったが、先程と姿勢は変わっていなかった。

24

流し台で食器を洗っていたら、インターホンのチャイムが鳴った。タオルで手を拭き、モニターに映っているのが堀部の顔であることを確認してから受話器を取った。どうぞ、といって解錠ボタンを押す。モニターの堀部は頭を下げてから姿を消した。

和真は急いでダイニングテーブルの上を片付けた。時刻は午後十一時を過ぎている。今日は一日中食欲が湧かず、遅くになってからインスタントラーメンを食べたのだった。

玄関のチャイムが鳴った。小走りで出ていき、鍵を外してドアを開けた。こんばんは、と堀部が会釈していった。お疲れ様です、といって和真は弁護士を招き入れた。

ダイニングテーブルを挟んで向き合うと、「まず、気になっておられることからお話ししましょう」といって堀部は鞄から『週刊世報』を出してきた。「夕方、編集部に電話をかけました」

「どうでしたか」

うん、と堀部は浮かない顔つきで顎を引いた。

「結論からいえば、抗議は受け入れられませんでした。訂正記事は出せないと」

「でも僕は、あんなふうにはいってないんです」

ちょっとすみません、といって和真は『週刊世報』を引き寄せ、問題のページを開いた。

『そこで倉木被告の長男に直撃してみたところ、次のような答えが返ってきた。

「現在はともかく、当時は十五年という時効があったわけだから、過去の事件に対する父の償いは済んでいると思いたいです」

要するに過去に関してはリセットされているので、裁判では今回の犯行だけで量刑を決めてほしいということらしい。』

以上のように書かれている部分を和真は指差した。「こんなことはいってない」

だが堀部の難しい顔つきは変わらない。

「ボイスレコーダーに残っているんだそうです」

「ボイスレコーダー？」

「南原という記者が持っているボイスレコーダーです。そこにあなたとのやりとりを録音していたようです。編集部としてもいい加減な記事を載せるわけにはいかないし、加害者の家族の発言となれば間違いがあったら大変なので、録音内容をチェックしたらしいです」

「そこに僕の声が残っていると？　で、こんなふうにしゃべっていると？」

「この通りではない、とはいっていました。しかし要約すれば、こういうことだったと。お父さんの償いは済んでいると思いますか、という記者の問いに対して、済んでいると思いたいです、とあなたが答えているのは間違いないとか。お心当たり、ありませんか？」

そういわれ、あの時のやりとりか、と思い出すことがあった。殺人罪の時効について、南原から意見を尋ねられた後だ。達郎のためにはどう答えればいいのかわからなくなり、頭が混乱していた。

「どうやら、あるみたいですね」堀部が気まずそうな目を向けてきた。

「でもあれは誘導されてしゃべってしまったことで、僕の真意じゃないです」

「そうだろうと思います。あの手の連中は、自分が求める発言を引き出すためには、あらゆる手を使いますからね。誘導尋問の巧《うま》さにかけては私たちも舌を巻きます。とはいえ、録音されてしまったのだとしたら、もうどうしようもありません。誰かから何かいわれたら、その都度根気強く説明するしかないです」

「相手がネットの場合は？　ＳＮＳで説明したらいいですか」

和真の問いに堀部は、とんでもない、と目を丸くした。

「だめです。炎上するだけです。今は何もしないでください。裁判にとっても、いいことは何ひとつありません」

「会社に抗議が来ているそうなんです」

「その対応は会社に任せましょう。大丈夫、会社にだって、その道のプロはいるはずです」

和真は深くため息をつき、右手で目元を覆った。軽く頭痛がする。気分が悪くなり、先程食べたラーメンが胃袋でもたれてきた。

『週刊世報』に記事が出ていることを教えてくれたのは上司の山上だ。昼間、電話がかかってきたのだ。もちろん、厚意で知らせてくれたのではない。山上によれば、事件のことでこれまでに何度か問い合わせをしてきた輩が、記事を読んで、改めて抗議の電話をかけてきたらしい。時効のおかげで罪が償われたと思っているなんてけしからん、そんな人間を雇っているのか、すぐにクビにしろ——そういう内容のようだ。

なぜ週刊誌の取材なんかに応じたのか、応じるにしても、どうしてもっと慎重に発言しなかったのか、と山上は詰問してきたのだった。

何のことかわけがわからず、記事を読んでから改めて連絡しますといって電話を切った。そしてすぐに『週刊世報』を買いに出た。

記事を読み、唖然とした。時効によって刑を免れた殺人犯が存在する理不尽さを糾弾しているのはいい。しかし最後に出てくる倉木被告の長男の発言だとする部分は、全くの捏造《ねつぞう》だと思った。和真には覚えのないことが書かれていた。

山上に連絡をし、そのように説明した。

だったら法的措置を執るべきじゃないのか、と山上はいった。

「弁護士の先生に相談して、出版社に抗議します」

電話を切った後、すぐに堀部に相談した。

「わかりました。記事を確認し、出版社に抗議してみましょう」堀部はそういってくれたが、何となく口調は重かった。その時点で弁護士には、おそらく無駄だろうと予想がついていたのかもしれない。

「今後は気をつけてください。迂闊には取材に応じないように」

堀部の言葉に、用心します、と和真は項垂《うなだ》れた。

「先程、浅羽さん母娘に会ってきました」堀部が声のトーンを少し上げた。「倉木達郎さんからの手紙を届けたんです」

「手紙……どういう内容ですか」

「それはもちろん詫びる内容です。一九八四年の事件の真犯人は自分で、もし自首していれば冤罪は生じなかった、本当に申し訳ない——まあそんなところです。今まで告白できず、あろうことか罪を重ねたことにも強く反省した文面になっていました」

「受け取ってもらえたんですか」

はい、と堀部は答えた。

「それだけでなく、比較的いい感触も得られたんです」

「いい感触？　どういうことですか」

「浅羽洋子さんから、倉木達郎さんに伝えてほしいといわれたことがあるんです」堀部は鞄からノートを出し、広げた。「自分たちは大丈夫ですから、身体に十分気をつけて、しっかりと罪を償ってください。——いかがですか？　達郎さんに対して、さほど悪い感情を持っているようには感じないと思いませんか」

「それはまあ、そういう言葉だけを聞けば、そんなふうに思わないこともありませんけど」

堀部は首を強く左右に振った。

「営業時間内だったので今夜はゆっくりとは話せませんでしたが、お二人とも達郎さんの体調なんかを心配しておられたりして、場合によっては大きな味方になってくれるんじゃないかという感触を得られました」

「味方って？」

「検察側は浅羽さん母娘を証人に呼ぶ気はないようです。自分たちに有利なことを話してくれる見込みが薄いと判断したからだと思います。逆にいえば、こちらの情状証人になってもらう手があるということです」

堀部の話に和真は驚き、当惑した。

「なってくれるでしょうか。父のせいで浅羽さん母娘は大黒柱を失ったんですよ」

堀部は少し身を乗り出してきた。

「冤罪自体は達郎さんとは無関係です。あくまでも警察のミスです。達郎さんが自首する機会を失ったのも、そのせいだといえます。『ショーシャンクの空に』という映画を御覧になったことはありますか」

いいえ、と和真は答えた。

「冤罪で終身刑になった銀行員の物語です。後半になって、真犯人を知っている人物が登場するのですが、彼によれば真犯人は、間違って銀行員が逮捕されたことを、じつに楽しそうに話していたそうです。申し訳ないなんていう気持ちはこれっぽっちもない。しかし本当の悪人というのは、そういうものです。浅羽さん母娘に詫びたいという気持ちを失わなかった達郎さんが特別なんです。そのことがわかるから、彼女たちも悪感情を抱けないのだと思います。それだけの人間関係を達郎さんは築いておられたということです」

堀部の熱弁を聞きながら、和真は先日『あすなろ』に行った時のことを思い出していた。最後まで自分の素性は明かさなかったが、一度だけ織恵と目が合った瞬間があり、もしかすると達郎の息子だと気づかれたのではないかと思った。

もし今の堀部の話が本当ならば、達郎から家族写真を見せられたりして、彼女たちが和真の顔を知っていた可能性はある。

「どうかされましたか?」和真の反応が鈍いからか、堀部が訊いてきた。

「いえ……浅羽さんたちが情状証人になってくれたらいいなと思います」

「今夜、とりあえず顔つなぎをしましたので、次に会いに行く時には打診してみようと思っています。とはいえ、慎重に事に当たる必要はありますがね。好意に甘えてつけあがっているような印象を持たれたらまずいですから」堀部はノートを鞄にしまい、さらに『週刊世報』も手に取った。だが鞄に入れる前に、「これ、置いていきましょうか」と尋ねてきた。

和真は首を振った。「結構です」

でしょうね、といって堀部は週刊誌を鞄に詰めた。「私からは以上です。何かお訊きになりたいことはありますか」

「例のことは父に訊いていただけましたか」

「例のこと?」

「東岡崎の事件についてです。ずっと家族にも隠し続けるつもりだったのか、それともいずれは打ち明けるつもりだったのか、父に訊いてみてほしいと前にお願いしたと思うのですが」

「そのことですか」堀部は金縁眼鏡に手をやった。「達郎さん本人に確かめました。答えはこうです。話せるわけがない、あの秘密は墓場まで持っていくつもりだった、と」

和真は頭をゆっくりと揺らした。「やっぱりそうですか……」

それはそうだろうな、と思った。逆に自らに問いかけてみる。もし打ち明けられていたら、自分はどうしたのか。すべてを公表すべきだ、とでもいったか。そんなことはなかっただろう、と断言できる。世間には隠し通すという方針に従ったはずだ。

「父は、やはり僕と会う気はないのですね」

「説得しているのですが、合わせる顔がない、縁を切ってもらっていい、むしろ切ってもらいたい、その一点張りです」

和真は天井を見上げた。目眩がしそうだった。

「ほかに何かありますか?」

堀部に訊かれ、気になっていることを思い出した。

「遺族の方はどうしておられますか。被害者参加制度をお使いになるという話でしたけど」

先日、堀部が電話で、そのことを伝えてきたのだ。だが詳しいことは聞いていない。

「準備を進めておられるようです。代理の弁護士が検察官と打ち合わせを始めたとか」

「すると御遺族はすでに事件の概要は把握しておられるわけですね」

「検察官がどの程度まで情報を見せているかによりますが、本件の場合ですと特に隠す部分はないように思いますから、概《おおむ》ね把握しておられるはずです」

「だったら、僕がお詫びに行くというのはどうですか。前にそういったら、先方から質問攻めに遭うだけだと先生はおっしゃいましたけど」

堀部は、いやそれは、と眉間に皺を寄せた。

「やめておいたほうがいいでしょう。被害者参加制度を使うということは、遺族の人たちは達郎さんに何かをいいたい、あるいは訊きたいことがあるわけで、あなたには用はないんです。息子さんに謝ってもらう筋合いはない、といわれるのが落ちだと思います」

「でも、それではこちらの気がすみません」

「それはあなたの都合でしょう」

びしりといわれ、和真は返す言葉がなくなった。こちらの都合――たしかにそうだ。

「被告人の中には、法廷で遺族に土下座をする者がいます。しかし殆どの遺族はそんなことを望んでいないし、情状酌量を狙ったパフォーマンスとしか思いません。多くの場合、検察官から異議が出て、裁判官にやめるよういわれます。情状証人にしても同じです。おそらくあなたにも法廷に立っていただくことになると思いますが、話をする相手はあくまでも裁判官や裁判員たちであって、遺族ではないということを忘れないでください」

淡々と語った堀部の言葉の一つ一つが、胃袋の底に落ちていくようだった。わかりました、と和真は呻くように答えた。

では私はこれで、といって堀部が立ち上がった。

「あの……先生、僕に何かできることはないでしょうか」

堀部は唇を結んで考え込む顔をした後、腕を伸ばして和真の肩を叩いた。

「今は、ただひたすら耐えることです」

またしても返す言葉が思いつかなかった。呆然と立ち尽くしていると、おやすみなさい、といって弁護士は背中を向けた。

25

待ち合わせ場所は赤坂にあるホテルのラウンジだった。約束の時刻より十分ほど早い。相手の姿はまだなかった。

ウェイターに人数を尋ねられたので、二人です、と美令は答えた。「なるべく隅の席がいいんですけど」

かしこまりました、と答えたウェイターは内庭を眺められるテーブル席に案内してくれた。隣のテーブルと少し離れているので、会話を聞かれる心配はなさそうだ。

腰を下ろし、バッグからスマートフォンを取り出した。友人からのメッセージが届いている。CA時代の同期で、今は専業主婦だ。今回の事件後も頻繁にやりとりをしている。健介の葬儀にも駆けつけてくれた。

『文化人気取りのアホのいうことなんか気にしなくていいからね。単に人と違うことといって目立ちたいだけ。案の定、炎上してるし』

メッセージを読み、美令は複雑な気持ちになった。励ましてくれるのはありがたいが、微妙に誤解されているという思いは消えない。それでも何も応えないわけにはいかないので、『ありがとう！　負けないから安心して』と返しておいた。

そのまま続けてネットの記事をチェックした。ざっと確認したところ、新たに不愉快なものは見当たらなかったので、胸を撫で下ろした。

スマートフォンで気になるニュースを見つけたのは今朝早くだ。『週刊世報』の記事へのコメントで炎上、という一文が目に留まった。それによれば、ワイドショーのコメンテーターとしても活躍している男性政治評論家が、先日発売された『週刊世報』の『時効は恩赦か？　罪に問われない殺人者たちのその後』という記事についてのコメントをＳＮＳに書き込んだところ、その内容に反発する意見が殺到しているらしい。

コメントの内容は、『いくら殺人罪の時効は廃止されたといっても、すでに時効が成立した事件については罪に問えないと決まっているわけだから、当事者以外の人間がああだこうだいうべきではない。この弁護士さんは「すべてを明らかにすべき」といって倉木被告に迫ったそうだけど、どうするかは本人が決めることでしょう。誰にだって隠したい過去はある。それを暴こうとする者がいたら抵抗したくなるのは当然。もちろん、だからといって殺していいわけがないけど、この弁護士さんにも落ち度はあったんじゃないかな。私なら、どんなふうに時効の日を迎えたのか、その時、どんなことを考えたのか、じっくりと話を聞く。だって、そんな機会はめったにない。ていうか、ふつうに生活していたら、たぶん一生ないと思うし。』というものだった。

『週刊世報』の記事は美令も読んでいた。南原という名前には覚えがあった。綾子が話していた、自宅に押しかけてきたしつこい記者だろう。

記事を読み、何となく釈然としないものを感じた。間違ったことが書かれているわけではないと思うのだが、的外れという印象を受けた。少なくとも、美令が読みたかったものではなかった。

記事の最後の段落は、『さてもしあなたが裁判員ならどう考えるだろう？　倉木被告は一人を殺しただけの被告人として扱っていいのだろうか。』だったが、今回の事件の重要ポイントは本当にそこなのだろうか、と疑問が湧いてしまう。

唯一気になったのは、倉木の長男の発言だ。過去の事件に対する父の償いは済んでいると思いたい、と語っている。家族としては当然の、正直な気持ちだと思うが、裁判前の大事な時期だということを考えれば軽率すぎる気がする。

だが『週刊世報』を読んだ直後の感想は、その程度だった。相変わらず週刊誌というのは、他人の不幸も商売の種にするんだなと思っただけだ。

ところが今朝になって、この騒ぎだ。

政治評論家のコメントを読めば、炎上するのも無理はないと思った。逃げ得をした殺人犯の味方をするのかとか、遺族の身になって考えろ、といったことが次々に書き込まれたようだ。しかしこの政治評論家は、たまにこうした刺激的な発言をわざとすることで注目を集め、それを仕事に利用している。今回も、炎上は想定の範囲内だろう。

だが美令としては、別の理由でこのコメントは見逃せなかった。

健介が「すべてを明らかにすべき」といって倉木達郎を責めたことを、揺るぎない事実として書いている点が気に入らなかった。美令が最も疑問に思っている点なのだ。だからこのコメントに対して批判が殺到しようが、溜飲など下がらなかった。友人たちの励ましのメッセージも胸に響いてこない。

苛立ちから組んだ脚を揺すっていると、不意に足元が暗くなった。続いて、こんにちは、と頭上から声が聞こえた。顔を上げると佐久間梓がバックパックを背中から下ろすところだった。

美令は立ち上がって挨拶をしようとしたが、笑顔と手の動きでそれを制した後、佐久間梓は腰を下ろした。

ウェイターが近づいてきたのでコーヒーを二つ注文した。

「先程検察に電話をしたところ、予定通りの時刻に来てください、とのことでした」佐久間梓がいった。

「そうですか。いろいろとありがとうございます」美令は頭を下げた。

「少し緊張しておられるみたいですね」佐久間梓が顔を覗き込んできた。

「それは、やっぱり。検察庁に行くのなんて初めてですし」

「被告人側ではないんですから、どうか気を楽に」女性弁護士は黒縁眼鏡の向こうで目を細めた。「といっても、無理ですよね。自然体で結構です」

「はい」

コーヒーが運ばれてきた。美令はミルクを少し入れて飲んだ。

「あの……佐久間先生は『週刊世報』をお読みになりましたか」

佐久間梓はカップに手を伸ばしながら表情を変えずに、読みました、と答えた。

「特に問題のない記事で、参考になるようなことはなかったと思いますが」

「でもあの記事を読んだ人は、父がどういう人間だったかを勝手に想像してしまいます。事実、政治評論家がSNSにコメントを書いて、それで炎上したりして、あまりいい気持ちはしません」

佐久間梓は少し考え込む顔をしてから頷いた。

「わかりました。では、続報などを掲載する予定があるかどうか、出版社に問い合わせておきます。もしあるのならば事前に原稿を見せてほしいと要望を出しておきましょう」そういってバックパックから手帳とボールペンを取り出すと、さらさらとメモを取った。


公判担当の検察官は今橋《いまはし》という広い額と高い鼻が特徴的な人物だった。年齢は四十代半ばといったところか。肩幅があるので、スーツがよく似合っている。

自分の言葉で話したほうがいい、と事前に佐久間梓からいわれていたので、美令は記録の謄写を読んで感じた疑問——健介の言動とされている部分が本人らしくないと感じることを率直に今橋にいってみた。

話を聞いている途中、今橋は何度か頷いていた。美令の話が終わると、「おっしゃっていることは大変よくわかりました」といった。「お父様の人間性に関わる部分ですからね、御遺族としてはこだわりたいところであろうことは十分に理解できます」

ただ、と彼は続けた。

「佐久間先生からお聞きになったかもしれませんが、被告人と被害者との間にどういうやりとりがあったかは、被告人に訊くしかないわけです。そして話を聞くかぎり、さほど不自然な点はないし、事件の態様とも矛盾しません。もしかしたら言葉の使い方など、実際とは多少違っていたかもしれませんが、裁判を進める上では特に問題はないと思うのですが、いかがでしょ

がわかりません」

「いえ、言葉の使い方とかそういうことではなくて、そもそも父がそんな対応をするわけがないといっているんです。時効が成立している人の過去を責めたとか、暴こうとしたとか、意味がわかりません」

うーん、と今橋は唸った。

「でもそういうことがあったから、お父様は被告人に刺されたわけです。なければ、刺されていなかった。違いますか?」

「だから、そこが納得できないんです。被告人が嘘をついている可能性はないんですか」

「倉木達郎が、ですか」今橋は眉の上あたりを掻いた。「何のために?」

「それはわかりませんけど……」

ふむ、といって今橋は人差し指を立てた。

「もしかするとおっしゃるように、お父様はそんな言い方はしなかったのかもしれない。被告人を強く責めるような態度も取らなかったのかもしれない。しかし、被告人が勝手に違うふうに解釈してしまった、ということは考えられるのではないですか。つまり実際にお父様がどんなふうにおっしゃったかは、この際関係ないのです。大事なのは、倉木被告人がどのように感じたかです」

「でもそうすると、父は誤解されたせいで殺されたことになります」美令は唇を尖らせ、声を荒らげた。

「そうですね、もしそうだったのだとすれば」検察官は表情を殆ど変えず、あっさりといった。

「しかし誤解があったのかどうかは誰にもわからない。倉木被告人にさえもわからない。何しろ本人は、正直に話しているつもりですからね」

「それが嘘かもしれないじゃないですか」

「たしかに。でも本質的な問題ではありません」

美令は首を捻った。「そうでしょうか」

今橋は机の上で両手の指を組んだ。

「少し極端なことをいいます。おっしゃるように、倉木被告人が嘘をついている可能性は十分にあります。逮捕されるまでに少々時間がありましたから、辻褄の合うストーリーを組み立てることは難しくなかったでしょう。被告人は、冤罪で苦労した浅羽さん母娘に遺産を譲りたいと思って白石弁護士に相談したといっていますが、それ自体が情状酌量を狙った嘘かもしれない。実際にはそんなことはいっておらず、単にかつて自分が時効によって殺人罪を免れたことを、酔った勢いとかで白石弁護士に話しただけかもしれない。そしてそれに対して白石弁護士は何もいわなかった。被告人を責めたりもしなかった。だが後になってから被告人は、もしかすると白石弁護士が誰かに話すのではないかと不安になり、それで殺すことにした――案外真相はそんなところかもしれません」

美令は瞬きし、背筋を伸ばしていた。「もしそうだとしたら、話が全然違ってくるじゃないですか」

「いえ、違わないのです。成り行きはどうあれ、時効になった過去の殺人を打ち明けてしまったことを後悔し、口止めするために殺害した、という点では何も変わりません。いずれにせよ身勝手で自分本位な動機です。そんな動機ですから、それが生じた経緯など、この際問題ではないのです。裁判員たちだって考慮しないでしょう。考慮されない部分ですから、被告人には好きなようにしゃべらせておけばいい、というわけです」

おわかりいただけましたか、と今橋は尋ねてきた。

「何だか釈然としません。裁判という場で、父が融通の利かない、ただ正義をふりかざすだけの人間のようにいわれるのは」

「お気持ちはよくわかります。しかし、その部分をやたらと掘り下げるのは得策ではないのです。殺害の事実、方法については全く争いがありません。量刑に最も大きな影響を与えるのは結果の重大性です。被害者が殺害され、死体が遺棄された、という結果がどれほどに重大なのか、ということです。本件の場合、動機はさほど重要ではないはずなのに、そこに疑問を差し挟むと、裁判員たちが戸惑います。時効が成立している犯罪について責めるのは是か非か、なんていう不毛な論争に陥ることは避けたいのです」

「でも佐久間先生によれば、犯行直前の父の態度がどんなものだったかが重要だって……。なぜ犯行を思い止まらなかったのかが争点になるんじゃないかって……」

美令は佐久間梓のほうを見て、そうですよね、と確認した。女性弁護士は小さく顎を引いた。

「弁護側が強いて主張するとすればそこだ、というだけのことです」今橋はいった。「凶器を用意していたのですから、それだけで計画性の有無は明白です。白石弁護士とのやりとりを、多少自分の都合のいいように主張してくる可能性はありますが、それで何かが大きく変わることはないだろうと私は予想しています。さっきもいいましたが、好きなようにしゃべらせておけばいいんです」

「……そういうものなんですか」

「本件に関してはそれが最善策だと思います。情状酌量の余地はないでしょう」

「浅羽さん母娘のことはどうなんですか。被告人のことをあまり憎んでおられないと伺いましたけど」

「あの母娘を証人に呼ぶ予定はありません。もしかすると弁護側が希望するかもしれませんが、私は彼女たちが法廷で何をいおうが、倉木被告人が過去の事件を反省している証拠にはならないと考えています。だってそうでしょう？　浅羽母娘は被告人が過去に起こした事件の、直接の被害者ではない。被害者は——」今橋は手元のファイルを素早く開いて視線を走らせた。「一九八四年に起きた事件の被害者は灰谷という金融業を営んでいた男性です。もし倉木被告人が本当に悔いているのなら、灰谷さんの関係者に詫びるのが筋ではないですか。ところがこれまでのところ、そういう証拠は弁護側から提示されていません。私はその点も、法廷では強く主張するつもりです」

武器はいくらでもある。だから余計なことはしないほうがいい、と説得されているように美令は感じた。しかしいい返す言葉は見つからなかった。

「納得していただけたのなら、公判に向けての打ち合わせをしませんか。あまり時間もありませんので」今橋が腕時計を見ながらいった。

納得はしていなかったが、はい、と美令は仕方なく答えた。裁判の準備は時間のかかるものだということは、健介からよく聞かされていた。

「では率直に伺います」今橋がいった。「被害者として、法廷で被告人にはどんなことを質問したいですか」

美令は佐久間梓のほうを見た。女性弁護士が勇気づけるように大きく頷いてきた。

息を吸った。綾子と二人で熟考したことを頭に思い浮かべた。

「被告人には、こう尋ねたいです。あなたは自分のことをどんな人間だと思っていますか。自分のせいで苦痛を味わった遺族に心の底から詫びようとする、反省の心を持った人ですか。それとも過去の罪を暴こうとする者がいたら、殺してしまうような身勝手な人ですか。もし、両方共あなたなのだとしたら、新たに生み出してしまった不幸な遺族には、どちらの顔を見せ、何をしてくれるのですか」

そらんじたことを語った後、いかがでしょうか、と美令は検察官を見た。

今橋は渋面を作っていた。その顔のままで低く唸った。気に食わないのだろうかと美令が心配しかけた直後、彼は大きく頷いた。そして、素晴らしい、といって手を叩いた。

26

マンションとビルに挟まれた一方通行の道路を進んでいくと、前方に広い道路が現れた。信号機はなく、路面には止まれと大きく書かれている。一台の軽トラックが一旦停止をした後、そろそろと左折していった。

道路の右端を歩いていた和真は、そのまま広い道路に沿って右に曲がった。歩道の幅にも余裕がある。ベビーカーを押す女性を、ウインドブレーカーに身を包んだランナーが、スピードを緩めることなく悠々と追い越していった。

すぐ目の前に橋が迫っていた。隅田川に架かる清洲橋だ。和真は立ち止まり、橋を眺めた。青く塗装された鉄骨が、優雅な曲線を描いている。橋の向こうに見える建物の窓ガラスが、夕日を反射して赤く光っていた。

深呼吸を一つした後、再び歩きだした。自分の意思でやってきたのだ。ここまで来て、引き返すわけにはいかない。

視線を落としたまま、黙々と前に進んだ。橋を渡りきったところで、ようやく顔を上げ、右側に視線を向けた。

隅田川の堤防に沿って、遊歩道が整備されていた。隅田川テラスというらしい。階段があったので、下りていった。この階段は達郎の供述調書にも出てくる。

和真はスマートフォンを取り出し、現場を撮影した画像を表示させた。詳しい地図と共に堀部から送ってもらったものだ。

現場を見に行きたいという和真の話に堀部は、「あまりお勧めしませんがね」と電話口で釘を刺してきた。その理由については、意味がないから、と素っ気なく答えた。

「事件に向き合わねばならないのは被告人の達郎さんであって、あなたじゃない。むしろあなたは、一刻も早く事件から切り離された生活を取り戻す方法を考えるべきです」

「でも一度、この目で見ておきたいんです。父がどこで何をしたのかをしっかりと胸に刻んでおきたいんです。お願いします」

堀部のため息が聞こえた。

「そこまでおっしゃるのなら仕方がないですね。だけどいっておきますが、通りかかるだけにしてください。さりげなく眺めたら、速やかに立ち去るんです」

「立ち止まってもいけないんですか」

「少しぐらいは構いませんが、長居は無用です。一応訊きますが、まさか花とか供え物とかを持参する気ではないでしょうね」

「それは考えていませんでしたが……」

「だったらいいんですが、そんなことは絶対にやめてくださいね。どこで誰が見ているかわかりません。加害者の家族が現場に供え物をしていた、なんてことをネットに書かれたりしたら後が厄介です。世間は冷淡で悪意に満ちています。情状酌量を狙ったパフォーマンスだとしか思いません。そういう意味でも、あなたが現場に行くことにメリットはないんです」堀部の口調は鋭い。裁判前の忙しい時に面倒臭いことをしないでくれ、といわんばかりだ。

「わかりました。肝に銘じておきます」

弁護士の言葉を反芻しながら、和真はスマートフォンを手に隅田川テラスを歩いた。

やがて足を止めた。画像に一致する場所が見つかったからだ。周囲を見回し、思わず頭を振った。今の状況を見れば、ここで殺人が行われたとは、ふつうは思わないだろう。事件当時は工事をしていて行き止まりになっていたらしいが、すでに工事は終わり、壁は撤去されている。散歩している人々の姿がちらほらとあった。

もしこういう状況ならば、達郎もここを殺害現場には選ばなかったはずだ。その場合、どうしていただろうか。もっとほかの場所を探していたということか。しかし午後七時前という時間帯を考えると、人目につかずに殺人を犯せるところなど、容易に見つかるとは思えない。見つからなければ、少なくともその日は犯行を断念せざるをえなかったはずだ。

そう考えると和真は、この場所で工事があったこと自体を恨みたくなった。こんなところを行き止まりにしたら、人目につきにくくなり、物騒な事件が起きるかもしれないとは考えなかったのか。もちろん、そんな不満が筋違いの八つ当たりにすぎないことは十分にわかっているが。

それにしても好都合な場所を見つけたものだ――周りを見て、改めて思った。

達郎の供述によれば、上京した後、白石と会うまでの間に探したということだったが、あまりにも行き当たりばったりではないか。本当にたまたま見つかったのだろうか。

だが達郎が事前にこの場所を見つけていたとは思えない。もしそうならば、当日の行動が変わっていたはずだ。

事件当日達郎は、東京駅から大手町《おおてまち》まで歩き、そこから地下鉄で門前仲町駅まで行ったと述べている。しかしもし事前にこの場所にしようと決めていたのなら、水天宮前駅《すいてんぐうまえ》に向かうのではないか。門前仲町駅からだとこの場所まで約一・五キロあるが、水天宮前駅からだと、その半分で済むからだ。事実今日和真は、門前仲町駅ではなく、水天宮前駅から歩いてここまでやってきた。

場所を決めていたことを隠すために達郎が嘘をついているとは思えない。ほぼ全面自供をして死刑になることさえ覚悟している人間が、そこだけ真相を話さないというのは不自然だ。やはり供述通り、門前仲町駅まで行ってから、殺害場所を探してここまで来たと考えるしかない。工事によってこの場所が大都会の死角になっていることに気づいたのは、不幸な偶然というわけか。

それにしても——。

穏やかに流れる隅田川の水面を見つめ、和真は首を傾げざるをえない。この場所で、本当にそんなことが起きたのだろうか。あの達郎が、あの父が、ナイフで人を刺した光景など、どのように想像を働かせてみたところで到底、思い描けなかった。

屋形船が一艘《そう》、目の前を横切っていった。乗ったことはないが、船からだとこの場所はどんなふうに見えるのだろうかと気になった。夜の七時前だとすでに日は落ちているから、暗くて人影は確認できないかもしれない。しかし殺人者の心理として、もし屋形船が通りかかったなら、犯行を躊躇うのではないか。達郎が実行したということは、その時隅田川には船はいなかったわけだ。そういうところも不幸な偶然のように和真には思えた。

階段に向かって歩き始めようとした時、近づいてくる人影に気づいた。グレーのコートを羽織った若い女性だった。彼女が手にしているものを見て、和真は息を吞んだ。白い百合の花だった。ある予感が胸を掠めた。

彼女はちらりと和真のほうに視線を向けたが、すぐに目をそらした。「どこの誰かは知らないけれど、私のことは放っておいて」と訴えているように感じられた。

和真は歩きだした。だが彼女のことが気になって仕方がなかった。階段を上がる前、我慢しきれずに振り返った。

彼女は地面に花を置いていた。さらにその前で跪《ひざまず》き、両手を組んで目を閉じた。間違いなく祈りを捧げるポーズだった。

和真は立ち尽くしていた。早く立ち去らねばと思いながら、足が動かなかった。

彼女が祈っていたのはほんの数十秒なのだろうが、和真には恐ろしく長く感じられた。それにも拘わらず、目を離すことができなかった。だから祈りを終えた彼女が顔を上げた時も、まだその場に留まり、彼女を見つめていた。

二人の間には二十メートルほどの距離があった。それでも何かの気配を感じるということがあるのだろうか、不意に彼女が和真のほうに顔を向けてきた。お互いの視線が空中で交錯し、絡まり、そして離れた。ほぼ同時に、双方が目をそらしていた。ほんの一瞬の出来事ではあったが、和真は激しく狼狽した。急ぎ足で、その場を離れた。後ろを振り返るのが怖かった。

通りに出てからも、歩き続けた。堀部の忠告を忘れ、あの場に留まりすぎたことを後悔していた。いや、忠告を忘れていたわけではない。彼女のことを気にしないではいられなかったのだ。

彼女は何者なのか。あの場所に花を供えて祈りを捧げる人間など、かぎられている。白石健介が殺害された現場はマスコミには公表されていない。

年齢から察して、白石健介の娘ではないか、と和真は思った。遺族側から被害者参加制度を使うという通達が堀部のところに来ていて、代表は長女の名前になっているという話だった。

彼女は何を祈っていたのか。亡き父の安らかな永眠だけではあるまい。裁判を前に、父の無念な思いを必ず晴らしてみせると誓っていたのではないか。被告人は罪を認めているのだから、事実関係では争わない。彼女にとっての勝利とは何か。極刑を望み、それが叶った時こそ闘いが終わる時だという気持ちなのだろうか。

あまりに複雑な思いに和真は息苦しくなった。あの女性が死刑を望んでいる相手は自分の父親なのだという事実を、どうしても受け入れられないのだ。

彼女は和真が被告人の息子だと気づいただろうか。気づいたならば、どう思っただろう。どう感じただろう。父親を殺した犯人と同様に、その家族も憎しみの対象になるのだろうか。

和真は足を止め、周りを見回した。すぐ上を高速道路が並行して走っている。ここは一体どこだ。とりとめのないことに考えを巡らせているうちに、見覚えのないところまで歩いてきてしまったようだ。スマートフォンを取り出し、現在地を確認した。

ここか——画面を見て、合点した。隅田川から離れ、深川に向かっているのだ。このまま高速道路沿いに進み、さらに足を延ばせば門前仲町だ。先日、『あすなろ』に行った時のことを思い出した。

あの時は浅羽母娘が事件についてどう思っているかわからず、名乗ることもできなかった。だが先日の堀部から聞いた話によれば、彼女たちは達郎に悪感情は抱いていないらしい、ということだった。彼の体調を心配してくれてもいたようだ。

会いに行ってみようか、と思った。達郎があの店でどんなふうに過ごしていたのか、彼女たちから話を聞いてみたい。

ほんの思いつきだったが、妙案を得たような気がして、足取りが軽くなった。もちろん和真は自分自身で気づいていた。早くも脳裏に焼き付いて離れなくなっているさっきの女性——事件現場で祈っていた彼女のことを、一時でも忘れたいという思いがあるのだ。

それから門前仲町まで、十分以上かかった。殺害現場を予《あらかじ》め決めていたのなら大手町駅から水天宮前駅に向かったはずだ、という推理には妥当性があると改めて思った。

人通りの多い永代通りの歩道を和真は歩いた。間もなく、雨宮と共に足を運んだ古いビルが近づいてきた。今日は一人なので、やはり少し心細い。ビルの前まで来たところで立ち止まった。一階のラーメン屋は改装中らしく休業している。その脇にある階段を上がるのを躊躇った。

意を決して足を踏み出した時、階段から一人の若い男性が下りてきた。いや、男性というより少年か。年齢はどう見ても十代半ばだ。髪を少し逆立てているが、顔は幼い。パーカーの上からジャンパーを羽織った体つきも華奢だ。

少年に続いて、女性が現れた。彼女を見て、はっとした。浅羽織恵だった。

織恵は少年に向かって、何やら話しかけている。少年は彼女の顔を見ず、面倒臭そうな顔で何度か頷いた後、足早に歩きだした。その後ろ姿を織恵は見送っている。

やがて彼女はくるりと身体を反転させて階段に戻りかけたが、ちらりと和真のほうに目を向けた途端、はっとしたように足を止めた。さらに気まずそうに俯いた。

和真は呼吸を繰り返しながら近づいていった。「浅羽織恵さん……ですよね」

織恵は顔を上げ、はい、と小声で答えた。

「僕は倉木和真といいます。倉木達郎の息子です」

「はい……」

「お忙しいところ御迷惑だと思いますが、お話を伺いたくて、来てしまいました。少しだけお時間をいただけないでしょうか」

織恵の唇が少し動いた。しかし声は発せられない。それが彼女の迷いを示しているように感じられた。

じゃあ、と彼女はようやくいった。「お店のほうで……開店準備で、ばたばたしていますけど」

「お母様もいらっしゃるんですね」

「はい」

「すみません。ありがとうございます」和真は頭を下げた。

階段で二階に上がると、少しお待ちください、といって織恵は店に入っていった。洋子に事情を説明しているものと思われた。

間もなく引き戸が開き、どうぞ、と織恵が頷きかけてきた。

失礼します、といって和真は店内に足を踏み入れた。

店内のテーブルや椅子は奇麗に整頓されていて、いつでも客を招けそうな雰囲気だった。カウンターの中に浅羽洋子の姿があった。和真は彼女の前に歩み出て、お仕事中にすみません、と詫びた。

「この間、お友達といらっしゃいましたよね」洋子がいった。「私は気づかなかったんですけどね、お帰りになった後、織恵がいったんですよ。さっきのお客さん、倉木さんの息子さんだと思うってね」

和真は織恵を見た。

「やっぱり気づいておられたんですね。そうじゃないかとは思ってたんですけど」

「お店に入ってこられた時、すぐに気づきました。倉木さんに似ているって。そう思って眺めてみたら、ちょっとしたしぐさとかがそっくりで、間違いないと思いました」

「すみません。正直に名乗る勇気が出ませんでした。父が何をしたのかを御存じなら、きっと恨んでおられるだろうと思ったので」

浅羽母娘は顔を見合わせた。やがて母親のほうが口を開いた。

「検事さんに呼ばれて、昔の事件の真犯人が倉木さんだったことを知りました。それを隠そうとして、今度の事件を起こしたってことも。もちろんものすごくびっくりしましたし、ショックでしたよ。正直にいやあ、なんであの時に自首してくれなかったんだっていう気持ちはあります。そうしてくれてたら、私らはあんなに苦労をせずに済みましたからね。夫や父親を失わなくてよかったし、白い目で見られたり、後ろ指を差されることもなかったはずです」

「本当に申し訳ありませんでした。父に代わってお詫びいたします」和真は深々と頭を下げた。

「顔を上げてください。息子さんに非がないことは十分にわかってますから」

洋子がカウンターから出てくる気配があったので、和真は姿勢を戻した。

座ってください、と織恵が椅子を勧めてくれた。ありがとうございます、といって和真は腰を下ろした。

洋子もカウンターのスツールに腰掛けた。

「そういうわけですから、倉木さんに恨み言をいいたい気持ちは当然あります。だけど腑に落ちたこともあるんですよ」

和真は瞬きし、洋子を見返した。「どういうことでしょうか」

「倉木さんはね、本当に私たちによくしてくださったんですよ。店にいらっしゃった時には、いつもさりげなく店の経営状態を尋ねてこられて、こちらがちょっとでも不景気なことを漏らそうものなら、高い料理を何品も注文してくださるんです。それだけでなく、困ったことがあればどんなことでも相談に乗るから遠慮せずにいってくれ、なんてこともおっしゃってくださったりしてね。ただ、どうしてわざわざうちなんかにと、ずっと気にはなっていました。名古屋や三河の料理なんて、地元でいくらでも食べられますからね。だから検事さんの話を聞いて、ああそういうことだったのかとようやく得心したという次第です」

「でも、父のことが憎くないわけではないですよね」

「さあ、問題はそこですよ、自分でも不思議なんですけどね、そういう気持ちは今ひとつ湧いてこないんです。ぴんとこないというか、実感がないというか。検事さんからもいわれましたよ。倉木のせいであなたの旦那さんが疑われて、自殺することになったんだから、憎むのが当然じゃないかって。だけど人の気持ちってのは、そんなにころころと変わるものじゃありませんよ。それにね、こんな言い方は変かもしれませんけど、倉木さんのおかげでようやく救済されたっていう気持ちもあるんです」

「きゅうさい？」

あまりに意外な言葉だったので、ほかの言葉と聞き違えたのだろうかと和真は思った。

「私の場合、この三十年以上、恨み続けてきた相手は警察なんです。うちの人は警察に殺されたんだと今も思っています。だってそうでしょう？　犯人でもないのに逮捕されて、拷問《ごうもん》にかけられたんですよ。警察は、自白の強要なんかしてないといってましたけど、嘘に決まってます。夫はね、少し気の短いところはあったけれど、頑固で曲がったことが嫌いな人間でした。あの人に人殺しなんてできるわけないんです。首を括《くく》ったのは、拷問に耐えきれなくなって、抗議のために死を選んだのに違いありません。だけど警察は、一度だって謝っちゃくれませんでした。自殺したのは、もう逃げられないと観念したからだってことで、逆に主人を責めるようなことばかりいいました。世間だってそうです。結局何の証拠も見つからなかったっていうのに、私らのことを殺人犯の身内だという目でしか見てくれませんでした。だから逃げるしかなかったんです。こそこそと逃げ隠れして、こんなところまで逃げてきて、目立たぬよう細々と生きていくしかありませんでした。それでも底意地の悪い人間というのはどこにでもいるもので、昔のことをあれこれと調べては、よからぬ噂を流して、ようやく摑んだ幸せを台無しに――」

　そこまで洋子が話したところで、お母さん、と織恵が咎《とが》めるように声をかけた。さらに、それ以上はいわないで、というように首を横に振った。

　洋子は吐息を漏らした。

「とにかく、ずっと肩身の狭い思いをしてきました。私たちの過去を知っている人間たちの中には、味方なんて一人もいないと思ってたんです。でも皮肉なものですね。当然のことながら、真犯人の倉木さんだけは本当のことを知っていたわけです。知っていただけでなく、私たちの苦労を察して、陰ながら支えようとしてくれていました。今度の事件を起こした理由にしても、私たちとの関係を壊したくなかったからなんでしょう？　詫びたいという気持ちは本当だったんだなと思います」

「詫びる気があるのなら、もっと早くにすべてを打ち明けるべきだったとは思いませんか」

するとと洋子は苦笑し、小さく手を振った。

「もちろん思いますよ。だけどそれは理想論ってやつです。人間というのは弱い生き物だってことは、この歳になればわかります」

割りきった意見に、和真は黙って項垂れるしかなかった。

「倉木さんは隠すこともできたと思うんです」

洋子の言葉に和真は首を傾げた。「隠す？　何をですか」

「だから東岡崎の事件のことです。今度の事件については、もっと別の動機をでっちあげてもよかったはずなんです。ちょっとしたことで口論になったとかね。そのほうがたぶん刑も軽くなります。だけどそうはせず、何もかも洗いざらい告白された。おかげで、私らはようやく夫の冤罪を晴らすことができました。ついさっきも新聞社から電話がかかってきたんです。長年の苦労について取材させてもらえないかってね。同じような依頼の電話がしょっちゅう来ます。自宅に押しかけてくる人だっていますよ。面倒なので全部断っていますけど、汚名が返上できたってことはたしかなわけです。だからいったんですよ。救済されたって」

「そういうことですか……」

でも、と洋子は首を傾げ、カウンターに頬杖をついた。

「こんなふうに考えるのはおかしいんですかねえ。検事さんからは、理解できないみたいなことをいわれたんですけど」

「さあ、それは僕には何とも」

和真が口籠もると、「そりゃそうですよね。ごめんなさい、変なことを訊いて」といって洋子は口元を緩ませた。

堀部がいっていた通りだな、と和真は思った。この母娘は達郎の味方になってくれるかもしれない。

あの、と織恵が和真を見た。「私たちの話を聞きたいとおっしゃってましたけど、こういうことでよろしいんでしょうか」

十分です、と和真は答えた。

「この店での父の様子を知りたかったんです。今のお話を伺って、よくわかりました。父はやっぱり、贖罪のつもりでこちらに通っていたみたいですね」

「それ以外に何があるっていうんですか」洋子がいった。「検事さんからは、おかしなことを訊かれましたけどね」

「おかしなこと?」

「倉木被告人が娘さんに高価なプレゼントを渡したり、デートに誘ったりしたことはなかったかっていうんですよ。同じようなことを刑事さんから訊かれたこともあります。この子が目当てで通ってたように疑っているみたいです」洋子は織恵のほうに顎をしゃくった。「もちろん、そんなことは一度もないときっぱり否定しておきました」

達郎は下心があってこの店に通っていたのではないか、と検察は疑っているわけだ。意地が悪いとしか思えないが、そういう見方をするのが彼等の仕事なのだろう。

「大変よくわかりました。僕としては、父のお二人に対する態度は贖罪ではなくて自己満足だと思うんですけど、今のお話を聞いて少しだけ気持ちが楽になりました。ありがとうございます」そういって和真は腰を上げ、改めて頭を下げた。「開店前の忙しい時に、すみませんでした」

「面会には行かれました？」織恵が尋ねてきた。

いいえ、と和真は答えた。「会いたくないと父はいっているそうです。合わせる顔がないと」

「そうなんですか」織恵は辛そうに眉をひそめた。

「くれぐれもお身体には気をつけるように」洋子がいった。

「ありがとうございます。その優しいお言葉を父に伝えるよう、弁護士さんにお願いしておきます」

洋子はゆっくりとかぶりを振った。

「そうではなくて、あなたのこと。いろいろと大変でしょう？」

「あ、はい、それは……」

「加害者の身内がどんな思いをするか、十分にわかっています。何しろ経験者ですからね」

どう反応していいかわからず、和真は下を向いた。

「カズマさん、でしたっけ」洋子が呼びかけてきた。「辛い時は逃げたらいいんですよ。目を閉じて、耳を塞いじゃえばいいんです。無理なんかしちゃだめ」

「ありがとうございます。覚えておきます」

失礼します、といって出口に向かった。

階段を下りる前に織恵のほうを振り返った。

「先程、若い男の人を見送っておられましたけど……」

織恵はやや躊躇いがちに、息子です、と答えた。

「あっ、結婚しておられたんですか」

何となく独身だと決めつけていたので意外だった。

「今は独り身です。息子は元の夫が引き取ったんですけど、時々顔を見せに来ることがありまして……」

「そうでしたか」

余計なことを訊いてしまったなと思った。

お邪魔しました、といって階段を下りていった。

余計なことどころか、とんでもなくデリケートな部分に触れたのかもしれないと気づいたのは、ビルを出て歩きだした時だ。洋子がいいかけてやめた台詞を思い出した。

「底意地の悪い人間というのはどこにでもいるもので、昔のことをあれこれと調べては、よからぬ噂を流して、ようやく摑んだ幸せを台無しに――」

あれは織恵が被った話ではなかったか。ようやく摑んだ幸せとは、結婚して子供を産み、家庭を持ったことではないのか。だがよからぬ噂――父親が殺人犯で留置場で首を吊ったという噂が流れ、それが原因で離婚することになったのでは。そう考えれば、息子が父親に引き取られたということにも合点がいく。

和真は振り返り、ビルを見上げた。『あすなろ』と記された看板の文字が、少しかすれて見えた。

27

その店は地下鉄門前仲町駅の近くで、永代通り沿いにあると聞いていた。スマートフォンで調べてみると、清洲橋の袂《たもと》からだと二キロ弱の距離だ。美令は少し迷ったが、タイミングよく空車のタクシーが通りかかったので手を上げて止め、「近くて申し訳ないんですけど」と断ってから行き先を告げた。幸い運転手の返事は無愛想なものではなかった。

だが走りだして間もなく後悔した。どうやら広い道路や大きな交差点しか使わないらしいと気づいたからだ。倉木達郎は人目を避けて移動しただろうから、こんな経路を選んだとは思えない。この次は自分の足で歩いてみようと思った。

門前仲町には十分とかからずに到着した。料金も七百円以下だ。父の健介なら千円札を渡して釣り銭を受け取らないだろうが、美令にはそんな発想はない。交通系ＩＣカードで精算を済ませた。

タクシーを降り、周囲の様子を眺めながら歩きだした。この町に来るのは初めてだ。江戸情緒が感じられ、いかにも歴史が残る下町といった風情だが、ネット検索して得た情報によれば、実際には大空襲によって一面が焼け野原になったらしい。

美令はスマートフォンで現在地を確認しながら移動した。間もなく目当ての店の前に辿り着いた。二階建てのコーヒーショップだ。

店に入る前に永代通りを挟んだ向かい側に目を向けた。古いビルが建っていて、『あすなろ』という看板が確認できた。やはりこの店で間違いなさそうだ。

一階でカフェラテを買い、階段で二階に上がった。席は半分ほどが埋まっていた。幸い窓に面したカウンター席の端が空いていたので、そこに腰を落ち着けた。

検察側から提供された資料によれば、健介はこの店に二度来ている。しかも二度目は二時間も滞在したらしい。目的は不明だが、向かい側にある『あすなろ』を見に来たのだろうと推察されている。一九八四年に倉木達郎が起こした事件で、冤罪で逮捕され自殺した人物の家族——浅羽という母娘が経営している店だ。倉木から母娘のことを聞いた健介は、現在の二人の状況を確かめようとしたのではないか、というわけだ。

たしかに倉木からそんな話を聞けば、健介もその程度の関心は抱くかもしれない。しかし二度も来ているというのが解せなかった。一度目は何の収穫もなかったから、もう一度来たということか。そんなことをするぐらいなら、『あすなろ』に行けばよかったのではないか。名乗る必要はない。客のふりをして入店すれば、母娘の様子を直接目にできる。こんなところで眺めていても、大した情報は得られない。

そんなことを考えながら美令が向かい側のビルを見つめていると、一人の人物がビルの前で足を止めた。ブルーのダウンジャケットを羽織っている。美令は息を呑んだ。

さっきの男性だ——。

殺害現場に花を供えに行ったのは今日で三度目だ。目立たないように素早く済ませているつもりだが、いつも多少は周囲からの視線を感じる。

しかし今日は少し事情が違った。美令のほうが先に彼の存在を気にしたのだ。隅田川テラスに行ってみると、現場のすぐそばにダウンジャケットを着た彼の姿があった。その佇《たたず》み方が気になった。何か特別な思いを抱えているように見えたのだ。

美令が近づいていくと彼は歩きだした。その様子がまるで何かから逃げだすようで、ますます引っ掛かった。

さらに決定的なことがあった。花を供え、健介の冥福を祈った後、美令が何となく横を向くと、先程の男性がまだ近くにいて、彼女のほうを見ていたのだ。一瞬だが、たしかに視線が合った。

男性はあわてた様子で立ち去ったが、事件関係者に違いないと美令は確信した。少なくとも彼は白石健介が殺された場所を知っている。だがそれはマスコミには公表されておらず、美令たちも口外せぬようにと検察から注意されている秘密事項だ。

その人物が、今度は『あすなろ』の前に現れた。一体、何が目的なのか。

するとビルから少年と女性が出てきた。二人は少し言葉を交わしていたが、すぐに少年だけがその場を離れた。

そして次の瞬間、意外な展開になった。ダウンジャケットの男性が女性に何か話しかけたのだ。短いやりとりの後、二人はビルの中へと消えていった。

美令は思考を巡らせた。あの女性は『あすなろ』経営者の娘ではないか。彼女に会いに来たということは、男性は何者なのか。

もしかすると――。

倉木達郎の息子ではないか。それに関する情報をネットで目にしたことがあった。美令自身が検索して見つけたのではなく、お節介な女友達が教えてくれたのだ。有名な広告代理店に勤務している、とまことしやかに書かれていたが、本当かどうかはわからない。女友達によれば、どこかに高校時代の顔写真もアップされているらしいが、そんなものは見ていない。

だが倉木達郎の顔写真なら見ている。佐久間梓から借りた資料にあったのだ。上品で穏やかな表情を浮かべており、殺人犯というイメージとうまく重ならなかった。

ダウンジャケットの男性の顔は一瞬しか見ていないが、倉木達郎に似ているような気がした。

もし男性が倉木の息子なら、何のために『あすなろ』に来たのか。

美令は佐久間梓から聞いた話を思い出した。浅羽母娘は倉木に悪感情を抱いておらず、もしかすると弁護側の情状証人として出廷するかもしれないとのことだった。

そのことを頼みに来たのだろうか。しかしそれは本来弁護士の仕事のはずで、加害者の家族がすべきことではない。

加害者の家族――頭に浮かんだ言葉を美令は嚙みしめてみた。

もちろん家族には非がない。親ならば、もしかすると子供がしたことに対して多少の責任を感じるべきかもしれない。だが親が起こした犯罪のせいで子供が何らかの損失を被るというのは、客観的に考えた場合、理不尽といえるだろう。

しかし今回の事件で、倉木達郎の息子が様々な形でバッシングを受けているであろうことは容易に想像がついた。ネットには、叩く相手を探している者が無数にいる。何しろ、被害者である健介を非難する書き込みさえ、飛び交っているのだ。典型的な主張は、「殺されたのは、秘密をある意味自業自得」というものだ。倉木達郎が白石健介に過去の犯罪を告白したのは、秘密を守ってくれるだろうと思ったからであり、真相を公表すべきと迫るのはその信頼を裏切る行為で、窮鼠《きゅうそ》に咬《か》まれる危険性を考えなかったのは迂闊、というわけだ。中には美令たちを誹謗《ひぼう》する書き込みもある。ちらりと読んだものに、「こういうのを正義の押しつけというんだけど、遺族はそんなふうには思ってなくて、裁判が始まったりしたら、きっと悲劇のヒロイン風に会見とかしちゃうんだろうな」というのがあった。どんな神経をしているのかと愕然とするばかりだが、傷つけられるのが嫌で極力ネットは見ないようにしている。

被害者側でさえこんな扱いを受けるのだから、加害者側にはさらに容赦ない罵詈《ばり》雑言が浴びせられているはずだ。その様子を想像しても、無論いい気味だなどとは到底思えない。殺人は、加害者被害者どちらの家族も苦しめると思うだけだ。

冷めたカフェラテを飲み干し、美令は席を立った。期待していた収穫は何も得られなかった。この店には、たぶんもう来ないだろうなと思った。

店の自動ドアをくぐり、歩道に出た。ここから帰宅するには地下鉄が便利だ。門前仲町駅から途中一度乗り換えるだけで、自宅の最寄りである表参道駅に行ける。経路はいくつかあるが、いずれも二十分少々だ。健介も車ではなく地下鉄を使っていたら殺されることはなかったのではないか、と今さらいっても仕方のないことを考えてしまった。

門前仲町駅に向かって歩きだそうとした時、何気なく向かい側のビルに目をやり、はっとした。例のブルーのダウンジャケットを着た男性が出てきたからだ。俯き加減で歩いている。どうやら彼も地下鉄を使うつもりらしい。

美令は歩きながら、時折道路の向かい側を確認した。男性のほうは彼女に気づいていないようだ。相変わらず下を向き、あまり軽快とはいえない足取りで歩いている。

どうしよう、と美令は迷った。このまま駅に行けば、どこかで彼と鉢合わせしてしまうかもしれない。面と向かえば、きっと彼も気づくだろう。その時、どんな態度を取ればいいのか。

結論が出ないまま、駅の入り口に来てしまった。さらに階段を下っていく。彼のほうも反対側の入り口から下り始めた頃だろう。このままでは本当に直面してしまいそうだ。

階段を下り、長い通路を進んだ。曲がった先が地下鉄乗り場で、自動改札口が並んでいた。その先には通路がある。彼が永代通りの反対側の入り口から下りたなら、そこから現れるはずだ。

美令はバッグからICカードを出し、ゆっくりと改札口に近づいていった。だがセンサーにカードを近づける前に、ちらりと奥の通路を見てしまった。

そこに彼が現れた。しかも俯いてはおらず、真っ直ぐに顔を前に向けていた。まさにどんぴしゃのタイミングで二人の視線がぶつかった。彼も気づいたようで、足を止めた。

美令は顔をそむけ、改札口を通過した。中野方面という表示を見つけ、その階段を下りていった。どうやらホームに電車が着いているようだ。駆け下りれば乗れるかもしれないが、敢《あ》えてそうはしなかった。彼に追いつかれることを期待する気持ちがある。なぜそんなふうに思うのか、自分でもわからない。

ホームに下り立った時、ちょうど電車のドアが閉まった。美令は一車両分ほど進んでから足を止めた。

線路のほうを向く。その瞬間、ブルーのダウンジャケットが視界の端に入った。ゆっくりと美令のほうに近づいてくるのがわかった。やがて二メートルほどの距離のところで彼は止まった。

あの、と彼が遠慮がちに声を発した。「白石さんの御家族の方でしょうか」

美令は息を整えながら顔を少しだけ回した。「そうですけど」目を合わさずに答えた。

「やっぱり……僕は倉木達郎の息子です」押し殺した声で彼はいった。

美令はさらに顔を巡らせ、ちらりと彼の顔を見てから、そうですか、といってまた視線を外した。

「このたびは、あの……本当に、何とお詫びしていいかわからなくて……ええと」

「やめてください、こんなところで」美令はいった。声を抑えたつもりだったが、自分でも驚くほどにきつい口調になってしまった。

「あ、すみません」

彼は黙り込んだ。だが立ち去ることはなく、その場に留まっている。気詰まりな沈黙の時間が流れたが、美令も移動しなかった。

「あの店に行っておられましたよね」線路のほうを向いたままで美令はいった。「『あすなろ』という店に」

「どうしてそのことを?」

「向かいにあるコーヒーショップにいたんです。そうしたらたまたま目に入って……」

「そうでしたか」

「裁判に向けての準備ですか」

「いや、そういうんじゃないです。父について話を聞きに行ったんです。というのは、やっぱりどうしても信じられなくて……。どんなに説明されても、父の身に起きたことだとはとても思えないんです。もしかすると父は嘘をついてるんじゃないか――その考えが頭から離れなくて、それで自分なりに調べてみようと……」訴えるような口調で語った後、すみません、と彼は詫びた。「あなたにいうべきことではなかったです。ごめんなさい。忘れてください」

どのように反応していいかわからず、美令は黙ったままでいた。だが不愉快になったわけではなかった。彼の言葉は、おそらく本心だろう。ふつうの人間ならば、突然父親が殺人事件の被告になれば、疑問を抱かないはずがない。何かの間違いではないか、と考えて当然だ。

次の電車が来るというアナウンスが流れた。

間もなく電車が到着し、二人の前で扉が開いた。大勢の乗客が降りるのを待ち、美令は乗り込んだ。倉木の息子も後に続いてくる。何となく、並んで吊革に摑まることになった。車内は混んでいるし、わざわざ離れるのもおかしい気がして、美令はそのままでいることにした。

「どちらまで帰られるんですか」美令は訊いてみた。

「高円寺です。でも用を思い出したので次の茅場町《かやばちょう》で降ります」

「そうですか」

美令は、その次の日本橋で降りて乗り換えるつもりだ。もし尋ねられたら、そこまで答えていいものかどうか思案したが、彼が問うてくることはなかった。

電車はすぐに茅場町に着くようだ。減速するのがわかった。

間もなく電車はホームに入った。じゃあ失礼します、と彼が小声でいった。

あの、と美令は口を開いた。彼と目が合ったが、そらさずに続けた。

「あたしも、あなたのお父さんは嘘をついていると思います。うちの父は、あんな人間ではありません」

倉木の息子は目を見開いて絶句した。何か答えねばと焦っているのがよくわかる。しかし彼が言葉を思いつくより、電車の扉が開くほうが早かった。結局、何かをいいたそうにしながらも何もいわないまま降りていった。

扉が閉まり、電車が動きだす。ホームに降りた彼が迷子になった犬のような目を向けているのが窓越しに見えた。

でも、あたしも同じ目をしているかもしれない、と美令は思った。犯人が自供し、事件の真相は明らかになったと思われている。その真相に基づいて裁判が行われようとしている。ところがその真相に納得していない人間がいるのだ。それは自分たちだけだと今まで美令は思っていた。しかしほかにもいたのだ。加害者の家族も納得していなかった。

倉木の息子のことを考えた。彼と会うことはもうないのだろうか。もしかすると裁判で見かけることはあるかもしれない。だが常識的に考えた場合、今後は接点がない。あるとすれば今日のように、事件現場に花を供えに行った時だろうか。彼は、しばしばあの場所に足を運んでいるということなら、また出会う可能性がある。

美令は思わず眉根を寄せた。今度はいつ花を供えに行こうかと考えている自分に気づいたからだ。この奇妙な胸騒ぎは何だろうか——。

28

三河安城駅からタクシーに乗り、篠目までお願いしますといった時、和真の胸に一瞬不安がよぎった。地名から運転手が事件のことを想起しないかと思ったのだ。

かなりの年配と思われる運転手は、「篠目というても広いで。どのあたり?」と三河弁のアクセントで訊いてきた。

「三丁目の交差点です」

「ああ、あそこ」運転手は特に興味を示したふうでもなく車を発進させた。

実際には倉木家は三丁目の交差点からだと少し離れている。だがあまり近くだと、運転手がよからぬ想像を働かせるのではないかと恐れたのだ。

考えすぎかもしれない。しかし一九八四年に岡崎市で起きた殺人事件の犯人だと思われていた人物——留置場で自殺した人物はじつは無実で、つい最近になって別の事件で逮捕された男が真犯人だったこと、そしてそれが篠目の住人だということがどの程度に地元で広がっているのか、和真にはまるで見当がつかなかった。

幸いかたまたまか、運転手は無言だった。和真は、最近このあたりで何か変わったことがなかったかどうかを訊こうかと一瞬だけ考えたが、やぶ蛇になってもまずいと思い、結局黙っていた。

車窓から外を眺めた。この地に帰ってきたのは二年ぶりだった。親戚の法事に顔を出したのが最後だ。あの時には親戚の人間たちから、東京に行ったきり戻らないことについて、ずいぶんと責められた。特に父親の老後をどう考えているのかと詰問された。それに対し、そんなことは何とかなるから放っておいてくれ、といい返していたのは達郎本人だ。親戚たちは、あんたのことが心配だからいってるのに、と不満そうな顔をしていた。

その親戚からの連絡は全くない。堀部によれば、達郎は親戚たちにも手紙を書いたらしい。内容は不明だが、和真にはおおよその想像はつく。このたびの事件によって大いに迷惑をかけているであろうことを深く詫び、親戚の縁を切ってもらって構わないというものだろう。つまり和真が受け取ったものと、ほぼ同じ内容に違いない。

愛知県三河地方には親戚同士の結びつきの強い家が多い。倉木家も例外ではなく、しょっちゅう何だかんだで集まりがあった。和真も上京する前は必ず参加させられていた。

達郎がそういう手紙を出したからといって、長男が知らぬ顔をしているわけにはいかない。本来なら親戚に頭を下げて回らねばならないのだろう。とはいえ、今はとてもそんな気力は湧いてこなかった。

今回この地に帰ってきたのは、別の目的があったからだ。達郎のことをもっと調べてみようと思ったのだ。特に父の過去が知りたかった。

今度の事件について、和真には納得できることが殆どない。東京在住の弁護士を殺害したという事実もそうだが、その動機である一九八四年の殺人事件も寝耳に水の話で、実のところ未だに受け入れられないでいるのだ。

自分が子供だった頃の父親に関する記憶は、今も鮮やかに残っている。誠実で優しく、面倒見のいい人物だった。家族にとっても頼もしい存在だった。だがあの顔の下に、殺人犯という別の顔が隠されていたというのか。

そんな馬鹿な、何かの間違いに決まっている――その思いが頭から消えない。

しかし達郎が『東岡崎駅前金融業者殺害事件』に関わっていたのは事実のようだ。『週刊世報』の記事には、達郎が遺体の発見者として警察の事情聴取を受けていたと書かれていた。そのことを記者に話したのは達郎の職場での元同僚らしいから、嘘ではないのだろう。

もし本当に達郎が犯人だったとして、なぜその時には捕まらなかったのか。遺体の発見者といえば、推理小説やミステリードラマでは、最も怪しい存在ではないか。達郎自身は、警察が自分を容疑者とするほどの決定的な根拠を見つけられなかったのだろうと語っているらしいが、日本の警察が、そう簡単に嫌疑を捨てるとは思えない。そんなことをしていたら、未解決事件だらけになってしまう。

やはり何かがおかしい。考えれば考えるほど、達郎が本当のことを話していないような気がしてくる。

和真の脳裏に焼き付いた台詞が不意に蘇った。

あたしも、あなたのお父さんは嘘をついていると思います。うちの父は、あんな人間ではありません――白石健介の娘が、別れ際に放った言葉だ。

あんな人間、とはどういうことだろうか。文脈から察するに、達郎の供述に登場してくる白石健介の人間像について不満を抱いているように聞こえる。

とはいえ、供述調書のどこにも白石健介の人間性を特に貶《おとし》める表現はなかったはずだ。むしろ読んだかぎりでは、親切で極めて正義感の強い善人という印象を受ける。となれば、供述調書に記されている白石健介の言動自体に納得できないということか。

つまり、時効によって殺人罪を免れた相手に、本当に償う気があるのなら真相を明らかにすべきと迫ったとあるが、父ならそんなことをするわけがない、そんな人間ではない、と彼女はいいたかったのではないか。

殺人事件の被害者遺族というのは辛いものだろうな、と和真は当たり前のことを今さらながら思い知った。愛する家族を殺されたという事実自体が不条理なのだから、せめて動機だけでも納得できるものであってほしいのだろう。犯人の供述内容を読み、引っ掛かることがほんの少しでもあれば、何とかして明らかにしたいと思うのは当然だ。裁判とは本来そういう場であるはずだが、今のままでは達郎の供述が真実という前提ですべてが決まり、終わってしまう。白石の娘は、それに対して強い苛立ちを感じているのかもしれない。

彼女の顔を思い出し、和真は不思議な感覚に襲われた。加害者の息子と被害者の娘、立場は全く違うのに、求めているものは同じではないか、という気がするのだ。もちろん、こんなふうに感じていると彼女が知ったら激怒するに違いなかったが——。

あれこれと思考を巡らせているうちに目的地に到着した。和真はタクシーを降りる前にマスクを装着した。道端で知っている人間に出会わないともかぎらないからだ。小学校や中学校の同級生だって、この地には未だにたくさん住んでいるはずだ。冬でよかったと思った。夏にマスクをしていたら、却って目立ってしまう。インフルエンザの流行が、今はありがたかった。

タクシーから降りると、注意深く周囲に視線を走らせながら倉木家に向かった。懐かしい故郷のはずだが、今日の和真はまるで敵地に忍び込んだ工作員の心境だ。

車移動が前提の町なので、東京に比べれば歩行者は格段に少ない。それでも全くいないわけではないから気を抜けなかった。前方から人が来るたびに、髪をかき上げるふりなどをしながら目元を隠した。

今日ここへ来ることは堀部には電話で知らせた。父がいなくなって実家の様子が気になるから、と説明した。だが事件現場を教えてほしいと頼んだ時と同様、弁護士の反応は芳《かんば》しくなかった。

「あなたの家ですからね、帰るなという権利は私にはありません。留守宅が気になるというのも理解できます。でもきっと、あまりいい思いはしないと予想しておいたほうがいいです。というのは――」

堀部の話では、この家にも家宅捜索が入ったらしい。達郎の供述の裏付けが目的で、書簡類や名簿などを押収したそうだ。

「検察側が裁判の証拠として提出するようなものは見つからなかったようで、そのことは問題ではないんです。ただ、それをきっかけに、近所の人々は間違いなく今度の事件を知ったに違いありません。だからあなたが帰ってきたとなれば、おかしな難癖をつけてくる人間も出てくるかもしれない。町のイメージを悪くした、とかね」

「わかりました。覚悟しておきます」

「一番いいのは、気づかれないことです。誰にも見つからず、こっそりと家の様子を確認して、無事に東京に戻ってこられることを祈っています」

ありがとうございます、と礼をいいながら複雑な気持ちだった。弁護士に何かを相談するたび、余計なことをするな、目立つな、息をひそめていろ、といわれる。

いよいよ実家の近くに来た。緊張はさらに高まった。周りの様子を窺いながら近づいていく。間もなく家の前というタイミングで、どこからか人の話し声が聞こえた。和真は咄嗟に家の前を通り過ぎていた。

次の角を曲がったところで後戻りし、もう一度家に近づいた。通りに人がいないことを確認すると、素早く玄関に駆け寄り、鍵を鍵穴に突っ込んだ。解錠のカチリという音がやけに大きく感じられる。ドアを開け、身体を滑り込ませた。ドアを閉めて施錠すると、息を吐き出した。こんなに緊張する帰省は生まれて初めてだ。

鼓動の高鳴りが収まってから靴を脱ぎ、家に上がった。

十数年間を過ごした家は、大人になってから見回すと、記憶にあるよりこぢんまりとした印象だった。廊下の幅はこんなに狭かったのか、と新たな発見をしたような気分だ。

居間に入り、室内を見回す。家にしみこんだ線香に似た匂いに、切ない思いがこみ上げてきた。幸せな子供時代を過ごしたはずの家が、無残な廃墟になったような気がした。

壁際の茶簞笥《ちゃだんす》に近づいた。ガラス戸の入った中段の棚を挟んで、上段には小さな引き戸のついた棚が、下段には大きな引き戸と抽斗のついた棚がある。ガラス戸の向こうに茶碗や急須が並んでいる光景は、和真が子供の頃から変わらない。最近はペットボトルの茶ばかりで、急須で茶を淹れたことなどない、と達郎が話していたのを思い出した。

上段の引き戸を開けてみると、茶筒や紅茶のティーバッグ、ジャムの瓶などがぎっしりと詰め込まれていた。ジャムの瓶を手に取ってみると未開封で、賞味期限は十年以上前に切れていた。日本茶やティーバッグも同じようなものだろう。

下段の引き戸を開けるとノートやファイルが並んでいた。ノートを引き抜いてみたところ古い家計簿だった。筆跡は母のものに違いなかった。何年分もの家計簿を捨てずに取っておいた意図は不明だが、母にとっての日記のようなものだったのかもしれない。

ファイルの中身は料理のレシピを雑誌などから切り取ったものだった。

要するにこの茶箪笥に収められているのは、達郎ではなく母の過去なのだ。家宅捜索に当たった連中も、きっと拍子抜けしたことだろう。

だがファイルを戻す際、一番端に差し込まれている分厚い背表紙を見て、はっとした。母の過去だけではなかったと思い直した。

それはアルバムだった。簡易タイプではなく、立派な表紙のついたものだ。子供の頃に開いた覚えがあったが、ある程度成長してからは見ていない。家族で記念写真を撮ることなどなくなったからだ。

徐《おもむろ》に表紙を開いた。最初のページに貼られていたのは、両親の結婚写真だった。羽織袴の達郎が立ち、その横に文金高島田の母が座っていた。

母の名前は千里といった。社内結婚だった、と和真は聞いている。

写真の中の二人は若い。ただしカラー写真の色は、かなり褪《あ》せていた。和真が生まれるより二年ほど前の日付が、すぐ横に記されていた。

次のページにも二人のツーショットが何枚か貼ってある。どうやら旅先だと思われた。二人の背後に巨大なしめ縄が写っている。写真の傍らには小さな文字で、『出雲《いずも》大社にて』と書かれていた。

新婚旅行では出雲大社へお参りに行った、という話を聞いた記憶があった。倉木家の歴史の始まりというところか。

そして次のページに貼られていたのは赤ん坊の写真だった。布団の上で、全裸で寝かされている。もちろん和真だった。倉木家にとって新婚旅行の次に大きなイベントは、長男の誕生だったわけだ。

その後、親子三人の写真がしばらく続く。息子を連れ、いろいろなところへ行ったようだ。海、山、公園――。

クリスマスの写真があった。サンタクロースの格好をした和真を両親が挟み、カメラに向かってにっこりと笑っている。写真の隅に印字された日付は、一九八四年十二月二十四日となっていた。

一九八四年――『東岡崎駅前金融業者殺害事件』が起きた年だ。

和真は写真を凝視した。達郎はトナカイの角を模した帽子を被っている。その楽しげな表情からは、殺人者の気配など微塵も感じられない。

さらにページをめくった。和真が手を止めたのは、奇妙な集合写真を見つけたからだった。

この家を背景に、親子三人のほか、十人ほどの男性が写っていた。日付は一九八八年五月二十二日となっていて、傍らに、『念願のマイホームに引っ越し！』と力強く書き込まれていた。

ああそうか、と合点した。引っ越しは、和真の最も古い記憶の一つだ。大勢の男性が次々とトラックから荷物を運び入れている光景が脳裏に残っている。引っ越し業者かと思っていたが、そうではなかった。この写真に写っているのは、おそらく達郎の会社の同僚たちだ。達郎が勤めていた頃、後輩の引っ越しを手伝うといって、日曜日に出かけていったことがあった。当時は、そういう慣習があったらしい。職場の一体感を高めるのに効果的だったのかもしれない。

その後も家族写真が何枚か続くが、和真の小学校入学式をきっかけに、両親が写っているものは極端に減っていった。遠足、運動会、林間学校といった学校絡みの写真ばかりだ。たまに海水浴や初詣で親子で撮った写真などはあるが、和真の横にいるのは大抵母の千里だ。達郎はシャッター係に徹していたのだろう。

和真はアルバムを閉じ、茶簞笥に戻した。懐かしい写真ばかりだが、眺めているうちに虚しさも迫ってくる。それに自分自身の思い出に浸っている場合ではない。ここへ来た目的は、達郎の過去を調べることだ。

とはいえ三十年以上前の達郎について調べるには、何を探せばいいだろうか。一番都合がいいのは日記だが、そんなものを書いていたという話は一度も聞いたことがない。それにもしそんなものがあるのなら、警察が持ち去っているのではないか。

とにかく古いものを探してみようと思った。三十年前、達郎はどんなことを考え、どんなふうに日々を過ごしていたか、それを窺えるものを見つけるのだ。警察にとっては何の価値もなくても、身内には意味があると思えるものが残されているかもしれない。

居間を出て、隣の部屋に移動することにした。本来は客間で、千里が亡くなって以来、達郎が主に使っていた部屋だ。元々、夫婦の寝室は二階だったのだが、階段を上り下りするのが面倒だし、客が泊まりに来ることなどめったにないということで、千里の死をきっかけにここを自室にしたようだ。和真の部屋も二階だが、現在どうなっているのかはよく知らなかった。空気の入れ換えぐらいはしていたかもしれないが、出し散らかしたものなど、たぶん和真が最後に部屋を出た時のままだろうと思われた。

部屋の戸を開け、蛍光灯のスイッチを入れると、足を踏み入れる前に中の様子を確かめた。ざっと眺めたかぎりでは、家宅捜索に入られたようには見えなかった。むしろきちんと片付けられている印象だ。畳の上にあるのは座卓と座布団だけだ。座卓の上には電気スタンドしかない。本棚に目を向けたが書物が特に減っているようにも思えなかった。隣の箪笥を開けてみたが、畳まれた洋服がきちんと収められていた。

唯一、異状が感じられたのは抽斗の一つで、中のものが殆ど消えていた。和真は記憶を探り、ここには書簡類のほか、預金通帳などが入れられていたことを思い出した。おそらく警察が押収したのだろう。書簡類は人間関係を確認するためだろうし、通帳は不審な金の出入りがないかどうかを確かめるためかもしれない。

ほかに二つの抽斗があるが、そのどちらも明らかに中身が減っているように思われた。ただし何が入っていたのか、和真には見当もつかない。

抽斗の底に、大きな茶封筒が残っていた。かなりの厚みがある。古い書類のようなものが入っているようだ。

座布団に腰を下ろし、中のものを座卓に広げてみた。登記簿謄本、不動産の権利証といったものだった。そういえば達郎からの手紙に、これらのことが書いてあった。家は好きなように処分してもらってかまわない、とも。

社内預金の使用済み通帳やローンの契約書なども入っていた。そういえば、この家を購入するために会社から金を借りていた、と達郎から聞かされたことがあった。銀行よりも、はるかに利率が低かったらしい。だからローンを完済するまでは絶対に会社を辞められなかったんだ、ともいっていた。

はっとした。『東岡崎駅前金融業者殺害事件』の詳細を思い出した。交通事故を起こしたことを会社に知られたくなかった、というのが殺害動機だったとされている。

会社を辞めたら、マイホームの購入資金を借りられなくなる――包丁を手にした時、達郎の頭にはそんな考えもよぎったのだろうか。

暗い想像に一層気持ちが重くなり、持っていた通帳を座卓に置いた時だ。インターホンのチャイムが鳴った。驚きのあまり、思わず尻を浮かせた。

誰だろうか、こんな時に――まるで想像がつかないまま部屋を出た。インターホンの受話器は何箇所かに取り付けてある。一番近いのは廊下だ。受話器を取り、「はい、どちら様でしょうか」と訊いた。

「お届け物です」男性の声がいった。

「えっ……あ、そうですか」

受話器を戻しながら首を捻った。誰が何を送ってきたのか。現在、ここには誰もいないことを知らないのだろうか。

玄関に行き、ドアを開ける前にスコープを覗いてみた。外にいるのは宅配業者のジャンパーを着た男性だった。和真は錠を外し、ドアを開けた。

「倉木さんですか」男性が訊いてきた。

「そうですけど」

「下のお名前は？」

「和真です……」

すると男性は頷き、左の耳に触れた。そこにイヤホンが差し込まれているのが見えた。

男性が上着のポケットから何かを出してきた。

「私は警察の者です。この家に不審な人物が侵入しているとの通報を受け、確認のために参りました」

彼が手にしているのは警察手帳だった。それを素早くしまった後、後ろを振り返り、片手を上げた。

門の外に一台のワゴンが止まっている。その陰から二人の男が現れた。一人は制服を着た警官で、もう一人はフード付きの防寒着を羽織った老年の男性だった。その顔を見て、はっとした。和真が昔からよく知っている人物だった。隣の住人で、吉山《よしやま》といった。

倉木さん、と宅配業者の格好をした警官が呼びかけてきた。

「これはお答えにならなくても結構ですが、もし差し支えなければ、この家で何をしておられたか教えていただけますか」

「何をって、大したことはしてないです。家の様子を見に来ただけです。父がずっと留守にしていますから」

「なるほど」警官は和真の顔と玄関とを交互に見つめた後、ぴんと背筋を伸ばした。「異状のないことは確認できましたので、引き揚げさせていただきます」

「あ、はい」

失礼します、といって警官は急ぎ足で門から出ていき、ワゴンに乗り込んだ。ワゴンは発進し、制服警官も自転車に乗って去っていった。後に残ったのは吉山だけだ。ばつの悪そうな顔をしている。

和真は達郎のサンダルを履き、外に出ていった。

「御無沙汰しています」吉山に挨拶した。

「いや、あのね」吉山は髪の薄くなった頭に手をやった。「さっき庭にいたら、物音が聞こえたんだわ。ばたんとドアが閉まるような音。それがね、おたくから聞こえてきたようで、おかしいなあと思ったんだ。だってほら、おたくには誰もおらんはずだろ。で、家のほうをよう見とったら、明かりがついたんだわ。これはもしかしたら変なやつが忍び込んだのかもしれんと思って、警察に通報したっちゅうわけでね。いやあ、ごめん。和真さんが帰ってるとは、全く思わんかったもんで」

「警官と一緒にワゴンの陰から見ていたんですか」

「そうなんだわ。家から出てくるのが、もし知っとる人ならそういってくれ、といわれてね。

それで出てきたのが和真さんだとわかったんで、おまわりさんにそういったんだわ」

そのことが無線を通じて、あの警官に伝えられたのだろう。

自分たちの立場を改めて思い知らされた気分だった。愛知県警にとっても、倉木家は特別な存在なのだろう。だからちょっとした通報でも駆けつけてくる。わざわざ宅配業者に化けたのは、警察だと名乗って、不審者に逃走されたらまずいと警戒したからだろう。あのワゴンの中には、ほかにも警官が乗っていたのかもしれない。

「ほんとごめんね。大騒ぎしちゃって」吉山は顔の前で片手拝みをした。

「いえ、こちらこそ、父のことで近所の皆さんに御迷惑をおかけしているんじゃないかと申し訳なく思っています」

「迷惑っていうか、それはもうどえらいびっくりしたけどね」

一台の車が通り過ぎていった。運転席の男性が、二人のことをちらりと見たような気がした。

「立ち話も何だで、うちに入らん？　お茶でもどうよ」

「いや、でも……」

「気い遣わんでもええよ。どうせ、誰もおらんから」

さあさあと促され、隣の敷地に入った。

和洋折衷の応接間で、和真はガラステーブルを挟んで吉山と向き合った。

「じつは未だに信じられんのだわ。あの倉さんが人を殺しただなんて……」吉山が急須で日本茶を淹れながらいった。

「父とは最近でもお付き合いしてくださってたんですか」

「しとったよ。かみさんがパートに出とるから、うちも昼間は一人きりだ。町内会の集まりなんかは、よく一緒に行ったもんだ」

「そんなにお世話になったのに、今回のようなことになってしまい、本当に申し訳ありませんでした」和真はテーブルに両手をつき、頭を下げた。

吉山は、うーんと唸り声を上げた。

「和真さんが謝らんといかんのかなあ。とにかくやめまい。頭あげて。ほら、お茶飲んで」

湯飲み茶碗が差し出される気配があり、和真は顔を上げた。

「今もいったけど、ほんと信じられん。あの倉さんがなあ。何でそんなことになったのか。しかも三十年以上も前の殺人事件の真犯人って……。誰か別の人間の話だとしか思えん」

和真は、ふと思いついたことがあった。

「たしか吉山さんは、父と同じ工場で働いておられたんですよね」

「そうそう、所属は違ったけど、どちらも安城工場。倉さんは生産技術部で、こっちは生産ライン。昼休みに、ようトランプをした」

「その頃、父に何か変わった様子はなかったですか。もし本当に人殺しをしていたのなら、全く変化がないというのは、ちょっと考えられないんですけど」

「いやあ、それは」吉山は顔をしかめ、首を捻った。「さすがにそんな昔になると、覚えとらんとしかいいようがないな」

「そうですよねえ……」

だけど、と吉山はいった。

「記憶にないっちゅうことは、印象に残るようなこともなかったってことでもあるわけだ。倉さんはいつも通りだったんじゃないかなあ」

「東岡崎の事件のことを父から聞いてはいないんですか。遺体発見者として警察から事情聴取を受けたこととか」

「それなんだけど、うっすらと記憶はある。でも倉さん本人から聞いたのかどうかは忘れてしもうた。とにかく、大して印象に残っとらんのだわ」

吉山のいっていることには妥当性があった。事件が起きた直後、達郎に目立った変化がなかったのはたしかなのだろう。だからといって犯人ではないという根拠にならないことは十分にわかっているが。

「お茶、飲みな。冷めちゃうで」

「ありがとうございます。いただきます」

和真は湯飲み茶碗に手を伸ばした。その温もりが吉山の気遣いそのもののように感じられ、嬉しかった。冷たく扱われることを覚悟していたからだ。

「家はどうすんの？」吉山が尋ねてきた。「和真さんが住むわけではないだら？」

「はい、それは無理です。だから処分することになると思います。売れるかどうかはわかりませんけど」

「そうかあ。寂しいなあ。せっかくお隣同士になれたのにな。聞いとるかもしれんけど、うちの隣の土地が分譲に出とると、私が倉さんに教えたんだ」

「あっ、そうだったんですか」

「このあたりの土地の大半は、親会社の系列の住宅販売会社が分譲したんだ。系列だから、特別価格で買えた。それでうちの会社の人間が多いわけよ」

「その話は聞いたことがあります」

町内会の集まりに行けば、会社の人間に何人も会うと達郎がいっていた。

「処分か。それは残念だなあ。だけど、しょうがないわねえ。そうかあ。おたくが引っ越してきた時のことは、よう覚えとるよ。私も手伝わせてもらったからね」

「そうだったんですか。すみません、覚えてなくて」

先程見た写真の中に吉山も写っていたのかもしれない、と和真は思った。

「そりゃ無理ないわ。小さかったもん。そうそう、あの時は二週続けて倉さんに蕎麦を食わせてもらったなあ」吉山が遠い目をしていった。

「二週続けて？　蕎麦を？」

「そう、引っ越し蕎麦」

「どうして二週も？」

「いやそれがね、最初に引っ越しを予定していた日が雨で、できなくなったんだわ。ところが翌週の日曜は生憎仏滅だったもんだから、とりあえず形だけでもってことで、倉さんが雨の中、段ボール箱をいくつか車で運んできたわけよ。その時、出前で蕎麦を取ってくれてね、二人で食べたんだわ。で、次の日曜日に本格的に引っ越しをしたんだけど、その時には正式な引っ越し蕎麦が近所に配られた。それもいただいちゃったもんだから、二週続けて御馳走になったっちゅうことよ」

「ああ、そうだったんですか……」

和真は再び引っ越しした日の集合写真を思い浮かべた。本来の引っ越し予定日は、あれよりも一週間前だったらしい。

えっ、まさか——。

不意に動悸がし、和真は胸を押さえた。とんでもないことに気づいたからだ。それとも記憶違いか。

「うん、どうした?」吉山が怪訝そうな顔をした。

「いえ、何でもないです。これでもう失礼します。お茶、ごちそうさまでした」

「そう。いや、あの、どんなふうにいっていいのかわからんけど、しっかりね。身体に気をつけて。自棄《やけ》になったらあかんよ」

「ありがとうございます。大丈夫です」

和真は立ち上がり、一礼してから玄関に向かった。吉山の心遣いはありがたかったが、今は一刻も早く確認したいことがあった。

自宅に戻り、居間に駆け込んだ。茶簞笥を開け、アルバムを引っ張り出す。そして例の引っ越し写真のページを開いた。

やっぱりそうだ——。

日付は五月二十二日となっていた。だが当初の予定では、それより一週間前に引っ越すはずだった。つまり五月十五日だ。

一九八四年の五月十五日、『東岡崎駅前金融業者殺害事件』が起きている。

達郎は、自分が人を殺した日を、わざわざ引っ越しの日に選んだというのか。

29

仕事を終えて帰宅したが、リビングルームにもキッチンにも綾子の姿がなかった。だが美令が階段を上がっていくと、物音が聞こえてきた。健介の書斎からだった。ドアが開いている。近づいていき、中を覗いた。綾子が床に座り、書棚の本を段ボール箱に詰めていた。

ただいま、と声をかけた。

「ああ、お帰りなさい」綾子は振り向いたが、驚いた様子ではない。美令が帰ってきたことには気づいていたようだ。「ちょっと待って。すぐに夕食の支度をするから。シチューはもう作ってあるの」

「それはいいけど……遺品整理?」

「うん、まあね」綾子は額を掻いた。「このままにしておいてもいいのかなあとも思うんだけど、残しておくといつまでも吹っ切れないような気もして……」

「このままってわけにはいかないよ」美令は室内に入り、ベッドに腰掛けた。いつ頃から両親が寝室を別にするようになったか、記憶にない。「いつかは処分しなきゃいけない。どうせなら、早いほうがいいと思う」

「そうよねえ。いつまでこの家に住んでるかもわからないし」そういって綾子は天井を見上げた。

意外な言葉に、「それ、どういう意味？」と美令は訊いた。「この家を出るかもしれないってこと？」

だって、といいながら綾子は立ち上がった。

「いずれは美令も出ていくでしょ。そうなったら、私一人では広すぎるじゃない。維持していくのも大変だし」

「それはまあ……そうかな」美令は言葉を濁した。

話の展開が対応に困るものになった。現在のところ、美令に結婚の予定はない。しかし生涯独身を通すつもりでもない。

「それに、これからのことも考えなきゃいけないと思うの」思い詰めたような口調で綾子はいった。

「これからのことって？」

「はっきりいって経済的なこと。お父さんの収入がなくなってしまったわけだから」

「ああ、それはそうだね」美令も声を落とした。このところ、ずっと考えていることでもあった。

健介の事務所はすでに閉鎖し、請け負っていた案件については何人かの弁護士仲間に引き継いでもらえることになったようだ。

「多少の貯《たくわ》えはあるけれど、贅沢は控えなきゃなって思ってるのよ。場合によってはこの家を処分して、もっとコンパクトな生活にしたほうが、今後のためにもいいかもしれない」

綾子の口からこんな現実的な意見が出てくるとは思っていなかったので、美令は少なからず驚いた。ずっと専業主婦で、社会の厳しさなんて知らないんじゃないかと見下す気持ちがあったのは事実だ。だが母は母なりに、きちんと現状を分析し、将来を見据えているのだ。

「夕食の支度ができたら呼ぶわね」そういって綾子は部屋から出ていった。

美令はベッドに座ったまま、改めて室内を見回した。一言でいえば殺風景な部屋だ。装飾らしきものが殆どない。書斎机の上に家族写真が飾られている程度だ。しかも何年も前の写真で、美令などは振り袖姿だ。

ベッドから腰を上げると、椅子に座り、書斎机の抽斗を開けた。筆記具や印鑑、薬などが奇麗に整理されていた。

カード類もずいぶんとある。何かの会員カードの類いが多いが、ふだん使わないクレジットカードも交じっていた。診察券もある。

歯科医院の診察カードが出てきた。裏に日付と時刻を書き込む欄が付いている。どうやら予約した日時を書いておくようだ。書き込まれたものの一つを見て、はっと息を呑んだ。『3/31 16:00』と記されている。

三月三十一日――。

その日付には特別な意味があった。プロ野球公式戦巨人対中日の試合が東京ドームで行われた日だ。倉木達郎の供述によれば、その夜、彼はその試合を見に東京ドームに行き、隣り合わせになった健介と知り合ったのだという。

健介はプロ野球観戦の前に歯医者に行っていた？――美令は首を傾げた。

夕食時にこの話を綾子にしたところ、「たぶん歯を抜いた日だと思う」と即座に答えが返ってきた。「お父さん、歯を何本かインプラントにしてたでしょ？　そのうちの一本よ。そういえばあの頃、そんな話をしてたわね」

「試合が始まったのは六時だよ。その二時間前に歯を抜いてるって、そんなことある？」

「別におかしくないいんじゃない。お父さん、歯を抜くなんてどうってことないっていってたわよ。少しは痛みが残るけど、痛み止めを飲めば平気だって」

「だけど、わざわざそんな日に野球観戦なんかしなくてもいいと思わない？」

「痛みを忘れるためにはちょうどいいと思ったのかもしれないわよ。気分転換にもなるし」

「そうかなあ」

美令はテーブルに置いた診察カードを見つめた。何かが釈然としなかった。

翌日、会社が終わった後、歯科医院に行ってみることにした。三月三十一日の診療内容について詳しく聞こうと思ったからだ。電話で問い合わせたのでは、怪しまれるだけだろうと思った。

歯科医院は神宮前のビルの二階にあった。入り口がガラスの自動ドアになっている。診療時間が午後六時半までということは事前に調べてあった。美令が到着した時、まだ十分ほど余裕があった。廊下で待ち、三十分になると同時にドアをくぐった。

すぐ目の前にカウンターがあり、そこで何か書き物をしていた若い女性が顔を上げた。

「すみません。本日の診療は終わってしまったんです。それに基本的に御予約をいただくことになっておりまして」早口で申し訳なさそうにいった。

美令は頷いた。

「歯の治療に来たんじゃないんです。じつは父のことでお尋ねしたいことがありまして」そういいながらバッグから健介の診察カードを出し、カウンターに置いた。

「あ、白石さんの……」女性の顔に緊張が浮かんだ。

はい、と美令は答えた。「娘です」

女性は少し逡巡の気配を発した後、少しお待ちください、といって奥に消えた。

間もなく、白衣を着た男性が現れた。年齢は健介よりも若そうだ。

「白石さんについて、何をお尋ねになりたいのでしょうか」

「治療内容とかです。特に三月三十一日の」美令は診察カードに記された日付を示した。

「何のために？」

美令は上目遣いに見上げた。「目的をいわなきゃいけませんか」

ふむ、と歯科医は考え込む顔になった。

「患者さんに関することは本人の許諾なしには口外できないんです。たとえ御家族でも」

「でもその本人は亡くなっています。御存じありませんか」

歯科医の表情に驚きの色はない。事件のことは知っているのだろう。

「わかりました。ではこちらへ」意を決したように歯科医はいった。

案内されたのは、ドアに『相談室』というプレートが貼られた狭い個室だった。机の上にパソコンの大きなモニターが置かれている。

歯科医は水口《みずぐち》と名乗った後、モニターに口の中のレントゲン写真を表示させた。健介のものらしい。

水口は右下の一番奥にある歯を指差した。

「この歯がインプラントなのはわかりますか」

「わかります。ネジみたいなものが埋まっていますね」

「その通り。歯を抜いた後、チタン製の土台を骨に埋め込み、そこにアバットメントを付け、さらにその上に人工の歯を取り付けるのです。歯周病のせいで骨がかなり侵されていたので、インプラントにすることをお勧めしました」

「それって、一度で全部終わるわけではないんですね」

「そうです。時間を置いて、段階的に行います。この歯の処置がすべて終わったのは、八月頃でした」

「三月三十一日には、どんなことをしたんでしょうか」

「その日は抜歯だけをしました。そのまま土台の埋め込みまですることも多いのですが、歯を抜いた後の穴があまりに大きかったので見送りました」

「それには、どれぐらい時間がかかりましたか」

「歯を抜いただけですから、そんなに時間はかかりません。せいぜい二十分程度だったと思います」

診察カードには『3/31 16:00』とあったから、午後四時半までには終わっていたことになる。

「歯を抜いた後って、どんな感じですか。すごく痛むってことはないんですか」

「人によりますね。痛がる人もいます。でも親知らずでなければ、大抵、痛み止めの薬を飲めば大丈夫です」

「その夜に出かけることはできますか。たとえばプロ野球観戦とか」

「プロ野球……ですか。できると思いますよ。特に問題はないはずです。腫れは多少あるかもしれませんが」水口は当惑の表情を浮かべながら答えた。質問の意図が理解できないのだろう。

「あまり動いちゃいけないとか、そういうことはないんですね」

「激しい運動はしないでくださいとはいいます。あと、注意事項といえばお酒かな」

「お酒？」

「抜歯した後は、とにかく一刻も早く傷口を治したいわけです。ところがアルコールを摂取すると血行が良くなるので、出血しやすくなります。だからその夜だけは飲酒を控えてくださいといいます」

水口の話を聞き、美令は重大なことを思い出した。

「するとビールもだめですよね？」

「そうですね。なるべくなら飲まないほうがいいでしょう」

「そのことを父にもいってくださいましたか」

「いったと思いますよ。それだけじゃなく――」水口は机の抽斗を開け、一枚の書類を出してきた。「こういうものもお渡ししたはずです」

美令は書類を受け取った。そこには抜歯後の注意事項が書かれていた。うがいをしすぎないこと、強く鼻をかまないこと、といったことと並んで、当日は飲酒は控えてください、と明記してあった。

「これ、いただいても構いませんか」

「ええ、どうぞ」

「ありがとうございます。大変参考になりました」美令は立ち上がり、深々と頭を下げた。

30

堀部孝弘《たかひろ》の事務所は、西新宿にある古い雑居ビルの二階にあった。入るとすぐに受付カウンターがあり、事務担当の中年女性が座っていた。前にも来ているので、和真の顔は覚えてくれているらしく、口元を緩めて会釈してきた。

「今、ほかの依頼人の方の対応をしておりますので、少しお待ちいただけますか」

「わかりました」

壁際に革張りのベンチが置かれている。和真はそこに腰を下ろした。

正面の壁に液晶テレビが掛けられていた。昼間のワイドショーが流れている。有名な女性人気タレントが薬物で逮捕された、という事件について、作家やジャーナリストたちが議論を交わしているようだ。最近はなるべくネットは見ないようにしているのだが、やむをえず開いた時など、これに関するニュースをしょっちゅう目にする。

何年か前、そのタレントを使ったトークショーを企画したことを和真は思い出した。打ち合わせで話してみたところ、ふだん売りにしている軽薄なキャラクターと違い、自分の意見を持ったしっかりとした女性という印象を受けた。以来、応援していたのだが、ほかに別の顔も持っていたらしい。

俺には人を見る目がないようだ、と自信がなくなった。父親のことさえ何も理解できないのだから、初対面の相手の人間性など見抜けるわけがない。

ドアが開閉する音がしたので、そちらに顔を向けた。奥から年老いた男性が出てくるところだった。彼は事務の女性に頭を下げてから、部屋を出ていった。

机の上の電話が鳴った。事務の女性が受話器を取り、少し話してから和真のほうを見た。

「倉木さん、どうぞお入りになってください」

和真は細い通路を通って奥に進んだ。小部屋があり、ドアが開け放されている。そこが相談室だ。

失礼します、といって中に入った。ワイシャツ姿の堀部が立ったままで何かの書類を脇にまとめると、「どうぞお掛けになってください」と和真に椅子を勧めてきた。

はい、と答えて和真が座ると堀部も腰を下ろした。

「お父さんに会ってきました」そういって堀部は机の上で両手の指を組んだ。「例のことも尋ねてみました」

「父は何と？」

堀部は一瞬躊躇うように視線をそらした後、改めて和真に目を向けた。

「特に何も考えていなかった、とのことです」

「何も？　ちょっと待ってください。父にはどんなふうに質問されたんですか」

「あなたから聞いたままです。あなたが感じた疑問を、そのまま投げました。事件を起こしたのが一九八四年の五月十五日。それから四年後、新居への引っ越し日を全く同じ五月十五日にしたのはなぜか。抵抗はなかったのか、とね」

「すると何も考えてなかった……と？」

はい、と堀部は頷いた。

「事件について忘れたことはないけれど日付は特に意識しなかった、引っ越しの時はいろいろと忙しくて、とにかく仕事に支障のない、都合のいい日を選んだだけだ——達郎さんはそういっています」

和真は何度か首を横に振った。

「そんな馬鹿な。そんなことあるわけないじゃないですか。堀部先生だって、おかしいと思うでしょう？　思ったから、本人に確かめてみましょうといってくださった。そうですよね」

堀部は不承不承といった様子で頷いた。

「たしかに不自然です。だから確認する価値があると思いました。もしかすると、そこに特別な意味があったのかもしれませんからね」

「意味？」

「たとえば供養です。供養の口実です」

意味がわからず、和真は首を傾げた。「どういうことですか」

「五月十五日に引っ越しをすれば、その日が倉木家にとって引っ越し記念日ということになります。だからその日に達郎さんが墓参りをしようが、神社やお寺に行こうが、周りの人間は単に記念日を祝っているだけのようにしか見えない。まさか自らが殺めてしまった被害者への供養だとは誰も思わない。つまりカモフラージュというわけです。もしそういう狙いがあったのだとしたら、過去の過ちを悔いている証になります。裁判で使えるネタになるかもしれない」

和真は金縁眼鏡をかけた弁護士の四角い顔をしげしげと眺めた。

「先生は、そんなことを考えておられたんですか」

「そんなこと、とは?」

「だから裁判で使えるかどうか、です」

「当然でしょう」堀部は背筋を伸ばし、目を見開いた。「私は弁護人ですから、裁判で有利になりそうなネタを探すのが仕事です。しかし残念ながら、この件は外れでした。特に何も考えてなかった、というんじゃ話にならない。下手に触れたら、過去の事件を全く反省していないことの証明になってしまう」そういってお手上げのポーズを取った。

「あの、僕はそういうつもりでこの話をしたのではないんですけど」

堀部が不可解そうに眉根を寄せた。「では、どういうつもりだったんですか」

「もし本当に五月十五日に人を殺していたのなら、新居への引っ越しを同じ日にするわけがないといってるんです。若い頃の父にとって、マイホームを手に入れることは最大の夢だったはずです。その証拠に、未だにローンの返済記録だとか住宅積立金の控えとかが残っています。そんな念願のマイホームへの引っ越しを、よりによってそんな日にするなんて……あり得ないです」

「だから忘れていた、と本人はいっています」

「そんなのおかしいです。自首しなかったってことは時効になるのを待ってたわけでしょ？　日付を忘れるなんて考えられない。父は嘘をついています。絶対に嘘を――」

ストップ、といって堀部が右手を出してきた。ほっと息を吐いてから口を開いた。

「あなたのいいたいことはわかりますが、今さら事実関係で争うのは得策ではないです。何より、本人が犯行を認めているんです。ほかの人間が何をいっても意味がない」

「でも――」

「この件は」堀部が言葉を被せてきた。「これっきりにしましょう。もう忘れてください。こだわらないでください」

和真は身体から力が抜けていくのを感じた。実家に帰り、吉山の話を聞いて、暗闇の中でようやく一筋の光を見つけた気になっていたのだが、何の意味もなかったというのか。

もし、と堀部がいった。

「どうしても納得できない、お父さんは嘘をついていると思うのなら、嘘をつく理由を捜し出してきてください。それが見つかり、説得力のあるものだったなら、その時は私も考え直します」

「嘘をつく理由……ですか」

なぜかまた彼女――白石健介の娘の顔が、ふっと頭に浮かんだ。

31

「その話、間違いないですか。熱海へ行こうといいだしたのは石井《いしい》さんなんですね」

五代が身を乗り出して念押しすると、テーブルの向こうにいる女性は少し臆した顔をしながらも頷いた。

「間違いないです。だから各自の都合のいい日が決まったら、良子《りょうこ》さんに知らせることになっていました。それで彼女が日にちを決めて、宿の手配をしてくれるはずだったんです」

「直接会って話し合ったんですか。それともメールか何かで？」

「はい、ＳＮＳでやりとりしましたけど」

「それ、今も残ってますか」

「残っています」彼女はスマートフォンを操作した後、五代に画面を見せた。「これです」

五代は画面を覗き込んだ。そこに表示されたメッセージのやりとりは、彼女の話を十分に裏付けるものだった。

「それ、絶対に消さないでください。大変重要な証拠になると思いますので」

はい、と彼女は緊張の色を顔に浮かべた。

「あのう、良子さんを殺した犯人って逮捕されたんですよね。それなのに、まだ調べることがあるんですか」スマートフォンをしまいながら女性が訊いてきた。

「いろいろと事実確認が必要なんです。――本日はありがとうございました。御協力に感謝いたします」五代はテーブルの伝票を手にし、腰を上げた。

喫茶店を出て女性と別れた後、捜査本部にいる筒井に電話をかけた。女性から聞いたことを話すと、「一歩前進だな」という答えが返ってきた。「さっきも検事が来てた。このネタがあれば、係長も顔が立つだろう。御苦労様。戻っていいぞ」

了解です、といって電話を切った。久しぶりの収穫に気持ちが軽い。

奥多摩の山中でバラバラ遺体が見つかったのは先月のことだ。それから約一週間後、身元が判明した。調布市に住む、石井良子という資産家の女性だった。生きていれば六十二歳で、夫とは死別しており、二十六歳の一人娘との二人暮らしだった。

死体遺棄事件として捜査本部が立てられた。本庁から出向くことになったのは、五代たちが所属する係だった。

捜査は難航すると思われた。なぜなら石井良子がいつ失踪したのか、不明だったからだ。この一年間、娘はイギリスに留学しており、二か月前に帰国して、ようやく母親が行方不明だと知ったのだ。渡航後はメールでやりとりをしており、異変には全く気づいていなかったという。

自宅を調べたところ、明らかに盗難に遭った形跡が確認できた。キャッシュカードやクレジットカードが消えている。それぞれの利用履歴を照会し、八月末から預金の引き出しやクレジットカードの不自然な利用が始まっていることが判明した。

防犯カメラの映像から、一人の男が浮上した。被害者の娘の元交際相手で、沼田《ぬまた》という二十八歳の自称ミュージシャンだった。

決定的な証拠も見つかった。現場に残された預金通帳などの入った鞄から、沼田の指紋が検出されたのだ。

任意で取り調べたところ、死体遺棄についてはあっさりと認めたので、そのまま逮捕となった。これで一件落着、ひと仕事終わったと五代たちが安堵できたのも束の間だった。

沼田は殺害については断固として否定したのだ。

キャッシュカードやクレジットカードを使用したことは認めている。本人曰く、「収入がなくて困っていることを相談したら、石井さんが好きに使っていいといって貸してくれた」とのことだ。その際に暗証番号も教えてくれたという。

死体遺棄に関する説明はこうだ。お金の礼をいいに行ったら、石井さんが首を吊って死んでいた。遺体が見つかって大騒ぎになったら留学中の娘さんが勉学に専念できなくなると思い、隠すことにした。石井さんのスマートフォンを使い、彼女になりすまして娘さんとメールのやりとりをしたのも、同じ目的だった――。

そんな馬鹿な言い訳が通用するものかと五代などは思っていたが、徐々に雲行きが怪しくなってきた。今のままでは殺人罪では立件できないと検察がいいだしたのだ。

問題は死因だった。遺体の損傷が激しく、特定できないでいる。凶器も見つかっていない。つまり殺したという物証がないのだ。

そこで検察が考えたのは、沼田が主張する、石井良子が自殺していたという話を否定することだった。それが嘘だと証明できれば、そのほかの供述も覆せるというわけだ。

とはいえ簡単なことではない。自殺する動機がない、などという話は裁判ではおそらく通用しないだろう。人がどんな悩みを密かに抱えているか、他人にはわからないものだ。

そこで生前の石井良子の動向を徹底的に調べることになった。自殺するわけがない、という根拠を可能なかぎり集めるのだ。

やがていくつかの発見があった。ひとつは石井良子が一年数か月前に生命保険に加入していることだ。受取人は娘だが、二年以内の自殺の場合、保険金が支払われないという条件が付けられていた。自殺する決心をしたとしても、残された娘のことを考えないわけがなく、二年が経過するのを待つのではないか。

家をリフォームしたい、と石井良子がしばしば漏らしていたこともわかっている。自殺を考えている人間なら考えないことだ。

そして今回五代が突き止めたのは、石井良子が友人たちとの熱海旅行を計画していたことだ。発案者が旅行直前に自殺することなど、まずあり得ないのではないか。

今日は大きな顔をして捜査本部に戻れそうだと五代が駅に向かいかけた時、スマートフォンに着信があった。表示を見て、目を思わず見張った。白石美令からだった。前の事件――『港区海岸弁護士殺害及び死体遺棄事件』の遺族だ。

「はい、五代です」

「あ……あの、あたし、白石といいます。秋に殺された白石健介の長女で――」

「わかっています。その節は御協力ありがとうございました。どうかされましたか」

「はい、じつはどうしても御相談したいことがあるんです。あの事件に関して」

「ははあ、それはどういった内容でしょうか。事務的なことであれば所轄が対応を――」

「捜査についてです」美令が強い口調でいった。「間違った捜査が行われたと思うんです」

五代はスマートフォンを握りしめた。「それは聞き捨てなりませんね」

「だから話を聞いてもらいたいんです。お時間をいただけないでしょうか。どこへでも伺います」

五代はため息をつき、腕時計を見た。自分たちにとっては終わった事件でも、遺族の闘いはこれからなのだ。捜査が間違っていた、といわれて放っておくわけにもいかない。

「場所はあなたが決めてください。自分こそ、どこへでも行きますから」五代はいった。

約三十分後、六本木の喫茶店で五代は白石美令と向き合った。改めて見ると、やはりなかなかの美人だ。ただ、少し痩せたようにも思えた。

お忙しいところごめんなさい、と美令は頭を下げた。

「構いません。で、話というのは？」

「これです」そういって彼女がテーブルに置いたのは歯科医院の診察カードだった。

そこに書き込まれた日時を示しながら彼女が話した内容は、たしかに瞠目すべきものだった。

三月三十一日、倉木は東京ドームで白石と出会ったといっている。白石がビールを買う時、落とした千円札が隣席にいた倉木のコップに飛び込んだのがきっかけだったらしい。

しかしその日の夕方、白石は歯科医院で抜歯しており、アルコールは飲めなかったはずだ、と美令はいうのだ。

「父は、そういう指示を守らない人ではありませんでした。今夜はお酒は飲まないでくださいといわれたら、絶対に飲まなかったはずです」歯科医院で貰ったという注意事項が記された書類を見せながら、彼女は力説した。

五代は絶句した。美令の話には強烈な説得力があった。歯を抜いたら、その当日どころか、しばらくはアルコールを控えたほうがいいというのは常識だ。

「倉木が嘘をついていると？」

「それしか考えられないと思いませんか」

「いやしかし、今さらそんなことをいわれても……」

「引っ込みがつかないから、知らんぷりをしておく――そうおっしゃるんですか」美令が睨むような目を向けてきた。

五代は吐息を漏らした。

「このことを、どなたかに話されましたか？」

「弁護士の先生に話しました。被害者参加制度でサポートしてもらっている方です」

「その先生は何と？」

「一応検察に話してみるけれど、たぶん黙殺されるだろうと」

そうだろうな、と五代も思った。事実関係では争わないのだから、余計な情報を裁判に持ち込む意味がない。

「犯人は逮捕されたし、動機も語っています。それだけでは満足できませんか」

「本当のことが明かされていません。あたしは真実が知りたいんです。刑事さんは、そうは思わないんですか。一生懸命捜査して、嘘のままで解決しても平気なんですか」

「嘘だと決まったわけじゃ――」

「嘘ですっ」美令は鋭い口調でいい、テーブルに置いた書類を指した。「嘘じゃないというのなら、これについて納得できる説明をしてください」

五代は黙り込むしかなかった。説明などできない。

ごめんなさい、と美令がいった。打って変わって、細く、弱々しい声だった。

「自分でも面倒なことをいってると思います。五代さんだって、きっと迷惑ですよね。だけどほかに相談できる人がいなくて……」

「迷惑だなんてことはないです。遺族の方が納得しておられないのなら、そこを何とかするのが刑事の仕事だと思っています」五代は改めて美令を見つめた。「この件、預からせてもらえませんか。自分なりに調べてみます」

「お願いしていいんですね」

「御期待に沿えるかどうかはわかりませんが」

「ありがとうございます。よろしくお願いいたします」美令は救われたような表情で頭を下げた。

頷きながらも五代は腋《わき》の下に汗をかいていた。この問題を解決する自信など、まるでなかったからだ。


午後八時、五代が店に行くとすでに奥のテーブルに中町の姿があった。

門前仲町にある、いつもの炉端焼きの店だ。席につくと、生ビールを注文した。

「この店で五代さんと飲む日が、こんなに早くまた来るとは思いませんでした」中町がネクタイを緩めながらいった。

「悪いな。おかしなことに付き合わせて」

「とんでもない。五代さんから連絡を貰って、俺もびっくりしましたから」

白石美令と別れた後、すぐに中町に電話をかけ、事情を説明したのだった。

店員が生ビールを運んできた。かちりと二人でグラスを合わせてから、「で、どうだった？」と五代は訊いた。

「白石健介さんの三月三十一日の行動ですよね。捜査資料に残っていました」中町は手帳を取り出した。「白石さんの事務所に長井さんという女性アシスタントがいたでしょう？　あの人から話を聞いたようです。スケジュール表によれば、午後三時半に白石さんは事務所を出て、そのまま戻ってないそうです。スケジュール表には私用とあるだけで、依頼人と会う予定などは書き込まれてなかったとか」

「三時半に出たのは歯科医院に行くためだろう。その後、東京ドームに行くとは書かれていなかったわけだな」

「仕事用のスケジュール表なら、書かないかもしれないですね。ただ長井さんも、白石さんが東京ドームに行ったことは聞いてなかったようです」

「あの女性アシスタントは、かなり長く働いてるんだろ？　久しぶりにプロ野球観戦をしたのなら、雑談で話しそうなものだがな」

「たまたま話さなかったのか、それとも敢えて話さなかったのか……」

「あるいは、そもそも野球観戦になど行ってなかったか」

五代の言葉を聞き、中町は大きく深呼吸をした。

「やばいですよ、それ。事件の構造が、根底からひっくり返っちゃうかもしれない」

「このこと、誰にもいってないだろうな」

「当たり前です」

「よし、しばらくは俺たちだけの秘密にしておこう」

「わかりました。でも――」中町は声を落とした。「どうする気です？」

「まだわからん。これから考える」

店員が通りかかったので、五代は肴をいくつか注文した。

「五代さん、お忙しいんでしょ？　今はどんな事件を？」中町が話題を変えてきた。

「少々厄介なヤマだ。犯人は挙がってるんだけどな」

五代は現在取り組んでいる事件について、手短に説明した。

「調布の富豪未亡人が殺された事件ですね。その話ならこっちにも伝わってきています。容疑者が苦しい言い逃れをしているとか」

「ああ、よくそんな嘘が思いつくものだと感心させられてるよ。だけど考えてみれば、あれがふつうなのかもしれないな」

「どういうことですか？」

「どんな犯人だって、なるべくなら刑は免れたい。そのためなら、あれこれと嘘だってつくだろうさ。じゃあ、倉木はどうだ？　あの人物が嘘をついているとして、それはなんのための嘘だ？　減刑には繋がらない。それなのになぜ嘘をつく？」

さあ、と中町は首を捻った。

五代はビールをごくりと飲み、店内を眺めた。倉木を逮捕した直後に、この店に来た時のことを思い出した。

あの夜、不吉な予感が胸をよぎったのを覚えている。

自分たちは迷宮入りを免れたのではなく、新たな迷宮に引き込まれたのではないか、というものだった。

その思いが少しも消えていないことに五代は気づいた。むしろ大きくなっている——。

32

宝飾品の有名ブランド店から、若いカップルが幸せそうな笑みを浮かべて出てきた。とりわけ女性の顔には満足感が溢れている。結婚指輪を探しにきて、希望に沿った品を見つけられたのかもしれない。

彼等のような日常が、この先自分に訪れるのだろうか、と和真は思った。といっても結婚や結婚指輪など、どうでもいい。屈託なく笑える日々が懐かしかった。

銀座の中央通りに面した喫茶店にいた。ビルの二階にあり、窓ガラス越しに通りを見下ろせるのだ。これから会う相手が指定してきた店だった。予約を入れてあるとのことだったので、約束の時刻より五分ほど早く来て名前を告げたところ、この席に案内された。相手は予約しただけでなく、席まで指定したようだ。一番隅の目立たない席だった。用件は告げていないが、密談しやすい場所がいいと察したのだろう。

約束の午後三時になった。階段に目を向けると、目的の相手が上がってきたところだった。ウェイトレスに何やら声をかけた後、迷いのない様子で和真のテーブルに向かって歩いてきた。ダークブラウンのジャケットを羽織り、肩にショルダーバッグを掛けている。無精髭、日に焼けた顔——前に会った時よりも狡猾そうに見えるのは、先入観が生じてしまったからか。

「お久しぶりです」南原は薄い笑みを唇に滲《にじ》ませ、和真の向かい側に腰掛けた。

「急にすみません」和真は頭を下げた。

「構いませんよ。少し驚きましたが」

「そうだろうと思います」

訊きたいことがあるので会ってほしい、と連絡したのは和真のほうだ。もしかすると断られるかもしれないと思ったが、南原は承諾し、場所と日時を指定してきた。

ウェイトレスが注文を取りにきた。南原がコーヒーを頼んだので、和真もそれに倣った。

「最初にお断りしておきます」南原は胸ポケットに挿していたボールペンを抜いた。「これはボイスレコーダーでもあるんです。会話を録音させていただくつもりですが、それでも構いませんか」

「どうぞ」

「では遠慮なく」南原はボールペンのどこかを操作した後、テーブルに置いた。

「あの時も会話を録音されてたんですね」ボールペンを見ながら和真はいった。「僕の部屋に来て、いろいろと質問された時です」

「会話を録音するのは取材の鉄則です」南原は悪びれることなくいった。『週刊世報』の編集部から聞きました。弁護士を通じて抗議されたとか」

「記事のニュアンスに抵抗を感じたものですから」

「内容の捉え方は人それぞれです。あの記事に書いたあなたの言葉は、あなたの発言を要約したものです。違いますか？」

「うまく誘導されてしまいました」

「だから文句をいうために呼びだした、というわけですか」

「そうではないです。あれについてはもう、とやかくいう気はありません。いっても仕方がないし」

ウェイトレスがやってきて、それぞれの前にコーヒーを置いた。その間、南原は観察するような目を和真に向けてきた。呼びだした用件は何か、考えているに違いなかった。

「あの記事は不出来です」ウェイトレスが去ってから南原はいった。「もう少し刺激的なものにするつもりだったのですが、思ったようにはうまくいかなかった。時効が成立した殺人事件なんて、どれもこれも何十年も前のものだから、遺族感情を取材しようとしても、臨場感のあるものが見つからないんです。まあ、そういう空振りはよくあることですがね」苦笑いしながらコーヒーにミルクを入れ、スプーンでかき混ぜた。「で、そんな出来の悪い記事に対する抗議でないのなら、今日の用件は何でしょうか。電話では、訊きたいことがある、とおっしゃってましたが」

和真はブラックでコーヒーを飲み、ひと呼吸置いてから口を開いた。

「訊きたいのは、父が起こした事件についてです。今回の事件ではなく、一九八四年に地元で起こしたほうです」

「『東岡崎駅前金融業者殺害事件』ですね」南原は厳密さにこだわるようにいった。「あの事件が何か」

「どうやって調べたんですか。警察は公表していないのに」

それですか、と南原は拍子抜けした様子を示した。

「あなたの言葉から、倉木達郎さんが過去に起こした事件というのはどうやら殺人事件らしいとわかったので、当時の知り合いに片っ端から当たってみたんです。あの頃のサラリーマンというのは、人間関係の範囲がほぼ職場にかぎられています。社員名簿を一冊入手できたら、連絡先はすぐに突き止められる。あの地は一戸建てに住んでいる人が多いから、引っ越ししている人はあまりいませんしね」

「記事によれば、元同僚の中に、父が警察の事情聴取を受けたことを覚えていた人がいたそうですね」

「しかも殺人事件の遺体発見者としてね。ぴんときました。これに違いないと。ただし、倉木達郎さんがその事件の犯人だったと確認できたわけじゃありません。当然ですよね、時効になっているぐらいですから。だけど記事では敢えて断定的に書きました。もし違っていたら達郎さん本人や警察から抗議が来るかもしれないけれど、その時には責任を取ると編集部にはいってありました。もちろん、絶対に来ないだろうと確信していましたが」丁寧な物言いだが、その顔は自信に満ちていた。

「ほかに事件について覚えていた人はいなかったんですか」

「何人かはいましたが、大した話は聞けませんでした。そこで被害者の遺族に当たろうと考えました。ところが殺された灰谷という男は、結婚歴はありましたが殺された時には独り身で、子供もいなかった。それが私としては最大の誤算でした。例の記事を満足なものにできなかった最大の要因です。時効になった過去の事件の遺族が、同じ犯人がまたしても人を殺めたと知ったらどう感じるか、それをメインに記事を書こうと目論んでいましたからね」南原はコーヒーカップを片手に肩をすくめた。

「遺族は見つからなかったんですか」

「今もいったように妻子はいませんでした。それでもあれこれ調べて、ひとりだけ興味深い人物を捜し当てたんです。灰谷には妹がいて、その息子が灰谷の事務所で働いていたということでした」

「甥、というわけですね」

「そうです。調べたところ、妹は亡くなっていましたが、甥は生きていました。豊橋のアパートで独り暮らしをしていて、年齢は五十代半ば。事件当時は二十歳過ぎということになります。サカノという人物です。坂道の坂に、野原の野と書きます」

「お会いになったんですか」

「会いました。せっかく愛知県まで行ったんだから、土産は多いほうがいいですからね。ところが、これがまた計算違いでね。とんだ無駄足でした」南原はカップを置き、おどけたように小さく両手を広げた。

「というと？」

「まず坂野氏は、そもそも今回の事件を知らなかったんです。東京で弁護士が殺された事件だといっても、何だそれって感じでね。詳しく説明したところ、八四年の事件が絡んでいると聞いて、ようやく関心を示してくれました。あの事件についてはよく覚えていて、名前こそ忘れていましたが、倉木達郎さんのことも知っていました。それどころか、自分と倉木さんが遺体を見つけて、警察に通報したのは自分だというんです」

「まさに事件関係者だったわけですね。それで何が計算違いだったんですか」

「坂野氏がちっとも感情的になってくれないことが、ですよ」南原は苦い顔で眉尻を下げた。

「さっきもいいましたように、こっちとしては、伯父を殺した犯人が時効で逃げきった、それだけでなくまた殺人を犯したと聞いて、激昂《げきこう》してほしいわけです。恨みや憎しみの言葉を吐き出してくれれば、それを並べるだけで記事に格好がつく。ところが坂野氏の反応は、ああそうだったのか、という感じで、まるで手応えがない。怒りは覚えないんですかと訊いたところ、どんな答えが返ってきたと思いますか。別にどうでもいい、ですよ。犯人が誰であろうと自分には関係ないってね」

「被害者への思いがあまり強くなかった、ということですか」

「強くないどころか、むしろ悪い感情を持っていました。仕事がなかったので、やむをえず電話番として雇われていたけれど、あんな男の下で働いているのは我慢ならなかった、とさえいうんです。詐欺同然の手口で年寄りたちを騙して、平気な顔をしている最低の人間だったってね。殺されても当然だと思ったし、誰が犯人であっても驚かなかったといってました」

「それはまた、ずいぶんと嫌ってたものですね」

「こんなことをあなたにいっても気休めにしか聞こえないかもしれませんが、倉木達郎さんが灰谷を殺した気持ちはよくわかるってことでした。大した事故でもないのに被害者面《づら》して運転手代わりにこき使い、挙げ句に金をせびるんだから、かっとなったのも無理ないってね。まあそんなふうで、坂野氏はいろいろと話してはくれたんですが、例の記事に載せられるような気の利いた言葉は何ひとつ出てこなかったわけです」

「そうだったんですか」

南原がいうように気休めにすぎないのかもしれない。だが被害者の身近にいた人間でさえ全く悲しんでいないと聞き、和真はほんの少しだけ救われる気がした。不幸の連鎖は短いほうがいい。

「ほかに何かお訊きになりたいことはありますか」南原が問うてきた。

「一番知りたいことがあります。なぜ警察は父の犯行だと見抜けなかったんでしょうか。遺体の第一発見者なら、ある意味最も疑われやすいと思うのですが」

「その疑問はもっともです。私も気になったので、知り合いの警察官などを通じて少し調べてもらいました。しかしやはり不明でした。何しろ三十年以上も前の事件ですから、当時のことを把握している人間がいません。資料も処分されたらしくて」

「そうでしたか……」

ただ、と南原が首を傾げた。

「さっきの話に出た坂野氏ですがね、妙なことをいってたんです。倉木さんが犯人であってもちっとも驚かないが、あの人にはアリバイがあったように思う、と」

「アリバイ？」どきりとして和真は身を乗り出した。「本当ですか」

「本当かどうかはわかりません。坂野氏によれば、現場に駆けつけた刑事から遺体発見までの経緯を倉木達郎さんと共に詳しく質問されたそうで、その時にぼんやりと、この人にはアリバイがあるんだなと思ったらしいんです。ただしそのアリバイが証明されたかどうかまではわからないらしく、坂野氏の単なる思い込みだった可能性が高い」

「でも嘘のアリバイなら、警察が調べればすぐにわかるはずです。もしかしたら、そのアリバイは証明されたんじゃないですか。だから父には疑いがかからなかった。そういうことじゃないでしょうか」

「いや、あの、倉木さん、声が大きい」

南原にいわれ、和真は周りに視線を走らせた。幸い、近くに人はいなかった。

コップの水を飲んでから、抑えた声で続けた。

「だって、アリバイが嘘とわかればもっと疑惑が深まるはずで、別人が逮捕されるまで警察にマークされなかったというのは絶対におかしいですよ」

「ちょっと待ってください」南原は開いた右手を前に出した。「おっしゃりたいことはわかりますが、私にいわれても困ります。私は坂野氏から聞いたことをお話ししているだけです。父親を人殺しだと思いたくないあなたの気持ちは理解できます。だけど本人が告白しているんです。納得できないかもしれないが、それが事実なんです。そこに疑問を持つ余地はありません」

和真は黙った。南原のいうことには妥当性があった。

「ほかにお尋ねになりたいことはありますか。ないようなら、私はこれで失礼させていただきますが」南原がテーブルに置いたボールペンを手にした。

「その坂野という人の連絡先を教えてもらえませんか」

南原は当惑した顔を向けてきた。「あなたが直接会って確かめると？」

「わかりませんが、そうするかもしれません」

「そんなことをしても無駄だと思いますがね」

「それでも一応……お願いします」頭を下げた。

南原は、ため息をついた。スマートフォンを取り出して操作すると、テーブルの隅に置いてあるペーパーナプキンを一枚取り、ボールペンで何やら書き込んだ。

「坂野氏の住所と携帯の番号です」そういって和真の前に押し出した。

「ありがとうございます」和真はペーパーナプキンを丁寧に畳み、ポケットに入れた。

「坂野氏は下戸《げこ》です」南原が唐突にいった。「その代わり、甘党です。手土産を持っていくのなら、アルコールではなく甘いお菓子がいい。私と会っている時、坂野氏はフルーツパフェを食べていました」

思いがけないアドバイスに戸惑いつつ、和真は頷いた。「参考にします」

「しかし無駄だと思うけどなあ」南原は呟くように繰り返した。

その言葉には答えず、「ところで、例の記事の続報を書く予定はあるんですか」と和真は訊いた。

南原は冷めた顔で首を横に振った。

「今のところはありません。何か余程大きな展開でもないかぎりはね」

「そうですか」

南原はボールペンを胸ポケットに戻すと、伝票を見ながら財布を出してきた。

「いえ、ここは僕が――」

払います、と続ける前に南原が空いたほうの手を出して制してきた。

「あなたに御馳走になる所以《ゆえん》がありません。それにわずかなお金でも節約したほうがいい。これから何かと大変でしょうから」

いい返す言葉が見つからず、和真は黙って俯いた。

南原は自分の分の代金をテーブルに置くと、では失礼、といって立ち上がった。その後ろ姿を見送る気になれず、和真は窓の外に目を向けた。

小雨が降ってきたらしく、あちらこちらで傘が開き始めていた。和真は、ゆらゆらと頭を振った。傘など持ってきていなかった。

33

スマートフォンの着信画面に白石美令の名前が表示されたのは、五代が自分の席で報告書をまとめている時だった。資産家の未亡人が殺害され、奥多摩の山中でバラバラ死体となって発見された事件は、間もなく終幕を迎えられそうだ。犯行を否認し、リアリティのない供述を続けていた容疑者が、ようやく自供したからだった。取り調べに当たった警部補は、強引に吐かせたわけではない、といった。

「警察が積み上げた状況証拠を見て、裁判員たちがどう思うかだといったんだ。有罪と判断すれば、次は刑期が問題になる。そこで重要なのは被告人が反省しているかどうかだが、事実を認めようとしていなければ印象は悪い。反省していないってことで、重い刑罰が下される可能性が高くなる。そういうことを穏やかに、わかりやすく説明してやっただけだ」

この話は信用してよさそうだった。取り調べの可視化が進む今、自白するように脅すことなど論外だからだ。冤罪で逮捕された容疑者が警察署の留置場で自殺を図るようなことは、現在では考えられない。

そんなことをぼんやりと考えている時に白石美令から電話がかかってきたので、一瞬五代は超自然的なことを思い浮かべてしまった。テレパシーのようなものだ。もちろん、そんなわけはないとすぐに思い直したが。

「はい、五代です」声を落とし、周りを見回した。幸い、近くに人はいない。

「白石です。すみません、お忙しいところを何度も。今、ちょっとよろしいでしょうか」

「ええ、構いません」

五代はスマートフォンを耳に当てたままで立ち上がり、足早に廊下に出た。片付いた事件の遺族とのやりとりなど、誰かに聞かれていいことなど一つもない。

「御用件はわかっています」低く抑えた声で五代はいった。「例の東京ドームのことですね。申し訳ないんですが、ほかの仕事で手一杯で、なかなか動けず、特に進展はありません」率直に打ち明けた。言葉を濁したところで仕方がない。

「そうだろうと思いました。だから催促するつもりで電話をかけたわけじゃありません。じつは教えてほしいことがあるんです」

「何でしょうか」

「五代さんはあの人の息子さん……被告人の息子さんを御存じですよね」

五代は、すうーっと息を吸い込んだ。全く予期していなかった話題だ。

「一応お伺いしますが、被告人とは倉木達郎被告人のことですね」

「そうです」

「もちろん知っていますが、倉木被告人の息子さんが何か」

「連絡先を教えていただけないでしょうか」

「はあ？」思わず間抜けな声が出てしまった。あまりに予想外だったからだ。

「教えてほしいんです。どうしても」白石美令の言葉は、真剣で深刻そうに聞こえた。

「何のためにですか」

「納得できない問題を解決するためです。あたしは、倉木被告人が本当のことを話しているようにはとても思えません。だから息子さんに確かめようと思うんです」

「いや、白石さん、それはやめておいたほうがいい。向こうから謝罪のために来たので会ってみる、というのなら話は別ですが、遺族から加害者の家族に接触するのはよくないです。威嚇《いかく》行為のように受け取られかねません」

「威嚇だなんて、そんなことをする気は毛頭ありません」

「あなたにはなくても、向こうがどう解釈するかはわかりません」

「いえ、あの方はおかしな誤解はしないと思います」

「あの方？　お会いになったことがあるんですか」

「一度だけ……。たまたまですけど」

「いつ？　どこで？」

白石美令は少し沈黙した後、「それ、お答えしなきゃいけませんか」と訊いてきた。

「いや……そんなことはないです。すみません。あまり驚いたので、つい尋ねてしまいました。嫌なら結構です」

「そういうわけじゃないんですけど、ちょっと説明が難しくて。簡単にいいますと、あの場所……清洲橋のそばの事件があった場所で偶然会ったんです。あたしが花を手向《たむ》けに行った時、あの方も来ておられて……」

「ああ、なるほど」

そういう可能性はあるかもしれない、と五代は合点した。

「その時に挨拶というか、少しだけ言葉を交わしました。でも連絡先を訊こうって気にはなれなくて、そのまま別れました。もう会うこともないだろうと思いましたし。だけどそれからいろいろあって、あの方の話を聞いてみたくなったんです」

「そういうことですか」五代は周囲に聞き耳をたてている者がいないかどうかを確かめながら、

どう対処すべきかを考えた。「お気持ちはわかりました。しかしやはり自分が教えるわけにはいきません。個人情報だし、捜査上の秘密でもあります」

「五代さんから教わったとは誰にもいいませんから」

「その言葉が嘘だとは思いませんが、世の中は何が起きるかわかりません。何らかのトラブルが発生した場合、どういった経緯であなたが連絡先を知ったかが問題になります」

「気をつけます。トラブルなんかは絶対に起きないようにします」

「ありきたりな言い方ですが、この世には絶対ってものはないでしょう?」

　ふうっと息を吐き出す音が聞こえた。

「どうしてもだめですか」

「申し訳ありませんが、御理解ください。ただ例の件、倉木被告人と白石さんが知り合った場所は本当に東京ドームなのかどうかということについては、何らかの形で確認作業を行うつもりです」

「わかりました。よろしくお願いいたします。お忙しいところ、すみませんでした」白石美令の声は明らかに気落ちしていた。

「いえ、また何かありましたら御連絡ください」

「ありがとうございます」

　ではこれで、といって白石美令は電話を切った。

　五代はスマートフォンを持ったままで腕組みをし、そばの壁にもたれた。

　白石美令は被害者参加制度を使うらしいから、検察側からかなり詳しい情報を得ているはずだ。それらを聞いて、腑に落ちないことが多いのだろう。東京ドームのことだけではない。きっとほかにも納得できない点が多々あるのだ。そうでなければ、犯人の息子に会おうとまではしないはずだ。

問題を起こさなければいいが、と心配になった。あの女性は相当に勝ち気だ。少々の無茶でも躊躇わずに実行しそうな気がする。

五代は組んでいた腕を解《ほど》き、スマートフォンで電話をかけた。すぐに繋がり、中町です、とひそめた声が聞こえた。

「五代だけど、今、話せるかな」

「少々お待ちを」

無言の時間が流れた。人目を気にしなくていい場所に移動しているものと思われた。間もなく、大丈夫です、と平常の声がいった。

「仕事中にすまないな」

「いえ、課長のつまらない訓示を聞いていたところで、席を外すきっかけができて助かりました。五代さんの用件は、例の東京ドームのことでしょうか」

「そんなところだ。その後、何かわかったかな？」

うーん、と唸る声が聞こえてきた。

「少し調べてみましたが、三月三十一日の白石弁護士の行動に関する新たな情報は見つかっていません。正直なところ、今後も出てこないのではないかというのが実感です」

「やっぱりそうか。現時点でそういうことなら、もう難しいかもしれないな」

「でも五代さん、その代わりといっては語弊があるかもしれませんが、捜査資料の中からちょっと気になるものを見つけたんです」中町が声をひそめていった。「それで俺のほうも五代さんに連絡しようと思っていたところで」

「ほう、何だ？」

「それは直接お会いして話したいんです。近いうちに、いかがですか」

「もったいをつけるじゃないか。こちらは厄介なヤマがようやく一件片付きつつあるところだ。俺は今夜でも構わんぞ」

「では今夜にしましょう。例の店でいいですね」

「結構だ」

午後七時に、と約束して電話を切った。


門前仲町にある炉端焼きの店に行くと、若い女性店員は五代の顔を覚えたらしく、すぐに奥のテーブルに案内してくれた。先に到着していた中町が、座ってタブレットを操作している。五代に気づくと、お疲れ様です、と挨拶してきた。いつも以上に声に張りが感じられた。

「俺たち、もうすっかり馴染み客になってしまったようだな」席につき、生ビールと酒の肴をいくつか頼んでから五代はいった。ろくにメニューを見ないで注文しているのだから、常連客といってもいいのかもしれない。

「でも不思議と、ほかの人間と来る気にはなれないんです。来るのは五代さんに会う時だけです」

「俺だってそうだ。ところで、今まで何かの作業をしていたんじゃないのか。一区切りつくまで続けてもらっても構わないが」

「これですか」中町はタブレットを指した。「いや、作業というほどのものじゃありません。気掛かりなことがあって調べていただけです。じつは、これを見ていたんです」

中町はタブレットの画面を五代のほうに向けた。そこに表示されているのは、新聞のテレビ欄だった。ビューアー表示なので、実際の紙面と同じだ。

生ビールが運ばれてきたので、お疲れ様、と中ジョッキで乾杯した。

「このテレビ欄がどうかしたのか」五代は訊いた。

「日付を見てください」

「日付?」テレビ欄の上部に視線を移動させた。

「『敬老の日』ですよ」中町がいった。「倉木の供述にあったでしょ。『敬老の日』にテレビを見ていたら、遺産相続と遺言について特集していて、浅羽さんたちへのお詫びとして、自分が死んだ時、全財産を彼女たちに譲ろうと考えついたって」

「そういえばそんな話があったな。すっかり忘れていたが」

「取り調べの際、どういう番組だったか、取調官は訊いています。タイトルは忘れてしまったが、ワイドショーのような番組だった、と倉木は答えています。ところがそれについて詳しいことは全く調べられていません。それで気になったんです。倉木は、どの番組を見たんだろうって。そこで知り合いの新聞記者に頼んで、バックナンバーを送ってもらったというわけです。もちろん、この新聞は中部地方のものです。テレビ欄は地方によって違いますからね」

「たしかにそうだ。やるじゃないか」

最初に五代が見込んだ通り、この若手刑事は抜かりがない。

「で、番組は見つかったのか」

いやそれが、と中町は浮かない顔で首を傾げた。

「それぞれの番組の紹介文を読んだかぎりでは、それらしきものはないんです。『敬老の日』の特集をしていた番組はいくつかあったんですが、どちらかというと老人を元気づけたり、お年寄りの苦労話を紹介するというものばかりで、遺産とか相続なんて言葉は見当たりません。何しろ『敬老の日』ですから、死に関するテーマは老人を敬おうっていう趣旨からは外れてしまうわけで、むしろ避けているような感じさえします」

「ちょっと見せてくれ」五代はタブレットを引き寄せた。

ざっと眺めたところ、健康維持の方法、第二の人生の楽しみ方、といった文字が目についた。中町がいうように、『敬老の日』に遺産や相続といった死をイメージさせる言葉はふさわしくない、と番組関係者は考えたのかもしれない。

酒の肴が何点か運ばれてきたので、それをつまみながらビールを飲み、五代は考えを巡らせた。

ただテレビ欄で紹介されていないからといって、番組内でそういう話題が全く出なかったとはいいきれない。高齢者の心得として遺産相続について考えるべき、という話がワイドショーの中であってもおかしくない。

「君の用件というのは、それなのか」

「いえ、これはおまけです。いくら何でも、こんな些細なことで五代さんの貴重な時間を無駄にするわけにはいきません。今の話は前振りで、本題はここからです。電話で捜査資料の中から気になるものを見つけたといいましたが、じつは一枚の名刺なんです。倉木の自宅から押収した名刺ホルダーに入っていたものです」

中町はスマートフォンを操作し、これです、といって画面を五代のほうに向けた。そこには一枚の名刺が写っている。持ち出すわけにはいかないから、撮影したようだ。

五代は顔を近づけ、目を凝らした。天野良三《あまのりようぞう》という人物の名刺だったが、その肩書きを見て、はっとした。『天野法律事務所　弁護士　天野良三』とあった。

「また弁護士か……」

「住所を見てください」

中町にいわれて住所欄に目を移した。そこに記されていた住所は名古屋だった。

「名古屋の弁護士に知り合いがいたわけか……」

「おかしいと思いませんか」

五代はビールをがぶりと飲み、口をぬぐってから中町を見た。若手刑事のいいたいことはわかった。

「浅羽さん母娘への贖罪として、全財産を譲ることを考えたが、どうすればいいのかわからないので白石さんに相談することにした、と倉木はいっていた。しかしすぐ近くに弁護士の知り合いがいるのなら、そっちに相談するのがふつうではないか。なぜ知り合ったばかりの白石さんに相談したのか」

「しかもわざわざ上京してまで」中町は目を輝かせていった。

「なるほど、たしかに引っ掛かる。その名刺の画像、俺のスマホに送ってくれないか」

「了解です」中町はスマートフォンを操作した。

五代はタマネギの串焼きを手に取った。

「とはいえ、その天野という弁護士と倉木がどの程度の関係だったかはわからない。どこかで名刺を交換した程度で深い付き合いはなかった、ということも考えられる。それなら知り合ったばかりとはいえ、野球観戦で親しくなった白石さんのほうが相談しやすいと考えたとしても不思議じゃない」そういってタマネギに齧りついた。特有の香りが鼻孔を刺激する。

「それはおっしゃる通りです」スマートフォンをしまいながら中町は同意した。「でも特に深い関係でもないのに、弁護士の名刺を持ってるなんてことがありますかね。政治家とか実業家といった人脈を広げることに長《た》けた人間ならともかく、倉木は定年退職した、ごく平凡な一般人ですよ」

「それはいえる」五代は自分のスマートフォンを出し、画像が送られてきていることを確認した。「この天野という弁護士に会って、倉木との関係を問い合わせるのが一番手っ取り早いんだがな」

「それ、俺がやりましょうか。今度の休みにでも名古屋に行ってきますよ」

「そうしてくれるとありがたいが……」五代は語尾を濁した。

「何ですか」

「相手は何しろ弁護士だ。捜査令状でもないかぎり、個人的なことをおいそれと教えてくれるとは思えない。守秘義務があるからな。もしかしたら相談者の一人だという程度のことは教えてくれるかもしれないが、その内容は絶対に話さないだろう」

「それは……そうかもしれませんね」中町は声のトーンを落とした。

「君の貴重な休暇を、そんな無駄足で浪費させたくない」

「そんなことは別にいいんですけど、じゃあ、どうします？」

「そうだな……」

五代の脳裏に一つの案が浮かんだ。しかし口には出さなかった。刺激的で魅力的な案ではあるが、それによって引き起こされるかもしれない事態への心構えが、何ひとつできていないからだ。

無言でビールを飲み、肴をつまむ時間がしばらく流れた。ところで、と沈黙を破ったのは中町だった。

「あの事件、公判を前に検察が面倒臭いことをいってきましてね」

「どういうことだ」

「署に、倉木の供述の裏取りをもう少しやってほしいと指示があったそうです。やはり物証が少なすぎるということみたいです」

「何を今さら。自供は証拠の女王だ。それとも倉木が裁判で供述を翻すかもしれないとでもいうのか。そんなこと、あり得ないだろ」

「俺もそう思いますけどね、検察は万一のことを考えているんでしょう。揃っているのは状況証拠ばかりで、報道されていないはずの殺害現場を倉木が知っていた、というのが唯一の証拠らしい証拠ですから」

「所謂、秘密の暴露。それで十分だって話だったけどな」

「ところが最近になって、ちょっと厄介なものがネットで見つかったらしいんです」

「何だ？」

「ＳＮＳです。現場での鑑識活動を目撃した人間が、清洲橋のすぐそばで殺人事件があったんじゃないか、という内容を書き込んでいました。倉木が逮捕されるよりも前です。公的な報道ではないですけど、そういうものがある以上、殺害現場を知っていたことが秘密の暴露に当たるかどうかは微妙です」

五代はビールを喉に流し込み、かぶりを振った。

「ＳＮＳでそんなものがねえ。全く邪魔臭い時代になったもんだ」

「倉木の電話はスマホじゃなくて、古い携帯電話です。だから位置情報の記録もない。裏取りに任命された連中がぼやいてますよ。ないものを捜し出せといわれてるような虚しさを感じるってね。そのうちに俺も駆り出されるかもしれません」

「指紋とかＤＮＡは結局出ずじまいだったのか」

「ええ。事件当日に倉木が上京した形跡も見つかりませんでした。東京駅周辺の防犯カメラを片っ端から当たったんですけどね。それからもう一つ、電話の痕跡がありません」

「電話？　いつの電話だ」

「供述によれば、当日に倉木は二度、白石さんに電話をかけています。上京したので会えないかというものと、道に迷ったので清洲橋まで来てほしいというものです。ところがその発信履歴が倉木の携帯電話には残っていないんです」

「そいつはおかしいな。倉木は何といってるんだ」

「プリペイド携帯を使ったと」

「プリペイド?」五代は眉根を寄せた。

「しかも名義人不明のものです。当日は、それでかけたといってるんです。犯行後は処分したと」

「そんなもの、どこで入手したんだ」

「五代さん、名古屋の大須《おおす》を御存じですか。大須観音で有名な大須」

「大須……聞いたことがあるな」

「あそこは愛知県最大の電気街でもあるんです。倉木は以前あの街で中古の携帯電話を眺めていたら、見知らぬ男に声をかけられ、買わないかといってプリペイド携帯を見せられたというんです。三万円だったけど何かの役に立つかもしれないと思って買ったとか」

「それを今回使ったというのか。そんな都合のいい話があるか」

「でも筋は通っています。自分の電話を使ったら、白石さんの電話に着信履歴が残ってしまいますから」

「電話を処分すればいい話じゃないか。実際、そうしている」

「電話会社に履歴が残る可能性も考えた、と倉木は話しているそうです。それが本当なら、その電話は犯行の計画性を示す重要な証拠なんですが……」

実際には、警察が電話会社に開示を求められるのは、発信履歴だけだ。

「そのプリペイド携帯、どこに捨てたと倉木はいってるんだ?」

「自宅に持ち帰り、ハンマーで叩き壊してから三河湾に捨てたと」

五代は頭を振り、思わず苦笑していた。「それじゃ、どうしようもないな」

「というわけで、何もかも倉木の自供頼みなわけです。全部嘘でした、気の迷いでしゃべったことでした、と倉木に直前になってひっくり返された場合、状況証拠だけで有罪にできるかどうか、それを検察は心配しているようです」

中町の顔には緊迫感が漂っている。五代たち捜査一課の刑事たちは、すっかり事件が片付いたと思い込んでいるが、どうやらそうではないらしい。

「何だか胸騒ぎがしてきたな。まさかと思うが、この事件、やっぱりまだ何かあるのか」

五代はジョッキに残っていたビールを飲み干すと、大声でおかわりを注文した。

34

バラエティに富んだ風景が、次々に現れては後方へ流れていった。小高い山を背景に、びっしりと住宅が並んでいたかと思うと、工業地帯が延々と続いたりする。その合間に田園風景が広がり、時折トンネルが視界を遮断する。

東京を出る時には青かった空が、徐々に灰色の雲に侵食されていくようだった。西の空はさらに暗そうだ。まるで自分の将来を暗示しているようで和真は憂鬱になった。

東京駅から下りの新幹線『こだま号』に乗ったのはいつ以来だろうと考えた。数年前に仕事で熱海に行ったのが最後かもしれない。クライアントとの打ち合わせ後、温泉に入り、海の幸に舌鼓を打ちながら酒を飲んだ。仕事がうまくいったので、最高の気分だった。順風満帆の生活が、これからもずっと続くと信じて疑わなかった。

だがたぶん、あの頃には戻れない。会社からは自宅待機せよとの指示が出たままだ。きっと和真の処遇に困っているのだろう。辞めさせたいに違いないが、罪を犯した当人ではないから強引に馘首《かくしゅ》にはできない。

列車が浜松に到着した。豊橋は次の駅だ。

あれこれ迷った末、昨夜、坂野という人物に電話をかけたのだった。知らない番号だと出ないかもしれないと思ったが、すんなりと電話は繋がり、坂野が出た。ところが和真が名乗っても、「えっ、誰の息子だって？　もう一回いってくれ。どこかにかけ間違ってるんじゃないか」と、警戒心の籠もった口調でいった。

「倉木達郎の息子です。この番号は南原という記者さんに教えてもらいました。南原さんの取材をお受けになったと思うんですが」

和真の言葉に、坂野はしばらく黙った後、ああっと大きな声を出した。

「あの人かあ。わかった、わかった。来たよ、南原って記者」

「その時、僕の父の話が出たと思うんですが」

「父って、ええと倉木さん……だっけ？　おたく、あの人の息子さんなわけ？」

「そうです」

「へええ、南原さんから聞いた。おたくの親父さん、灰谷を殺した犯人だったそうだねえ。驚いた。しかも、またやっちゃったそうじゃん」

「ええ、まあ……」

あまりに無神経な物言いに、電話したことを後悔する気持ちが湧いた。

「で、俺に何の用？」

「あ、じつは、ちょっとお話を聞きたくて」

「話？　何の話よ」

「だから昔の事件についてです。坂野さんは父と一緒に遺体を発見したとか」

「ああ、そっちの話か。別にいいけど、そんなものを聞いてどうするんだ？」

「詳しいことを知りたいんです。一体どんな事件で、父がどう関わっていたのか。正直なところ、どうしても信じられないんです」

「そんなことといったって、本人がいってるわけだろ？　自分がやったって」

「そうなんですけど、納得できないんです」

「だったら俺の話を聞いたっておんなじだと思うけどなあ」

「そうかもしれないですけど……」

「まあいいよ、話をするぐらいなら。昼間は暇だし。いつがいい？　明日？」

意外にあっさりと承諾を得られたので拍子抜けした。

「明日でもいいんですか。もちろん僕は早いほうがありがたいですけど」

「じゃあ、明日にしよう。先だと忘れちまうからな」

こうして急遽、会うことになったのだった。

やがて『こだま号』は豊橋駅に到着した。駅を出ると、たっぷりと幅を取った道路が遠くまで延び、それに面して大小様々なビルが並んでいた。和真の生家がある三河安城駅などは、どうしてこんなところに新幹線の駅を作ったのかと悪口をいわれることがあるが、ここは少しも不思議でない。むしろ、なぜ『のぞみ号』が止まらないのかと思うほどだ。

大橋《おおはし》通りと呼ばれる幹線道路に沿い、北に向かって歩いた。坂野から指定された店は、紹介サイトの記事によれば駅から三百メートルほどだ。坂野は喫茶店だといったが、サイトでは和菓子屋と紹介されていた。南原がいっていた通り、坂野は甘党なのだろう。

数分歩くと、周囲の建物の高さが急に低くなり、空が広くなった。その空は灰色が濃くなっている。折り畳み式の傘を持ってきてはいるが、降らないことを祈った。

幹線道路から脇道に入ると、途端に小さな商店や民家が増えた。和真はスマートフォンで位置を確認しながら進んだ。間もなく、目的の店が見つかった。昭和を思わせる古い建物で、年季の入った大きな看板が出ている。

店先にショーケースが置かれ、そこには多種多様な和菓子がずらりと並んでいた。それらを横目に見ながら店に入った。

店内には二組の客がいた。女性の二人連れと、ジャンパー姿の中年男性一人だ。男性は週刊誌から顔を上げると、和真の手元を見て鼻の下を擦《こす》った。和真は紙袋を提げている。それが目印だった。

和真は男性に近づき、坂野さんですか、と訊いた。うん、と相手は頷いた。小太りで、丸い顔に無精髭を生やしていた。

「倉木です。このたびは急に無理なことをお願いして申し訳ありませんでした」和真は名刺を差し出した。

坂野は受け取った名刺を興味がなさそうに眺めた後、「まあ、座りなよ」といった。

失礼します、といって和真は向かい側の席に腰を下ろした。坂野の前には、すでに何かを食べ終えたらしく、空のカップとスプーンがあった。

割烹着姿の中年女性が注文を取りにきた。壁に貼られたメニューにコーヒーがあったので、和真はそれを頼んだ。

「俺は白玉ぜんざい、それからお茶をおかわり」坂野がいった。

たぶんわざと早く店に来たのだろう、と和真は想像した。他人の奢りで甘味を楽しめるチャンスというわけだ。そう考えれば、会うことにあっさりと承諾したのも納得できた。昼間は暇だともいっていた。

「あの、東京駅で買ったものですけど、よかったらどうぞ」和真は紙袋をテーブルに置いた。スポンジケーキにバナナ・クリームを詰めたものだ。

紙袋の中を覗き、坂野は口元を緩めた。「悪いね。じゃあ、遠慮なく」

和真は背筋を伸ばし、相手を見た。

「早速ですが、話を伺わせてもらってもいいですか」

「いいよ。何が訊きたいんだ」坂野は紙袋を膝の上に置き、取り出した箱を眺めている。

「坂野さんは、一九八四年の事件が起きた頃、被害者の下で働いておられたそうですね」

坂野は箱を紙袋に戻し、げんなりしたような顔で顎を引いた。

「仕方がなかったんだよ。それまで働いてた会社が潰れちまって、仕事がなくなった。家でぶらぶらしているなら伯父さんのところへ行けって、お袋にいわれたんだ。電話番を探してるらしいからってな。それまで灰谷のことはよく知らなかったんだけど、一緒にいるようになって呆れたね。あんな腐った奴だとは思わなかった」

「南原さんから聞きました。真犯人がうちの父だと聞いても、別にどうでもいいって坂野さんはいってたと」

「どうでもいいねえ」坂野は身体を揺すらせた。「三十年以上も前の話だし、そもそも殺されて当然の奴だった。事件が起きた時も、ああやっぱりこんなことになっちゃったかって思っただけだ」

割烹着の女性がコーヒーと白玉ぜんざい、そして湯飲み茶碗を運んできた。坂野はスプーンを取り、ぜんざいの容器を引き寄せた。しかし食べ始める前に、ただ、といった。

「南原さんの話を聞いて驚かなかった、といえば嘘になる。おたくの親父さん、倉木さんが犯人だったたってことに驚いたんじゃなく、あの時に自殺した電器屋のおっさんが犯人じゃなかったってことにびっくりした。俺は、あのおっさんが犯人だと確信してたからさ」

「どうしてですか」

坂野はスプーンで白玉を口に入れてから首を傾げた。

「どうしてって訊かれてもなあ。どう考えてもあの電器屋が一番怪しかった。だから警察もすぐに逮捕したんだ」

「一番怪しかったたって……坂野さんはその人が逮捕された事情を御存じなんですか」

坂野はスプーンを持った手を左右に振った。

「証拠とか、そういうのは知らないよ。だけど俺が刑事だったとしても、あの電器屋を捕まえてたと思うね」

「その理由を話してもらえますか」

「それはまあいいけど、大した話じゃない。あの頃、電器屋のおっさんがしょっちゅう文句をいいに事務所に来ていたんだ。灰谷に騙されたとかいってね。あの日もそうだった。ところがその時灰谷は出かけてて、事務所には俺しかいなかった。すると電器屋は、灰谷が戻ってくるまで待つっていうわけよ。鬱陶しかったけど、だめだともいえない。だけど二人きりだとさすがに気詰まりで、俺は灰谷のいそうなところを捜しに行った。小一時間ぐらい、あちこち回ったかな。結局見つからなくて、事務所に戻ることにした。すると倉木さん――おたくの親父さんと建物の前で会った。ああ、そういえば、あの日倉木さんが来たのは二度目だった」

「二度目？」

「電器屋のおっさんと二人きりでいる時、倉木さんが来たんだ。だけど灰谷がいないとわかると、そのままどこかへ行った。だから二度目だ。で、二人で事務所に入って、遺体を見つけた。おまけに電器屋の姿は消えている。ほらね、誰がどう考えても電器屋がやったと思うだろ」

和真は、坂野が話した内容に沿って頭の中で状況を思い描いた。たしかに電器屋――福間淳二が疑われるのも無理はない。

「でも父は自分が灰谷さんを刺し殺し、逃走しようと車に乗り込んだところであなたを見かけたので、たった今着いたような顔をして車から降りたといっているようです」

「そうだったのか。本人がいってるのならそうなんだろうけど、あの当時は考えもしなかったな」

「倉木さんにはアリバイがあると思っていた、と南原さんにおっしゃったそうですが」

坂野はスプーンを置き、湯飲み茶碗を手にした。

「何かそういう記憶があるんだよ。警察が到着した後、刑事からいろいろと質問されたんだけど、遺体を見つけるまでどこに行ってたか、なんてことも訊かれたわけだ。俺は灰谷を捜しに近所の喫茶店とかスナックを回ってたって話した。で、倉木さんは倉木さんで何か答えてた。それを聞いて、ああこの人にもアリバイがあるんだな、やっぱり電器屋がやったんだろうなって思った覚えがある」

「父は何と答えたんですか。どこかに行ってたと答えたわけですよね。どこだったか、覚えてないですか」

茶を啜り、坂野は顔をしかめた。

「無茶いわんでくれよ。三十年以上も前だぞ」

「……すみません」

坂野はスプーンを取り、ぜんざいの残りを食べ始めた。

「ま、今もいったように、本人が自分がやったといってるんだから、それが事実なんだろ。俺に話せるのはここまでだ。電話でいったよな。大したことは話せないって」

「わかりました」

和真はコーヒーカップを取り上げた。コーヒーは、すっかりぬるくなっていた。

帰りの新幹線では、豊橋に向かっていた時以上に気持ちが重かった。多くを望んでいたわけではなかったが、かすかな光の筋ぐらいは見えるのではないかと期待していた。

しかし、やはり引っ掛かるのだった。八四年の事件が起きた時、達郎が警察から追及されなかった点だ。坂野の話を聞けば、真っ先に福間淳二が疑われるのは理解できる。だがそれと同等に、達郎に疑念の目が向けられてもおかしくない。いや、おかしくないどころか、警察が見過ごすはずがないのだ。

達郎にはアリバイがあったのではないか。警察は裏付け捜査でそのことを確認したからこそ、早々に達郎への疑念を消した。そう考えれば、すべての筋が通る。

東京駅に着く頃には、すっかり夜になっていた。時計を見ると午後七時より少し前だ。

ふと、清洲橋に行ってみようと思い立った。事件が起きたのが、ちょうど今ぐらいの時間だからだ。前回行ったのは、もっと早い時間帯だった。

電車に乗ったり歩いたりしていると遅くなるので、タクシーを使った。幸い道路がすいていたので、十分少々で到着した。

前と同じように階段で隅田川テラスに下り始めたが、清洲橋を見て、足を止めた。

橋が見事にライトアップされていた。おかげで、周囲の光景は薄闇に沈んでしまっている。橋の真下などは真っ暗といってよかった。

ゆっくりと階段を下りていった。テラスも薄暗かったが、周りが確認できないほどではない。それでもこの暗さでは、川の反対側や屋形船からだと見えないだろうと思われた。事件当時は工事で行き止まりでもあったそうだし、ここが犯行場所に選ばれた理由が改めてわかった。

この時間帯でも人影はまばらにあった。ランニングをしている者もいる。

川に向かって佇んでいる女性がいた。コートの裾が揺れている。横顔を見て、どきりとした。先日会った、白石健介の娘に違いなかった。和真は思わず立ち止まり、あっと声を漏らしていた。

さほど大きな声ではなかったはずだが、耳に届いたのか、彼女が和真のほうに顔を巡らせてきた。そしてすぐに思い出したらしく、驚いたように目を見張った。

無言で立ち去るのも変だと思い、和真は頭を下げてから近づいた。「先日はどうも……」

彼女は少し考える顔をしてから、こちらこそ、といった。

「ここには毎日来ておられるんですか」和真は訊いた。

「毎日ではないですけど、よく来ます」相手の口調は硬かった。

「花を手向けに、ですか」

「それはごくたまにです。あの日がそうでした」

「あ……なるほど」

「あなたもよくいらっしゃるんですか」

「いえ、二回目です。あの日と今日と……」

「そうですか」

和真は深呼吸してからいった。

「もし、不愉快なのでここにはもう来るなということでしたら、これっきりにします」

彼女は目を伏せた後、すぐに和真を見て首を小さく横に振った。

「あたしにそんなことをいう権利はありません」そういって川のほうを向いた。「あたしがここへ来るのは、父の気持ちを知りたいからなんです。三十年以上も前の、すでに時効が成立した殺人事件の犯人に罪を告白され、真実を明らかにすべきと相手を責めた父の気持ちを」

「あなたの知っているお父さんなら、そんなことはしない……と？」

絶対に、といって彼女は和真のほうを向いた。

「絶対にしません。あなたのお父さん――倉木被告人がいっていることは嘘です。でたらめです」

僕も、といった和真の声がかすれた。

「……僕も嘘であってほしいです。あなたのお父さんを殺したということも含めて、何もかもが作り話であってくれたらと心の底から思います」

すると彼女は真正面から和真に強い視線を向けてきた。

「あたしは一つ、証拠を見つけたんです。倉木被告人が嘘をついているという証拠を」

聞き捨てならなかった。「どういう嘘ですか」

「出会いについてです。父と東京ドームで会ったというのは嘘です」

それから彼女が話し始めた内容は意外なものだった。当日、白石健介は抜歯しており、ビールなどを飲むはずがないというのだ。

「あの日、うちの父が東京ドームに行ったのはたしかだと思います」和真はいった。「僕がチケットをあげたんです。よく覚えています」

「でも、あたしの父は行っていません。だから倉木被告人とも会ってないはずです」

「では、二人はどこで会ったと？」

「わかりません。なぜこの点について倉木被告人が嘘をつくのかも。だけどそれが嘘なら、父を殺した動機も嘘じゃないかと思うんです」

彼女の口調はきつく、感情的に聞こえた。しかし話している内容には合理性がある。この女性は頭がいい、と和真は感じた。

「そのことを誰かに相談されましたか」

「検察には伝えてもらいましたけど、どうやら無視されたみたいです。あとそれから刑事さんにも話しました。五代さんという人ですけど、御存じですか」

「あ……その人なら、事件発生直後に僕のところにも来ました。あの方は何と？」

「自分なりに調べてみるとおっしゃってましたけど、当てにはできません。きっと、ほかの事件で忙しいでしょうし。だからじつは、あなたに連絡したいと思って、五代さんに連絡先を教えてほしいとお願いしたんです。断られましたけど」

意外な言葉に和真は当惑した。「僕に連絡……ですか」

「前に会った時、父は嘘をついてるんじゃないかと思っていろいろと調べてる、とおっしゃってたでしょ。だからもしかしたら、あたしと同じように何かを見つけているかもしれないと思って」

「そうですね。いくつかは……。ただ、どれも決定的なものじゃなくて」

「聞かせてもらえませんか。それとも、裁判資料として使う予定ですか」

「いや、それはないです。弁護士さんに話したけど、相手にしてもらえなかった」

「だったら、あたしが聞いても問題ないように思うんですけど」

「それはそうかもしれませんね。わかりました、お話しします」

その前に、といって彼女は右手を身体の前に出した。

「あなたのお名前を伺ってもいいでしょうか」

「あっ、失礼しました」和真は懐から名刺を出した。「倉木和真といいます」

女性は名刺を受け取り、顔に近づけた。暗いから読みにくいのだろう。

「あたしはミレイといいます。美しいに命令の令と書きます」

「白石美令さんですね」

「あなたの名刺には携帯の番号も記されていますけど、あたしの番号をお教えするのは、今日のところはやめておきます。後になってから、やっぱり教えなければよかったと後悔するのが嫌なので。それでは不公平だとおっしゃるのなら、この名刺はお返しします」

「いや、それで結構です。もし不要なら捨ててください」

わかりました、といって白石美令は名刺をコートのポケットに入れた。

「僕が見つけた疑問は、一九八四年の事件に関することです。事件は五月十五日に起きているのですが――」

和真は、達郎が事件から四年後の五月十五日に、新居への引っ越しを計画していたことを話した。

「天候のせいで実際の引っ越しは翌週に延びましたけど、その日は仏滅なので、十五日に少々の荷物を運び入れて、形だけの引っ越しをしたそうです。そんなこと、あり得ないと思いませんか。父は何も考えてなかったといっているらしいんですが、息子の僕がいうのも何ですが、そんな無神経な人間ではないです」

白石美令は真剣な表情で頷いた。「たしかに不自然ですね」

「それからもう一つ、例の『週刊世報』の記事を書いたライターから気になることを聞いたんです」

達郎と共に遺体を発見した人物が、達郎にはアリバイがあると思い込んでいたらしいこと、そこで今日、本人から詳しい話を聞くために豊橋に行ったことを和真は説明した。

「じつは父には本当にアリバイがあって、それで警察から疑われなかったんじゃないか、と僕は考え始めているんですが」

「つまりあなたは、倉木被告人が八四年の事件の犯人だった、という話自体が嘘ではないかと考えておられるわけですね」

「そうです。家族だから都合のいいように想像しているだけだといわれれば、返す言葉がありませんが」

「もしそうなら、父に過去の罪を告白した、というのも嘘ってことになります」

「そうですね。白石さんが真実を明らかにするよう父に迫った、というのも」

和真は白石美令を見つめた。すると彼女も目を合わせてきた。無言の時間が流れた。二人の間で何かが共鳴しかけているのを和真は感じたが、錯覚だろうか。

「その想像が当たっていたとします。あなたのお父さんは、なぜ過去の罪を被るのでしょうか」白石美令が当然の疑問を投げかけてきた。

「それはわかりませんが、もしかすると……」不意に一つの可能性が和真の頭に浮かんだ。

「何ですか」

「誰かを庇っているのかも」

「時効になっているんでしょう？　今さら身代わりになる必要がありますか」

この疑問ももっともなものだ。

「それはそうなんですが。あっ……」

和真の耳に、ふっと一つの言葉が蘇った。救済――。

「どうしたんですか。何か思いついたことでも？」ただならぬ気配を感じ取ったかのように、白石美令が険しい顔つきで尋ねてきた。

「ええ、でも、強引なこじつけっていわれるかもしれない」

「いってみてください。聞かなきゃわかりません」

「父が八四年に起きた事件の犯人だと告白したことで、救われた人たちがいます。『あすなろ』を経営している浅羽さんたちです。前に会った時、ようやく冤罪が晴れたといって喜んでおられました。聞けばこの三十年あまり、世間から冷たい目で見られて、ずいぶんと苦労されたそうです」

「でもじつは冤罪ではなかった。自殺した男性は本当に犯人だった。だけどあなたのお父さんは彼女たちに同情して、自分が犯人だと告白することで、冤罪だったと世間に思わせようと考えた」

「そうではないかと思ったんですけど……ごめんなさい、やっぱり強引ですよね」

「そんなことないです」白石美令は大きく首を振り、強い口調でいった。「だって時効になっているんだから、その事件に関しては罪に問われることがありません。どうせ逮捕されるのなら、せめて大事な人たちを救ってやろうとしたというのは、十分に考えられることだと思います」

「だとすれば、父が白石さんを殺したのには別の動機があることになります」

「……そうですね」

白石美令の顔が強張ったように感じられた。このように意気投合して話しているが、和真が加害者の息子だということを再認識したのかもしれない。

「何もしないでいれば、今のままのストーリーで裁判が行われるでしょう」和真は彼女から目をそらしながらいった。「本当の動機が何であれ、あなたのお父さんを殺したのが父だというのが事実なら、それでもいいのかもしれませんが――」

「いいわけがありませんっ」再び白石美令の口から強い言葉が発せられた。「あたしは真実が知りたいんです。そのための裁判だと思っています。本当の動機がわからないままでは到底納得できません」

「それは僕もそうです。でもどうすればいいのか……」

「考えてみます。どうすればいいか、懸命に考えてみます。それでもし何か思いついたことがあって、あなたに話したほうがいいと思った場合には連絡します」

決意の籠もった言葉に和真は圧倒された。賢いだけでなく、強い女性でもあるのだ。

「わかりました。僕も引き続き考えます」

白石美令は少し迷った様子を見せた後、コートのポケットからスマートフォンと先程和真が渡した名刺を取り出した。左手に名刺を持ち、右手でスマートフォンを操作した。

和真のスマートフォンに着信があった。画面に番号が表示されている。彼女の電話番号らしい。

着信音が止まり、白石美令はスマートフォンと名刺をポケットに戻した。

「あなたを信用します」

「ありがとうございます。僕も何か見つけたら連絡……連絡してもいいでしょうか」

「はい、お願いします」白石美令はかすかに口元を緩めた。「ではこれで失礼します。あなたと話せてよかったです」

「僕もです」

白石美令はくるりと踵を返し、歩きだした。その颯爽とした後ろ姿から和真は目を離せずにいた。

35

陽光を浴びて光る洗練されたデザインのマンションを見上げ、五代は小さく顎を横に揺らした。いかにも広告代理店のエリートが住みそうなところだ。１ＬＤＫでも家賃は十五万近くするかもしれない。

オートロックの共用エントランスで、インターホンを鳴らした。すぐに、はい、と乾いた声が返ってきた。マイクに向かって五代が名乗ると、どうぞ、という声と共にそばのドアが開いた。

エレベータで六階に上がり、六〇五号室のチャイムを鳴らした。

ドアが開き、倉木和真が姿を見せた。スウェットにパーカーという出で立ちだが、どちらも安物でないことは見ればわかる。ただし本人の容貌が前に会った時よりも痩せて見えるのは、疲弊しているに違いないという先入観のせいか。

「急にすみません」五代は頭を下げた。

「いえ、電話でもいいましたけど、僕のほうにも聞いてもらいたい話がありましたから」

室内に案内された。やはり1LDKだった。とはいえ広さは十分にある。ローソファを並べたリビングスペースが作られているが、倉木和真はダイニングチェアのほうを勧めてきた。たしかに、こちらのほうが話しやすい。

「では、それを先に伺いましょうか」椅子に腰を下ろしてから五代はいった。「あなたのほうのお話を」

倉木和真は頷き、徐に口を開いた。

「白石さんのお嬢さんから僕の連絡先を訊かれたでしょう?」

いきなり意表をつかれ、五代は相手の顔を見返した。「どうしてそれを?」

「本人から聞いたんです」

「本人から？　白石美令さんからですか？」

「そうです」

「あの方から連絡があったんですか？」

そうだとすれば、どうやって連絡先を知ったのか。

「偶然、会ったんです。清洲橋のそばで」

「そのことは白石さんから聞きました。でも連絡先の交換などはしなかったのでは？」

「あれからまた、ばったり会ったんです」

「また？　同じ場所で？」

はい、と倉木和真は答えた。

偶然の遭遇が二回か。いや、単なる偶然ではないのかもしれない、と五代は思った。

「あなたは頻繁にあそこに行っているんですか」

「僕はそうでもないです。あの日が二度目でした。でも白石さんはよく行っているようなことをおっしゃってました」

「そうですか。あの方がね……」

もしかすると倉木和真に会えることを期待して、時間があれば通っていたのではないか。あの女性なら、それぐらいの積極性を発揮しそうだ。だがここでは口に出さずにおいた。

「二人でどんな話を？」

「いろいろと話しました。お互いが疑問に感じていることなどです。彼女からは、父が東京ドームで白石健介さんと会ったといっている日は、白石さんが抜歯した日だったと聞きました。

そのことは五代さんにも話したといっておられましたけど」

「聞きました。抜歯した日だから球場でビールなんかを飲むはずがない、と」

「説得力のある、鋭い指摘だと思いました」

「同感です」

「僕からは、一九八四年に起きた事件について自分なりに調べて、そうして気づいた矛盾のことを話しました」

倉木和真がさらりと話したのを聞き、五代は目を見張った。

「自分なりに調べた？　そんなことをされてたんですか」

「何しろ自宅待機の身ですから、時間だけは腐るほどあるんです」

自虐的な笑みを浮かべてから倉木和真が語った内容は、意外なものだった。東岡崎での事件から四年後の全く同じ日に、倉木達郎は新居への引っ越しを実施したというのだ。

「それが事実なら、たしかに引っ掛かりますね」

「事実です。息子の僕がいってるのだから間違いありません。それからもう一つ」倉木和真の目に宿る光が、一層真剣味を強めた。「あの事件では、父にはアリバイがあったのではないかと僕は考え始めているんです」

「アリバイ？」思いがけない言葉に、五代はぎょっとした。「どういうことですか」

「じつは事件関係者に会いに行ったんです」

倉木和真によれば、その関係者というのは倉木達郎と一緒に遺体を発見した人物で、例の『週刊世報』の記事を書いたライターから連絡先を教わったらしい。その人物とのやりとりから、当時倉木達郎が警察から疑われなかったのはアリバイが証明されたからではないか、という推論に至ったというのだ。

「ちょっと待ってください。つまり達郎氏は今回、やってもいない殺人を告白したというんですか」

「そうではないかと考えています」

「一体何のために？」

「救済のためです」

「救済？」

「ここから先は飛躍しすぎだといわれるかもしれませんが」

そう前置きした倉木和真の話も、仰天すべきものだった。倉木達郎は浅羽母娘を助けるため、一九八四年の出来事は冤罪だったことにしたのではないか、というのだった。

五代は倉木和真の顔をしげしげと眺めた。「とんでもないことを考えつきましたね」

「突拍子もない想像だという自覚はあります。でも、この仮説が思いついたら、頭から離れなくて……」

五代は低く唸って額に手を当て、たった今聞いたばかりの話を整理してみた。驚きのあまり、少し混乱しているからだ。

「やっぱり呆れておられますか」倉木和真が遠慮がちな目を向けてきた。

五代は額から手を離し、背筋をぴんと伸ばして相手を見た。

「ちょっと聞いただけでは、誰もがそんな馬鹿なと思ってしまうでしょうね」

「そうですよね」

ところが、と五代は続けた。

「驚くべきことにきちんと筋が通っている。どこかに穴があるのではないかと考えてみましたが、見当たりません。ただその説を推すとなると、ではなぜ達郎氏は白石さんを殺したのか、なぜ本当の動機を語らないのか、という疑問が生じます」

「おっしゃる通りです。だからこの推理は、ここまでで行き詰まっています」

「そこで担当だった刑事に話して、反応を窺うことにした、というわけですか」

「感想を聞きたいとは思いました」

「感想は、今いった通りです。ある意味、見事な着眼です。決して皮肉ではありません」

「それを聞いて、少し安心しました。独りよがりな空想で、五代さんの大切な時間を奪ったとしたら申し訳ないので。僕からの話は以上です。できましたら、この推理を念頭に置いて捜査をやり直していただきたいと思っているのですが……」

「残念ながら、それは現時点では難しいといっておきます。あなたがおっしゃったように、現時点では空想にすぎません。具体的な根拠がないかぎり、上に再捜査を提案しても突っぱねられるだけでしょう」

「やっぱりそうですか……」倉木和真は肩を落とした。

「ただ、胸には留めておきます。今後、どんな新事実が出てくるかわかりませんから」

五代自身には気休めにしか聞こえない台詞だったが、よろしくお願いいたします、と倉木和真は殊勝に頭を下げてきた。

「ところでこちらから質問なのですが、達郎氏はプリペイド携帯を持っていましたか」

「プリペイド携帯？」倉木和真は怪訝そうな顔をした。「いや、知らないです」

「では大須の電気街にはよく行かれてましたか」

「大須ですか。以前はよく行っていたみたいです。家電品を買い換える時なんか。最近はどうだったかは知りませんけど」

「東京の秋葉原と同様、ああいうところでは改造した通信機や名義不明の電話といった違法なものも出回っているようですが、達郎氏はそういったものに関心があるほうでしたか」

「父がですか。いやあ、そんなことは全くないと思います。どうしてそんなことを？」

「本人がそう供述しているようです。大須の電気街で、見ず知らずの人物からプリペイド携帯を買った、と」

「父が？」倉木和真は首を傾げた。「そんな話、聞いたことがありません。胡散臭いものに手を出す人間ではないと思うんですけど」釈然としない様子に演技は感じられなかった。

「話題を変えます。豊橋に行ってこられたそうですが、近々、またあちらのほうに行く予定はあるんですか。御実家とか」

「いえ、当分その予定はありませんけど……」

「じつは、あなたにお見せしたいものがあるんです」五代はスマートフォンを操作し、倉木和真の前に置いた。画面に表示されているのは、例の弁護士の名刺だ。

「これは？」

「達郎さんの名刺ホルダーに入っていたものです。お心当たりは？」

「ありません」倉木和真は即座に首を振った後、何かに気づいたように顔を上げた。「父がこんな名刺を持っていたということは、この法律事務所と何か関わりがあったということでしょうか」

「何ともいえませんが、そう考えるのが妥当だと思われますね」

「だとすると、変じゃないですか。浅羽さんたちに遺産を譲る方法を相談できる相手がいないから白石さんに連絡した——父の供述によれば、そういうことだったはずです。でもこんな名刺があったということは、この名古屋の法律事務所に何らかの伝手《つて》があったわけで、ふつうならこっちに相談するはずじゃないですか」

さすがにエリート広告マンだけあって、頭の回転が速い。五代のいわんとすることを、直ちに察知したようだ。

「そういう疑問を抱いたので、こうしてお尋ねしているわけです」

「大いに疑問です。是非、もっと深く調べていただきたいと思います」倉木和真は、すがるような視線を五代に向けてきた。

だが五代は、それに対して色好い返事をするわけにはいかなかった。

「申し訳ないのですが、上司からそういう指示は受けていません。じつをいいますと、この名刺に関しては、特に問題にはなっていないんです。所轄の若手刑事がたまたま見つけただけで」

「でも、おかしいですよ」倉木和真はスマートフォンの画像と五代の顔の間で視線を往復させた。「絶対におかしい。どうして調べないんですか」

「捜査は終結しているというのが上の判断です。倉木被告人の供述は強固で、大きな矛盾はありません。この名刺を示しても、上司たちの対応は変わらないでしょう。余計なことをするなといわれるのが関の山です」

「そんな……」理不尽さに苦悶するように倉木和真は顔を歪めた。「何とかならないのですか。上の人の許可がなければ動けないなんて変ですよ」

「ほかのことならともかく、これについては勝手には動けません。令状もないのに東京の刑事がいきなり法律事務所を訪ねていって、倉木達郎という人物を知っているかと訊いても何も答えてもらえないでしょう。先方には守秘義務がありますからね。ただ――」五代は倉木和真の顔を見据えて続けた。「家族ならば話が違います」

えっ、と倉木和真が戸惑いを示した。

「息子さんが行けば、先方の態度は変わるかもしれません」

「どういうことでしょうか。僕が訊けば、父が名刺を持っていた理由を教えてくれると?」

「ふつうに訊いたのではだめでしょう。親子といえどプライバシーは守られなければいけませんからね。でも切りだし方によっては、打ち明けてくれる可能性はあります」

「切りだし方……ですか」

「ここから先は自分の独り言だと思ってください。聞くも聞かないも、あなたの自由です」そういって五代は唇を舐めた。

倉木和真のマンションを出た後も、自分のしたことが正しかったのかどうか、五代は答えを出せずにいた。警察官としては、たぶん反則だろう。事件の真相を探るためと自分を無理に納得させようとするが、父親の潔白を信じたい若者の心をいたずらに乱してしまったという後ろめたさは消えない。今夜、倉木和真は眠れないのではないか。

それにしてもあの推理には意表をつかれた――。

浅羽母娘を冤罪の苦しみから助けるため、過去の犯罪について虚偽の告白をした、という説だ。時効が成立しているのだから、罪を被ったところで失うものはない。遺産を譲ろうと思うほど、あの母娘が大切な存在ならば、そんな考えを抱いても不思議ではない。

ではなぜそれほど大切なのか。倉木達郎が本当に一九八四年の事件の犯人ならば、冤罪を被らせたことに対する贖罪かと理解できるが、犯人でないのなら話が変わってくる。

五代は時計を見た。午後五時を少し過ぎたところだ。ちょうど空車のタクシーが通りかかったので、手を上げて止めた。後部座席に乗り込みながら、「門前仲町へ」といった。

午後五時半ちょうどに『あすなろ』の前に着いた。開店時刻だが、まだ客は来ていないだろう。彼女らと倉木との関係を、今一度確かめておこうと五代は考えていた。特に織恵のほうだ。本当に恋愛関係にはなかったのだろうか。

二階への階段を上がっていった。するとベージュ色のコートを着た男性が下りてきた。五代とすれ違い、歩道へと出ていく。どこかで見た顔だと考え、すぐに思い出した。前に『あすなろ』に来た時、閉店間際に入ってきた男性だ。

五代は階段を駆け下り、周囲を見回した。ベージュ色のコートの背中が見えた。急いで後を追い、すみません、と声をかけた。

男性は立ち止まり、不審げな顔を向けてきた。

「突然すみません」五代は柔和な表情を心がけ、抑えた声で話しかけた。「自分は警視庁の者です」

こんなふうにいわれて戸惑わない者がいるはずもなく、男性は意外そうに瞬きした。

「私に何か……」

「今、『あすなろ』から出てこられましたよね」

「そうですが」

「違っていたら大変申し訳ないのですが、浅羽織恵さんの元御主人ではないですか」

男性は、かすかに驚きの気配を示した。「ええ、まあ……」

「やっぱり……。大変申し訳ないのですが、今から少しだけお時間をいただけないでしょうか」五代は低姿勢で尋ねた。

「もしかすると例の殺人事件の件でしょうか」

「おっしゃる通りです」

男性は薄く目を閉じながら首を振った。

「だったら無駄です。私は何も知りませんから」

「それは承知しております。事件関係者の周辺の方々を当たっているところなんです。御協力いただけると助かります。お手間は取らせません」

男性は困惑した表情で腕時計を見た。「そういうことなら構いませんが」

「ありがとうございます」五代は頭を下げた。

数分後、『あすなろ』の向かいにあるコーヒーショップで、五代は男性とテーブルを挟んで席についていた。

改めて自己紹介を行った。五代は、ほかの客に気づかれぬよう注意しながら警察手帳を提示した。相手の男性は名刺を出してきた。安西弘毅という氏名の上には、財務省秘書課課長補佐の肩書きが付いていた。

「安西《あんざい》さんのお姿は、『あすなろ』で前にも一度お見かけしているんです。そろそろ閉店だって頃に入ってこられたように覚えているんですが」

「ああ、あの時に残っていたお客さんがあなただったんですか」紙コップを片手に、安西は首を縦に動かした。あの夜のことを覚えているようだ。

「織恵さんに結婚歴があることはわかっていましたので、もしかしたら前の御主人かなと思った次第です」

「なるほど。――それで私にどのような用が？」安西はコーヒーを啜ってから紙コップを置いた。そんなことはどうでもいいから、さっさと本題に入れ、ということらしい。

「殺人事件については御存じのようですね。やはり織恵さんからお聞きになりましたか」

「いえ、親戚の者から知らされました」

「親戚の方？　どういった経緯でしょうか」

「『週刊世報』ですよ。あれを読んだ者が連絡してきたんです。あの記事に出ている、留置場で自殺した男性の家族というのは浅羽さんたちのことじゃないかって。それで私も読んで、もしやと思い、織恵に電話をして確かめました」

「すると、やはりそうだったというわけですか」

「そんなところです」安西は肯定しつつも浮かない顔つきだ。

「今のお話だと、離婚後も織恵さんと時々連絡を取っておられるように聞こえますが」

「それはまあ……さほど頻繁ではないのですが、面会がありますから」

「面会？」

「息子との、です」

「ああ、そういえば浅羽さんの部屋で写真を拝見しました。小学校の四、五年ぐらいだったと記憶していますが」

「今は中学二年です。面会の時期や回数は特に決めていないので、事前に予定を決めておく必要があるんです」

「今日も、そのために店に？」

「いや、そのためでは……」安西はしばらく黙考すると、周囲をさっと見回し、五代のほうに顔を近づけてきた。「ほかの人間からいい加減な憶測を聞かれても嫌なので打ち明けますが、私たちが離婚したのは、決して夫婦仲が悪くなったからではないんです。原因は織恵の父親の一件です。とはいえ、私は知っていました。結婚を申し込んだ時に織恵から打ち明けられましたから。だけど冤罪だという彼女の言葉を信じたし、その時点で事件から二十年近く経っていたので、自分たちが黙っていれば問題ないだろうと判断したんです。両親は兄の嫁選びには慎重でしたが、次男坊の私の結婚相手には無関心で、織恵の父親は若い頃に事故で亡くなったといえば何も疑いませんでした。実際、結婚してしばらくは何も問題がなかったんです。子供も生まれたし、このままずっと添い遂げられたらいいなと思っていました」

「何か予想外のことがあったわけですね」

五代の言葉に安西は苦い顔で頷いた。

「うちは父が市会議員をしているのですが、跡を継ぐはずだった兄が病気で倒れてしまい、一時期、私が父の後継者候補にされてしまったことがあるんです。そうなると話が変わってきます。後援会の連中や親戚筋が勝手に私の身辺調査をして、何か問題がないかどうかを確かめ始めたんです。所謂、身体検査というやつでね。そうして引っ掛かったのが、織恵の父親の件です。当然、大問題になりました。私は父の跡など継ぐ気がないといいましたが、それで済むことじゃない、このことが世間に知れたら父の名にまで傷がつくといわれました。父にも、結婚する時に隠していたことを責められました。知っていたら断固反対していたってね」

ありそうなことだと五代は納得した。議員の世界は弱肉強食だ。敵対する者にすれば、格好の攻撃材料になる。

「それで結局、離婚を選ばれたわけですね」

「最終的に決めたのは織恵です。彼女から別れようといわれました」

「織恵さんから……」

安西はテーブルに肘を置き、その時のことを思い出すように遠い目をした。

「結婚した時から覚悟はできていたというんです。いずれ父親のことが発覚して、別れなきゃいけない日が来るかもしれないって。これまでの人生は、そういうことの繰り返しだったからと。だったら今度こそ乗り越えようじゃないかといったんですが、彼女は首を縦に振りませんでした。白い目で見られながら結婚生活を続けるのは嫌だし、あなたや息子に迷惑がかかるのを見ているのも辛いといいました。今なら関係者の人たちがあれこれ手を尽くして隠蔽してくださるだろうから、すぐに別れるのが一番いいと、取り乱すことなく、極めて冷静にいったんです。それを聞いていると、偏見に立ち向かおうとしている自分がやけに青臭く思えてきましてね、反論できなくなってしまったというわけです」

「あなたも辛い立場だったわけですね」

「私の辛さなんて」安西は、ふんと鼻先で笑い、肩をすくめた。「織恵の気持ちを考えたら、どうってことありません。だからせめて子供には自由に会えるようにしてやろうと思いました。息子も大きくなりましたから、近頃では一人で会いに行くこともあるようです。ところがそんな中で例の記事――『週刊世報』です。やっぱり織恵の父親は冤罪だったと証明されました。そうなれば話が違ってきます」

「離婚には意味がなかったと？」

「そうはいいません。離婚していなければ、バッシングされたでしょう。でもこれからは違います。じつをいえばこれまでは、息子を織恵に会わせることにも反対する者は少なくなかったんです。しかし今後は風向きが変わるはずです。そこで息子の教育という観点から、私と織恵とが協力して何かやれることはないか、そういうことを相談しに、このところちょくちょく『あすなろ』に足を運んでいるというわけです。今日もそうでした」安西は紙コップを口に運び、テーブルに戻してから五代を見た。「以上の説明でわかっていただけましたか」

さすがに議員の息子だけあって弁が立つ。理路整然とした説明に、疑問を差し挟む余地はなかった。

「大変よくわかりました」五代は安西の端整な顔を見つめていった。「織恵さんと復縁することは考えておられないのですか」

安西は苦笑し、手を横に振った。

「それはありません。じつは七年ほど前に再婚しているんです。今の妻との間には子供もいます。男の子と女の子が一人ずつ」

「そうでしたか」

見たところ安西は四十代半ばだ。七年前なら三十代だろう。再婚していても不思議ではない。

「ただし現在の妻は長男の教育にはノータッチです。だからこそ織恵の力が必要なんです」

「すると今では織恵さんに対する特別な感情はないと？」

「異性としての感情はありません。今でも素敵な女性だと思ってはいますけどね。早く誰かいい相手を見つけて幸せになってほしいと願っているぐらいです」

「そういう相手がいる気配を感じたことはありませんか。たとえばお客さんの中に、とか」

安西は当惑した表情で首を傾げた。

「さあ……私は営業中には行かないようにしているので、そういうのはちょっと」

「そうですか」

ただ、と安西はいった。

「いつだったか、お母さんとたまたま二人きりになることがあって、その時にちょっと気になることをいわれたんです」

「お母さんというのは、織恵さんのお母さん――浅羽洋子さんのことですか」

「そうです」

「何といわれたんですか」

「安西さん、織恵のことはもう気にすることはないですよ、あの子はあの子で心を許せる相手を見つけたみたいですから、と」

「それはいつ頃のことですか」

「たしか去年の今頃だったと思います。息子の件で相談したいことがあって、『あすなろ』に行きました。その時です」

「心を許せる相手、ですか」

「しつこく尋ねるのも品がないと思い、それはよかったですね、とだけ答えておきました。それからその相手との関係がどうなったのかは知りません」そこまでしゃべった後、安西は不審げな目を向けてきた。「こんな話が何かのお役に立つんですか」

「ええ、大いに」

御協力に感謝いたします、と五代は改めて頭を下げた。

36

佐久間梓の事務所で美令が挨拶の後で発した言葉に、黒縁眼鏡の向こうで目が大きく開かれた。

「今、何とおっしゃいました？」佐久間梓が尋ねてきた。

だから、と美令は唇を舐めた。

「倉木被告人に会いたいんです。拘置所へ面会に行こうと思うので、一緒に行っていただけないでしょうか」

動揺した気持ちを鎮めるように佐久間梓は美令を見ながら深呼吸をした。

「何のために、ですか」

「もちろん、どんな人間なのかを知るためです。会ってみて、話してみて、自分で確かめたいと思います。それから尋ねます。あなたはどうして嘘をつくんですかって」

佐久間梓は机の上で両手の指を組んだ。

「やっぱり、倉木被告人が東京ドームで白石さんと出会った、という話が引っ掛かっているんですか」

「それもそうですけど、何もかもが疑問だらけです。犯行の動機にしても納得できるものじゃありません。うちの父が、あんな態度を取るわけがないし」

「その点については今橋検事がいっていたように、被告人が一部を脚色して供述している可能性は大いにあります。でも、自分の都合だけで殺害したという結果の重大性に影響を与えるものではないし、そこを議論しても意味がないと――」

「違いますっ」佐久間梓の言葉を遮り、美令は否定の言葉を放った。「一部脚色なんかじゃないです。では伺いますが、あの供述のすべてが脚色ではないと、どうしていいきれるんですか。

あれが嘘ではないという証拠でもあるんですか」

「落ち着いてください。どうしたんですか。一体何があったんですか。おかしいですよ。誰かに何かいわれたんですか」

　ぎくりとして美令は横を向いた。「別にそういうわけじゃ……」

「そうなんですね。あなたに何かを吹き込んだ人がいるんですね」

「吹き込んだって、そんなんじゃありません」

「では何ですか。美令さん、正直に話してください。私はあなたの代理人です。あなたの意向に沿ったことしか発言しないし、行動もしません。だけどあなたが本心を打ち明けてくださらなければ、十分なお手伝いができません。何か胸に含んでいることがあるのなら話してくださ い。被害者参加制度に情報の共有は不可欠です」

　佐久間梓の口調は熱い。この人物に隠し事をして良いことは何もない。それは美令もわかっている。

「じつは……息子さんに会いました」迷いつつ、打ち明けた。

「息子さん？　誰の？」

「倉木被告人の、です」

　佐久間梓が息を呑み込む気配があった。「まさか……いつですか」

「事件現場に花を手向けに行った時、偶然に、です」

「それで？」

「あの方も父親の……倉木被告人の供述に納得できなくて、いろいろと調べておられるそうです。その結果、特に昔の事件に関して疑問点がいくつか見つかったとのことでした。父親があの事件の犯人だといっているのは嘘じゃないか、とさえ考えておられるようです。もしそうであれば、今回の動機も作り話だということになります」

佐久間梓は冷めた目でかぶりを振った。

「先方が被告人に有利な証拠を捜そうとするのは当然です」

「あの方の目的はそれではないと思います。こうおっしゃってました。本当の動機が何であれ、自分の父があなたのお父さんを殺したというのが事実なら、それでいいのかもしれないって。つまり父親が殺人犯という事実自体は、信じたくないけれど受け入れようとしておられるわけです。でも動機も含めて供述内容に納得できないから、あの方なりに行動しているんだと思います。だから会ってみたくなったんです。倉木被告人に。本当にあんな動機で人を殺すような人間かどうか、この目で見極めたいと思ったんです」

佐久間梓は眼鏡に手をかけ、瞬きしてからじっと美令の顔を見つめてきた。

「何ですか。どうかしました?」

「いいえ、倉木被告人の息子さんにずいぶんとシンパシーを感じておられるんだなと思って」

その言葉に、なぜか急に身体の血流が激しくなるのを美令は感じた。

「真実を知りたいという気持ちは同じだといっているだけです。それに父を殺したのは、あの方ではありません。事件によって苦しめられているという意味で、あの方も被害者だと思います。そうではないですかっ」つい早口になっていた。

「それはおっしゃる通りです。おかしなことをいってごめんなさい」佐久間梓は小さく頭を下げた。「美令さんのお気持ちはよくわかりました。でも結論をいいますと、今の段階で被告人と会うことには賛成できません。今橋検事もやめてくれとおっしゃるでしょう」

「なぜですか。遺族が会ってはいけないんですか」

「そういうルールはありませんが、美令さんは被害者参加制度の参加人だからです。検察官と共に法廷で被告人の罪を明らかにする立場です。それは様々な客観的情報に基づいて為されなければなりません。個人的に被告人に接触し、予断を持つことは避けるべきです。それにこういっては身も蓋もないかもしれませんが、一度の面会で何かがわかるとは思えません。美令さんに人を見る目がないという意味ではなく、現実的なことをいっています。たとえ美令さんの前で倉木被告人が殊勝な態度を取ったからといって、誠実な人間だと決めつけられるものではないでしょう？」

「そうかもしれませんけど、とにかく一度会ってみたいんです」

「やめておきましょう。これは私からのお願いです」穏やかな口調ではあるが、妥協を許さない響きがあった。

美令は俯き、吐息を漏らした。「仕方ないですね」

佐久間梓が下から顔を覗き込んできた。

「ひとりでこっそり会いに行こう、とか考えてませんか」

図星だった。その案を頭に浮かべていた。「どうしてもだめですか」

「だめです」佐久間梓は胸の前で両腕をクロスさせた。「諦めてください。応じていただけないのなら、私は降ります」

「わかりました」不承不承ながら頷いた。

「やはりまだ、動機が引っ掛かっておられるみたいですね」

「東京ドームで出会ったというのは嘘に決まってるから、父との関係も供述とは違うはずで、当然動機もほかにあるとしか思えないんです」

「なるほどねえ。ところで美令さんは量刑についてはどのように考えておられますか」

「量刑……ですか」

美令は口籠もった。正直、あまり考えていないのだ。

「殺人事件の御遺族の場合、まずは死刑を、それが叶わないならせめて無期懲役をといった具合に、できるだけ重い刑を望む方が殆どです。そのためには皆さん協力を惜しまないし、検察に強い態度を希望する人も多いです。だから美令さんはどうなのかなと思った次第です。お母様は、死刑を望んでおられるようですが」

「あたしは……真実を知ってから、改めて考えたいです。だって、本当のことがわからないままじゃ、被告人の行為がどれだけ罪深いものなのか、推し量れないじゃないですか。違いますか」

「真実を、ね」佐久間梓は視線を一旦斜め上に向けてから、美令の顔に戻した。「わかりました。倉木被告人が述べている殺害動機は嘘だとしましょう。では本当の動機は、供述している内容よりも残虐だと思いますか」

「それは……そんなことはわかりません」

「今回の動機をひと言でいえば、過去の犯罪を隠蔽するための口封じで殺害した、ということになります。白石健介さんには何の落ち度もないわけで、裁判員たちには極めて悪質で身勝手な犯行動機だと捉えられるでしょう。今橋検事は計画性を補強できれば死刑まで持っていけるのではないかと考え、追加の捜査を警察に依頼しているそうです」

「追加で、どんなことを？」

「犯行当日、倉木被告人は白石さんに連絡するのにプリペイド携帯を使用したといっています。ただその電話を入手したのは二年以上も前で、凶器として持参したナイフと同様、今回の犯行のためにわざわざ購入したわけではないと主張しているようです。今橋検事はその供述に疑念を抱いていて、たまたま持っていたのではなく、犯行を決意したからこそ入手したのではないかと考えておられます。だから入手ルートを見つけだし、被告人が犯行直前に手に入れたことを証明できれば、計画性が一段と高まるというわけです」

美令は今橋の、いかにも冷徹そうな顔を思い出した。裁判をゲームのように考えており、そこで勝利することに歓びを感じるタイプだと感じた。

「少し話が横道にそれました」佐久間梓が続けた。「そういうわけで、今橋検事に任せれば今のままで十分に死刑もあり得ると思います。もし倉木被告人が何か隠していて、別の動機があったとします。それが現在供述している内容よりも残虐、あるいは凶悪なものならば、特に問題はないでしょう。でももしそうではなく、何らかの深刻な事情があってやむをえず犯行に及んでしまったのだとすれば、その事情によっては死刑どころか無期懲役にすらならない可能性があります。美令さんは、それでも構わないのですか」

「それは仕方がないと思います。あたしが求めているのは真実であって、死刑判決が出るかどうかは二の次です。とにかく本当のことが知りたいんです」

佐久間梓は考えを巡らせる表情を見せた後、わかりました、と頷いた。

「その意図を今橋検事に伝えましょう。白石さんを殺害した経緯について被告人の供述は信用できないので、別に動機が存在する可能性も疑ってほしい、と。そういうことでいいですね」

「結構です。よろしくお願いいたします」

「ただ御理解いただきたいのですが、現時点では今橋検事としてもどうしようもないと思います。警察による捜査が十分に行われた末、現在の状況になっているのです。今後、何らかの新事実が出てくれば話は別でしょうが」

「しつこいようですけど、だから被告人に直接会って、問い質してみたいんです。東京ドームで父と会ったというのは嘘でしょうって」

佐久間梓は論外だとばかりに首と手を同時に振った。

「白石さんが抜歯した夜に球場でビールを飲むわけがないと倉木被告人にいったところで、そんなことは自分は知らない、白石さんは実際にビールを飲んでいたんだからそう供述したまでだ、と主張されれば、それ以上の反論は無理です」

「だったら同じことを裁判の場で指摘したらどうでしょうか。被告人は嘘をついているかもしれないと裁判員の人たちに思わせる効果があるような気がします」

「それは得策ではありません。公判で唐突にそんな質問をしたら、裁判員は戸惑うだけです。嘘をついていると指摘する以上、その証明が必要です。それ以前に今橋検事に方針を理解していただかなければなりません。その上で被告人の嘘を暴いていく手順を綿密に決めておく必要があります。そうしないと検察側の足並みが乱れます」

美令はため息をついた。「難しいんですね、裁判って」

「何を求めるかによります。完全なる真実を、となれば簡単ではありません。ただ今回の事件の場合、動機についてはそれなりに真実に近いのではないか、と個人的には思っているんですけど」

「どうしてですか」

「だってわざわざ時効になった過去の罪を告白しているんですよ。そんな嘘をつくメリットがありますか。逆ならわかります。本当の動機は過去の犯行を隠すためだった。でもそれを知られたくないから嘘の動機を用意した、というのなら」

美令は人差し指の先を佐久間梓に向けた。「それです」

「えっ、それって?」

「メリット。あるんです、倉木被告人には」

美令は倉木和真から聞いた、『あすなろ』の浅羽母娘を助けるために倉木達郎は一九八四年の事件を自分の仕業だと告白したのではないか、という仮説を話した。

「時効になった事件だから罪に問われることはない。だったら自分がやったことにして、やっぱり冤罪だったと世間に認めさせようと考えた。いかがでしょうか」

佐久間梓は、ふうーっと息を吐き出した。「大胆な発想ですね」

「でもあり得ることだと思いませんか」

「あり得ないとはいいません。でも立証できなければ、単なる想像です。倉木被告人の息子さんが、父親を殺人犯だと認めたくないという思いから作りだした妄想、といってもいいです」

美令は眉根を寄せた。「嫌な言い方」

「気に障ったなら謝ります。でも倉木被告人が今の供述を変えないかぎり、私たちとしてはそれを事実として受け入れるしかないんです。倉木被告人が三十年以上前の事件の犯人ではないことなど、もはや誰にも証明できないでしょうから」

この言葉に、美令は心が少し冷めるのを感じた。

「裁判では必ず真相が明らかになる、というわけではないんですね。何だか自信がなくなってきました」

「黙秘権というものがあります。被告人がそれを行使したために真相が闇に紛れてしまったケースは珍しくありません。でも、どうかめげないでください。まだ公判が始まってもいないんですから」

「佐久間先生には感謝しています。世の中にはどうにもならないことがあると理解できる程度には、世間のことを知っているつもりです」美令は席を立った。「今日はこれで失礼いたします」

「まだ時間はあります。美令さんが納得できるいい案がないか、考えておきます」

「よろしくお願いいたします」

だが部屋を出る前に美令は立ち止まり、振り返った。

「なぜ謝罪がないんでしょうか」

「謝罪？」

「倉木被告人は罪を認め、大いに反省しているようです。でも未だにあたしたち遺族に対する謝罪の言葉が聞こえてきません。詫びる手紙を預かったといって弁護士が訪ねてきたこともありません。なぜでしょうか」

「それは私には何とも……」

「もしかすると倉木被告人には謝罪する気がないのではありませんか。自分の犯行は正当な行為だったと思っているとか」

「そんなことはないと思います。減刑を狙ったパフォーマンスだと思われるのが嫌で、あからさまな謝罪はしないという被告人も少なくありません」

「そうなのかな」

佐久間梓が警戒するような目を向けてきた。

「まさかこれについて倉木被告人の息子さんと話し合ってみようとか考えてないですよね」

「いけませんか」女性弁護士の反応を窺いながら美令はいった。

佐久間梓は呆れたように両手を広げた。

「やめたほうがいいです。万一、二人で会っているところを誰かに見られたりしたら、世間からあらぬ誤解を受けることになります」

「あたしは真相究明のためには手段を選ばない覚悟なんですけど」

「どうか選んでください。無茶はしないでください。ほかの誰でもない、あなたのためにいっています」

「考えておきます」

「美令さん……」佐久間梓は弱り果てた顔になった。

失礼します、といって美令は事務所を後にした。申し訳ない気持ちはあったが、ここで安易に約束して、それを破るのはもっと嫌だった。

建物の外に出ると冷たい風が頬に当たった。だが心地よく感じるのは、気持ちが昂揚しているせいかもしれない。我ながら大胆なことをいくつも発言したと思った。考えるよりも先に言葉が出てしまった感じだ。

倉木和真の顔が、ふっと浮かんだ。

奇麗で真摯な目が印象的だった。懸命に辛い現実と向き合おうとしていることが、ひしひしと伝わってきた。きっと仕事でも有能なのだろう。突然人生が暗転し、絶望しているに違いなかった。

彼に同情する気持ちがあることに美令は自分で驚いていた。被害者の遺族としてではなく客観的に事件を俯瞰《ふかん》できているからなのか、彼の人間的な何かに影響されているのか、あるいはそれらとは別の要因のせいなのかはわからなかった。ただ間違いなくいえるのは、彼に対する嫌悪感などは一切ないということだった。

帰宅すると綾子が夕食の用意をして待っていた。メインディッシュはムニエルだった。綾子の得意料理だ。

「ついさっき、佐久間先生から電話がかかってきた。あなた今日、事務所に行ってきたそうね」ナイフとフォークを持つ手を止めて綾子が訊いてきた。

「そうだけど、それがどうかした？」何かいわれる気配を感じたが、平静を装った。

綾子はナイフとフォークを置いた。

「あなたなりに疑問があって、それを何とか解決したいという気持ちはよくわかる。私も、もし明らかになっていない事実があるのなら、何としてでも知りたい。でも、先方と関わるというのはどうなの？」

「先方？」

「犯人の家族よ。息子だって？　会ったそうね。佐久間先生から聞いたわ。お母様も御承知のことですかって訊かれて、びっくりしちゃった。どうしていわなかったのよ」

「わざわざ話すまでもないかなと思っただけ。それが何か？」母親の顔を見ず、淡々とムニエルを食べ続けた。

「何か、じゃないでしょ。相手は敵なのよ。わかってるの？」

美令はゆっくりと咀嚼《そしやく》し、口の中のものを飲み込んでから顔を上げた。

「敵？　何をわけのわかんないこといってんの。犯人は倉木被告人かもしれないけど、その家族に責任はないでしょ？」

「それはそうかもしれないけど、裁判においては敵なのよ。向こうは少しでも罪を軽くしようとしてくるに決まってるんだから」

「あの人に、そういう発想はないと思うけど」

「あの人って？」

「だから倉木被告人の息子さんのことだけど」フォークでサラダを口に運んだ。

「お願いだから、そんな馴れ馴れしい言い方はしないで。お父さんを殺した犯人の息子なのよ」

美令はフォークを置き、真っ直ぐに母親を見つめた。

「あたしは真実が知りたいの。そのためには誰とだって会うし、必要なら手を組む。お母さんみたいなことをいってたら、永遠に真相はわからない」

綾子が険しい目で見返してきた。

「真相なんてね、そう簡単にわかるものじゃないの。わかったとしても大したものじゃない。お父さんがよくいってた。犯行動機をうまく説明できない被告人は多いって。何となく盗んだ、気がついたら殺してた、自分でもよくわからない、そんなのばっかりだって。倉木だって、きっとそう。本人なりにいろいろとあったんだろうけど、結局のところは浅い考えで発作的に行動しただけ。そうに決まってる。だからそんなことにこだわったって仕方がないの。私たちが気にするべきなのは、罪にふさわしい刑罰が下されるかどうかってことだけ。私は死刑を望んでる。それが叶えられるなら、細かいことはどうでもいい。だから美令にもお願いしたいわけ。もう余計なことはしないでほしいの。犯人の息子に会うのなんて、もってのほかだからね」

「もってのほか、ねえ」

「わかった？　私の話、ちゃんと聞いてる？」

「聞いてるよ。お母さんの考えはよくわかった。間違ってるとは思わない。でもね、あたしにはあたしの人生がある。今、あたしの人生の歯車は止まってる。このままだと一ミリだって動きだせない。死刑判決なんて、あたしにとっては何の意味もない」

「美令……」

「ごちそうさまでした。今夜の料理も美味しかった。いつもありがとう」そういって美令は立ち上がった。

37

壁に掛けられた中日ドラゴンズのカレンダーを見て、今はこういう選手が活躍しているのか、と和真は思った。ネットの記事などで名前を目にしたことはあったが、顔を見るのは初めてだった。ポジションもあやふやだし、背番号なんて全く知らなかった。

昔は達郎に連れられて、よく球場に行ったものだ。生で見るプロの選手たちのプレーは迫力満点だった。だがいつの間にか、プロ野球への関心が薄れていった。進学を機に上京したのが、そのきっかけだ。東京では、プロ野球の公式戦を地上波のテレビではあまり見られない。インターネットで試合結果を追っているだけでは、到底プロ野球ファンとはいえないだろう。しかも特に強く応援しているチームがあるわけでもない。

その点、生粋のドラゴンズファンだった達郎は、最近でも年に何度かはナゴヤドームに足を運んでいたようだ。それを知っていたから、開幕戦の巨人戦のチケットを知り合いのコネを使って入手してやったのだ。そのことを電話で知らせた時の達郎の反応を、和真は今でも覚えている。老いた父親が、「マジかっ」という言葉を使うのを初めて聞いた。

きっと期待に胸を躍らせて東京ドームへ行ったに違いない。内野スタンドの、わりと良い席だったから驚いたのではないか。

その隣に白石健介が座っていた――。

そこまで想像を巡らせたところで和真は首を傾げた。白石は、どうやってそのチケットを入手したのだろうか。東京ドームの開幕戦となれば、そう易々とは手に入らない。無論、弁護士としての顔の広さを生かせば何とでもなるだろう。あるいはインターネット・オークションで落札したことも考えられる。

だがもしそうした方法を取ったのであれば、何らかの形で痕跡が残るのではないか。警察はそれを把握しているのだろうか。

いや、たぶんそれはない、と和真は思った。抜歯の事実から、あの日に父が東京ドームなどに行くはずがないという白石美令の指摘に対して、どうやら五代たちは明確な反論ができないでいるようだ。白石健介がチケットを入手していた事実を摑んでいるのなら、そのことをいうのではないか。

和真はスマートフォンを取り出し、たった今思いついたことをメモに残した。次に白石美令に会ったら話してみようと思った。

しかし再び彼女と会う日が果たして来るのだろうか。事件の真相に関して何か思いついたことがあって、和真に話したほうがいいと思った場合には連絡する、と彼女はいった。あくまでも、必要とあれば、だ。本音では、加害者の息子となど関わりたくないと思っているに違いない。先日は思いがけず意気投合したような気になっていたが、自分だけが調子に乗っていたのではないかと思い直し、自己嫌悪に陥ったのだった。

そんなことを考えていたら、倉木さん、と呼ばれた。顔を上げると受付カウンターの女性が頷きかけてきた。

「三番のお部屋にどうぞ」女性は奥に進む通路の入り口を指した。

行ってみると部屋のドアは内側に開いていて、小さな机の向こうで白髪の男性が穏やかな笑みを浮かべて座っていた。

「倉木さんですね。ドアを閉めて、お掛けになってください」

はい、と和真は答え、いわれたようにドアを閉めてから椅子に座った。

天野です、といって男性は名刺を出してきた。そこには『天野法律事務所　代表弁護士　天野良三』とあった。達郎の名刺ホルダーに入っていたとされる名刺とはデザインが少し違っている。あちらの名刺の肩書きには、『代表』の文字がなかった。配下に若手弁護士を置いたのかもしれない。

「本日の御相談内容は、お父様の遺産相続について、ということのようですが、具体的にはどういったお話でしょうか」天野が手元の書類を見ながら尋ねてきた。受付カウンターで渡された書類で、そこに相談内容を書き込むようにいわれたのだ。

「じつは父が遺言書を作成しているらしくて、その内容をたまたま知ってしまったんです。どうやら全財産を一人息子の僕にではなく、全くの赤の他人に譲ろうとしているようなのです。そんなことが可能なのでしょうか」

なるほど、と天野は頷いた。

「遺言書にそういうことを書いてもいいのかという御質問でしたら、構わないとお答えするしかないでしょうね。どんなことを書こうと本人の自由ですから。ただし、書けば必ずそのようになるのかということでしたら、それはケース・バイ・ケースで、ならない場合もあるとお答えしておきます。ええと、お母様は御存命でしょうか」

「いえ、母は亡くなりました」

「一人息子だとおっしゃいましたね。つまり、あなたのほかにお子さんはいらっしゃらないわけですね？」

「はい」

「それならば話は簡単です。あなたが了承すれば、お父さんは全財産をほかの方に譲ることが可能です」

「僕が了承しなければ？」

「全財産を譲ることはできなくなります。お父さんが自由に譲れるのは全財産の半分までです。残りはあなたに相続する権利があります。それを遺留分といいます。そこからは話し合いです。あなたにその気があれば、いくらかを譲ったらいいし、その気がないのなら半分を相続すればいいのです」

和真は頷いてみせた。「やっぱりそうですよね」

「やっぱり、とは？」

「こちらに来る前に自分なりに調べてみたんです。遺留分のことも知りました。でも父は、僕の意向など関係なく全財産を他人に譲れると考えているようなんです。そんなふうに電話で誰かと話しているのを聞きました。その時、法律事務所で確認した、とまでいっていたんです」

天野は首を捻った。

「それはおかしいですね。そんなことをいう弁護士はいないと思います。失礼ながら、お父様は実際には法律事務所などへは行っておられず、適当に御自分の考えを述べられたのではないでしょうか」

「いや、それがどうも、法律事務所に行ったというのは本当のようなんです。というのは、名刺が見つかっておりまして」和真はスマートフォンを取り出し、素早く操作した。画面に表示させたのは例の名刺だ。五代のスマートフォンから送ってもらったのだ。これです、といって天野に見せた。

途端に白髪の弁護士の表情が変わった。自分の名刺を見せられるとは予想していなかったのだろう。

「どういうつもりなのか父に直接訊ければ話が早いんですけど、遺言書を作っていることは、僕は知らないことになっているので……」

「お父様のお名前を、ここに書いていただけますか」天野はボールペンを出しながら、書類の余白を示した。

和真が達郎の名前を記すと、少々お待ちください、といって天野は出ていった。

閉まったドアを見つめ、ふうーっと息を吐いた。緊張から、腋の下が汗びっしょりだ。

しかし、とりあえずここまではうまくいった。

今のやりとりは、五代から入れ知恵されたことが元になっている。

仮に達郎が何かを相談するために法律事務所を訪れていたとしても、その内容は息子といえども教えてくれないだろう、と五代はいった。

「だけどその相談内容が、他人への遺産の贈与に関するものかどうかを確認するだけなら方法はあります。まずは達郎さんの名前は伏せて、同じ内容を相談します。その上で、父も法律事務所で相談したようだけど、全然別のことをいわれたらしいというのです。そこで、じつはその事務所とはここなのだと明かします。弁護士はあわてて確認するでしょう。もし達郎さんが名刺を持っていただけで相談になど行っていなければ、あなたのお父さんが来たという記録はありません、と弁護士はいうでしょう。相談には来たけれど全く違う内容なら、そのようにいうはずです。そのどちらでもなかった場合は、わざわざ名古屋まで出向いた甲斐があった、ということになるかもしれません」

自分では勝手に動けない五代が、和真をたきつけているのは明らかだった。しかし決して悪意からではないこともわかった。あの刑事も事件の裏に別の真相があるのでは、と疑い始めているのだ。

五代が授けてくれた策は名案だと思われたが、唯一心配なのは、天野という弁護士が今回の事件を知っていて、逮捕された倉木達郎が相談者だと気づいていた場合だ。息子が来たとなれば、きっと警戒するだろう。

だがたぶんそれはないと五代はいった。裁判で弁護人を務めたりしたのならともかく、日々やってくる相談者の名前など、いちいち覚えてはいないだろうというのだった。和真も同感だった。そして天野の反応を見たかぎり、その予想は当たっていたようだ。

ドアが開き、天野が戻ってきた。

「確認しました。たしかにお父様がいらっしゃってますね。一昨年の六月でした。記録を調べているうちに思い出しました」

「相談内容は？」鼓動が速まっているのを感じながら和真は訊いた。

天野が席についてから小さく頷いた。

「同様の件でした。血の繋がりのない人物に遺産を譲る手順についてです。しかしおかしいですね。息子さんへの遺留分のことも説明したはずです。はっきりと覚えていますし、記録にも残っています。お父さんはお忘れになっているか、何か勘違いをなさっているのではないでしょうか。もしこちらの話を何か誤解しておられるようなら、いつでも御説明いたしますが」

「わかりました」そう答える声が興奮のあまり震えた。動揺が顔に出そうになるのを懸命に堪えた。「それとなく父に確認してみて、その必要があるようならまた御連絡します。本日はありがとうございました」立ち上がった。

「もういいんですか」

「はい、十分です」

「お役に立てたのならいいのですが」

「それはもちろん」今度は声が上擦った。

事務所が入っている建物を出ると、右の拳を振った。人目がなければ叫びたい気分だった。思った通りだ。達郎は一年数か月も前に天野弁護士からレクチャーを受けていた。だから改めて白石健介に相談するわけがないのだ。この前の『敬老の日』にテレビを見ていて、遺産を浅羽母娘に譲ることを思いついたというのも嘘だ。

どうすればいいだろうか。

これから自分は何をするべきか。こんな重大な事実を発見して、何も手を打たないなんてことはあり得ない。

高いビルがそびえ立つ中を、名古屋駅に向かって歩きながら考えた。

堀部に話し、達郎本人に尋ねてもらうか。だが達郎があっさりと嘘を認めるとは思えなかった。犯行日と同じ日に引っ越しを計画した理由を訊かれた時と同様、法律事務所には行ったが、天野弁護士のいうことが理解できなかったとか、アドバイスの内容を忘れたとか、言い逃れをしそうな気がする。

そもそも堀部が当てになるとは思えなかった。あの弁護士は悪い人間ではないし、それなりにきちんと仕事をしてくれているが、達郎の供述を少しも疑おうとしない。事実関係を争うことは早々に放棄し、減刑に繋がる材料探しだけに躍起になっている印象だ。

五代には報告すべきだろう。和真が天野弁護士に会いに行くことを予想し、その首尾がどうであったか、きっと気にしているに違いない。この結果を聞けば、目の色を変えるのではないか。

そしてじつは堀部や五代よりも先に、和真の頭に浮かんでいる顔があった。白石美令だ。彼女は白石健介と達郎との出会いに疑念を抱いている。この話を聞けば、それはより強いものになるだろう。

だが連絡していいものだろうか。

何か見つけたら連絡してもいいかと尋ねたら、お願いします、と彼女は答えた。あの言葉は社交辞令などではないとは思う。しかしこの情報は、それだけの価値があるものだろうか。加害者の息子が被害者遺族に知らせるほどのものか。重大な発見だとは思うが、ここからさらに新たな何かが見つかるまでは自重すべきではないか。

あれこれ悩んでいるうちに名古屋駅に着いてしまった。和真は券売機で新幹線のチケットを購入した。行き先は三河安城駅だ。いいタイミングで『こだま号』が来ることは、予め時刻表で確認してある。

前に実家に帰った際、溜まっていた郵便物を整理した。だがその後、郵便局に転居届を出すのをすっかり忘れていたのだ。先日インターネットで手続きを済ませたが、それまでの間に届いた郵便物を回収しておく必要があった。郵便受けは門の脇にある。回収したら家には入らず、即座に駅に戻ろうと決めていた。

ホームに立ってから時計を見ると、列車が来るまで五分少々あった。和真はスマートフォンを取り出した。迷いつつ、白石美令の番号を選んだ。ふうっと息を吐いてから発信ボタンをタップした。スマートフォンを耳に当て、目を閉じた。体温が上昇し、鼓動が激しくなるのを感じた。

呼出音が聞こえた。二回、三回、だが相手は出ない。四回目の呼出音を聞いたところで和真は電話を切った。まだ昼間だ。平日だから、白石美令も仕事中に違いない。こんな時間帯に電話をかけること自体が非常識なのだ。

やがて『こだま号』がゆっくりと入ってきて、止まった。自由席車両は空いている。二人掛けシートの通路側に座った。三河安城駅までは、たったの十分ちょっとだ。だから前回家に帰った時も、『のぞみ号』で名古屋に来てから『こだま号』で戻った。

列車が動きだして間もなく、スマートフォンに着信があった。見ると白石美令からだった。

和真はあわてて席を立ち、電話を繋ぎながらデッキに出た。

「はい、倉木です」

「白石です。先程、電話をいただいたみたいですけど」

「はい、お知らせしておきたいことがありまして。今、少しだけ大丈夫ですか」

「あたしは大丈夫です。何かあったんでしょうか」

「じつは、ついさっきまで名古屋の法律事務所にいました。というのは、父の所持品から、その名刺が見つかったからなんです。そんな近くに知っている法律事務所があるのなら、遺産のことでわざわざ白石さんに相談するはずがないと思いまして」

「それで、どうでした？」白石美令の声には緊張の気配が籠もっていた。

「父は一昨年の六月に訪れていました。その相談内容は――」

和真が天野から聞いたことをそのまま話すと、白石美令は沈黙した。その時間があまりに長いので電波が途切れたのかと思った時、倉木さん、と重たい口調で呼びかけてきた。

「これからどうするおつもりですか？」

「それを考えているところです。でもまずは白石さんにお知らせしておこうと思いまして」

「ありがとうございます。大変驚きました。とても貴重な情報です」

「そういっていただけるとほっとします」

間もなく三河安城駅に着くというアナウンスが流れた。

「新幹線の中なのですね」

「そうです。郵便物を回収しに、実家に寄る途中です」

「その後は何か御予定があるんですか」

「特にありません。東京に帰るだけです」

「そうですか……」そういって白石美令は、また黙り込んだ。

列車のスピードががくんと落ちた。和真はスマートフォンを耳に当てたまま、足を踏ん張ってよろけるのを防いだ。

「東京に着くのは何時頃になりそうですか」白石美令が尋ねてきた。

どきりとした。意味もなく、こんなことを訊いてくるわけがない。

「ちょっと待ってください」

和真は頭の中で素早く計算した。効率よく動けば、午後四時には三河安城駅に戻れるのではないか。『こだま号』で帰京するつもりだったが、もう一度名古屋駅に戻って『のぞみ号』に乗るという手はある。

列車が停止し、ドアが開いたので和真はホームに降り立った。

「六時半頃には東京に帰れると思いますが」

「六時半、ですか。その後、予定はないんですね」

「ありません」

「では七時にどこかでお会いできませんか。詳しいことをお聞きしたいですし、今後のことも話し合っておきたいので」

白石美令の提案は、和真が内心期待していたものだった。

「僕のほうは構いません。どちらに伺えばいいでしょうか」

「どこかゆっくりと話せるところがいいですね。東京駅のそばで、そういう店を御存じありませんか」

「東京駅のそばではないですけど、銀座になら一軒知っています」

先日南原と会った店だ。店名と場所を教えると、そこでいいと白石美令はいった。

電話を終えた後、和真は複雑な思いに襲われた。彼女と会えることになり、心が浮き立っている。だが一方で、そんな気持ちに罪悪感も抱いている。父親が殺人罪で裁かれようとしている時に、被害者遺族と会うことを楽しみにするなど言語道断、不謹慎などという言葉すらふさわしくない。

白石美令は、あくまでも真相究明のために会おうとしているだけで、本当は加害者の息子の顔など見たくもないのだ――和真は自分にいい聞かせた。

前回と同様、駅からタクシーで篠目に向かった。和真は車内で持参してきたマスクを装着した。近所の人間がいた時の用心だ。隣家の吉山は好意的に接してくれたが、例外と考えたほうがいい。

小さな交差点の手前で和真はタクシーを止めた。角を曲がれば、すぐに実家がある。料金を払いながら、「すぐに戻ってくるので、ここで待っていてもらえますか」と訊いた。

「なんだ、それならメーターを止めないほうがよかったんじゃないか」年老いた運転手は笑った。乗り逃げされることを考えていないらしい。ここはそういう土地なのだと実感した。殺人者など出るはずのない町だ。

タクシーを降りて、足早に歩きだした。角を曲がり、人目がないことを確認しながら実家に近づき、周囲を見回してから門をくぐった。

郵便受けを見ると、やはりいろいろと届いていた。片手で摑み出し、バッグに押し込んでから急いで門を出た。

タクシーに戻り、三河安城駅に行ってくれるよういった。

「やっぱ、メーターを止めないほうが安かったんと違う?」そういいながら運転手はエンジンをかけた。

和真はバッグから郵便物を出し、確かめた。ダイレクトメールや光熱費の検針票に交じって、少し幅の広い封筒があった。差出人の欄には『豊田中央大学病院』と印刷されていて、『化学療法科　富永』とボールペンで添えてあった。

宛名は『倉木達郎』となっているが、和真は迷いなく封を開けた。

38

倉木和真と待ち合わせた店の前に立ち、どうしようかなと美令は迷った。約束の午後七時より十分近く早かったからだ。先に席について待っているなんて、いかにも気が急《せ》いているみたいではないか。彼の話を早く聞きたいのは事実だが、物欲しげな印象は持たれたくない。とはいえ、歩き回って時間つぶしをするのも妙だ。

首を振り、店の自動ドアをくぐった。一体、何を気にしているのか。相手がどう感じようと関係ない。たまたま早く着いた、ただそれだけのことだ。

一階はケーキ販売店で、喫茶スペースは二階にあるようだ。階段を上がり、広々とした店内を見回した。三割ほどの席が埋まっている。どこの席にしようかと考えていたら、窓際で男性が立ち上がるのが見えた。スーツ姿の倉木和真が小さく会釈してきた。何のことはない。彼はとうに着いていたのだ。

「お待ちになりました？」椅子に腰を下ろしながら美令は訊いた。

「いえ、早めに来てよかったです。お待たせしてしまうところでした」和真はいった。彼は彼なりに気遣っているようだ。

ウェイトレスが水を運んできた。美令はカフェラテを、和真はコーヒーを注文した。

「突然すみませんでした」ウェイトレスが去ってから和真が頭を下げてきた。

「驚きました。詳しいことを教えていただけますか」

「はい、もちろん」

和真はスマートフォンを操作し、美令の前に置いた。画面には名刺が写っている。『天野法律事務所』という文字が確認できた。

「五代刑事から見せられました。父の名刺ホルダーから見つかったそうです。心当たりはないかと訊かれましたが、ありませんと答えました」

「これについて警察では何らかの捜査を？」

和真は首を振った。「する予定はないそうです」

「どうして？」

「捜査は終了しているというのが、警察上層部の認識らしいです。五代さんがこれを見せてくれたのは、個人的な関心からのようでした。あの方も疑問を感じておられるんです」

「それで今日、あなたが名古屋に？」

はい、と和真は頷いた。

「この名刺にある天野さんという弁護士に会ってきました。先程電話でもいいましたが、父の相談内容は、遺産を他人に譲れるかどうか、というものでした。長男の僕に遺留分があることもきちんと説明したとのことでした」

「だったら、同じことを父に相談するわけがないですね。これではっきりしたと思いませんか。倉木被告人——あなたのお父さんは嘘をついています。東京ドームで出会ったというのも、相続のことで父に相談したというのも全部嘘。当然、犯行の動機も嘘の可能性が高いってことになります」

「東京ドームについては、もう一つ疑問が見つかりました」

その疑問とは、健介が観戦チケットをいかにして入手したか、警察は突き止められていないのではないか、というものだった。たしかに、もしそれが確認できているのなら、美令の指摘に対して五代がそう答えるはずだ。

ウェイトレスが近づいてきて、二人の前にそれぞれの飲み物を置いた。その間、美令はじっと和真の顔を見つめていた。和真も真剣な表情で彼女の視線を受け止めてくれた。

「問題は、次にどうするかです」コーヒーカップを持ち上げて、和真がいった。「弁護士を通じて父に確かめてみようかとも思うのですが、これまでのことを考えると、何だかんだと言い訳をするだけのような気がします。一応、五代刑事には話してみるつもりですが、どれだけのことをしてくれるかはわかりません」

「あたしも、参加弁護士の先生に話すかどうかは少し考えてから決めます。話したところで、あまり力にはなってもらえないような気がするんです。倉木被告人が供述を変えないかぎり、今のままで公判が行われるわけで、それで十分に勝てると検察は考えているようです。最近になってつくづく思うんですけど、検事や弁護士というのは、裁判に勝ちさえすれば真相などは二の次なんですね」

「それは僕も感じます。弁護士は情状酌量を狙うの一点張りで、僕が父の犯行だと認めていないことも不満のようです。名古屋の法律事務所の話をしても、余計なことをせずにおとなしくしていろといわれるかもしれません」

「おとなしく、ですか。それは――」

あたしも、といいかけて美令は口を閉ざした。

「何か？」

「いえ、あなたには関係のないことでした」

本当は関係がないどころか、大いに関係することだった。佐久間梓に話したくないのは、そのためにはこうして和真と会ったこともいう必要があるからだ。それを聞けばあの女性弁護士は、きっといい顔をしないだろう。また綾子に告げ口するかもしれない。

美令はカフェラテのカップに手を伸ばした。この店のカフェラテは香りが豊かで美味しかった。陶器のカップでこういうものを飲むのが久しぶりだからかもしれない。行きつけのコーヒーショップは、どこも紙コップだ。

窓の外に目を向けると、銀座の街を見下ろせた。最近、似たような経験をしたのを思い出した。門前仲町にある、健介が入ったというコーヒーショップに行ってみた時のことだ。ただし、あの街はこれほど華やかではなかった。そしてあの時に手にしていたのは、まさしく紙コップに入ったカフェラテだった。向かいにある『あすなろ』が入っているビルを眺めていたら、そこに倉木和真が現れたのだ――。

ふっと疑問が浮かび、和真のほうを向いた。

「どうしました?」

「何のために、あの店に行ったんでしょう?」

「あの店?」

「『あすなろ』の向かいにあるコーヒーショップです。事件が起きる前、父は二度、あの店に行っています。しかも二度目はかなり長い時間、滞在していたようです。倉木被告人から浅羽さんたちのことを聞き、彼女たちの現在の状況を確認しに行ったのではないか、とみられているみたいです。でも倉木被告人が遺産贈与のことを父に相談したのでないなら、父は何のためにあのコーヒーショップに行ったのでしょうか」

和真はゆっくりと首を上下に揺らした。「たしかにそれも疑問ですね」

「そもそも、浅羽さんたちの様子を知りたいのなら、そんなところで見張っているより、『あ

らないんです」

「おっしゃる通りです。やっぱり僕は、もう一度昔の事件を調べ直してみようと思います。素人にどれだけのことができるかはわかりませんが、すべての根源がそこにあるように思えてならないんです」

「昔の事件が起きたのって、一九八四年でしたっけ?」

「そうです」

美令はカフェラテを口に含み、小さく首を傾げた。

「何か引っ掛かりますか?」和真が訊いてきた。

「ちょっと思ったんです。あたしのほうも調べたほうがいいんじゃないかって」

「何をですか?」

「だから昔のことです。倉木被告人の供述が嘘なら、もしかするとうちの父と浅羽さんたちの間に何か関係があるのかもしれません。だからあのコーヒーショップで『あすなろ』の様子を見ていたとも考えられます」

「まさか。どう関係しているというんですか」

「それはわかりません。でも一応、自分なりに調べてみようと思います」

一九八四年――美令が生まれるより、ずっと前だ。健介は二十二歳だったはずだから、まだ学生か。卒業後しばらくして学生時代から交際していた綾子と同棲し、彼女の妊娠を機に入籍した、と聞いていた。

和真を見ると、真剣な眼差しを宙の一点に注いでいるようだった。

「何を考えておられるんですか」美令は訊いた。

「父は、どうして嘘をつくんだろうと……一体、何を守りたいんだろうと……それを考えていました」

「あなたのお父さんは、何かを守っているんでしょうか」

「そうだと思うんです。何か、ではなく、誰か、ではないかとも」

「浅羽さんたち？」

「はい、おそらくそうだと……」さらに和真は続けた。「しかも命がけで」

「命がけ……」

和真は、はっとしたような顔をして首を横に振った。

「すみません。余計なことをいいました。特に根拠はありません。忘れてください」

急いで打ち消す様子が不自然だった。何か隠し事があるようだと気づいたが、彼の辛そうな表情を見ると、美令は何もいえなくなった。

家に帰ると、「遅かったわね」と綾子にいわれた。

「ＣＡ時代の友達から連絡があって、銀座の喫茶店で会ってた」

「あら、珍しいわね」

「どうして？　よくあることだけど」

「そういう友達と会う時には、飲みに行くでしょ？　喫茶店だけなんてことあった？」

いわれてみればその通りだった。安易な言い訳をしたことを悔いた。

「向こうが遠慮してくれたみたい。裁判を前にして、飲みに誘うのは無神経だろうって。あたしは平気だけど、今日のところはそのまま別れた」

「たまには気分転換してくれればよかったのに」

「飲んで陽気にはしゃげるわけじゃないでしょ。そういうのは、何もかも終わってからだと思ってる」そういうと美令は綾子に背を向け、自分の部屋に向かった。しゃべりすぎて墓穴を掘るようなことはまずい。綾子は案外勘が鋭いのだ。

二人きりでの夕食にはすっかり慣れた。今夜のメニューはホワイトシチューだ。さっきあんな会話を交わしたせいか、白ワインが飲みたくなった。

「この前、お父さんの遺品を整理してたよね。古いアルバムとかもあった？」

「アルバム？」

「お父さんが子供の頃とか、学生の頃の写真」

ああ、と綾子は頷いた。

「一冊だけあった。お父さんは独りっ子だったから、子供の頃の写真がわりとたくさん残ってた。ああいうものの扱いって、難しいわよね。いつまでも保管しておくわけにはいかないとわかってるんだけど、処分するのもどうかと思うでしょ？」

「それ、部屋に置いてあるの？」

「本棚の一番下に入れてるはずだけど」綾子が不思議そうな目を向けてきた。「アルバムなんか、どうするの？」

「見たいと思って。あたし、考えてみたら、お父さんの子供の頃のこととか全然知らない。あんまり話してくれなかったように思うし」

綾子は、ふっと唇を緩めた。

「話してくれても、あなたが聞こうとしなかっただけじゃないの？」

「そうかもしれないけど」美令は綾子を見た。「お母さんは、学生時代にお父さんと出会ったんだよね。その時、何歳だった？」

「大学四年になったばかりの頃だから、私は二十一歳。お父さんは浪人してたし、おまけに四月生まれだから二十三」

「四年生になってからなんだ」

「学部が違うから知り合う機会なんて、そもそもなかったわけ。ところが花見パーティなるものがあって、そこでたまたま知り合ったのよ。四月の半ばでね、桜なんか大方散っちゃってた。でも、元々目的がそれではないから、誰も文句をいわなかったわね」綾子は懐かしそうにいった。

「当時のお父さんは、どんな学生だった？」

「どんな、と訊かれても困るわね」綾子は首を傾げた。「第一印象は、頼もしそうで真面目、それに尽きるんじゃなかったかな。でも付き合ってみたら、それ以上だとわかった」

「どういうこと？」

「とにかく勤勉で、おまけによく働くわけ。司法試験の合格を目指して懸命に勉強している人は珍しくなかったけど、お父さんの場合、同時にアルバイトをすごくやってたの。あんなに働きながら、よく身体を壊さないもんだと思った。だけど家の事情を聞いて、納得した。あなたも知ってるでしょ、母子家庭だったこと」

「ずいぶん早くに父親が亡くなったってことは聞いた」

「中学生の時、交通事故でね。しかも加害者は無免許で、運転していたトラックは盗難車だったの。加害者は刑務所に入ったけれど、賠償金なんか払ってくれるわけがない。大黒柱を失ったというのに、泣き寝入りするしかなかった」

「そうなんだ。初めて聞いた」

「苦労話をするのは好きじゃないといってたからね。私には打ち明けてくれたけど」

自分は健介にとって特別な存在だった、といいたいらしい。

「幸いだったのは、住む所には困らなかったこと。あなたも覚えてるでしょ？　練馬にあった小さな一軒家」

「覚えてる。目の前が畑だった」

子供の頃、何度か遊びに行った。その頃は祖母もまだ元気で、美味しい料理をたくさん作って迎えてくれた。

「大学を卒業してからも二年ぐらいは、お父さんはあの家でお祖母ちゃんと二人で暮らしてた。独り暮らしを始めたのは法律事務所で働くようになってからだから、お父さんは二十五か六だったんじゃないかな」

「その部屋にお母さんが押しかけて、住み着いたわけね」

綾子は眉をひそめた。

「住み着いただなんて、人聞きの悪い言い方をしないでくれる。私も部屋を借りてたんだけど、一緒に住んだほうが合理的だって話になったの。お父さんがいいだしたのよ」

それはどうだか、と思いながらも反論しないでおいた。

綾子から聞くかぎり、特に引っ掛かることはなかった。しかし問題は一九八四年、あるいはそれ以前だ。健介は二十二歳だったはずだから、綾子と出会うより一年前ということになる。

「お父さんの学生時代の友人って、誰か知ってる？」

「何人か、会ったことがある程度ね」

「今でも連絡を取れる人は？」

さあ、と綾子は首を捻った。

「スマホのアドレス帳にあるかもしれないけど、連絡を取ってたかどうかはわからない。最近、そういう話は聞かなかったから」

「じゃあ、後でアドレス帳を見せるから、知ってる名前があったら教えて」

健介のスマートフォンは証拠品として検察に預けたままだが、アドレスなどのデータはコピーされたものを受け取っているのだ。

「いいけど、どうする気？」

「まだわからない。でもお父さんのことを、もう少し知っておきたいの。せっかく被害者参加制度を使うのに、被害者である父親のことをよく知らないままだと、言葉に説得力がないような気がして」

「ふうん……わかった」綾子はあまり得心している様子ではなかったが頷いた。

食後、美令は健介の部屋に入った。書棚の一番下に古いアルバムが立てられていた。予想したよりも薄い。

開くと、いきなり裸の赤ん坊の写真が目に飛び込んできた。しかも白黒写真だ。布団に寝かされている。

さらにページをめくると、二人の男女と共に写っている写真が増えてきた。健介の両親だろう。祖母の顔なら美令も知っている。若かりし頃は美人だったのだなと思った。

祖父は精悍な顔つきの男性で、体格もがっしりしている。商社マンで出張が多かった、と健介が話していたのを思い出した。

曽祖父母らしき二人の老男女と写っているものも何枚かあった。曽祖父は九州出身の人だったと何かの時に健介から聞いた覚えがある。上京して結婚したらしい。だが詳しいことはよく知らないと健介はいっていた。曽祖父も曽祖母も、彼が幼い頃にこの世を去っていたからだ。それぞれの顔を見比べてみて、祖父も健介も曽祖父似だったのだなと美令は気づいた。

健介の園児姿が見られるようになってから一人で写っているものが多くなったが、小学校の入学式の写真は親子三人で写っている。

美令がページをめくる手を止めたのは、一枚の写真が目に入った時だった。それまでと明らかに違う要素を持った写真だった。

健介と一緒に写っている老婦人は、美令の知らない人物だった。年齢は七十歳ぐらいだろうか。厚手のコートを羽織り、マフラーをしていた。冬だったのだろう。小学校の低学年と思われる健介はジャンパーを着て、野球帽を被っている。

二人の背後にあるものが、特に目を引いた。狸の置物がたくさん並んでいるのだ。陶製の二本足で立っている狸で、商店の入り口などでよく見かけるものだ。

どこだろうか、ここは。そして誰だろうか、この老婦人は――。

同様の写真がほかにもあるかと思ったが、老婦人が写っているものはなかった。それどころか、中学生らしき健介の写真が何枚か続いた後は、高校時代と大学時代の集合写真やスナップが何枚かあるだけで、法律事務所の写真まで飛んだ。

美令は綾子の話を思い出した。中学時代に父親が亡くなった後は、母子家庭でかなり苦労したということだった。アルバイトや勉強で忙しく、記念写真を撮りたくなるような楽しい状況は少なかったのかもしれない。

ページを戻した。例の老婦人と一緒に写っている写真がやはり気になった。

美令はアルバムを持って、一階に下りた。綾子はキッチンで洗い物をしている。

「お母さん、この人、誰だか知ってる？」アルバムを開き、写真を示した。

「その写真ねえ。この前、私も見たんだけど、全然心当たりがないの。年齢から考えると、お父さんのお祖父さんかお祖母さんの知り合いかもしれない」

「これ、場所はどこかな？」

「そりゃあ滋賀県じゃないの」

あっさりと答えた綾子の顔を美令は見返した。「滋賀県？　どうして？」

「だってその狸の置物、信楽焼《しがらき》でしょ。信楽といったら滋賀県よ」そんなことも知らないのか、といわんばかりの口調だ。

「このお婆さんが滋賀県に住んでいて、お父さんはお祖父さんかお祖母さんに連れられて遊びに行ったってことかな」

「そうかもしれない。私は聞いたことがないけど」

美令はアルバムを抱え、自分の部屋に戻った。念のためにスマートフォンで信楽焼について調べてみると、綾子のいう通りだった。滋賀県甲賀市に信楽という町があるらしい。

これは関係なさそうだな、と思った。写真の健介は、どう見ても十歳にはなっていない。つまり五十年近くも前に撮られた写真だ。いくら何でも、そこまで昔に遡ることに意味はないだろう。

しかし何かが引っ掛かる。何だろうか。この写真を見ていると奇妙な違和感があるのだ。じっと見つめているうちに、その正体に気づいた。健介が被っている帽子だ。アルファベットのCとDを組み合わせたマークは、中日ドラゴンズのものではないだろうか。

スマートフォンで調べ、間違いないことを確認した。つまり、この頃から健介はドラゴンズのファンだったわけだ。だがそのことが引っ掛かった。

美令はプロ野球には全く関心がない。しかし倉木の供述調書に記された、東京ドームでの健介との出会いの部分については熟読している。倉木によれば健介は、元々はアンチ巨人で巨人のV10を阻止したのが中日だったことからファンになった、といったらしい。

またしてもスマートフォンの出番だ。巨人のV10を中日が阻止——調べたところ、それは一九七四年の出来事だった。健介は十二歳だ。

倉木の嘘が、また一つ見つかったと思った。健介が中日ファンになった動機まで作り話だったのだ。

和真にも教えてあげようと思った。今日はお互いのメールアドレスを交換した。美令はアルバムの写真をスマートフォンで撮影すると、その画像を添付し、健介がV10阻止以前から中日ファンだったという証拠写真を発見した旨をメールで送信した。

間もなく電話がかかってきた。メールで返信するのがもどかしいほど驚いたのだろう、と美令は思った。

「はい、白石です」

「倉木です。メールを拝見しました」

「いかがでしょうか、あたしの指摘は？　的外れではないと思うんですけど」

「はい、それはそうだと思います。写真の男の子は、どう見ても十二歳には見えません」

「そうですよね。やっぱり倉木被告人は嘘をついています」

「同感ですが、僕が電話をかけたのは、別の理由からなんです」

「何でしょうか？」

「背景に狸の置物がたくさん写っていますね」

「はい。どうやら滋賀県に行った時の写真みたいです。信楽焼ですから」

「いえ、違うと思います。滋賀県ではないです。僕は、この場所を知っています」

「えっ、どこなんですか？」

「おそらくトコナメです」

「とこなめ？」

聞いたことがあるような気はするが、漢字が思い浮かばない。

「焼き物で有名な町です。愛知県にあります」和真が緊迫感に満ちた口調でいった。

あいちけん、という言葉が美令の脳内で反響した。

39

五代が中町と共に倉木和真のマンションを出ると、すでに周囲は暗くなっていた。来た時にはまだ明るかった。時計を見ると約一時間が経過している。その一時間で、五代たちは驚くべきことを聞かされた。しかもその内容は一つだけではなかった。

報告したいことがある、と倉木和真から連絡があったのは、今日の昼間だ。どういう用件かと尋ねると、「名古屋に行ってきました。例の法律事務所です。そこで聞いたことをお話ししたいと思いまして」と彼はいった。

聞き捨てならない話だった。夕方に伺いますといって電話を切った後、中町も誘ってみた。中町は、「同行します」と即答してきた。

「五代さん、どうします?」歩きながら中町が訊いてきた。「門前仲町の、いつもの店に移動しますか」

いやいや、と五代は顔の横で手を小さく横に振った。

「そのへんの店に入ろう。すぐにでも作戦会議をしたい。運転手を気にして、タクシーの中で黙っているのも辛いだろ?」

「おっしゃる通りです」

高円寺だから居酒屋などはいくらでもある。細い道路に面した民家を模した店があったので、暖簾《のれん》をくぐって入った。幸い混んでおらず、隅の四人掛けテーブルが空いていた。

メニューを見ると、『生ビールとおつまみセット』というのがあった。迷わずに、それを二人分注文した。

「さてと」おしぼりで手を拭きながら五代は口火を切った。「どれから片付ける？」

「俺たちに片付けられますかね」中町が苦笑し、肩をすくめた。「どれもこれも、なかなか厄介な代物ですよ」

「だからといって、上に報告できる段階じゃない。余計なことをするなと怒鳴られるだけだ。まずは名古屋の法律事務所の話からいこうか」

「倉木和真氏、自分で当たってみたんですね。五代さんにそそのかされたとはいえ、なかなかの行動派だ」

「それだけ必死だってことだろう。しかもその積極性に見合った成果を上げている」

倉木和真によれば、一昨年の六月に倉木達郎は『天野法律事務所』を訪ね、遺産を他人に贈与できるかどうかについて相談していたということだった。

「あれは、かなり大きな新事実ですよね。全く同じことを相談するために、わざわざ東京の弁護士に会いに行くわけがないですからね」

「では東京ドームで出会っただけの人物と再会しようとした理由は何か？」

女性店員が生ビールと料理を運んできた。『おつまみセット』の内容は、枝豆、げその天ぷら、奴豆腐だった。中町と乾杯した後、五代は枝豆に手を伸ばした。

「その東京ドームでの出会い自体を和真氏は疑っている様子でしたね」

「白石さんがどこから観戦チケットを入手したか、それを捜査陣は摑めていないんじゃないかって指摘は鋭かった」

「鋭かったというより、耳が痛かったです。実際、摑めてないですからね。もちろんその点が話題になったこともありますが、当日にダフ屋から買ったんじゃないかとか、知り合いから譲ってもらったんじゃないかとか、根拠のない想像を働かせただけで、結局これといった答えが見つからないまま、うやむやになっていました」

五代は低く唸った。

「白石美令さんの、抜歯した健介氏が球場でビールを飲むはずがないという説にも反論できないし、東京ドームでのエピソードについては、どうやら俺たちも本気で見直したほうがいいのかもしれん」

「極めつきが、あの写真です。白石健介さんの少年時代の写真」

五代は大きく頷いた。

「あれには驚いた。あんなものを見つけてくるとはな」

中日ドラゴンズの帽子を被った少年の写真だ。五十年近く前に撮影されたらしい。スマートフォンに保存してあるものを倉木和真が五代たちに見せてくれたのだ。

「あそこに写っている少年は、どう見ても六歳か七歳といったところです。中日が巨人のV10を阻止したのは一九七四年だから、白石さんは十二歳。倉木の供述とは、全く食い違っています。よくまあそんな矛盾に気づいたものです」

「しかも気づいたのは和真氏じゃなくて、白石美令さんだって話だ」

「そのことも意外でしたね。被害者の遺族と加害者の家族が協力して情報交換しているなんて、ふつうじゃちょっと考えられないですよ」中町は頭を左右にゆらゆらと揺らした。

「その通りだが、あの二人の場合は特殊なんだよ。共通の理由がある」

「何ですか、それは？」

「どちらも事件の真相に納得していないってことだ。もっと別の真実があり、それを突き止めたいと思っている。ところが警察は捜査を終えた気でいるし、検察や弁護士は裁判のことで頭がいっぱいだ。加害者側と被害者側、立場上は敵同士だが、目的は同じ。ならば手を組もうと思っても不思議じゃない」

「なるほどねえ……といいつつ、やっぱり納得はできないですね。俺には気持ちがわかりません」中町は奴豆腐を口に入れ、首を傾げた。「光と影、昼と夜、まるで白鳥とコウモリが一緒に空を飛ぼうって話だ」

「なかなかうまいことをいうじゃないか。まさにその通りだ。だけど本人たちだって、納得ずくというわけじゃないだろう。和真氏にしろ、白石さんとのやりとりについては話しにくそうにしていた。傍《はた》からは奇妙に見えるってことは十分にわかってるんだ」

それはともかく、と五代は話を継いだ。

「あっちの話も気になるな。少年時代の健介氏が謎の婆さんと写ってた場所だ。愛知県の常滑《とこなめ》市に間違いないと和真氏は断言していた。倉木達郎が一九八四年に起こした事件の舞台は愛知県岡崎市。どちらも愛知県だ。さて、これを単なる偶然といっていいものかどうか。和真氏は、白石さんも過去の事件に関与しているんじゃないかと考え始めている様子だった。美令さんも同意で、父親の経歴を遡って調べてみるといっていたそうだが」

「ぶっ飛んだ仮説ですよね。素人は考えることが大胆だ。でも、どうでしょう？　たしか愛知県は人口が全国で四位のはずです。白石健介さんの遠い親戚とかがたまたま住んでいたとしても、そんなに不思議な話ではないです」

「それはそうなんだが、たとえば白石さんが中日ドラゴンズのファンになった理由について、倉木が嘘をついたのが引っ掛かる。そんな嘘をつく必要があるか？　事件には全く関係のないことだ」五代は箸を置き、テーブルに肘をついた。「こう考えよう。倉木は白石さんとの出会いについては、すべて嘘をついているとする。じつはまるで違う出会い方をしたのだが、そのことを隠したい。そこで架空の出会いの場を考え、東京ドームを思いついた。実際に自分は東京ドームでの開幕戦に行っているからな。そして白石さんが中日ファンだってことも知っていた。しかし供述内容を考えているうちに、生まれも育ちも東京の白石さんが、内野席で、しかも一人で観戦するほどの中日ファンだという点が不自然に思えてきた。そうして思いついたのが、元はアンチ巨人だったという設定だ。V10を阻止したのが中日だったからファンになった。もっともらしい話じゃないか」

「ちょっと待ってください。本当に白石さんが中日ファンだったのなら、そうなった理由が存在するわけで、それを正直にいえばいいだけだと思うんですけど。知らないなら、知らないで済むわけだし」

「それだ」五代は中町の顔を指差した。「倉木は白石さんが中日ファンになった本当の理由を知っている。しかしそれは隠したほうがいいと考えた。なぜか。本当の理由は、中日ドラゴンズが、いや愛知県が白石さんにとって極めて馴染み深い土地だったから。そのことを警察に知られるのが嫌で倉木は嘘をついた——どうだ、この推理は？」

「馴染み深い土地……とは？」

「子供の頃から何度も訪れた土地、人生において何らかの影響を受けた場所だ。そしてそこで倉木と白石さんは出会った」

ビールを飲みかけていた中町が、ぐふっとむせた。胸を何度か叩き、息を整えてから五代を見た。

「二人が出会ったのは、そんな昔だと？」

「だとしたら、どうだろうと思ってな。今度の事件の様相が根本から変わってくる」

「変わってくるなんてもんじゃないですよ。お偉方に進言しなくていいんですか」

「そうしたいところだが、捜査のやり直しを提案するには、何かよっぽど決定的な証拠がないと無理だ。せめて倉木の供述を覆せるものが見つかってくれないとな」五代は奴豆腐に醬油を垂らした。「その後、裏付け捜査の進捗状況はどうなんだ？」

中町は顔を歪め、首を振った。

「はかばかしい、とはとてもいえませんね。相変わらず、物的証拠が見つかりません。自白調書があるとはいえ、死刑を目指している検察としては、裁判員たちの迷いを取り去るためにも何かほしいようです。弁護人に、被告人は真実を隠している可能性がある、なんてことをいわれて、裁判員たちの心が乱れるのを恐れているようです」

「あれはどうなった、プリペイド携帯の件」

中町は下唇を出し、両方の手のひらを上に向けた。

「残念ながら空振りです。愛知県警にも協力してもらって大須の電気街で聞き込みをしたようですが、倉木に売ったと思われる人間は見つからなかったそうです」

「あの話、どうも引っ掛かるんだよな。前に和真氏に確認したところ、倉木は大須にはよく行っていたが、そんな胡散臭いものに手を出すとは思えないってことだった。やっぱり嘘じゃないかと思うんだが、そんな嘘をつく理由がわからない」

「こういう可能性はありませんか。倉木は誰か別の人間のケータイを借りていた。それを使って白石さんに連絡を取った。だけどその人間に迷惑をかけたくない、あるいはその人間の存在を明かしたくないので、プリペイド携帯を使ったと主張している」

「なるほど、あり得ない話ではない。自覚なき共犯者が存在したというわけか。それにしてもリスクが高いような気がするけどな。万一、白石さんの携帯電話を処分できなかったら、着信履歴から簡単にばれてしまう」

「それはそうですよねえ。――あれっ、ちょっと待てよ」中町は天ぷらに伸ばした手を止めた。

「どうした？」

「よく考えれば、自分のケータイから発信したっていう記録を残したくないだけなら、公衆電話を使えばいいんですよね。それなら白石さんのケータイを処分する必要もない」

五代は持っていたジョッキをテーブルに置き、じっと中町を見つめた。

「えっ、どうかしました？　俺、何かおかしなことをいいました？」

「少しもおかしくない。まともなことをいっている。その通りだ。公衆電話を使えば済む話だ。なぜそうしなかったのか？」

「白石さんに不審がられると思ったんじゃないですか。公衆電話って表示されますからね」

「だけどプリペイド携帯で連絡したのは、犯行当日が初めてだったんだろ？　知らない番号が表示されて、白石さんが怪しむことは考えなかったのか？」

「公衆電話と知らない番号……どっちも不審といえば不審ですね」

「なぜ倉木はプリペイド携帯なんかを使ったのか。いや、その話自体が嘘か本当かもわからないんだった……」

「ぶっ壊して三河湾に捨てたっていうんですから、どうしようもないですよね。その点、公衆電話は持ち去れないし、壊すわけにもいかない。最近は使う人が少ないから指紋が残ってる可能性もあるし、警察としては、公衆電話のほうがありがたかったです」

中町が何気なく発した一言が五代の脳にある何かを刺激した。左の拳を額に当て、じっと考え込んだ。

やがて暗闇に光が射すように浮かび上がってくるものがあった。それは次第にはっきりとした形になった。これまで全く出なかった発想、思いがけない、しかし確信に近い推理が瞬く間に構築された。

がん、と拳をテーブルに打ち下ろした。「しまった……」

中町が驚いたように身を引いた。「どうしたんですか？」

「俺はとんでもないヘマをやらかしたのかもしれない」

「ヘマ？　何のことですか」

「大至急、調べてほしいことがある。君ひとりでは無理だろうから、俺が君の上司に説明してもいい。俺もうちの係長に相談してみる。勝手なことをしていたと責められるだろうが、そんなことは気にしちゃいられない。もし俺の想像が当たっていたなら」五代は深呼吸を一つしてから続けた。「とんでもない事実が出てきて、完全に事件がひっくり返る」

40

目的のビルは日本橋から徒歩で数分のところにあった。昭和を想起させるレトロモダンなデザインだが、公式サイトによれば建てられたのは最近らしい。

ぴんと背筋を伸ばし、美令は正面玄関から入っていった。広々としたエントランスホールの奥にエレベータが並んでいる。それぞれ止まる階が違うようだ。美令は十五階に止まる箱を選んで乗った。同乗者はいなかった。階数ボタンにタッチしてから右手で胸を押さえた。ほんの少し緊張している。

十五階に到着した。すぐ正面にガラスドアがあった。そこをくぐると右に受付カウンターがあり、制服姿の女性がいた。いらっしゃいませ、と笑顔を向けてくる。

「白石といいます。浜口《はまぐち》常務とお約束させていただいております」

「少々お待ちください」女性は受話器を取り、二言三言話した後、受話器を戻した。「御案内いたします。こちらへどうぞ」

案内された部屋は広く、高級感と清潔感があった。大理石のテーブルを挟むようにソファが配置されている。十人程度が席につけるようだ。どこに座っていいかわからないので、ドアに一番近いソファに腰を下ろした。

健介のスマートフォンのアドレス帳に登録されていた名前を綾子に見せたところ、健介の学生時代の友人だと思われる名前を五つ指し示した。その中でも、「たぶん特に付き合いが深かったと思う」といって綾子が挙げたのが、『浜口徹《とおる》』という名前だ。

「私は二、三度しか会ったことないけど、お父さんが学生時代の話をする時、一番よく名前が出たのがこの人だと思う。一緒にスキーに行ったことがあるようなこともいってた気がする」

現在は何をしている人かと訊いたが、わからないと綾子は答えた。

「だけど法曹界には進んでないんじゃないかしら。浜口はふつうの会社に就職した、とお父さんがいったような気がするから。最近はあまり名前を聞かなかったから、疎遠になっていたかもしれないわね」

しかし美令は、この人に連絡してみようと思った。綾子が挙げた五人のうち、浜口徹だけはメールアドレスも登録されていたからだ。会うことはなくても、メールのやりとりぐらいはしていたかもしれない。

早速メールを送ることにした。まずは自己紹介をし、突然メールを送る非礼を詫びた。そして健介が事件に巻き込まれて命を落としたことを打ち明け、今は公判に備えて、生前の健介についていろいろと調べている最中だと説明した。今回連絡を取らせてもらうことにしたのは、健介の若かりし頃についてよく知っている人の話を聞きたいと思ったからで、ほんの短時間でもいいから会っていただけるとありがたいと記した。

メールを送信して一時間足らずで返信が届いたので驚いた。しかも浜口は健介の死を知っていた。『法曹界にいる友人から連絡があり、知りました。密葬にふされたらしいと聞き、事件が解決していなかったこともあり、こちらから御連絡することは控えておりました。』とあった。

ここ十年近くは会っていなかったが、メールなどでは連絡を取り合っていたし、学生時代の思い出話程度ならいつでも披露できるので、遠慮なく会いに来てほしいとあり、最後に勤務先が記されていた。有名な生命保険会社で、肩書きは取締役常務執行役員だった。

それから改めてメールで、日時と場所を決めた。会社に来てもらえれば一番ありがたいとのことだったので、本日、こうして来社したというわけだ。

かちりと小さな金属音が背後から聞こえた。美令が振り返るとドアがゆっくりと開き、頭頂部が少し薄くなった男性が穏やかな笑みを浮かべて入ってきた。美令はあわてて立ち上がった。

「いや、そのままそのまま。どうぞお楽になさってください」

そういいながら男性は一枚の名刺を出してきた。美令は両手で受け取った後、自分の名刺を渡した。

「このたびは無理なお願いをして申し訳ございませんでした」

「いえ、気になさらず。ほう、『メディニクス・ジャパン』ですか」美令の名刺を見て、浜口はいった。「私の知り合いにも会員が何人かいますよ。今は会社の関連施設で検診を受けていますが、引退したら入会させてもらおうかな」

「それは是非。よろしくお願いいたします」

男性は微笑んで頷き、美令と向き合う位置のソファに移動した。小柄だが姿勢がいいので、落ち着いた貫禄を感じさせる。

浜口が腰を下ろしたので、美令も座った。

「あなたのことは写真で見ています」浜口がいった。「お生まれになったばかりの頃です。白石君がくれた年賀状に写真が印刷されていました。ずいぶん急いで結婚したんだなあと思っていたのですが、それで得心しました。まさか新婦がおめでただったとはね。私も結婚式に出席したのですが、全く気づかなかった。やられましたよ」懐かしそうに目を細めた。

「このところ父とは会っておられなかったのですか」

「時々、メールでやりとりはしていて、そのうちに会おうなんて書いていたのですが、なかなか機会がなくてね。会えばきっと、昔のように語らえたと思うのですが」浜口は口元を緩めながらも寂しげな目でいった。

ドアをノックする音がして、失礼します、と女性が入ってきた。美令たちの前に湯飲み茶碗を置き、出ていった。

「どうぞ、冷めないうちに」

浜口に勧められたので、いただきます、といって茶碗に手を伸ばした。

「事件のことを聞いて、本当に驚きました」茶を啜ってから浜口が険しい顔つきになっていった。「報道されていることがどの程度事実なのかはわかりませんが、恨みなどから殺されたわけではないんでしょう？」

「犯人の供述によればそうです。うっかり父に話してしまった過去の秘密を守りたかったから、ということのようです」

浜口は眉根を寄せ、首を振った。「理不尽極まりない話だ」

「それでメールでもお願いしたのですが、父の若かりし頃のお話を聞かせていただきたいと思いまして……」

「いいですよ。どんなことをお話しすればいいですか」

「何でも結構です。父について印象に残っていることなどがあれば」

「印象、ですか」浜口は茶碗を置き、足を組んだ。「ひと言でいえば、バイタリティーの塊でしたね。勉強するとなったら、とことんやる。徹夜だって平気で、そのまま講義に出ても居眠りなんてしない。勉強していない時は、とにかく動き回っていました。アルバイトをしたり、司法試験に向けての情報収集をしたりね。私が法曹界に進むのを諦めたのも、白石君の存在が大きかった。あそこまでやらなきゃいけないのなら、自分には到底無理だと思いました」

浜口の話はお世辞には聞こえず、綾子から聞いた内容と一致していた。

「趣味や娯楽なんかはなかったんでしょうか」

うーん、と浜口は首を傾げた。

「彼は何が好きだったかなあ。読書や映画には人並みに興味があったようですが、特にマニアというわけではなかったと思います。時間を無駄にするのが嫌だとよくいってましたね。当時、家庭用ゲーム機が大ブームでしたが、見向きもしなかった」

「じゃあ、大学が休みの時も主に勉強とバイトですか。息抜きはしなかったんでしょうか」

「強いていえば旅行かな。冬、一緒にスキーに行ったことがあります。といっても、格安のバスツアーですがね。十時間近くもバスに揺られて、朝に到着したら、すぐに着替えて滑りだす。若いからできたことですね」浜口は昔を思い出す目になっていた。

「愛知県に行った、という話は聞いたことがないですか」

「愛知県……ですか」浜口の目が丸くなった。唐突な質問だったのかもしれない。

「常滑市という場所です。焼き物で有名な町らしいんですけど」

とこなめ、と浜口は呟いた。「それは旅行で、という意味ですか」

「わかりません。じつは父がその土地と縁があったと思わせる写真が見つかったのです。でも、そんな話を生前に聞いたことがなかったので、一体どういうことなのだろうと不思議に思っているんです」

なるほど、と浜口は頷いた。

「常滑という町に行くのが目的だったかどうかはさだかではないのですが、白石君が時々名古屋行きの高速バスに乗っていたのは覚えています」

美令は瞬きした。「本当ですか？」

「間違いありません。当時、私はアパートで下宿をしていたのですが、白石君が名古屋に行くたびに、私の部屋に泊まったことにしてほしいと彼から頼まれたんです。どうやら向こうで一泊していたようで、そのことをお母さんに知られたくなかったみたいです。東京に戻ってきたら、いつも土産をくれました。『うなぎパイ』が多かったですね」

「父は母親には内緒で行っていたということでしょうか」

「そうだったようです。名古屋に彼女でもいるのかと訊いたことがあるんですが、そんなんじゃなくて、死んだ親父の代わりに時々様子を見に行かなきゃいけない人がいるんだといってました。昔、親父さんが世話になった人なのかなと想像していたんですが、白石君に確認したわけではないです」

あの写真の老婦人だ、と美令は確信した。

「それについて、ほかに何か覚えていることはありませんか。どんな些細なことでも結構です」

「ほかに……ですか。何かあったかな」浜口は腕を組み、首を捻った。

「在学中、父はずっと行き来していたようでしたか」

「いや、そのうちに行かなくなったと記憶しています。――ああ、そうだ。思い出した」浜口は自分の膝を叩いて頷いた。「あれは三年の秋だったかな、ちょっとからかったら、白石君が怒りだしたんです」

「からかった？」

「彼は一か月か二か月に一度ぐらいの割合で名古屋に行っていました。ところがしばらく間が空いたので、どうしたんだと訊いたら、もう行かなくてもよくなったというんです。その言い方がやけに歯切れが悪かったので、やっぱり向こうに恋人がいて、その女性にふられたんじゃないかといってみたわけです。そうしたらやけに怖い顔をして、そんなんじゃない、つまらないことをいうなって怒鳴られましてね、あまりの剣幕に戸惑いました」

「そんなことが……」

「以後、その話が二人の間で出ることはありませんでした。私も、ついさっきまで、すっかり忘れていました」

美令は綾子の話を思い出した。健介と出会ったのは四年になったばかりの四月だったようだ。浜口の話によれば、その頃はもう健介は名古屋通いをしなくなっていたらしい。だから綾子が知らないのも当然なのだ。

「いかがでしょうか。こんな話が何かのお役に立てましたか」浜口が訊いてきた。

「大変参考になりました。お忙しいところ、すみませんでした」

「また何か気になることでもあれば連絡をください。知っている範囲でお答えいたします」

「ありがとうございます」

「女性に年齢を尋ねるのは失礼だと承知していますが、おいくつになられましたか」

「あたしですか？　二十七ですけど」

「そうですか。それなら、御存じないこともたくさんあるでしょうね」

何のことをいっているのかわからず、美令は首を傾げた。

「父親についてです。若い頃は父親の過去になど全く関心がなく、死んでしまってから、遺品を整理している時などに意外な事実を知ったりするものです。かくいう私なんぞは、三年前に父が亡くなったのですが、祖父の戸籍を見つけて、初めて父に妹がいたことを知りました。子供の頃に亡くなったらしいのですが、そんな話、父の口から一度も聞いたことがなかったんです。祖父や父の戸籍謄本を見ることなんて、この先一生なかったでしょうから、ずっと知らないままだった可能性が高い」

「戸籍……」

「どうかされましたか？」

「いえ、何でも。今日は意外なお話を聞けてよかったです」

「犯人は逮捕されたようですが、裁判やら何やら、これからまだいろいろと大変でしょう。どうかお身体を大切に。何かお力になれることがあれば遠慮なくいってください」

ありがとうございます、と美令は深々と頭を下げた。

41

予想した通り、『天野法律事務所』で聞いてきた話を和真がしても堀部の反応は鈍かった。むしろ、また勝手にそんなことをしたのか、とばかりに仏頂面だ。

「あなたのおっしゃってることはわかります。たしかに不自然です。だけど、そこはもういいんじゃないでしょうか」

「そこ、とは？」

「白石さんと出会った経緯とか、どんなやりとりがあったか、とかです。昔の犯行について白石さんに話してしまった。それを暴露されるのではないかと恐れ、無我夢中で殺してしまった。

その事実には変わりがないのであれば、ほかのことはさほど重要ではありません。公判に関係のない部分をつつき回したところで、いいことなんか何もないんです。こういっては何ですが、自白したからといって、被告人がすべての真実を述べたとはかぎりません。いや、述べてないケースが殆どといっていい。罪は認めていても、自分に都合よく脚色したり、肝心なところをぼかしてるなんてことはごくふつうなんです。少しも珍しくありません」物わかりの悪い生徒にいい聞かせる教師のような口調で堀部はいった。だが物わかりが悪いどころか、和真が想定していた回答そのままだった。

白石健介の野球観戦チケットの入手経路が不明なことや、中日による巨人のV10阻止以前に健介少年が中日ファンだったことは、ここで話すのはやめようと和真は思った。そんなことをしても無駄だ。

だがこの弁護士にだけは話しておかねばならないことがあった。

「じつは見ていただきたいものがあるんです」和真は傍らに置いたバッグを膝に置いた。

「何でしょうか」

これです、といって和真は封筒を差し出した。

封筒を手にし、堀部は不審げに眉をひそめた。

「『豊田中央大学病院』……化学療法科の富永《とみなが》という方が差出人になっていますね」

「どうぞ、中のものを読んでください」

「しかしこれは達郎さんへの私文書でしょう？　本人に無断で読むことは許されません」

「息子の僕が構わないといってるんです」

「本来は子供でも法律違反です。信書開封罪を御存じですか？　正当な理由がないのに封をしてある信書を開けた者は、一年以下の懲役又は二十万円以下の罰金に処する――」

和真は首を振り、苛立ちを示した。

「建前なんかはどうでもいいです。忙しいはずの病院の医師が、わざわざ何かを送ってくるなんて、余程の事情があると考えるべきです。緊急時なら、その信書開封罪とやらも適用されないのではありませんか？」

「それはケース・バイ・ケースですが、そこまでおっしゃるのなら」堀部はため息をつくと、ようやく封筒を開き、折り畳まれた書類を取り出した。

文書を読む堀部を和真は見つめた。冷めた表情だった弁護士の顔が、少し強張るのを認めた。

堀部が顔を上げた。「達郎さんは大腸がんを？」

「八年前に手術を受けました。ステージは3でした」

「それが再発を？」

「どうやらそうらしいです。僕は全然知りませんでした」

文書の内容は、抗がん剤治療をどこの病院で受けることにしたか教えてほしい、と問い合わせるものだった。何のことかさっぱりわからず、和真は差出人である富永という医師に連絡をしてみた。その結果、意外なことが判明した。

達郎は定期的に検査を受けていたが、約一年前、再発が確認された。複数のリンパ節に転移していたのだ。そこで達郎は放射線治療を受けた後、薬物による療法を始めたらしい。それを担当しているのが富永だった。

薬物には一定の効果がみられたが、副作用も小さくなかった。倦怠感が強く、吐き気なども慢性的にあったようだ。そこで薬をいろいろと変えて試していたのだが、ある時、治療を一時中断したいという申し出が達郎のほうからあった。引っ越すことになり、ほかの病院での治療を検討しているからだ、と達郎は説明したらしい。

だったら病院が決まったら教えてほしい、と富永はいった。ところがそれ以後、連絡が来なくなった。電話も繋がらず、仕方なく問い合わせる文書を郵送したという。

富永は事件について何も知らない様子だった。和真は迷ったが、詳しくは話さず、達郎は刑事事件を起こして勾留中であることだけをいった。

「では、現在治療は行われていないのですか」富永は驚きながらも尋ねてきた。

「そのはずです。何しろ、息子である私にさえ隠していたんですから」

「だったら、すぐにでも本人と相談し、しかるべき治療を受けさせるべきです。今日明日、どうにかなるものではありませんが、放置しておいていいものでは決してありません」富永の口調には切迫感があった。

この事実を和真は美令や五代たちには話していなかった。同情を誘っているように思われたくなかったからだが、堀部に話さないわけにはいかなかった。

富永とのやりとりを説明した後、先生、と和真は改めて弁護士の顔を見つめた。

「父の考えを確認していただけませんか。一体どういうつもりなのか。癌が再発したことや抗がん剤治療のことをなぜ隠していたのか。そしてこれからどうするつもりなのか」

わかりました、と堀部は頷いた。

「それは絶対に必要ですね。明日にでも拘置所に行って、本人の意思を確かめてみます」

「よろしくお願いします」

もしかすると、といって堀部は金縁眼鏡に手をかけた。

「達郎さんは、自分はもう助からないと思っておられるのかもしれませんね」

「じつは僕もそう思っているのですが、先生がそんなふうにお考えになる理由は何ですか」

「無論、そのほうが筋が通るからです」

「筋？」

「癌の再発転移を知り、寿命を悟ったからこそ、達郎さんは過去の罪について本当のことを白石さんに話そうとした。もしかすると相手は誰でもよかったのかもしれない。白石さんを選んだのは、弁護士で信頼できそうだったから。――そう、それだ」堀部は名案が思いついたとばかりに人差し指を立てた。「達郎さんにとって遺産をどうするかというのは、遠い先の話ではなかった。それどころか喫緊の課題だった。名古屋の法律事務所で相談したのだから、他人への譲渡については理解している。問題は、それを無事に完遂できるかどうか。そこで白石さんに白羽の矢が立った。自分が死んだ後は、浅羽さんたちに遺産が渡るよううまく差配してほしい、と頼んだ。ところが白石さんは思いがけない提案をしてきた。そこまで詫びる気があるのなら、命のあるうちに真実を打ち明けたらどうか。達郎さんはあわてた。残り少ない時間を浅羽さんたちと楽しく過ごしたいと思っていたのに、その人生最後の楽しみを取り上げられるのでは、と恐れた。混乱のあまり、白石さん殺害という常軌を逸した行為に走ってしまった――」一気にまくしたてた後、いかがでしょうか、と堀部は訊いてきた。

「すごいですね」和真はいった。「この短時間で、よくそれだけのストーリーを構築できるものだと思います」皮肉でも嫌みでもなく、素直に感心していた。

「一応、プロですからね。今の筋書きなら、犯行に至った心境に裁判員たちも多少は同情してくれると思うのですが、どうでしょうか」

「そうですね。量刑を軽減するという意味では、いい考えなのかもしれません」

和真の言い方が気に入らなかったのか、堀部は訝しげな目をした。「どういうことでしょうか」

「父は死を覚悟しているのだろう、という先生の想像には僕も同意します。でもそこから先は全く違います。僕の考えはこうです。父は残り少なくなった自分の命をかけて何かを、あるいは誰かを守ろうとしている。そのためには手段を選ばない。あの供述は嘘です。何か重大なことを隠しています。もしかしたら白石さんを殺害したということさえ嘘ではないか、いや、きっと嘘に違いないと僕は確信しています」

堀部は弱り切った顔になった。

「今から事実関係を覆そうというのですか？　和真さん、それはいくら何でも……」

「先生の同意を得られないことはわかっています。本人が供述を翻さないかぎり、無理な話ですよね。だからとにかく、病気について父に尋ねてください。すべてはそれからだと思いますので」

わかりました、と堀部は答えた。面倒臭い被告人家族だ、と顔に書いてあった。

堀部の事務所を出て、新宿駅に向かいかけた時、スマートフォンに着信があった。表示を見て、どきりとした。白石美令からだった。歩道の脇に寄り、電話に出た。

「はい、倉木です」

「白石です。今、よろしいでしょうか」

「大丈夫です。何かありましたか？」

「至急、会ってお話ししたいことがございます。お時間をいただけないでしょうか」

彼女の言葉を聞き、スマートフォンを握る手に力が入った。

「僕はいつでも結構です。今からでも」

「そうですか。倉木さんは、今どちらにいらっしゃいますか」

「新宿です」

「あたしは今、上野のあたりにおります。では、そちらに行きましょうか」

「いや、そういうことなら前回と同じ銀座の喫茶店にしましょう。あそこなら落ち着いて話せるし」和真は腕時計を見た。間もなく四時半になろうとしている。「五時には行けると思います」

「かしこまりました。あたしもこれから向かいます」

では後ほど、といって和真は電話を切った。いつの間にか鼓動が速くなっている。白石美令の用件が気になるからか、単に彼女の声を聞けたからなのか、自分でもわからなかった。はっきりしているのは、被害者の遺族に会うというのに少しも気が重くなっていないことだ。

地下鉄で銀座まで移動し、いつもの店に着いた時にはちょうど午後五時だった。二階の喫茶スペースに行くと、すでに白石美令の姿が窓際の席にあった。

「お待たせしました」

「いいえ、突然ごめんなさい」

ウェイトレスが水を運んできた。前回と同様、白石美令はカフェラテを注文した。何となく同じものを飲みたくなり、和真もそれを頼んだ。

「それでお話というのは？」

「はい、じつはお願いしたいことがあるんです」白石美令は真剣な目を向けてきた。

「何でしょうか。僕にできることであれば、何でもお手伝いさせていただきますが」

「そういっていただけるとありがたいです。お願いしたいことはほかでもありません。あたしと一緒に、ある場所に行っていただきたいのです」

「ある場所？　どこですか」

それは、といってから白石美令は息を整えるように胸を小さく上下させた。

「常滑です。愛知県常滑市の、あの写真の場所に連れていっていただきたいんです」

42

管理官と理事官に続いて会議室に入ってきた人物を見て、五代の内側で気合いが膨らんだ。捜査一課長までが同席するとは予想していなかった。室内の空気全体が、ぴりっと引き締まったようだ。全員が立ち上がり、頭を下げる。

小柄だが胸板の厚い課長が、ゆったりとした動作で席につくのを見届けてから、皆も着席した。ただ一人立ったままだった係長の桜川が、三人の上役たちのほうを向いた。

「では、始めてよろしいでしょうか」

彫りの深い顔に縁なし眼鏡をかけた管理官が、意見を伺うように課長と理事官の横顔を見た。課長が小さく頷く。管理官は、始めてくれ、と桜川にいった。

「はい。ただ、非常に細かい内容に触れる必要もございます。現場担当者から説明させますが、何か問題はございますか」

課長と理事官は黙っている。管理官が、それでいい、といった。

「恐縮です」

桜川が五代に目配せしてきた。

五代は立ち上がり、課長たちに自己紹介をしてから会議机に置かれた液晶モニターの横に移動した。ほかの同席者は筒井たち主任クラス以上の者だ。彼等はすでにある程度の事情を了解している。誰の顔にも緊迫感が漂っていた。

「昨年秋に発生した『港区海岸弁護士殺害及び死体遺棄事件』に関して、重大な新事実が判明しましたので、御報告いたします。すでに犯人として愛知県在住の倉木達郎が起訴されていますが、その自供内容には不自然な点が多く、それらを確認する中で見つかったことです。倉木は昨年十月三十一日の午後七時より少し前、被害者白石健介さんを清洲橋近くに呼びだして殺害したと供述していますが、その際、二年以上前に愛知県大須の電気街で見知らぬ人物から購入したプリペイド携帯電話を使ったといっています。電話機は犯行後、破壊して海に投棄したとのことです。犯行の計画性を裏付ける証拠として、この電話機の存在を確認してほしいとの要望が検察官より出されておりましたが、残念ながら叶いませんでした。しかしながら、入手経路をはじめ、プリペイド携帯電話に関する供述自体が不自然だと考え、別の手段——たとえば公衆電話によって被害者を呼びだしたのではないかとの疑いから、所轄警察署と協同し、清洲橋の周辺にある公衆電話近くの防犯カメラを確認することにいたしました」

質問、といって理事官が手を挙げた。

「犯行を全面自供しているのに、その点について被告人が嘘をつく理由は？」

五代は桜川を見た。この時点で答えるべきかどうか、判断がつかなかった。

「そのことは、後ほど説明させます」

桜川の回答に理事官は黙って頷いた。

五代はパソコンのキーボードを操作した。液晶モニターに表示されたのは、清洲橋付近の地図だ。

「清洲橋の半径四百メートル内には、公衆電話が四台ございます。いずれも近辺に防犯カメラが設置されており、利用者をある程度判別できる状態です。事件当日の映像を確認したところ、該当時間帯に公衆電話を利用したと思われる人間は、ただ一人でした。場所は江東区清澄《きよすみ》二丁目、この位置にある公衆電話です」五代は地図上の一点を指した後、さらにキーボードを操作した。画面が防犯カメラの映像に切り替わった。

映っているのは酒屋だ。その入り口の横に公衆電話がある。

画面の左下に記された数字は、撮影された日時が昨年十月三十一日の午後六時四十分頃であることを示している。

左側から一人の人物が現れた。人目を気にするように周辺を見回した後、電話機に近づいていく。ポケットから財布を取り出すようなしぐさをしているのは、テレホンカードを使うためだろう。

受話器を取り、ボタンを押している。間もなく電話は繋がったようだ。時折きょろきょろと周りに視線を配りながら会話を続け、やがて受話器を置いた。テレホンカードを回収し、再び左側に消えていく。人物の登場から退場までの間に約二分が経過していた。

五代はキーを押し、映像を止めた。

「御覧になっていただく映像は、これがすべてです」

「その人物の身元は判明しているのか」理事官が訊いた。

「判明しています」五代は答えた。「参考人として事情聴取した人物の身内でした。ただし当人に直接当たった捜査員はおりません」

「被告人との関係は？」

「直接にはありません。しかし、被告人が犯行動機として供述している内容に、極めて深い繋がりのある人物です」

捜査一課長が理事官の耳元で何やら小声で囁いた。理事官は頷き、今度は反対隣の管理官と話し始めた。何を相談しているのかわからず、五代は居心地が悪かった。

管理官が五代のほうを向いた。

「先程の理事官からの質問に対する説明は、いつ聞かせてもらえる？」

五代は桜川を見た。係長は小さく顎を引いた。

「御説明します。倉木被告人は、この公衆電話の人物の存在を隠したくて、プリペイド携帯電話を使ったと嘘の供述をしたのではないかと考えています」

「つまり被害者を呼びだしたのは被告人ではなく、今の映像の人物だったと？」

理事官の質問に、そうです、と五代は答えた。

「映像の人物は被告人の共犯ということか？」

この質問に答えるのを五代は一瞬躊躇った。桜川を見ると、係長は苦しげに唇を曲げている。迷っている場合ではない。事実は曲げられないのだ。

「そうではないと思います」五代は上役たちに答えた。「単に被害者を呼びだすだけなら、わざわざ清洲橋の近くの公衆電話を使用する必要がありません。映像の人物の住まいは、遠く離れたところにあります。共犯ではなく主犯、この人物こそが白石健介さんを殺害した真犯人であり、倉木被告人はそのことを知っていて、この人物を守るために自分が身代わりになったものと思われます」

衝撃的な発言だが、捜査一課長や理事官たちに驚きの表情はない。すでに起訴に至っている事件について真犯人が別に存在する可能性が出てきた、という話は事前に彼等の耳に入っているはずで、だからこそ課長までもが同席することにしたのだろう。

だがもちろんこんな報告を聞かされて愉快なわけがなく、三人の上役たちは苦々しそうな面持ちで何やら話し合っている。課長は口数が少なく、時々小さく頷くだけだ。

桜川君、と管理官が呼びかけた。「公衆電話の人物が逃走するおそれは？」

「今のところ、それはないと思われます。当人は自分が疑われていることなど、つゆほども考えていないでしょう」

「真犯人だと証明する手立てはあるのか？　現場近くの公衆電話を使ったというだけでは、状況証拠にすらならんぞ」管理官は、すでに桜川から詳しいことを聞いているはずだが、こうして質問するのは、課長や理事官に説明させるためだろう。

「まず本人に、プライバシーを守ることを保証した上で、あの日に電話をかけた相手を問い質します」桜川が答えた。「犯人でないのなら答えられるはずです。また、ＤＮＡ鑑定の同意を求めます。被害者の衣類から当人以外のＤＮＡがいくつか見つかっているので、照合作業を進めます。あとそれから、位置情報の記録を調べます。公衆電話を使っていますが、おそらくスマートフォンを所有しており、犯行当日も所持していた可能性が高いと思われます」

係長の答えを聞き、管理官は理事官と課長に目を向けた。二人は黙って頷いた。

「では、早速当たってくれ。検察への対応については、こちらで考える」

管理官の指示に、わかりました、と桜川は答えた。

捜査一課長が立ち上がり、理事官と管理官がそれに続いた。三人が会議室から出ていくのを見届け、五代はパイプ椅子に腰を下ろした。腋の下が汗びっしょりだ。

「五代、御苦労だった」桜川がいった。「この際だ。映像の重要参考人には、おまえが当たれ。任意出頭させる場合は、所轄の署じゃなく、ここに連れてこい。本庁で取り調べる。本人に会ったことはあるのか？」

「ありません。写真を見ただけです。しかも昔の写真です」

「住まいはわかってるんだな？」

「わかっています。渋谷区松濤《しょうとう》です」

「高級住宅街か。なるべく穏やかに事に当たれ。近所に気づかれるなよ」

「了解です」

桜川は大きなため息をつき、部屋から出ていった。

後ろから肩をぽんと叩かれ、五代は振り向いた。

「えらいことになったな」そういって筒井が肩をすくめた。

「俺のミスです」

「そうなのか？」

「倉木を取り調べている時に口走っちゃったんです。東京はいたるところに防犯カメラが設置されている、特に公衆電話の周辺には必ずあるから、犯人が公衆電話を使ったとわかれば、警察はそれらの映像を徹底的に解析するって。それを聞いて、倉木はこのままではまずいと思ったんでしょう。真犯人が公衆電話を使ったことを知っていたからです。やむなく倉木が選んだのが、自分が身代わりになるという道です。奴が犯行を自白した時の様子を俺は今も覚えています。突然あっさりと、すべてを話し始めました。公衆電話ではなく、プリペイド携帯を使ったと供述したのも同じ理由です。警察の捜査にストップをかけるには、ほかに手段がないと観念したんでしょう」

あの日のことを思い出しながら語り、「俺がヘマをしたんです」と五代は続けた。

「そうとばかりはいえねえぞ。ほかの犯罪ならともかく殺人事件だ。裁判で死刑になるかもしれない。そんな罪を他人の代わりに被る人間がいるなんて、ふつうは思わないよ」

「そうです。問題は、なぜ倉木はそこまでするのかということです」五代は液晶モニターに目を向け、キーボードを操作して映像を戻した。ある人物が横顔を見せている。

その人物の写真を見たのは、浅羽母娘の部屋に行った時だ。

あの時は名前を訊かなかったが、今は知っている。

少年の名前は安西知希《ともき》、父親の安西弘毅《ひろき》によれば、中学二年生ということだった。小学生時代の姿が写っていた。

43

名古屋駅のホームに出た瞬間、和真は冷たいはずの空気を心地よく感じた。頬が紅潮しているからだ。新幹線『のぞみ号』の中では、ずっと緊張し続けていた。自分たちを待ち受けているものが何なのかがわからないことによる不安と恐れ、しかしついには真相に近づけるのかもしれないという期待が、血流と共に全身を駆け巡っていたからに違いないが、すぐ隣に白石美令が座っている影響も小さくないはずだった。まさか彼女と旅に出ることになるとは、少し前までは想像さえしていなかった。

「ここからは私鉄なのですね」白石美令が尋ねてきた。

「そうです。名鉄の名古屋駅まで徒歩で移動します。でもすぐ近くです」

名古屋駅の構内は広い。大勢の人々が行き交う中、和真は白石美令が自分を見失わないかと時折背後を気にしながら進んだ。

間もなく名鉄名古屋駅の改札口に到着した。「乗車券を買ってきます」と和真がいうと、白石美令も切符売り場までついてきた。

二人分の乗車券を買い求めたところ、当然のことながら彼女は料金を尋ねてきた。支払ってもらう理由がないといわれたら返す言葉がないので、和真は正直に答えた。そして彼女が出してきた金銭を受け取るしかなかった。

改札口をくぐって四番線のホームに立ち、中部国際空港行きの特急列車を待った。乗れば、約三十分で常滑駅に到着する。

銀座の喫茶店で、あの写真の場所に連れていってほしい、と白石美令から頼まれたのは二日前だ。その理由を聞き、和真は驚いた。写真の老婦人の正体がわかった、白石健介の祖母だった、というのだ。

「じつは父や祖父の戸籍を調べてみたんです。手続きは少々面倒ですけど、郵送ですべて済ませられました。そこでわかったのは、祖父は曽祖父の連れ子だったということです」

「ええと、ちょっと待ってください。あなたのお祖父さんということは、健介さんのお父さんですね。その人が連れ子だった?」

彼女から聞いたことを頭で整理しながら復唱したが、あまりにも離れた世代の話に、和真は今ひとつぴんとこなかった。

「曽祖父は離婚経験があったんです。あたしが曽祖母だと思っていた人は、再婚相手でした。祖父は、別れた元の奥さんとの間にできた子供だったんです」

「その元の奥さんというのが……」

「あの写真の老婦人だと思います。戸籍によれば本籍地は愛知県常滑市となっていました。離婚後、実家に戻ったのではないでしょうか」

名前は新美《にいみ》ヒデというらしい、と白石美令は教えてくれた。

「ヒデさんが再婚したかどうかはわかりませんが、祖父が実の息子である以上、その子供の健介、つまりあたしの父はヒデさんの孫ということになります。祖父が曽祖父たちに内緒で、実の母親に孫の顔を見せてやりたいと考えても不思議ではありません。あの写真は、祖父が父を連れ、こっそりと常滑を訪れた時のものではないかと思うんです」

彼女の話を聞いているうちに、ずいぶんと昔のことながら、和真にも状況がリアルに思い浮かべられるようになってきた。

「父の学生時代の友人から聞いたのですが、当時父は頻繁に高速バスを使って名古屋に行っていたそうです。死んだ父親の代わりに時々様子を見に行かなきゃいけない人がいる、といっていたとか。新美ヒデさんのことではないでしょうか」

白石美令の推測は妥当だと思えた。むしろ、それ以外には考えられなかったので、そのようにいった。

「でも重要なのは、ここからなんです。三年生の秋には、父は愛知県に行かなくなっていたそうです。友人には、もう行かなくてもよくなったと説明したみたいで……」

「行かなくてもよくなった……その必要がなくなった、ということでしょうか。たとえばお祖母さんが亡くなったとか」

「そうかもしれません。新美ヒデさんの戸籍を調べることも考えたのですが、時間がなくて、そこまでは手が回りませんでした。でも気に掛かることがあるんです」

「何でしょうか」

「父が大学三年の時といえば、一九八四年です。その年の五月に、あなたがおっしゃってた例の事件が起きています」

ぞわり、と背中に寒気が走るのを和真は感じた。

「白石健介さんが、あの事件に関わっていると？」

「わかりません。あたしは全く見当違いなことをいっているのかもしれません。でも、確かめずにはいられないんです。だから、こうしてお願いしています」白石美令は何らかの覚悟を秘めた目で見つめてきた。「あの写真の場所に連れていってほしいと」

予期しない話の連続だった。だが白石美令の頼みを断る理由はなかった。その場で二人の予定を調整し、今日、常滑に向かうことに決めたのだった。

和真としては達郎のことも気に掛かっていた。堀部は昨日、拘置所に行って面会してきたらしい。病気について問うたところ、「病院の先生から、その連絡が届いたんですか。余計なことを」と気まずそうにいったという。やはり、隠し通そうと思っていたようだ。

どうするつもりかという堀部の質問に対して、達郎は、「もういいんです」と答えたという。抗がん剤治療は辛いし、続けたところで根治は無理で、長生きできる保証などはない。それなら残りの人生を自分なりに楽しく、快適に過ごそうと思っていたら、こんなことになってしまった。何もかもが台無しになった。

「だから死刑でいいです。それで楽になれるなら、それで結構です。先生、早いところケリをつけちゃってください。先生だって面倒臭いでしょう？」薄笑いを浮かべながらそういったらしい。

その話を堀部からの電話で聞き、やっぱり親父は嘘をついている、と和真は確信した。元来達郎は、そんな捨て鉢になる性格ではないのだ。

なぜ達郎は嘘をつくのか——この常滑行きで、その謎を解くヒントでも摑めたら、と和真は願っている。

特急列車が到着し、和真は白石美令と共に乗り込んだ。さほど混んではいない。

常滑に行くのはいつ以来だろうと考えた。上京してからは、たぶん一度も行っていない。高校時代、付き合っていたガールフレンドと行ったのが最後かもしれない。道端に焼き物が並ぶ風情のある小径は、あの時のままだろうか。

「もう一度、住所を見せていただけますか」

和真がいうと白石美令はバッグからスマートフォンを出した。片手で操作し、どうぞ、と彼の前に示した。画面に古い戸籍謄本が写っている。祖父の戸籍らしい。白石晋太郎《しんたろう》という名前だったようだ。

晋太郎の実母である新美ヒデの本籍地が確認できた。愛知県知多《ちた》郡鬼崎《おにざき》町とある。今は存在しない地名で、合併されて常滑市となったことを白石美令は突き止めたらしい。

「インターネットで調べたところ、常滑市蒲池《かばいけ》町という場所に相当するようなんですけど、それ以上細かいことはわかりませんでした」

「そこまで判明しているのなら何とかなるような気がします。向こうに行ったら、近所の人たちに尋ねながら捜しましょう」

新美ヒデの家が現存しているかどうかは不明だ。だが常滑市は古い町だ。人の入れ替わりが激しいとも思えず、新美ヒデを知っている人間に出会える確率は低くないのではないかと和真は考えていた。

列車が常滑駅に到着した。外に出ると広々としたロータリーがあり、タクシーが並んでいた。名古屋や豊橋とは違い、建物が遠くに見える。

タクシーから少し離れたところに白いワゴンが一台止まっていて、そばにスーツ姿の中年男性が立っていた。ワゴンの横に記された社名を見て、予約したレンタカー店のものだとわかった。和真は近づいていき、名乗った。

お待ちしておりました、と男性はいい、ワゴンのスライドドアを開けた。

和真たちを乗せたワゴンは、中央分離帯のある主要幹線道路を道なりに進んでいった。見渡したところ、道路沿いにも高い建物など一つもなかった。遠くにある民家の屋根さえ確認できる。

ずいぶんと大きな駐車場があると思ったら、市役所のものだった。レンタカー店は、その近くにあった。意外に小さな建物だった。

どういうところを走ることになるのか予想がつかないので、小ぶりのＳＵＶを借りることにした。一通りの手続きを終えた後、蒲池町への行き方をカウンターにいる男性従業員に尋ねた。

「この前の道を東に進んで、大府常滑線《おおぶ》を左折したら、あとは一直線です」ナビもいらないぐらい簡単です、といって従業員は笑った。

運転は久しぶりだ。車に乗り込むとシートベルトを締め、慎重に発進させた。

「あたしは全然知らなかったんですけど、常滑ってとても歴史のある町なんだそうですね」外の景色を眺めながら白石美令がいった。

「焼き物の歴史は相当に古いはずです。平安時代か、もっと昔まで遡るかもしれません。全国各地の遺跡で見つかると聞いたことがあります」

「そうなんですか」

白石美令は相槌を打ってから、あの写真、と呟いた。

「例の、狸の置物が並んでいる前で幼い父が写っている写真ですけど、単なる記念写真というだけでなく、郷土自慢の意味もあったんじゃないでしょうか。お祖母ちゃんは、こんな素敵なところに住んでいるんだよって」

「なるほど、そうかもしれませんね……いや、きっとそうだと思います」

ふと思いついたことがあり、車を脇に止めた。カーナビではなく、スマートフォンで現在地を確認した。

「あの写真の場所には心当たりがあるといったでしょう？　じつはこのすぐ近くなんです。蒲池町へ行く前に、少し寄ってみませんか？」

白石美令は目を輝かせた。「それは是非お願いします」

「了解です。僕も久々に行ってみたくなりましたし」

常滑駅の近くまで戻ると、コインパーキングに車を止めた。地図によれば、目的地までは徒歩で数分のはずだ。

主要道路から脇道に入り、少し歩くと『やきもの散歩道　歩行者入口』と書かれた看板が見えた。『この先通り抜けできません』と記された立て看板もある。

「ここですか」白石美令が訊いた。

「たぶんそうだと思います」

道は緩やかな上り坂だった。進んでいくと道幅が少しずつ狭くなっていく。間違って車で迷い込んだら、大変なことになりそうだ。

古民家を思わせる古い住宅が目立ち始めた。やがて道の脇に、小さな焼き物がちらほらと見られるようになった。

そして名所の一つである、『でんでん坂』の入り口に着いた。白石美令が、「えっ、何ですかこれ」と感嘆の声を漏らした。坂の壁一面に、穴の空いた丸い陶器がぎっしりと埋め込まれている。

「常滑焼の焼酎瓶だそうです」

さらに行くと今度は壁に無数の土管が埋め込まれている坂に出た。その名も『土管坂』だ。無論、これも常滑焼だ。

陶器を扱う小さな商店が、ところどころにあった。動物を模《かたど》ったものが多いようだ。特に猫をモチーフにしたものが目立つ。

「あの写真の場所は、おそらくこの散歩道のどこかだと思います」和真はいった。「五十年近くも前だから、今とはかなり様子が違っていたでしょうけど、道端に常滑焼の狸がずらりと並んでいたとすれば、ここぐらいしか思い当たりません」

白石美令は感慨深そうに周囲を見回した。その目が充血していることに気づき、和真は視線を外した。父親の少年時代を思い浮かべているに違いなかった。

順路通りに進んでいくと、最後のほうに巨大な登窯《のぼりがま》があった。国内最大規模のものだと聞いたことがあった。高さの異なる十本の煙突がずらりと並んでいる様子は壮観だ。

「お父さん、どうしてこの町のことを話してくれなかったのかな。こんな素敵な場所なら、一度ぐらいは連れてきてくれればよかったのに」

白石美令の素朴な疑問に、軽々に意見を述べるわけにはいかないと和真は思った。その疑問に対する答えこそが、これから自分たちが向き合わねばならないものかもしれないからだ。

車に戻り、蒲池町を目指して再出発した。距離にして四キロほどだから十分もかからないだろう。

民家や小さな商店が並ぶ一本道を、ひたすら北上した。商店の多くはシャッターが閉まっていて、営業している気配はない。地方の町でよく見る光景だ。きっと車で少し走れば、大規模なショッピングモールや大型スーパーがあるのだろう。

間もなく蒲池駅というところで、和真はブレーキペダルに足を乗せた。通りの右側に小さな郵便局が見えた。

「どうしたんですか?」

「あそこに当たってみましょう」

「郵便局に？」

「そうです。僕に考えがあります」

何年も前に潰れたと思われる商店が通り沿いにあったので、その前に車を止めた。

郵便局に入っていくと、カウンターにいる中年女性が愛想良く挨拶してくれた。カウンターには、ほかに男性が一人いる。奥にも局員が何人かいて、それぞれの机に向かって仕事をしていた。

「すみません。ちょっと教えていただきたいことがあるんですが」

和真はカウンターの女性に、この土地に五十年ほど前に住んでいた人の家を捜しているが古い住所しかわからないので困っている、と説明した。

話を聞いていたらしく、奥にいた年配の男性が立ち上がってやってきた。「どういう住所ですか？」

白石美令がスマートフォンを操作し、新美ヒデの本籍地を示した。

男性は老眼鏡をかけて画面を見た。「なるほど、これは古いね。合併前だ」

ちょっとこっちへ、と手招きされたので、和真は白石美令と共に奥に進んだ。男性は、「ここで待っとって」といってどこかへ消えた。ほかの局員たちは余所者《よそもの》のカップルには興味がないのか、見向きもしてこない。

しばらくすると男性が戻ってきた。脇に分厚いファイルを抱えている。昭和四十五年、という文字が見えた。

男性は机の上でファイルを開いた。たくさんの古い地図のコピーが綴じられている。

「ええと、鬼崎町ということは……このあたりか。ええと、その人のお名前は？」

新美ヒデさんです、と白石美令が答えた。

「うん、ありましたわ、新美さん宅。漁港のほうだな」

男性が地図の一箇所を指した。新美、という文字が確認できる。和真は自分のスマートフォンに現在の地図を表示させ、相当する場所を探した。横で白石美令も同じことをしている。

「今はどうなっているんでしょうか」

和真が訊くと男性は首を捻って苦笑した。

「配達の者に訊けばすぐにわかると思うけど、おたくら、どっちみちこれからそこへ行く気でしょ？　だったら自分の目で確かめたらええんじゃないか。その住所に今はどんな人が住んどるのか、私ら迂闊にはしゃべれんのでね」

男性の言い分はもっともだった。立派な個人情報なのだ。思いがけず親切にしてもらえたので、甘えてしまった。

おっしゃる通りです、ありがとうございました、と礼を述べて郵便局を出た。

「収穫がありましたね」車に戻りながら和真はいった。

「倉木さんの機転のおかげです。やっぱり一緒に来ていただいてよかった」

「大したことではないです。急ぎましょう。暗くなったら家を捜しにくいし」

だがほんの数分で目的地周辺に到着した。そこは年季の入った民家が建ち並ぶ住宅地だった。

月極の駐車場はたくさんあるが、コインパーキングなどは全くない。仕方なく道路脇に車を止め、スマートフォンで地図を見ながら歩いた。

ぐるぐると付近を歩き回った後、「どうやら、ここみたいですね」と白石美令が落胆した声でいった。彼女が指した場所は、まさに月極駐車場になっていた。

「近所を当たってみましょう。古い家が多いから、新美ヒデさんを知っている人が見つかるかもしれない」

それから二人で一軒一軒訪ね、新美という家があったのを覚えていないかと訊いて回った。どこの家でも不審がられたが、白石美令が例の写真を見せ、この少年は自分の父親で、一緒にいる女性の家を捜しているのだというと警戒を解いてくれた。

新美という家があったことを知っている者は何人かいた。しかしどんな女性が住んでいたのかを覚えている者はなかなか見つからなかった。

手応えを得られたのは七軒目の富岡《とみおか》という家に当たった時だ。新美さんのことなら、うちの爺ちゃんから話を聞いたことがある、と四十過ぎの主婦らしき女性がいった。爺ちゃんというのは彼女の舅《しゅうと》のようだ。

「その方にお話を伺えるでしょうか?」白石美令が訊いた。

「聞けると思いますよ。だけど今、漁協の寄り合いに出とりましてね、もうすぐ帰ってくると思いますから、それまで待っとってもらえます?」

「もちろんです。じゃあ、あたしたち車で待っていますから、お帰りになられたら電話をいただけますか」

「いいですけど、中でお待ちになったらどうですか。もう帰ってくる頃ですから」

白石美令は、どうしようか、という顔を和真に向けてきた。

「そうさせてもらいましょう。どうせ立ち話というわけにはいかないだろうし」

「ああ、それがいいですよ。どうぞ、どうぞ」女性は手招きしながらいった。

二人が通されたのは、仏壇のある和室だった。中学生ぐらいの男の子が廊下から顔を覗かせ、すぐにどこかへ消えた。

女性がお茶を出してくれたので、和真はあわてた。どうかお気遣いなく、と白石美令も恐縮している。

「わざわざ東京からいらしたんでしょう？　これぐらいのことはせんと」女性は顔をしかめていってから、すぐに考え込む表情になった。「私がここへ嫁いできたのは二十年ぐらい前ですけど、その時はまだあそこに家が残ってました。でも誰も住んではおられなかったです。何かの時にその話になって、お爺ちゃんが、新美というお年寄りが住んでたといったんです。たしか、独り暮らしだったといってました」

和真は白石美令と顔を見合わせた。あの写真の老婦人に間違いないと暗黙で意見を一致させた。

がらりと引き戸の開く音が聞こえた。低い声が聞こえる。

「あっ、帰ってきた」女性が立ち上がり、部屋を出ていった。

ぼそぼそと話す声が廊下から聞こえてくる。やがて女性と共に男性が現れた。真っ黒に日焼けした、がっしりとした体格の老人だった。漁協の寄り合いといっていたから、元は漁師だったのだろう。

お邪魔しております、と白石美令が正座で挨拶した。和真も頭を下げた。

「何？　新美さんのことを訊きに来られたって？」老人は座りながらいった。声に驚きの響きがある。

「あたしの父が子供の頃、その方と会っていたかもしれないんです」

白石美令はスマートフォンに例の写真を表示させ、老人に画面を見せた。

「うん？　ええと……」老人はそばの茶簞笥を開けて眼鏡を出してきた。それをかけてから改めてスマートフォンを受け取った。画面を見ながら眉間に皺を寄せていたが、やがてあーあーと口を開けて頷いた。「そうそう、この人だ。新美さん……たしかヒデさんだったかな。しかしこれは古い写真だねえ」

「付き合いがあったんですか」スマートフォンを受け取りながら白石美令が訊いた。

「私じゃなくて、母親が親しくしとったんだ。うちの母親は、このあたりじゃ珍しく女学校を出とったもんでインテリぶっとったんだが、新美さんは小学校の先生をしておられたから、それでウマが合ったんだろうな。本の話とか、ようしとった」

「新美ヒデさんは、どんな人でしたか」

老人は少し首を傾げてから口を開いた。

「どんなって訊かれてもなあ……。私はあまり付き合いがなかったが、気のいい親切な人だったんじゃないかね。今もいったようにうちの母親は気位が高くて、すぐに人を見下すようなところがあったけど、新美さんのことを悪くいったのは聞いたことがない」

「そうなんですか」

相槌を打つ白石美令の顔には安堵したような様子があった。彼女の曽祖母に当たる人物のことだから、褒められて嬉しくないわけがないのだ。

「新美ヒデさんに御家族はいなかったんですか」

「昔はいたんだろうけど、私が覚えているかぎりではずっと独り暮らしだったね。ええと……」老人は顔をしかめ、何かを思い出そうとするように指先で眉間を掻いた。「一度結婚したことはあるって話だったね。それで息子さんが時々会いに来ておられてたんじゃなかったかなあ。東京のいい大学に合格したとかで、うちの母親も、やっぱり血筋が違うんだとかいっとったような……いや、違うか。それじゃ、歳が合わんな。その頃は新美さんもすっかり婆さんだ。息子が大学生ってことはないか」

老人は額に手を当て、考え込み始めた。

あの、と白石美令がいった。「もしかするとその人って、お孫さんじゃないですか？」

ああ、と老人が大きく口を開いた。

「そうだ、そうだ。記憶がごっちゃになっとった。孫だ。うちの母親がそういうとった。息子さんは亡くなったんだ。だけど先方に気遣って葬式に行けなかったと嘆いとったって聞いた。ところがその後、孫が一人で来てくれるようになったって話だった。その孫には何度か会ったことがあると母親がいうとったわ」

「その人のことで、何かほかに覚えていることはありませんか」

「孫のこと？　いやあ、私は知らんね。話に聞いただけだ。新美さんも、いつの間にかおらんようになったしね」

「引っ越されたんですか」

「そのようだ。なんか、えらい目に遭ったようでね」老人が白い眉をひそめた。

「えらい目？」

「新美さんは元々親が資産家で、それなりに財産があったようなんだ。それでも女の独り暮しだと何かと不安だっちゅうことで、資産運用っていうか、投資っていうか、まあ今でいえば財テクっちゅうか、そういうもんに手を出されたみたいなんだわ。ところがそれを仲介したのがとんだ食わせ者で、どえらい額の金を損させられたって話だ。しかもその金を取り返そうにも、そいつが殺されちまってね、どうにもならんようになった」

和真は横で聞いていて、ぎくりとした。

「それって、岡崎市で起きた事件じゃないですか？」

和真の言葉に老人は意表をつかれたように皺に包まれた目を見開いた。

「そうそう、あんた、若いのによう知っとるね。それだ。事件が起きた時は、新美さんが世話になっとる人が殺されたって母親は大騒ぎしとったが、しばらくして、じつは新美さんはそいつに騙されてたんだとわかって、二度びっくりだった」

和真は愕然とした。白石健介の祖母は、『東岡崎駅前金融業者殺害事件』で殺された男の金融詐欺の被害者だったのだ。

白石美令は凍りついたように身体を硬直させている。頬が強張っているのが傍から見てもよくわかった。

「うん、どうした？　なんか、変なことでもいったかね」老人が不思議そうに二人の顔を交互に見た。

「いえ、何でもありません」白石美令が答えられそうになかったので和真がいった。「ほかに何か御存じないですか？　新美さんの、その後とか、引っ越し先とか」

老人は首を横に振った。

「いやあ、知らんねえ。新美さんのことを思い出したのも、あの人について話すのも久しぶりだ。このあたりじゃ、もう誰も知らんかもしれんねえ」

「そうですか。今日はどうもありがとうございました」

「役に立ったかね？」

「はい、とても」

もう一度礼を述べ、和真は白石美令を見た。彼女は放心した様子だったが、はっとした顔になり、小さく頭を下げた。

富岡家を辞去し、車に戻ってからも二人は無言だった。和真が口を開いたのは、エンジンをかけてからだ。

「この土地で、ほかに調べたいことはありますか？」

白石美令は首を振り、わかりません、と細い声で呟いた。

「倉木さんは……どうしたらいいと思います？」

「僕も、何も思いつきません。とりあえず、このことを五代刑事に話してみようかと思いますが、どうでしょうか」

白石美令は吐息を漏らした。

「これ以上は、もう手に負えませんね。あたしたちには……」

「そう思います。じゃあ、東京に帰りましょうか」

はい、と答えた白石美令の声は弱々しかった。

名鉄で名古屋駅に戻る間も、二人とも殆ど無言だった。新幹線『のぞみ号』に乗り込み、指定座席に並んで座ってからも同様だ。

白石美令の頭の中で、どんな想像が巡らされているのか和真には知る由もない。和真自身、今日知ったことをどう解釈すればいいのか、ここからどのように推理を進めていけばいいのか見当がつかず、途方に暮れている。

三十年以上前に起きた『東岡崎駅前金融業者殺害事件』——達郎が犯人は自分だと告白している事件に白石健介も関わっていた。

この事実をどう捉えればいいのか。

漠然と脳裏に浮かんでいることはある。しかし口に出すには、あまりに重大で深刻で、そして過酷な想像だ。到底、白石美令には聞かせられない。

だが同じではないのか。

隣にいる美しい女性も、同じ物語を頭に描いているのではないか。

不吉で絶望的、全く救いのないストーリーを。

こっそりと横顔を窺おうとした時、左の指先が彼女の手に触れた。和真は咄嗟に少し離した。心臓が跳ねた。

するとまた指に触れる感覚があった。和真は少しも動かしていない。白石美令のほうから手を寄せてきたのだと気づいた。

躊躇いつつ、指先を絡めてみた。彼女は拒絶しなかった。前を向いたまま、手を握った。彼女も握り返してきた。

このまま二人でどこかへ消え去れたなら、どんなにいいだろう、と思った。

44

桜川がいったように、渋谷区松濤には高級住宅が建ち並んでいる。どの家のデザインも個性的で、住人たちが周りとセンスを競い合っているかのようだ。

安西弘毅の邸宅は洋風だった。門はなく、代わりに道路から玄関までのアプローチを挟むように、二台の車が止められるスペースが設けられていた。現在は左側に一台の外車が止められているだけだから、右側の一台分は来客用なのかもしれない。

腕時計で時刻を確認した。午後一時ちょうどだ。今日は土曜日で、安西家の人間が朝から誰も外出していないことは、見張り役の捜査員が確認している。

五代は邸宅を見上げながらスマートフォンで電話をかけた。番号はすでに登録してある。電話は繋がった。はい、と落ち着いた男性の声が聞こえた。

「安西さんですね」

「そうですが」

「お休みの日に申し訳ございません。警視庁捜査一課の五代といいます。先日、門前仲町で御挨拶させていただきました」

ああ、と安西は了解したようだ。「何か御用でしょうか」

「じつは今、お宅の前におります。知希君に尋ねたいことがありまして」

「えっ、知希に？」

全く予想外、という反応だ。無理もない。

「はい。これから伺ってもよろしいでしょうか」

「知希に何を訊くんですか？」

「それは御本人にお会いしてからお話しします」

息を呑むような気配があった。短い沈黙の間に五代も呼吸を整えた。

「少しお待ちいただけますか」

「わかりました。我々はここで待機しております」

安西は何もいわずに電話を切った。余裕をなくしているのだろう。

五代は二階の窓を見た。カーテンの向こうで人影が動いたようだ。

「逃がしたりしませんか」後ろから後輩の刑事が訊いてきた。

「それはないだろう」五代は即座に否定した。「親としては事情がさっぱりわからず、おろおろするだけだ。逃がすなんて発想は出てこない」

後輩刑事は納得したように頷いた。ここへは車の運転役を含めて三人を連れてきただけだ。裏口がある場合は、そちらにも見張り役を配置するが、ないことは確認してある。

中町ら所轄の人間は来ていない。桜川が、本庁で地固めをしてから新たな被疑者を所轄に引き渡すといっているからだ。

スマートフォンに着信があった。液晶画面に安西弘毅の名前が表示されている。

「はい、五代です」

「安西です。お待たせしてすみません。本人はいるのですが、ちょっとお会いできる状態ではないので、明日とか明後日とか、日を改めていただけるとありがたいのですが」落ち着いた口調を心がけているのだろうが、声がかすかに震えている。警察が来たと聞き、知希が取り乱したのかもしれない。

「そうですか。でも誠に申し訳ないのですが、こちらは急を要しておりまして、どうしても今日、御本人からお話を伺う必要がございます。たとえば私一人だけでも息子さんと面談させていただけないでしょうか」

「いや、しかし……せめて、夜まで待ってもらえませんか」

「それはちょっと。場合によっては、本庁のほうに来ていただくことになるかもしれないんです。お子さんは未成年です。なるべく早い時間帯のほうが、お互い安心だと思うのですが」

「本庁って警視庁本部のことですか」

「場合によっては、です。必ずというわけではありません」五代は本音を隠し、正反対のことを柔らかい口調でいった。

「では一時間だけ……いえ、三十分程度で構いませんから、時間をいただけませんか。私のほうから息子に問い質したいので」

「何を、どのように問い質すのですか？」

「それは……」安西は言葉を詰まらせた。

「なるべく手短に済ませます。親御さんたちが納得できないようなことはいたしません。どうか御理解いただけませんか」

安西は沈黙した。苦悶する表情が目に浮かんだ。

「息子が例の事件に関わっていると？」

「わかりません。その可能性が浮上してきたので、こうしてお伺いしたというわけです」

ふうーっと息を吐く音が聞こえた。

「私も同席させてもらえますか？」

この要求は予期していた。その場合の対応は桜川から指示されている。

構いません、と五代は答えた。

再び無言のままで電話が切られた。

五代が玄関をじっと見つめていると、ドアが開き、濃紺のセーターを着た安西弘毅が姿を見せた。

五代は後輩刑事たちに、ここで待機しているようにいってから玄関に近づいていった。安西に頭を下げる。「無理をいって、申し訳ございません」

「知希は何をしたんですか」そう尋ねた安西の顔には、すでに焦燥感が漂っている。

「それを確認するために来たのです。息子さんと何か話をされましたか」

「いえ、警察の人が来たといっただけです」

「すると息子さんはどのように？」

安西は力なくかぶりを振った。

「何もいいません。ふうん、と答えただけで……。でも、わかります」

「何がですか」

「心当たりがあるんでしょう。あの子は動揺している時ほど感情を見せなくなります」

安西の言葉を聞き、五代は二つの感想を抱いた。この人物は冷静で利口だ。しかし父親としては、子育てがうまくいっていると思っていない。

どうぞ、と安西が招き入れるしぐさをした。

ドアの内側には広いエントランスホールがあった。お邪魔します、といって五代は靴を脱いだ。「奥様や、ほかのお子さんは？」

見張り役の刑事によれば、全員が在宅しているはずだ。

「二階にいます。申し訳ないのですが、お茶の用意などは御容赦願います」

「ええ、もちろん。知希君も皆さんと一緒ですか？」

「いえ、あいつは自分の部屋にいます」

五代は、すぐそばにある階段を見上げた。「二人ですか？」

「そうです」

「だったら、すぐに連れてきてください。少し心配なので」

十代の感受性は複雑だ。この間に手首でも切られたら厄介だ。

安西は頬を引きつらせ、階段を上がっていった。

だがどうやら取り越し苦労だったらしい。間もなく安西が少年を従えて下りてきた。

「こちらへどうぞ」

安西が少年を連れて奥に進んでいく。五代も二人に続いた。

大きな窓から陽光がたっぷり入るように設計されたリビングルームで、五代は大理石のテーブルを挟んで安西知希と向き合った。安西弘毅も横にいる。

知希は痩せた少年だった。顎や首も細く、幼さが残っている。俯いたままで、五代のほうを見ようとしない。

「知希君はスマートフォンを持っていますか?」

五代の問いに知希は無表情で黙っていたが、やがて小さく頷いた。

「声に出して答えてもらえるとありがたいんだけどね」

「ちゃんと返事しなさいっ」

安西が苛立ったようにいったので、五代は左手を出して制し、「スマホ、持っていますね?」と、もう一度訊いた。

はい、と知希が答えた。高くて細い声が少しかすれた。

五代は持参してきた鞄を開け、中からA4サイズの紙を取り出した。防犯カメラの映像をプリントしたものだ。それを知希の前に置いた。

「これは君ですね?」

安西が首を伸ばし、覗き込んだ。対照的に知希は、ちらりと見ただけだ。しかし一瞬息を呑んだのを五代は確認した。

「どうですか?　君ですよね」

「そう……だと思います」

「思います？　妙な言い方だね。自分のことなんだから、もっとはっきりと答えられるんじゃないかな」

横から安西が何かをいいたそうにしたが、今回は堪えられたようだ。

「……です」知希が呟いた。

「えっ？　ごめんなさい。もう少し大きな声で」

知希は深呼吸をしてから、僕です、と答えた。

ありがとう、と五代はいった。

「さっき、スマホを持ってるといったね。この時はなぜ公衆電話を使ったのかな？　この日にかぎってスマホを忘れたとか？　でもテレホンカードは持ってた？　そんなもの、いつも財布に入れてるのかな？」

知希は答えない。項垂れたままだ。

「では、電話をかけた相手は誰？　友達？　知り合い？　すぐに確認できるから、嘘はいわないようにね」

ここでも無言だ。だがこの反応は五代が予想していたものだ。

「電話をかけた相手が誰なのか、それさえ教えてくれたら、おじさんは出ていくよ。その相手が誰であろうとも、それ以上のことは訊かずに出ていく。約束しよう。だから教えてもらえないだろうか」

知希の身体が小刻みに揺れている。心の迷いが身体に出ているのか、生理的な恐怖心から震えているのか、見ただけではわからない。

安西が、知希、と呟いた。「答えなさい」苦しげに呻くように聞こえた。

なんで、と知希が声を発した。「訊くんですか」

「えっ？　なんでって？」五代は問い返した。

「知ってるんでしょ。誰にかけたか」知希が俯いたままでいった。

五代は座り直し、背筋を伸ばした。あと一押しだ。「君の口から聞きたいんだよ」

知希が顔を上げ、初めて五代のほうを見た。その表情に、五代はぎくりとした。少年の口元には、薄い笑みが浮かんでいた。

「電話をかけた相手は白石さん。これでいい？」

五代が太い息を吐き出すのと、本当か、と安西が声を漏らすのが同時だった。

「下の名前も知っていたら教えてもらえるかな」五代はいった。

「知ってます。白石健介さん」知希は吹っ切れた顔つきで答えた。

五代は鞄からノートとボールペンを出し、知希の前に置いた。

「ここに書いてもらえるかな。君の名前と今日の日付も」

知希はボールペンを手に取り、ノートに書き始めた。白石健介さん、と書いた後、少し考えてから何かを書き足した。手元を覗き込み、五代は目を剝いた。

白石健介さんを殺したのはぼくです——少年は、そう書いていた。

45

玄関のチャイムが鳴ったのを聞いた瞬間、美令の胸中を嫌な予感がよぎった。訪問者は不吉な風を運んできたのではないか。

綾子がインターホンで応対するはずだ。宅配便とかだったらいいのに、と思った。

階段を上がる足音が近づいてきた。直感が当たった——そう確信した。

ノックする音。どうぞ、と答えた。

ドアが開き、廊下を背景に綾子の影が立った。部屋の明かりは消えている。

「美令、起きてる？」

うん、と布団の中から答えた。「誰が来た？」

「警察の人。最初にうちに来た五代さんという刑事さん」

ふうっと息を吐いた。やっぱりそうか。だが来たのが五代というのは、ほんのわずかだが救いのような気がした。

「何か、大事な話があるそうなの。お嬢さんにも一緒に聞いてほしいって」

わかった、といって身体を起こした。「今、何時？」

「六時過ぎ」

「そうかあ」

窓の外は暗い。大して眠ったわけでもないのに、意外に早く時間が流れた。

「ちょっと待っててもらって。少しは化粧をしたいから」

朝から何も食べていない。ずっと部屋にいる。きっとひどい顔をしていることだろう。

綾子が部屋の明かりをつけた。「美令、大丈夫？」

「何が？」

「何がって……昨日からずっと体調が良くないっていってるけど、一体どうしたの？　金曜日に職場で何かあったの？」

金曜日というのは二日前だ。倉木和真と常滑に行ったことなど綾子には話していない。

「五代さん、待ってるんじゃないの？　お茶ぐらいお出ししたら？」

綾子は釈然としない顔つきで背を向けた。歩きだそうとするのを、おかあさん、と美令は呼び止めた。

振り向いた綾子に、「覚悟しておいたほうがいいと思う」といった。

綾子が怪訝そうに眉間に皺を寄せた。「どういうこと？」

「五代さん、きっといい話をしに来たのではないよ」

「そんなことわかってるわよ。お父さんが殺されたのよ。いい話なんかあるわけないじゃないの」

「それ以上だよ。思ってる以上に悪い話。目眩がしそうなほど」

綾子は顔を硬直させた。それを見て、申し訳ないと思った。こんな言い方をしたいわけではないのだ。しかしこの母だって、いずれは知らねばならないことだ。

「美令、あなた、何か知ってるのね？　教えて」

「あたしがいわなくても五代さんが教えてくれるよ」美令はベッドから出て、窓の前に立った。レースのカーテンをめくると、ガラスに自分の暗い顔が映っていた。

綾子は何もいわずに立ち去った。階段を下りる足音も陰気に聞こえた。

美令は小さなテーブルの前に腰を下ろし、出しっぱなしになっていた化粧ポーチを引き寄せた。

ふと、倉木和真のことが頭に浮かんだ。彼は今、何をしているだろう。どんなことを考え、明日は何をしようと思っているのだろうか。

常滑での出来事が蘇る。あんなところへ行ったのが間違いなのか。知らなければいいことを知ってしまったのか。

考えたくはないのに、考えてしまう。不吉な物語が形成されそうになるのを懸命に止めようとするが、その思いとは逆に、よりはっきりとした形が作られていく。

思い過ごしであってほしい。何かの間違いであってほしい。

五代が来たのは、全く別の用件であってほしい。

でも、たぶんその望みは薄いだろう――鏡に向かって口紅をひきながら、覚悟しなければならないのは自分も同じだ、と思った。

居間に行くとソファに座っていた五代が立ち上がり、会釈してきた。スーツ姿でネクタイを締めている。前に会った時と変わらぬ服装だが、正装しているように感じるのは、表情が硬いせいだろうか。美令が席につくと五代も座った。

「紅茶、淹れる？」綾子が訊いてきた。

「いらない」美令は素っ気なくいってから五代を見た。「用件を話していただけますか」

はい、といって五代は両手を膝の上に置いた。

「まず最初に申し上げておかねばならないのですが、今日こうしてお話しすることは、正式には認められておりません。当面、御遺族には伏せておいたほうがいいのではないか、という意見もございました。しかし今後のことを考えると、一刻も早く、現時点で判明していることだけでもお伝えしておいたほうがお二人のためになると思い、私の判断で訪問した次第です。したがって、これからお話しすることは非公式です。お二人には他言無用をお願いしたいのですが、約束していただけますか」

美令は綾子のほうを見た。二人で頷き合った後、お約束します、と五代にいった。

ありがとうございます、と五代は頭を下げた。

「結論から申し上げます。白石健介さんが殺害された事件において、新たな容疑者が浮上しました。現在勾留中の倉木被告人の犯行である可能性は極めて低くなり、近々起訴は取り下げられ、倉木被告人は釈放されるものと思われます」

そんな、と綾子が声を発した。「どういうことですか」

「今、申し上げた通りです。真犯人と思われる人物の供述は妥当性が高く、すでにいくつかの裏付けも取れています。倉木被告人の供述よりも説得力があり、本当のことを語っていると思われます」

「誰なんですか、一体」綾子が険しい口調で訊いた。

「申し訳ございませんが、それはまだお話しするわけにはいきません」

「教えてください。誰にもいいませんから」

「すみません。その時が来れば、必ずお話しします」

「そんなのって……納得できません」

おかあさん、と美令はいった。「ちょっと黙ってて」

綾子が、はっとしたように目を見開いた。

美令は五代のほうを向いた。

「そのことだけを話しに来られたのですか？　あたしたちに話すべきことが、まだほかにもあるんじゃないんですか」

五代は真剣な目で見返してきた。

「おっしゃる通りです。ほかにもあります」

「そうでしょうね。むしろ、そっちのほうが重要なんですよね。犯人が誰か、なんてことよりも」動揺しているのに、なぜか流暢に口が動いた。

「美令、あなた何をいってるの？」

「動機は何ですか？」綾子の問いかけを無視し、美令は五代に訊いた。「その犯人が父を殺した理由です。どのように話しているんですか」

五代は窺うような視線を美令に注いできた。「あなたは何か御存じなんですね？」

「知っています。父の過去についてです。三十年以上前に愛知県で起きた事件に、父は関与していた。そうですよね？」

隣で綾子が全身を硬直させる気配があった。

「どうしてそれを？」五代が訊いてきた。

「説明すると長くなるんですけど、じつは先日、愛知県の常滑に行ってきました」

「とこなめ？」五代は訝しげに眉根を寄せた。あの土地のことは知らないらしい。

「父の祖母が住んでいたところです。そこでいろいろと聞きました。ただ、昔の事件に関係していたとわかっただけで、具体的に父が何をしたのかまでは知りません。でも、想像していることはあります。その想像が見当外れであることを心から祈っていたんですけど、実際にはどうだったのでしょうか。その答えを、たぶん五代さんは持っておられるんですよね？　違います？」

五代は美令の顔をじっと見つめた後、はい、と頷いた。「持っています」

「聞かせてください。覚悟はできています」

五代は頷き、息を整えるように胸を張った。

「まず、先程の質問にお答えします。真犯人が語っている動機は復讐です。白石弁護士のせいで自分を含めて家族が不幸になった。だからその恨みを晴らしたくて殺害した。そのようにいっています」

「なぜ父のせいで不幸になったと？」もう答えはわかっていたが、美令は敢えて確認した。

「三十年以上前、あなたがさっきお話しになった事件——『東岡崎駅前金融業者殺害事件』の犯人として、一人の男性が逮捕されました。彼は無実を主張したまま、警察署の留置場内で自殺しました。その事件の犯人は自分だったと倉木被告人が自供したことは御存じだと思います。しかしこのたび新たに浮上した白石健介さん殺害の真犯人だと目される人物によれば、それもまた倉木被告人の嘘であり、昔の事件の犯人は白石弁護士で、そのことを知ったので復讐した、とのことです」

五代の口から一気に語られた言葉の一つ一つが、沼地に石が転がり込むように、次々と美令の心の奥へ沈んでいった。そのたびに何かが失われていくのを感じたが、不思議に苦痛ではなかった。

ついに真実に辿り着いた。もうこれ以上道に迷うことはない。どこにも行く必要はないし、捜すべきものもなくなった。そんな思いは何となく達成感に似ていて、諦めの気持ちが心地よさに変わるような、奇妙な感覚を味わっていた。

46

釈放の決まった倉木達郎が拘置所を出たところを待ち受け、五代は任意同行を求めた。倉木は拒否せず、穏やかな表情で警察が用意していた車に乗り込んだ。荷物は小さな旅行バッグ一つだけだった。

もう被告人ではないし、被疑者でもない。身代わり犯人を仕立てることは犯人隠避に当たるが、逮捕するかどうかはまだわからない。倉木を後部座席の真ん中に座らせて二人の刑事で挟む、というようなことはせず、五代だけが隣に座った。

「御迷惑をおかけしましたね」車が動きだして間もなく、倉木が謝った。

「本当のことを話していただけますね」五代はいった。

倉木はため息をつき、窓の外に目をやった。「まあ、仕方ないでしょうなあ」

この数か月の間に、かなり痩せたように見えた。しかし顔色は悪くない。諦念を漂わせて遠くを見つめる横顔は、すべてを悟った人間だけが持つ雰囲気に包まれていた。

車は警視庁本部庁舎に到着した。事情聴取はここで行われることになっている。自分が話を聞く、と桜川がいった。だが五代も同席が認められた。

「さて、どこから話していただきましょうか」部屋で向き合ってから桜川が訊いた。

倉木は苦笑し、首を傾げた。「どこから話せばいいですかなあ」

五代、と桜川が顔を向けてきた。「おまえはどこから聞きたい？」

「それはもちろん、昔の事件から」五代は即答した。

桜川が倉木を見た。「それでいかがですか？」

倉木は黙って瞼を閉じ、少ししてまた目を開けた。

「やっぱり、そこから話すしかないでしょうねえ。でも、ずいぶんと長くなりますよ」

「結構です。この時を楽しみにしていたんです。いくらでもお付き合いしますよ。――なあ五代、おまえもそう思うだろ？」

お願いします、と五代は頭を下げた。

わかりました、といって倉木は話し始めた。

一九八四年五月――。

三十三歳になったばかりの倉木は、毎日が楽しかった。三か月前に長男の和真が生まれていたからだ。妻の千里と結婚したのは二年前で、待望の赤ん坊だった。千里は倉木より一歳上で、年齢面から焦り始めた頃の妊娠だった。

倉木が勤務していた部品工場は大手自動車メーカーの子会社で、従業員は千人程度いた。従業員の大半は機械工で、倉木も旋盤や切削機を扱う部署にいた。

自動車産業は好調で仕事は忙しかった。週休二日といっても、土曜日に休めるのは月に一度か二度だ。残業も多い。しかしその分手当が増えるわけで、新しい家族ができた倉木にとっては歓迎すべきことだった。

工場へは車で通っていた。乗っていたのは親会社が販売しているセダンだ。中古だが、乗り心地は悪くなかった。ただしあまり洗車をしないので、白い車体にはいつも汚れの筋が何本も入っていた。

その日の朝も、いつものように千里と和真に見送られ、車に乗って出かけた。アパート住まいだが、近いうちにマイホームを、と考えていた。住宅財形は入社した時から続けていて、それなりに貯まった。

片側一車線の道路は少し混んでいた。前方に上り坂が迫ってくる。そこを過ぎたら、渋滞の列が見えるはずだ。その先にある交差点の赤信号が長いのだ。

左側の路肩を、自転車で進んでいる男がいた。黒っぽいスーツの裾がはためいている。上り坂なのに御苦労なことだと思いつつ、倉木は追い越した。横目で男を見ると、不機嫌そうに顔をしかめていた。

坂を上りきると、案の定、車の列が見えた。倉木はほんの少しだけ迷ってから、脇道に入ることにした。坂を下りきったところに左に入る細い道がある。遠回りだが、時間的には早く工場に辿り着ける抜け道だ。

もう少しで坂を下りきる、というタイミングで車を左に寄せた瞬間だった。何かが倉木の左目の端に入った。その直後、車のすぐ横で何かが倒れた。人だということはわかった。接触したらしい、と思った。

あわてて車を端に寄せて止め、運転席から飛び出した。

倒れていたのは、先程の自転車の男だった。顔を歪め、腰のあたりを押さえている。

「大丈夫ですかっ」倉木は尋ねた。「怪我は……」

男がしゃがみこんだまま、口元を曲げて何かいった。聞こえなかったので、倉木は顔を近づけた。「何ですか?」

男は、ぼそりと、「痛い」といった。

「あっ……すみません」

倉木が詫びると男は空いている右手を出してきた。「名刺」

「えっ?」

「名刺だよ。働いてるんなら、持っているだろ。それから免許証」

さあさあ、と催促するように男は手のひらを動かした。

倉木は財布から名刺と免許証を出し、男に見せた。男は双方を見比べた後、内ポケットからボールペンを出してきた。

「名刺の裏に自宅の住所と電話番号」

「私の、ですか」

「そうだよ。決まってるだろ」ぶっきらぼうに男はいった。

いわれるまま名刺の裏に住所と電話番号を記した。差し出すと、男はひったくるように取り、すぐに確かめた。「マンション？　それともアパート？」

住所に部屋番号が付いているからだろう。アパートです、と倉木が答えると、男はつまらなそうな顔をした。貧乏人か、と失望したのかもしれない。

「警察に電話してきます。それから救急車を呼びます」

男は仏頂面で顎を小さく動かした。頷いたつもりらしい。

数十メートル離れたところに電話ボックスがあった。そこから一一九と一一〇にかけた。動転しているせいか、状況を伝えるのに少し手間取った。その後、会社に電話をし、体調が悪いので今日は休むことを女性事務員に伝えた。彼女が怪しんでいる気配はなかった。

電話を終えて現場に戻ると、男は地面で胡坐《あぐら》をかき、煙草を吸っていた。自転車の荷台にくくりつけてあったと思われる鞄を横に置いている。

「どうもすみません」倉木は改めて謝った。

男は無言で鞄に手を入れ、何かを出してきた。名刺だった。

倉木は受け取り、目を落とした。『グリーン商店　社長　灰谷昭造』とあった。

「参ったなあ」独り言のように灰谷は呟いた。「今日はいろいろと回らなきゃいけないところがあるってのに、何でこんな目に遭わなきゃいけないんだ」

「本当にすみません」倉木は頭を下げた。

「そこに書いてある番号に電話をかけてくれ。若い奴が出ると思うから、事故のことを話して、午前中の予定はキャンセルだというんだ」

「わかりました」名刺を手に踵を返した。

電話ボックスまで走り、名刺の番号に電話をかけた。グリーン商店です、と聞こえてきた声は、たしかに若い男のものだった。

灰谷からいわれたことを伝えると、相手はさすがに驚いた様子で、「事故って、どの程度のものですか。かなりの重傷とか？」と問うてきた。

「いえ、ふつうに話をされてますし、煙草を吸っておられますから、大したことはないと思うんですけど」

倉木が答えると、「あ、そうなんですか」と拍子抜けしたような言葉が返ってきた。それをどう解釈していいかわからぬまま、倉木は電話を終えた。

電話ボックスを出た時、救急車のサイレンが聞こえてきた。

救急隊員たちは灰谷の怪我が軽傷らしいとわかり、安堵したというより、この程度のことで呼んだのか、と苛立っているように見えた。それでも二人で灰谷を救急車に乗せると、再びサイレンを鳴らして走り去っていった。自転車は、後で倉木が灰谷の会社まで届けるという約束で鍵を預かった。

それから間もなくパトカーがやってきて、実況見分が始まった。状況を尋ねてくる交通課の警官に、倉木は状況をできるかぎり詳しく説明した。できるかぎりというのは、倉木自身が把握しているかぎり、ということだ。じつのところ倉木は、何がどうなったのかよくわかっていなかった。

実況見分には三人の警官が当たっていた。彼等は道路や倉木の車、そして残された自転車を念入りに観察していたが、全員の顔に当惑したような色が浮かんでいた。しきりに首を捻ったりもしている。

後日連絡するといわれ、倉木は解放された。警察署に連れていかれるのかと思ったが、そうではないらしい。

車を運転し、自宅のアパートに帰った。目を丸くした千里に事故のことを打ち明けた。話を聞いた途端に彼女は青ざめ、頰を強張らせた。「それで……これからどうなるの?」

「わからない。相手の人の怪我次第だと思う。大した怪我ではないと思うんだけど」

「会社には知らせたの?」

「いや、知らせてない。なるべく隠しておきたい」

「そうよね」

親会社が自動車メーカーということがあり、会社は社員の交通違反や事故に敏感だった。報告すれば、必ず人事部に伝わり、今後の査定に影響してくる。時には掲示板に事故内容が張り出されたりするのだ。イニシャルしか書かれないが、誰のことかはすぐにわかる。

倉木は自分の車を駐車場に止めると、タクシーを呼び、事故現場に戻った。灰谷の自転車を回収するためだ。

自転車をこぎ、受け取った名刺の住所を目指した。駅前にあるビルの一室らしい。途中、和菓子屋を見つけたので寄り、最中の詰め合わせを買った。

ビルに行ってみると思ったよりも古びた建物で、外装がところどころ剥がれていた。『グリーン商店』は二階にあった。自転車を歩道の脇に止め、階段を上っていった。

錆の浮き出た扉に、『グリーン商店』と記されたプレートが貼られていた。ドアホンが付いていたので、押してみた。室内でチャイムが鳴った。

ドアが開き、若い男性が顔を覗かせた。シャツにジーンズというラフな出で立ちだ。

倉木は名乗り、事故を起こした者だと説明した。

「ああ……さっき灰谷から電話がありました。もうすぐこっちに来ると思いますけど」

「じゃあ、待たせてもらってもいいですか」

若者は、うーんと首を傾げた後、「いいんじゃないですか」と答えた。自分には許可する権限はない、といいたいようだ。

お邪魔します、といって倉木は室内に足を踏み入れた。部屋の広さは十数畳といったところか。真ん中に大きなテーブルが置かれ、その上に箱、書類、瓶、何かの器具といったものが雑多に載せられている。周囲に並べられた棚の上も、物や書類で溢れていた。

若者は窓際に置かれた机の前に座り、マンガ雑誌を読み始めた。机の上には電話機とファクスがある。

パイプ椅子があったので、倉木はそこに腰を下ろした。

だった。

「灰谷さん、どんな様子でしたか？　怪我の具合とか」

倉木の問いに若者はマンガ雑誌から顔を上げることなく、さあ、と気のない返事をしただけだった。

倉木は改めて室内を見回した。何を生業《なりわい》としている会社なのか、まるでわからなかった。社員はこの若者一人なのだろうか。それにしても社員という服装ではない。

机の上の電話が鳴った。若者が受話器を取り上げた。

「グリーン商店です。……申し訳ございません。灰谷は現在外出中でして。……タナカ様ですね。いつもお世話になっております。……その件でしたら、後ほど灰谷のほうより御連絡させていただきます。……かしこまりました。お伝えしておきます。今後もよろしくお願いいたします。では失礼いたします」片手をマンガ雑誌から離すことなく、だらしない姿勢のままで若者はしゃべった。文字にすると丁寧な言葉遣いだが、本を棒読みしているような口調で、誠意のかけらも伝わりそうになかった。

受話器を置くと、若者はまたマンガに熱中し始めた。

かちゃりと音がして玄関のドアが開いた。灰谷の姿を見て、倉木は立ち上がった。

「あんたか」灰谷は眉間に皺を寄せ、入ってきた。右足を引きずっている。「ああ、痛い、痛い。全くもう、とんだ災難だ」

「申し訳ございませんでした」倉木は頭を下げた。「怪我の具合はどうだったでしょうか」

「どうって、見ればわかるだろう。まともに歩けやしない。全治三か月だよ、三か月。医者からは安静にしてろっていわれた。一体、どうしてくれるんだ」

「骨とかに異常はなかったわけですね？」

「折れてなきゃいいってもんでもないだろう。実際、こうして難儀してるんだ」

「あ……すみません」

灰谷は足を引きずりながら若者のほうに近づくと、「誰か電話してきたか」と訊いた。

「さっき、タナカって人から。ジジイの声だった」

「あの爺さんか。わかった。おまえ、今日はもう帰っていいぞ」

「あっ、そう」若者は素早く立ち上がると、マンガ雑誌を手にしたまま倉木の脇を抜け、部屋を出ていった。

灰谷は若者が座っていた椅子に腰を下ろし、電話を引き寄せた。鞄から出した手帳を広げてから受話器を取り、どこかに電話をかけ始めた。

「もしもし、タナカさんですか。灰谷です。お電話をいただいたみたいで申し訳ございません」それまでとは別人のような愛想のいい声を灰谷は発した。「……ええ、はい、その件だと思いました。じつはそのことで先方と話をしてきたばかりでして。……はい、狙い通り、順調に値上がりしているようです。……はい、もちろんその通りです。……ええ、ですから先日もお話ししましたように、期日までは解約できない商品でして。……そうですね。やはり少し待っていただくことになるかと。そのほうが利益も出ます。……そういうことです。では、そのように取り計らわせていただきます。わざわざ御連絡、ありがとうございました。今後もよろしくお願いいたします。はい、どうも、失礼いたします」

受話器を置いた後、灰谷は渋面を作って手帳に何事か書き込み、ため息をついた。首の後ろを揉んだ後、倉木のほうを向いた。

「さて、どうするかね」先程までの無愛想な口調に戻った。

「あの、診断書ではどうなっているんでしょうか」

「診断書？　ああ、いろいろと難しいことが書いてあったよ。ええと、どこへやったかな」灰谷は上着のポケットや鞄の中を探った後、大きな音をたてて舌打ちした。「くそっ、見つからないな。まあいい。とりあえず、今日の治療費を払ってもらいたいんだけどね」

「あ、はい。それはもちろん」大切な診断書をなぜ紛失したのだろうと疑問に思いながら、倉木は財布を出していた。「領収書はありますか」

「だから診断書と一緒に領収書も行方不明なんだ。捜しておくから、治療費を出してくれ。三万円ほどだ」

「三万円……ですか」

何にそんなにかかったのだろう、と問いたくなった。

「あんた、自動車保険には入ってるんだろ？　どの道、金は戻ってくるんだからいいじゃないか」

「いえそれが、保険は使わないかもしれないので」

「そうなのか。だけどそんなこと、そっちの問題だ。こっちとしては治療費を払ってもらわないと困る。人身事故を起こしておいて、治療費を出し渋るなんて話、聞いたことがないね」

「いや、決してそういうわけではないです。ただ、今は持ち合わせがなくて……」

灰谷はしかめっ面をした。「いくら持ってるんだ？」

倉木は財布を開けた。入っているのは二万数千円だ。大金を持ち歩く習慣はない。キャッシュカードを持っているのは千里だ。

そのことをいうと、「じゃあ二万円でいい」と苦々しそうに灰谷はいった。

倉木は一万円札二枚を差し出した。灰谷はそれを奪い取り、そのまま内ポケットに押し込んだ。

「あのう……」

「なんだ？」

「不足分はこの次払いますから、二万円の受取証をいただけませんか」

灰谷は目を剝いた。「俺がごまかすとでもいうのか？」

「そうではないですけど、きちんとしておいたほうがいいと思いまして」

「心配しなくても、とぼけたりしないよ。それより、今後の話だ。こっちは得意客のところを回るのが仕事だっていうのに、こんな身体じゃ不自由でしょうがない。一体、どうしてくれる？」

「……すみません」頭を下げ続けるしかなかった。

「まずは自宅からここまでの足だ。自転車には当分乗れないから、何とかしなきゃいけない」

灰谷によれば、自宅はここから三キロほどのところらしい。

「タクシーを使いたいところだが、呼んでもすぐには来ないし、めったに空車なんて通らない。うーん、どうするかねえ」そういいながら灰谷は財布から名刺を出してきた。倉木の名刺だった。彼が裏に書き込んだ自宅の住所をじっと見てから灰谷は口を開いた。「あんたの会社、朝は何時からだ？」

「九時からですけど」

「そうか。それならちょうどいい。七時半に、うちに来てくれ。で、俺を車に乗せて、この事務所まで送る。それから会社に向かっても間に合うだろう」倉木の名刺を机の上に放り出し、

「そうしよう、それがいい」と一人で決めてしまった。

「毎朝……ですか」

「そうだ。あんたが無理なら、ほかの人間に頼んでもいい」

倉木は素早く考えを巡らせた。ほかの人間になど頼めない。七時に自宅を出れば何とかなりそうだ。

「わかりました。明日からですね」

「家からここへ来るのはな」

灰谷はそばのメモ帳に何やら書き込んでから、ほら、といって差し出してきた。そこには住所と電話番号が記されていた。灰谷の自宅らしい。

「ここから家に帰るのは今日からだ。六時に来てくれ」

「待ってください。今夜は会社を休んだから来られますけど、ふだんは大抵残業があるんです。八時にしてもらえませんか」

「八時？　そんな時間まで、ここで何をしてろっていうんだ」

「じゃあ、せめて七時に。お願いします」倉木は腰を折り曲げた。

灰谷は大きなため息をついた。

「しょうがないな。じゃあ、七時でいい。その代わり、遅れるなよ」

「わかっています。気をつけます」

灰谷は椅子に身体を預け、腕組みして倉木を見上げた。

「まずはそんなところかな。損害賠償については、これから考える。それから今後も病院に通うことになると思うけど、治療費はその都度請求させてもらうからな。財布には、きちんと金を入れておけよ」

「あ……はい」

倉木の胸中には黒い靄《もや》が広がりつつあった。何でもかんでもいいなりになっていては、この男にいいように毟《むし》られるだけではないかと思った。だが今の時点では対抗するだけの武器がなかった。

倉木は自分が紙袋を持参してきたことを思い出した。最中の詰め合わせだ。

「あの、よかったらこれを……」おそるおそる差し出した。

「甘い物か。そういうのは食べないんだが、まあいいや。そのへんに置いといてくれ。今度は酒がいいな。ウイスキーとか」

今夜にでも持ってこいという意味かなと思った時、玄関のチャイムが鳴った。

「今頃誰だ？　ちょっと開けてみてくれ」

灰谷にいわれ、倉木はドアを開けた。ジャンパーを羽織った、まだ学生ではないかと思われるような若い男性が立っていた。彼は倉木を見て会釈し、「灰谷さんはいらっしゃいますか」と尋ねてきた。

「灰谷は私ですがね、おたくさんは？」倉木の背後から灰谷の声が飛んできた。

「あ……あの、僕はシライシといいます。ニイミヒデの孫です」

「ニイミさん？　ああ、あのお婆さん。元気にしておられますか。最近は、ちょっと御無沙汰しているんですがね」

「一応元気なんですけど、ちょっと気になったことがあったので御相談に。本人は足が悪いし、難しいことはよくわからないというものですから」

「何ですか。そんなに難しい話をした覚えはないんですがね」灰谷の口調は相変わらず柔らかい。倉木に対してのものとは、ずいぶんと違う。

シライシという青年が室内に入ってきた。

「祖母から聞きました。灰谷さんに勧められて投資を始めたって」

「ああ、そのことね。勧めたっていうか、相談を受けたものだから、今はいろいろなものがありますよと紹介はしました。それが何か？」

「祖母によると、相談したわけじゃなく、銀行預金なんかじゃだめだと強くいわれたってことでしたけど」

「それは聞いた側の受け取り方次第だ。世間話をしていて、あのお婆ちゃんが何となく老後に不安を抱えてるみたいに思ったから、お金を増やしたいならいろいろと方法がありますよと教えてやっただけですよ」

灰谷の説明を聞いても青年が納得した様子はなかった。

「祖母は考えておくといっただけなのに、すぐに次々と知らない人間を連れてきて、あれやこれや契約させられたといってました」

「だからそれは解釈の仕方が違うだけだといってるじゃないですか。契約させられたっていうのは、ずいぶんな言い方だ。こっちは親切でやってるっていうのに」

青年は業を煮やしたように表情を険しくして首を振った。

「まあ、それならそれでいいです。とにかく、祖母が契約したっていうやつ、全部解約したいんですが」

「解約？」灰谷が眉間に皺を刻んだ。「何ですか、それは？」

「お金を返してもらいたいといってるんです。祖母が受け取ったという証券類を持ってきました」若者は抱えていた鞄を開け、中から大判の封筒を出してきた。「ゴルフ会員権の預かり証、それからレジャー会員権と会員制リゾートホテルの権利証。総額で二千八百万円になりますね」

彼の話を横で聞いていて、金額の大きさに倉木は目を見張った。

「解約したいなら、それぞれの会社にいってください。担当者の名刺はお持ちのはずだ」

「もちろん電話しましたけど、いずれも今すぐには解約できないきまりだといわれました」

「だったら仕方がない。解約できる期日まで待つことですな」

「祖母は、いつでも解約できると聞いたといっています。あなたから」

「私はそんなことといいませんよ。私はそれぞれの担当者を紹介しただけです」

「困ったことがあれば、何でもいってくれと祖母にいったそうじゃないですか」

「いいましたよ。何か困ってるんですか」

「すべて解約したいんです。お金を取り戻してください」

「だからあ」灰谷は机を叩いた。「おにいさん、わかってる？　それはね、それぞれの会社とおたくのお婆ちゃんの問題であって、うちは関係ないの。うちは紹介しただけ。契約内容に不満があるなら、直接先方にいってもらえるかな。さあ、こっちは忙しいんだから、そろそろ帰って。さあさあ」右手で払うしぐさをした。

「でも――」

「帰れといってるんだっ」灰谷は立ち上がろうとして、「あ、痛たたた」と顔をしかめた。その顔を倉木に向けてきた。「何をぼさっと見てるんだ。追い返してくれ」

なぜ俺がと倉木は当惑したが、行きがかり上、断れなかった。仕方なく、「帰ってください」と青年の前に立ちはだかった。

青年は悔しげに唇を嚙んで倉木を睨んだ後、踵を返して出ていった。

ドアが閉まるのを見届けてから、倉木は振り返った。灰谷と目が合った。

「なんだ、その顔は」灰谷が口元を曲げていった。「何か文句でもあるのか」

「いえ、そうではないですけど……」倉木は目をそらした。

「気分が悪い。今日は早く帰る。五時だ。五時にここへ来てくれ」

「わかりました。では失礼します」

倉木は灰谷のほうは見ないで頭を下げ、ドアを開けて部屋を出た。

帰宅して千里に事情を話すと、彼女は不安そうに眉をひそめた。

「何よ、その人。何だか胡散臭いわねえ」

「仕事内容は怪しげだし、狡賢《ずるがしこ》そうだ。診断書を見せないのもおかしい。よりによって、厄介な奴に関わっちゃったよ」そういって倉木は、安らかな顔で眠っている和真の頬を撫でた。平和で幸せいっぱいの毎日に、不意に暗雲がたちこめてきた。

「保険会社には連絡しなくていいの？」

「うーん、そのことなんだけどさ」

倉木は、なるべく自動車保険は使いたくなかった。加入している保険会社は職場から斡旋されたところで、親会社の系列でもある。保険料を割り引いてもらえる特典があるのだ。ただし保険を使用した場合、事故の内容が必ず親会社、そして倉木の勤める会社にも伝わるといわれている。それを避けるため、軽微な事故では保険を使わないというのが社員たちの常識になっている。

「でも請求される金額があまり大きいと、使わざるをえないんじゃないの？」

「そうなんだよな。だけど見たかぎりでは大した怪我ではなさそうだし、そんなに大きい金額にはならないと思うんだけどなあ」

とりあえず警察からの連絡を待ってみよう、ということで話は落ち着いた。

五時までは時間があったが、何をする気も起きず、ぼんやりとテレビを眺めながら過ごした。しかし少しも頭に入ってこない。目を覚ました和真が手足を動かす姿が、唯一の癒やしだった。五時ちょうどに車で迎えに行くと、灰谷が、ほら、といって鞄を差し出してきた。持てということらしい。さすがにむっとしたが、倉木は黙って受け取った。

灰谷は相変わらず足を引きずるようにして歩いていたが、さほど歩行が困難には見えなかった。病院での診断結果が気に掛かった。

「汚い車だな。たまには洗車しろよ」そういってドアを開け、灰谷は後部座席に乗り込んだ。

「すみません」応じた後、なぜ謝らなければならないのかと倉木は思った。

灰谷に指示されるまま、ハンドルを操作した。十五分足らずで灰谷の自宅に着いた。小さくて古い一軒家で、形ばかりの庭はあるが駐車場はなかった。

「じゃあ明日、七時半だ。遅れるなよ」灰谷は車を降りた。

倉木はシフトレバーを操作した。車を発進させる前に、改めて灰谷の家を見た。窓から明かりは漏れていないから、独り暮らしなのかもしれない。

明日からここまで通うのかと思うと憂鬱になった。それがいつまで続くのだろう。

小さく首を振ってから車を出した。

次の日から、倉木は灰谷の「足」として使われることになった。いわれた通り、朝の七時半に家まで迎えに行き、事務所まで行った。夜の七時には事務所へ行って灰谷を乗せ、自宅まで送った。職場には妻の体調が良くないといって、残業を短くしてもらった。

それだけならまだ我慢できるが、灰谷はほぼ毎日、何らかの金を要求した。タクシー代や薬代、自転車修理代などだ。領収書はあるが、いずれも手書きのもので信憑《しんぴょう》性は低い。明らかに数字の「3」を「8」に書き換えたと思われるものまであったが、証拠がないので文句はいえなかった。

しかも灰谷は、時折倉木の職場に電話をかけてきて、それらの支払いを命じるのだった。さらに、文句があるなら上司に代われ、という意味のことを何度か口にした。倉木が事故のことを職場に隠していると見抜き、ばらされたくないならいう通りにしろ、と暗に脅しをかけてきているのだ。

そんなふうにして数日が経った。退社後、いつものように倉木が灰谷の事務所に行くと、ドアの前に人影があった。先日来た、シライシという青年だった。向こうも倉木のことを覚えていたようだ。社長はどこですか、と尋ねてきた。

「いないんですか」倉木はドアを指した。

「鍵がかかっています。留守のようです」

「そうですか」

倉木は腕時計を見た。午後七時までにはまだ少し時間がある。

「鍵、持ってないんですか」青年が訊いてきた。

「いや、俺はここの者ではないんで」

「あっ、そうなんだ……」青年は意外そうな顔をした。前回、倉木が灰谷の命令に従ったのを見ているので、部下だと思ったのだろう。

青年も腕時計を見て、弱ったな、と呟いた。

「何だか、揉めているみたいだね」倉木はいってみた。

青年は訝しげな目を倉木に向けてきた。「あなたも、あの社長と何か取引を?」

「とんでもない」倉木は首を振った。「交通事故を起こしちゃってね。といっても大した事故ではないんだけど、とりあえずこっちが加害者ということになっている」

「そういうことですか」青年の目から疑念の色が消えた。

「先日聞いたかぎりでは、君のお祖母さんが何かの契約を交わしたみたいだけど」

青年は吐息を漏らし、頷いた。

「祖母は常滑で独り暮らしをしているんですけど、久しぶりに様子を見に行ったら、ゴルフ会員権の預かり証なんてものがあって、これは何だと訊いたら、投資だっていうんです。購入したゴルフ会員権を会社に預けて、運用してもらうんだそうです。八十二歳の祖母にそんなことが思いつけるわけないので、問い詰めてみました。そうすると、人に勧められて契約したっていうじゃないですか。さらに訊くと、レジャー会員権や会員制リゾートホテルの権利証なんてものまで買わされていました。いずれも紹介者は同じで、そういった会社の人間を連れてきたんだそうです」

「その紹介者というのが灰谷社長?」

「そうです」青年は頷いた。「あの人は以前保険会社にいて、祖母の友人が亡くなった時の生命保険は自分が扱った、といってやってきたそうです。口がうまいらしく、祖母はすっかり信用しちゃったみたいです。親切な人だ、なんていうんですよ。だけど、どう考えても胡散臭いです」

倉木は電話の応対をしていた灰谷を思い出した。たしかに口調は柔らかくて丁寧で、倉木に対する時とは大違いだった。

「あの人物は信用できないよ。狡賢くて、金に汚い。君がいうように、それらの投資話は怪しいね。解約するのが正解だと思う」

「そう思うんですが、なかなか埒《らち》が明かなくて。それぞれの会社に連絡しても、すぐには解約できないとか、莫大な手数料が発生するとかいわれて……」

ますます怪しげな話だった。悪徳商法ではないか。倉木は、最近起きた純金を扱ったペーパー商法事件を思い出していた。純金を売っておきながら商品を渡さず、代わりに純金預かり証なるものを発行し、会社が代金を着服していたという事件だ。全国に被害者が出て、その被害額は二千億円を超えたといわれている。

「そこで灰谷に責任を取ってもらおうということか。うん、それがいいと思う。詐欺だとしたら、あいつもぐるだ。きっと分け前を受け取っているに違いないからね」

「そう思うから、こうしてやってきたんですけど……。困ったな、そろそろ行かないと高速バスに間に合わない」

「君はどこから来てるの？」

「東京です」

「へえ、わざわざこのために？」

「祖母にはほかに身寄りがないんです。父方なんですけど、その父も死んじゃって、母も自分たちの生活を支えるのが精一杯でとても余裕がないから、僕が時々様子を見に来ているんです」

青年は法学部の学生で、三年生だといった。東京で、母親と二人で暮らしているらしい。

「小さい頃からかわいがってもらったし、祖母には恩があります。大切なお金を何としてでも取り返してやらないとかわいそうです。僕は絶対に諦めません」

「それがいい。俺に何ができるかわからないけど、応援するよ」倉木は本心からいった。

青年の去り際に連絡先を交換した。彼の名前は白石健介といった。

白石を見送ってしばらくすると、どこからか灰谷が現れた。警戒するような目で、「あいつと何の話をしてたんだ」と訊いてきた。

倉木はぴんときた。灰谷は部屋の前に白石がいることに気づき、今までどこかに隠れていたのだ。

「別に大した話はしていません」

「本当か?」

「話されたら都合の悪いことでもあるんですか」

灰谷はじろりと睨《ね》め上げてきた。「どういう意味だ」

「特に深い意味はありません」

ふん、と灰谷は鼻を鳴らした。「まあ、いい。行こうか」

灰谷は歩きだした。片足を引きずっていないのを見て、「足、大丈夫そうですね」と倉木はいってみた。

「痛いけど我慢してるんだ。いっとくけど自転車になんてまだまだ乗れないんだからな」

当分運転手を務めろ、といいたいようだった。

この日、灰谷は珍しく金をせびってこなかった。何事か考えているのか、家に着くまでずっと無言だった。

事故からちょうど一週間目の昼間、千里が会社に電話をかけてきた。警察から連絡があったらしい。時間がある時に来てほしいとのことだったので、倉木は早退届を出し、警察署に向かった。

交通課の隅にある小さな机を挟んで、倉木は担当の警官と対面した。

「じつは迷ってるんですよ」担当者は書類を前にしていった。そこには現場の見取り図が描かれていた。傍らには倉木の車を撮影した写真もある。

「というと？」

担当者は写真を手にした。

「事故直後にあなたの車を調べましたが、接触した形跡を確認できなかったんです。こういっては何ですが、あの車、しばらく洗車してないでしょ？　かなり汚れていたので、接触したなら、その汚れが擦られた部分が必ずあるはずなんです。ところが、いくら調べても見当たらなかった」

「じゃあ、接触しなかったと？」

「そう考えるのが妥当だと思います。想像するに、あなたの車が迫ってきたので、灰谷さんが焦って自転車のハンドル操作を誤ったってところじゃないでしょうか。灰谷さんは、当たったのはたしかだと主張されているんですが、錯覚ではないかと思うわけです。とにかく、こちらとしては書類の作りようがなくて困っているんです。想像だけで書くわけにはいきませんからね」

要するに事故を証明するものが何もない、ということらしい。

「では、私はどうすればいいでしょうか」

「そこなんですよねえ」担当者は腕組みをした。「保険会社には連絡したんですか」

「いえ、まだです。事故の内容がはっきりしてからと思いまして」

「先方……灰谷さんとは何か話をされていますか。示談のこととか」

「具体的にはまだ……。ただ、いろいろといわれてはいます」

倉木は灰谷からの要求を話した。

「そんなことをねえ」担当者は難しい顔で考え込んだ後、「ちょっと待っていてください」と席を外した。上司らしき人物のところへ行くと、何やら話し込んでいた。

しばらくして担当者が戻ってきた。

「上とも相談したんですがね、十分に反省しているようだし、相手に誠意を見せてもいる。何でもかんでも処罰すればいいというものではないので、今回は見送ろうということになりました。今後はもう少し慎重に運転するようにしてください」

「あ……じゃあ事故としては処理されないんですか」

「事故を裏付けるものがありませんからね」

「でもそれで灰谷さんは納得するでしょうか」

「釈然とはしないでしょうね。しかしある程度、覚悟はしていると思いますよ。事故扱いにならないかもしれないということは、最初に仄めかしておきましたから」

「えっ、そうなんですか」

「本当に車と接触したんですか、錯覚じゃないんですかと念押しした際、事故の形跡が認められないことも話しました。事故として処理するかどうか、精査して考えるとも」

「そうだったんですか」

初耳だった。灰谷はそんなことを一言もいわなかった。だがそう聞くと腑に落ちることがあった。灰谷はちょこちょこと小金を要求したが、初日以降、損害賠償という言葉を口にしなかった。どうせ取れないとわかっていたからではないか。

「あの灰谷という人物ですがね」担当者が声をひそめた。「気をつけたほうがいいですよ。事故として処理されないわけだから、あまり関わらないほうがいい。そんな運転手みたいなことも、きっぱりと断るべきです。事故の事実がない以上、あなたには何の義務も生じないわけですから」

「そうですね。はい、そうします」

警察官にここまでいってもらえると心強かった。

「病院で話をしたんですが、食わせ者です。大げさに痛がってましたが、ただの打撲だって話でしたからね」

「えっ、まさか」

倉木は治療費として三万円を払ったことを話した。

担当者は眉間に皺を寄せて首を振り、気をつけたほうがいい、と繰り返した。

警察署を後にし、倉木は胸を撫で下ろした。事故扱いにならないのなら、会社に知られても大丈夫だ。一刻も早く千里に教えてやろうと思い、公衆電話で自宅にかけた。彼の話を聞き、千里は声のトーンを上げて喜んだ。心から安堵しているのが伝わってきた。

「今夜はお祝いね。何か御馳走を作らなきゃ」

「いいねえ、楽しみにしてるよ」そういって電話を切った。鼻歌が出ていた。

それにしても頭に来るのは灰谷だ。これまでに何だかんだで十万円近く取られている。領収書はすべて保管してある。少なくとも半分は取り戻さねば、と思った。

時計を見ると午後五時半だった。かなり早いが事務所に行くことにした。それに今夜は灰谷を車に乗せる気はなかった。今夜だけではない。送り迎えなど、二度とするものかと思った。

事務所のドアを開けると、見知らぬ男が振り返った。スーツ姿で、ずんぐりとした体形だ。年齢は四十代半ばといったところか。表情が険しく、目に余裕がなかった。

例の電話番の若者が奥にいた。マンガ雑誌から顔を上げ、倉木のほうを向いた。

「灰谷さんは？」倉木は訊いた。

「まだ帰ってません。それで俺も帰れなくて困っちゃって」若者は顔をしかめた。

どうしようか、と倉木は迷った。ここで灰谷の帰りを待つか。だが先客がいる。

結局、中には入らずにドアを閉めた。どこかで時間をつぶしてこようと思った。

近所に本屋があったので週刊誌を買い、最近オープンしたばかりのファミリーレストランに入った。カウンター席でコーヒーを飲みながら週刊誌を読み、一段落したところで時計を見たら、午後七時を少し過ぎていた。

しまった遅刻だ、灰谷に文句をいわれるぞ、と一瞬思ったが、すぐに考え直した。卑屈になる必要などない。毅然とした態度で、あなたに顎で使われる理由はない、といってやればいいのだ。

再び車で事務所に向かった。ビルの前の路上に車を止め、外に出たところで、見知った顔と出会った。電話番の若者だった。

「灰谷さんは戻ってきたのかな」

倉木の問いに若者は首を捻った。

「わかりません。あの後も帰ってこないものだから、もしかしたら喫茶店とかかなと思って捜しに行ったんだけど、どこにもいないんすよ」

「さっきはお客さんが来ていたみたいだけど」

若者は肩をすくめた。

「客っていうより、何か文句をいいに来たんだと思いますけどね」

「あの人は帰ったの？」

若者は首を振った。

「さあ、どうかな。まだいるんじゃないかな。二人きりだと気まずいんで、俺、出てきちゃったんですよ」

来客に留守番をさせているわけか。社長が社長なら、従業員も従業員だ。

ビルの階段を上がった。若者が事務所のドアを開け、入っていく。倉木も後に続いた。

若者の足が不意に止まった。そのせいで倉木は背中にぶつかりそうになった。

どうした、と訊こうとして倉木は前方に目をやり、息を呑んだ。

床の上で灰谷が仰向けに倒れていた。グレーのスーツ姿で、緩めたネクタイが顔にかかっている。

そして胸には黒々とした染みが広がっていた。それが黒ではなく濃い赤だということは、すぐにわかった。

若者が呻き声を漏らしながら後ずさりした。身体が小刻みに震えている。

「警察に連絡しないと」倉木がいった。声がかすれた。「早く」

若者は奥に目を向け、躊躇いの気配を見せた。電話に近づくには、灰谷の脇を通らねばならないからだろう。しかも電話の受話器が外れたままになっている。

「公衆電話のほうがいい。この部屋のものには、迂闊に手を触れちゃいけない」

指紋のことをいったのだが、若者がその意図を理解したかどうかはわからない。しかし彼は青ざめた顔で部屋を出ていった。

倉木は改めて灰谷を見下ろした。薄く瞼を開いているが、おそらくその目は何も見てはいないだろう。

すぐそばに包丁が落ちていた。べっとりと血が付いている。周囲をよく見ると、人が争ったような形跡があった。

遺体の脇を通って奥に進んだ時、コトリ、とベランダで物音がした。倉木はぎくりとして目を向けた。ガラス戸が開いている。

その向こうに人がいた。今まさに手すりを乗り越えようとしているところだった。

その人物もまた倉木のほうを見た。お互いの視線がぶつかった。

白石健介だった。先日会った時の温厚そうな顔が、険しく引きつっていた。

見つめ合っていた時間がどれぐらいかはわからない。たぶんほんの短い間だっただろう。その時間が過ぎた後、倉木は自分でも意外な行動に出ていた。

指紋が付かないよう気をつけながら、ゆっくりとガラス戸を閉めた。さらに白石健介に向かって、小さく頷きかけた。大丈夫、ここは自分が何とかする、とばかりに――。

その意図が伝わったのか、白石健介は頭を下げた後、手すりを乗り越えた。ここは二階だ。何とかして下りられるだろう。いざとなれば飛び降りればいい。

倉木はガラス戸のクレセント錠をかけた。ここでも指紋には気をつけた。こんなところを触れたことなど、決して警察に悟られてはならない。

消しておくべき指紋があった。倉木は床に落ちていた包丁を拾い上げ、ティッシュペーパーで柄を拭いた。包丁は、この部屋にあったものだ。犯行は衝動的なものだろう。あの青年に、指紋を消す冷静さがあったとは思えなかった。

包丁を床に戻した直後、パトカーのサイレンが聞こえてきた。

最初にやってきたのは村松という刑事だった。事務所の若者と共にあれこれと質問された。その後警察署に移動し、別の刑事から同じことを訊かれた。

ごくわずかなことを除いて、倉木は自分の知っていること、見聞きしたことを、包み隠さず述べた。ごくわずかなことというのは、無論、白石健介についてだ。ガラス戸を施錠したことや包丁の指紋を消したことも伏せておかねばならない。

事情聴取の後、ずいぶんと待たされたが、最後には、「遅くまで申し訳ありませんでした。御協力ありがとうございました」と丁重に見送ってもらえた。刑事は詳しくいわなかったが、その口ぶりから察するに、倉木にアリバイがあることが確認されたようだった。ファミリーレストランに問い合わせたのだろう。

帰宅すると千里が不安と困惑の色いっぱいの顔で待っていた。せっかく交通事故騒動から逃れられたというのに、今度は殺人事件の関係者になってしまったのだから無理もない。

だが倉木の話を聞くうちに、どうやら妙な火の粉が飛んでくる心配はなさそうだと思ったのか、徐々に落ち着いてきた。

「でも怖いわよねえ。一体、どんな人が犯人なのかな」不安が去ったからか、千里は好奇心を働かせ始めていた。

「さあね。胡散臭いことばっかりしてたみたいだから、恨んでた人間も多いんじゃないか」倉木は、そう応じておいた。もちろん白石健介のことは、妻にさえも話すわけにはいかなかった。

その夜倉木は布団の中で、自分の行為について振り返った。嘘をついたのだから、正しい行いであるはずはない。だがあの優しくて誠実そうな白石健介という青年に、こんな形で人生を棒に振ってほしくなかった。どう考えても悪いのは灰谷であり、刺されたのも自業自得だという気がした。昼間、交通課でいわれた言葉を思い出した。何でもかんでも処罰すればいいというものではない、と担当の警官もいっていたではないか。

ただ、警察は無能ではない。いずれは白石健介に辿り着き、何らかの証拠を摑むことも大いに考えられた。いや本人が出頭することもあり得る。

その時には正直に本当のことを話そうと倉木は思った。好青年だと思ったから庇いたかったといえば、罪には問われないのではないか。

容疑者が逮捕されたという報道が出たのは、事件から三日後のことだった。倉木が読んだ新聞記事によれば、捕まったのは福間淳二という四十四歳の電器店経営者で、灰谷とは金銭トラブルが原因で揉めており、事件当日も事務所を訪れていたことがアルバイトの男性によって証言されている、とのことだ。本人は事務所に行ったことは認めているが、犯行は否認している、と記事は結ばれていた。

あの男性だな、と倉木は見当をつけた。事務所で待っていた、ずんぐりとした体形の人物だ。そしてアルバイトの男性とは、例の電話番に違いない。

どんな裏付けがあって警察があの男性を犯人だと思ったのかは不明だが、完全に誤認逮捕だった。福間なる人物にしてみればとんだ災難だが、いずれ釈放されるだろう。

問題は、この報道を知った白石健介がどう感じるかだ。

名乗り出るかもしれないな、と倉木は思った。無関係な人間が逮捕されて、平気なわけがない。白石健介の自首を受け、自分のところにも刑事が来ることを倉木は覚悟した。

ところが――。

それからさらに四日後の夜、テレビで流れたニュースを見て、倉木は驚きのあまり箸を落としそうになった。

福間淳二が留置場で自殺したのだ。脱いだ衣類を細長く捻り、窓の鉄格子に結んで首を吊ったという。看守が目を離した隙のことだったらしい。

福間は自供しておらず、連日にわたり、取り調べが行われていたという。捜査の責任者は、取り調べは適正に行われていた、と会見で弁明していた。

どうしたの、と千里が尋ねてきた。「顔色、すごく悪いけど」

「いや、あの、そりゃあ……」倉木は咳払いをして続けた。「びっくりしたからだ。自殺なんて」

「そうだよね。犯人が自殺するなんて、考えもしなかった」

そうじゃない、あの人は犯人じゃない——そう答えるわけにもいかず、倉木は箸を置いた。食欲は消し飛んでいた。

その後、続報を待ったが、詳しいことは何もわからなかった。明らかに警察のミスなので、情報が制限されているのかもしれない。

白石健介から電話がかかってきたのは、土曜日の昼間のことだ。福間の自殺から四日が経っていた。たまたま千里が出かけていたので、倉木が受話器を取った。もしもし倉木さんのお宅ですか、という暗い声を聞き、彼の青白い顔が頭に浮かんだ。

「俺も君に電話しようかどうか迷ってたんだ。直《じか》に会って、話そうか」

はい、と白石は答えた。そのつもりで電話をかけたのだといった。

すぐに東京を出れば、午後五時過ぎにはこちらに来られるということだったので、六時に待ち合わせた。場所は、倉木のアリバイを証明してくれたファミリーレストランだ。

車に乗って約束の店に行くと、奥のテーブル席に白石の姿があった。明らかに憔悴しきっていた。

白石はまず、すみませんでした、と震える声で詫びた。

「俺に謝ったって仕方ないと思うけど」

倉木の言葉に、そうですよね、と青年は項垂れた。全身に悲愴感が漂っている。

「とりあえず、あの日何があったか、話してもらえるかな」

わかりました、といって白石はコーヒーカップに手を伸ばした。カップとソーサーの当たる音がかたかた鳴った。手が震えているからだった。

白石はコーヒーを口にした後、あの日の出来事を話し始めた。声は小さいし、記憶を辿っているのか、言葉を選んでいるのか、時折長い沈黙があったりした。だが通して聞いてみると、理路整然としており、矛盾もなかった。おそらく頭がいいのだろう。

その説明によれば、事件の内容は次のようなものだった。

祖母が契約させられた各種の金融商品について、白石は通産省消費者相談室に問い合わせてみた。するといずれも苦情や相談が相次いでいるもので、悪徳商法の疑いが持たれていることが判明した。

白石は、祖母は灰谷に騙されたのだと確信した。払った金が戻ってこないことを承知の上で、灰谷は悪徳業者を紹介したのだ。いや、業者に白石の祖母を「生け贄《にえ》」として差し出したといったほうがいいかもしれない。当然、何らかの見返りを受け取ったのだろう。

そこで白石は、改めて灰谷を詰問するために『グリーン商店』に出向いた。何としてでも責任を取らせるつもりだった。

事務所には灰谷が一人でいた。ただ明らかに様子がおかしかった。室内が荒らされたようになっている。乱闘でもあったかのようだ。

白石を見て、灰谷は口元を歪めた。「なんだ、今度はあんたか」

この言葉から、先客がいて、一悶着あったらしいとわかった。しかしそんなことは白石にとってはどうでもよかった。彼は通産省消費者相談室で聞いたことを話し、責任を取れと迫った。

灰谷はせせら笑った。自分は業者を紹介しただけで、最終的に契約を決断したのは婆さんなのだから、責任など一切ない、とこれまでの言い分を繰り返した。

怒りがこみ上げてきた白石が睨みつけると、灰谷は酷薄な目で見返してきた。

「あんたも殴りたいのか？　そんなに殴りたいなら殴らせてやるよ。ほら、好きにしなよ」そういって白石のほうに顔を出した。

白石がじっとしていると、ふん、と鼻で笑った。

「なんだよ、殴ることもできないのか。よくそんなんで、ここへ来たねえ。いい子だから帰りなさい。ぼくちゃん」

この台詞が白石を逆上させた。たまたま、流し台に置いてある包丁が目に入った。気がついた時には握りしめていた。

さすがに灰谷の顔から余裕の笑みは消えた。しかし海千山千の詐欺師は、易々とひるんだりはしなかった。

「殴らない代わりに刺すってか？　そんなことをしたら、どうなると思う？　あんたの人生、おしまいだぞ」

白石は悔しかったが、自分に刺せるわけがないことはわかっていた。屈辱感を嚙みしめながら、包丁をそばの机に置いた。

すると灰谷は何を思ったか、不意に受話器を取り上げた。

「包丁を置いたからって、話は終わらないよ。警察に通報させてもらうからね。れっきとした殺人未遂だ。そいつにはあんたの指紋が付いてる。言い逃れはできないな」

灰谷の言葉に白石は狼狽した。彼の心中を察したように、灰谷はにやりと笑った。

「こうしようじゃないか。俺は警察に通報しない。その代わり、あんたは金輪際ここへは来ない。婆さんの件で騒いだりしない。それでどうだ？」

そんな取引に乗れるわけがなかった。いやだ、と白石は断った。

「だったら通報だ。舐めやがって。俺は本気だからな」

灰谷が電話のダイヤルに指を入れようとするのを見て、白石は再び包丁を握った。

ここから先、白石の記憶は少々混乱している。

灰谷が、「刺せるもんなら刺してみろ」といったように思うが、はっきりとは覚えていない。気づいた時には、体当たりをするように包丁を灰谷の身体に突き立てていた。

灰谷は崩れ落ち、そのまま仰向けに倒れた。包丁は白石の手に残っていたが、抜いたのか、灰谷が倒れた拍子に抜けたのかはわからない。

愕然としていると、誰かが階段を上がってくる足音が聞こえてきた。白石は包丁を放り出し、ガラス戸を開けてベランダに出た。戸を閉める暇はなかった。

誰かが部屋に入ってきた。見つかる前に逃げなければと思った。ベランダから下を見ると、何とかなりそうだった。意を決して手すりに跨がった。その時、何かを蹴飛ばしてしまった。

室内にいる人物が近づいてきた。白石に気づいたらしく、目を見開いていた。知っている顔だった。交通事故を起こし、灰谷と揉めているという人物だった。

もうだめだと思った次の瞬間、相手が意外なサインを送ってきた。小さく頷いたのだ。白石にはそれが、早く逃げろ、と促しているように見えた。

ありがとうございます――その思いを込めて頭を下げた。

「あんな男のせいで、一人の若者の人生が台無しになるなんて、そんなことはとても見過ごせなかったんだ」白石の話を聞き終えた後、倉木はいった。

「愚かなことをしてしまったと思います。本当に軽率でした」白石は俯いたままだった。

「それはその通りだけど、君が逆上した気持ちはよくわかる。話を聞いていて、灰谷の卑劣さに改めて腹が立った」

「そういってもらえると少し気が楽になりますし、倉木さんが見逃してくださったのも、事情を理解してもらってるからだとは思いました。それで御厚意に甘えて、自首しなかったんですけど……」

うん、と倉木は頷いた。

「事件のことは誰にも話してないね？」

「はい……こんなこと、誰にもいえません。母は僕の成長だけが生き甲斐だといいますし。でも……僕の代わりに逮捕された人がいて、しかもその人が自殺したと聞いて、もうどうしていいかわからなくなって……」白石は苦しげに呻くような声を出した。今にも泣きだすのではないかと倉木は心配になった。こんなところで泣かれたら厄介だ。

「正直いうと、俺も悩んでるんだ。君のことを警察にいわなかったばかりに、全然関係のない人に疑いがかかってしまった。おまけにあんなことになるなんて、想像もしなかった」

「僕はどうしたらいいでしょうか。やっぱり今からでも自首すべきだと思いますか」

白石の質問に、倉木は軽々しくは答えられなかった。今の事態を招いた責任の一端が自分にあることは、十分に理解していた。

「君のところに警察は来てないの？」

「来てないです。祖母のところへは一度だけ来たみたいですけど、大したことは訊かれなかったみたいです」

「灰谷のところにアルバイトの若者がいたけど、会ったことは？」

「ないです。あそこで会ったのは灰谷と倉木さんだけです」

「そういうことか……」

それならば警察が白石に目を付ける可能性は低いと倉木は思った。灰谷の顧客リストに白石の祖母の名前はあるだろうが、東京に住んでいる孫を疑う発想はないのではないか。

白石君、と倉木は徐に口を開いた。

「福間さん、だったかな。とても気の毒だと思うけど、誤認逮捕は警察の責任だ。それに失われてしまった命はもう取り返せないのだから、生きている人間の幸せを一番に考えるべきだと思う」青年の真摯な目を見つめ、倉木は続けた。「君や君のお母さんの幸せを」

「それで……それでいいでしょうか」白石が尋ねてきた。目が充血していた。

「いいんじゃないだろうか。もちろん、良心の呵責に耐えられないというのなら、君の好きなようにしたらいいと思うけど」

白石は何度も目を瞬かせた。深呼吸を繰り返した後、一度大きく頷いた。

「ありがとうございます。恩に着ます」

倉木は顔の前で手を振った。「そんな必要はない。元気でな」

「はい」

ありがとうございます、と青年はもう一度いった。

駅に向かう白石と別れた後、駐車場に止めてあった車に乗り込んだ。倉木自身も吹っ切れたような気持ちになっていた。あの青年が今回のことを悔いて、より一層誠実に生きていくことを望んだ。

生きている人間の幸せを一番に考えるべきだと思う——車のエンジンをかけながら、自分がいった台詞を反芻した。我ながらいいことをいったと悦に入った。

それが大変な間違いだったと思い知るのは、何年も後のことだ。

47

湯飲み茶碗が空になった頃、入り口のほうから人の気配がした。引き戸が開き、作務衣《さむえ》姿の中年女性が顔を覗かせた。「お連れ様がお見えになりました」

さらに引き戸が大きく開けられ、中町が入ってきた。

「すみません。お待たせしたみたいですね。ちょっと迷っちゃって」

「場所がわかりにくいからな」五代はいった。「大丈夫、俺もさっき来たところだ」

中町は古民家を模した室内を見回しながら、掘りごたつ形式の席に腰を下ろした。

作務衣姿の女性が中町にも茶を出し、五代の茶碗にも注ぎ足してくれた。

「食事の前に話したいことがあるので、料理を出すのを少し待っていただけますか」五代は女性にいった。

「かしこまりました。では、お始めになる時、インターホンで知らせていただけますか」

「わかりました」

女性が出ていってから、中町が再び室内に視線を巡らせた。

「こんな洒落た店を御存じなんですね。さすがは捜査一課だ」

「俺だって上司に一回か二回、連れてきてもらっただけだ。だけど今夜は、周りの耳を気にしながら話をしたくなかったんでね」

日本橋人形町にある和食料理店に来ていた。静かに話せる個室がいいと思ったからだ。

「その話を聞くのが料理以上に楽しみだったんです。こちらには断片的なことしか伝わってこないので」

「その点は申し訳なかったと思う。公衆電話周辺の防犯カメラのチェックを頼んでおきながら、後はこっちだけで片付けてしまったからな。しかしなんせ、デリケートな問題がたくさんあった」

「財務省の官僚の息子で十四歳。たしかに厄介ですね」

「それもあるが、公判を控えてた被告人が釈放されるかどうかって話だ。検察との兼ね合いもあるし、本庁の幹部たちにはいろいろと思惑があったようだ」

なるほど、と中町は納得顔で頷いた。

「安西知希の身柄は現在自宅で軟禁中だが、明日、そちらの署に移送する予定だ」

「聞いています。その後、送検ですね？」

「その前に捜査一課長が会見を開く。少々騒ぎが大きくなると思うから、そのつもりで」

「それも聞いています。覚悟していますよ」

五代は茶を啜り、ほっと息を吐いてから中町を見た。

「殺害動機については聞いてるか？」

「聞きました。度肝を抜かれたっていうのは、ああいうのをいうんでしょうね。本当にびっくりしました。白石さんのほうが大昔の事件の真犯人だったとはね。で、それを倉木被告人……じゃなくて倉木氏が庇ってたってことだそうですね。ただ、そのへんの詳しい事情は知らないのですが」

「昔の事件のことは料理が始まってから説明しよう。何しろ長い話だからな。まずは今回の事件について、関係者から事情聴取した内容などを大まかに話しておこう。おたくの上司たちには伝わっているはずだが、どうせ君たちの耳には届いていないんだろう？」

「おっしゃる通りです。ただの兵隊ですから」

「俺だって似たようなものだが、たまたま詳細に触れる立場になった。だからこうして君には説明しておこうと思った次第だ。所轄でも確認作業が行われるだろうが、すべてを把握できるとはかぎらないからな」

「ありがとうございます」

「倉木氏が浅羽さん母娘に近づいた経緯については、最初に供述した内容と大差はない。違うのは倉木氏は犯人ではなく、犯人の白石さんを庇ったという点だけだ。それによって冤罪が生じ、浅羽さんたちを苦しめたことを償うために二人に近づいたらしい。もちろん、昔の事件に自分が関わっていたことは伏せていた。つい最近まではな」

「つい最近まで？　ということは……」

「一年ほど前、織恵さんだけには打ち明けたらしい。良心の呵責に耐えかねて、としか本人はいわないが、もう少し複雑な心理が絡んでいるようだ」

中町が首を傾げた。「どういうことですか」

「その点に関しては、織恵さん本人から聞いた話のほうが参考になった」

「彼女は何と？」

「うん、まあ、一言でいえば切ない話だ」

五代は、犯人隠避の疑いで浅羽織恵を取り調べた時のことを思い出した。これまでの流れで、五代が担当することになったのだ。

私が倉木さんを好きになってしまったのです――寂しげな笑みを浮かべながら彼女が放った言葉が、五代の耳に張り付いている。

「親切で優しいからだけでなく、何より頼もしさに惹かれました。あの人と一緒にいると心から癒やされたんです。身も心も任せたくなり、ある時、思い切って気持ちを告げました。もちろん、倉木さんも私を憎からず思っているはず、という自信があったことは否めません。そしてその期待通り、倉木さんはそういってくださいました。自分も君のことが好きだと。だけどもう歳も歳なので、深い関係になるのはやめましょうといわれました。私は納得できませんでした。私を好きでないのならそういってくれればいいのにと責めました。すると倉木さんはすごく苦しげな顔になって、突然その場で土下座をされたのです。私は驚きました。そんなことをしてまで私と深い仲になるのが嫌なのかと思いました。でもそれから倉木さんが話し始めたことを聞き、気が遠くなるほどのショックを受けました」

織恵の父である福間淳二が自殺する原因となった事件——『東岡崎駅前金融業者殺害事件』の犯人を知っていながら逃がしてしまった、と倉木は告白したのだ。到底信じられる話ではなかったが、そんな嘘を倉木がいうはずがない。

頭の中が真っ白になりました、と織恵はその時の心境を語った。

「だが織恵さんによれば、ショックではあったけれど倉木氏を恨む気にはなれなかったそうだ。犯人を逃がさなければ父親が逮捕されることもなかっただろうが、誤認逮捕も被疑者の自殺も警察のミスだからってな。しかしまあ本当の理由は、倉木氏への好意が勝ったってことだろうと俺は睨んでいるんだけどね」

「五代さんの説に俺も賛成です。で、その後二人の関係に進展はあったんですか」中町が目に好奇の色を滲ませた。

「いや、結局そのままで、男女の関係には発展しなかったようだ。しかし気持ちの繋がりは強まったんじゃないかと俺は想像している。織恵さんは倉木氏から聞いたことを母親の洋子さんには話さなかった。つまり二人だけの秘密ができたわけだ。さらに織恵さんは倉木氏の誕生日にあるものをプレゼントした。何だと思う？」

「プレゼント？」予想外の質問だったらしく、中町は瞬きを数回した。「さっぱりわかりません。何ですか？」

「スマホ。スマートフォンだ。織恵さんの名義で契約している。今後の連絡はこれでお願いしますといって渡したそうだ。倉木氏が持っているのは旧式の携帯電話なので、思うようなコミュニケーションを取れず、ストレスを感じていたらしい。倉木氏は利用料金を支払うことを条件に受け取った。こうしてめでたく二人だけのホットラインができたわけだが、その結果として今回の事件が起きた」

「そうなんですか？」中町は表情を引き締めた。

五代は上着のポケットから手帳を出した。ここから先はメモを見たほうがよさそうだ。

「九月の半ば頃、倉木氏はインターネットで調べものをしていて、たまたま気になる名称を見つけた。『白石法律事務所』だ。白石という名字は珍しくないが、例の事件の真犯人だった青年が法学部生だったことを覚えていたので、気になって事務所の公式サイトを見た。そうして経営者の名前が白石健介であることや掲載されている顔写真から、あの時の青年に違いないと確信した。倉木氏は白石さんが立派に成功していることを喜びつつ、あの事件のことをどう受け止めているのか知りたくなり、思い切って電話をかけた。それが十月二日だ」

「事務所に着信記録が残っていたやつですね。それで五代さんが愛知県の篠目という町まで倉木氏に会いに行ったんでしたね」

「その通りだ。電話に出た白石さんは、倉木氏のことを覚えていたそうだ。そこで二人は会う約束をした。六日、東京駅近くの喫茶店で再会を果たした。その様子が店の防犯カメラに映っていて、倉木氏逮捕のきっかけとなったことは君も承知していると思う」

「もちろん、よく覚えています」中町は茶碗を手に頷いた。

「白石さんは事件について一時たりとも忘れたことなどなく、ずっと罪悪感に苛《さいな》まれていたらしい。犯行自体もそうだが、冤罪で自殺した福間さんの遺族にも申し訳ない気持ちでいっぱいだったそうだ。そこで倉木さんは、浅羽さんたちの話をした。それを聞いた白石さんがどんな行動を取ったかは、白石さんのスマートフォンが教えてくれた」五代は手帳に目を落として話を続けた。「位置情報記録によれば、翌七日、白石さんは門前仲町を歩き回っていた。おそらく『あすなろ』を捜していたんだろう。店を見つけると向かいにあるコーヒーショップに入った。さらに二十日、今度は同じコーヒーショップに二時間近くも滞在していた」

「浅羽さんたちの様子を知りたかったんでしょうね。でも、『あすなろ』を訪ねていくほどの勇気は出なかった……」

「事件発生直後に白石さんの家へ行った時のことを覚えているか？　白石さんについて奥さんはこういっていた。このところ少し元気がなく、考え込んでいることが多かったように思うって」

「ずっと気になっていたんでしょうね。どうしたらいいか悩んでたんだ」

「弁護士を辞めることも覚悟していたんじゃないか、と俺は思う。足立区の町工場で、山田という作業員から話を聞いただろ？　特に用もないのに白石さんが訪ねてきて、仕事に慣れたか、なんてことを訊かれたといってた。弁護士を辞める前に依頼人たちの近況を確かめておこうとしたんじゃないかと思うんだ」

「そういえばそうでしたね。それに彼も、白石さんはどことなく元気がなかったといっていました」

中町は顔をしかめて額を掻き、切ないな、と呟いた。

「一方の倉木氏もどうすべきか悩んでいた。散々迷った結果、白石さんのことを織恵さんに教える決心をした。電話ではうまく説明できないと思い、メールを出した。例のホットラインだ。そのメールが事件の引き金になった」五代は手帳から顔を上げた。「メールを盗み読みした者がいたんだ」

「それが安西知希？」

中町の問いに五代は首肯した。

「子供の頃から織恵さんの携帯電話やスマートフォンで遊んでいたので、ロックの解除方法は知っていたそうだ。面会のたび、織恵さんの目を盗んではメールを盗み読みしていたらしい。そうして白石さんのことを知った。十月二十七日、安西知希は白石さんの事務所を見に行った。中に入るかどうかは決めていなかった、と本人はいっている。ところが建物の前で立っていたら、たまたま白石さんが出てきた。安西知希がじっと見ていると、何か感じるところがあったのか、白石さんが、自分に何か用かと話しかけてきた。安西知希は名乗り、福間淳二の孫だといった。白石さんは驚いた様子だったが、これから急ぎの用事があるので改めて連絡してほしいといって名刺を出してきた。名刺には仕事に使う携帯電話の番号が記されていた」

中町は顔を歪め、頭を振った。

「白石さんの心境を想像すると胸が苦しくなりますね」

「全くだ。元々自分で蒔《ま》いた種とはいえ、同情の念は禁じ得ない」

「それで安西知希は白石さんに連絡を？」

五代は再び手帳に視線を落とした。

「三日後の三十日に電話をかけ、翌日の夕方に門前仲町で会う約束を交わしている。肝心なのは、その時すでに公衆電話を使っている点だ。携帯電話は持っていないと嘘をついたらしい。着信履歴が残ることを警戒したわけだ」

中町の目が険しくなった。「つまりその時点で犯行を……」

「決めていたということだ。本人もそういっている。十月三十一日、安西知希は以前から所有していたナイフをポケットに忍ばせて家を出た。江東区清澄まで行くと例の場所から公衆電話で白石さんにかけ、清洲橋の下のテラスに来てほしいといった。清洲橋を選んだのは、工事によってテラスが都会の死角になっていることを知っていたからだ。午後七時より少し前、白石さんがやってきたのを見ると、周囲に人がいないことを確認してからいきなりナイフで刺した。何度も頭の中でシミュレーションしたらしい。白石さんが倒れるのを見て、そのまま逃走した。手袋を嵌《は》めていたから指紋は残らないはずだった」五代は一旦手帳を置いた。「安西知希による犯行に関する自供内容は以上だ」

「以上？　えっ、どうしてですか？　白石さんの遺体は、港区海岸の路上に放置してあった車から見つかりましたよね。じゃあ、安西知希以外の誰かが車を移動させたということですか？」

「当然そうなる。ふつうの中学生に運転は無理だからな。そもそも遺体を車まで運べないだろう。それについて説明する前に、犯行後の安西知希の行動を話しておこう。彼は自宅に帰り、いつも通りに過ごした。犯行のことは誰にも話さなかった。翌朝、君も知っての通り、遺体が見つかって大々的な捜査が開始された。報道もされた。事件を知り、倉木氏は驚いた。白石さんのことを織恵さんにメールしてから何日も経っていない。まさかとは思ったが、織恵さんが事件に関わっているのではないかと心配になり、連絡してみた。だが織恵さんには全く心当たりがなかった。自分は白石さんに接触していないし、白石さんのことは誰にも話していないと倉木氏に返事をした。しかしその後であれこれ考えているうちに、倉木氏からのメールを盗み読みしたかもしれない人間が一人だけいることに気づいた」

「倉木氏から白石さんに関するメールを受け取った後、安西知希と会っていたんですね」

「そうだ。まさかそんなことがあるわけないと恐ろしい想像に怯えつつ、織恵さんは安西知希を呼び寄せた。メールを見たでしょうと決めつけるように問い質したところ、あっさりと認めた。それだけでなく、衝撃的なことも告白した」

中町は、ぐいと身を乗り出した。

「白石さんを刺し殺したのは自分だといったんですか？」

「その通り。地獄に突き落とされたような気分だった、と織恵さんはいってた」

五代は再び、織恵を取り調べた時のことを思い出した。知希から、白石さんを殺したのは僕だと明かされた状況を語る際には、魂が抜けたような顔をしていた。

「どうしても仕返しがしたかった、というんです。ずっと昔から、人殺しの孫だといわれて辛かったし、そのせいでお母さんとは離ればなれに暮らさなくてはならなくなった。お父さんは再婚したけれど、新しく来た女の人を母親だとは思えないし、その人が産んだ子供たちも弟や妹だと思えない。人殺しの孫だから仕方ないのかなと諦めてたけれど、倉木さんって人からのメールを読んで、そうじゃないと知った。その白石という弁護士のせいで、自分たちの家族はめちゃくちゃにされてしまった。そう思ったら、いてもたってもいられなくなったって」

息子の話を聞き、暗澹たる気持ちになったと織恵はいった。三十年以上も前の悲劇が知希の人生まで狂わせてしまうとは、自分たちは呪われていると絶望した。さらにはその呪いが解けてもいなかったのに安西弘毅と結婚し、子供まで産んでしまったことを今さらながら悔やんだという。

当然のことながら、すぐに警察に連絡せねばと織恵は思った。だがその前に倉木に知らせておいたほうがいいと考え、その場で電話をかけた。その時のことを織恵は次のように語った。

「倉木さんはさすがに言葉を失っておられましたが、やがて、もっと詳しいことを知りたいとおっしゃいました。その口調は意外なほど落ち着いていて、事情を理解しておられないのではないかと思ったほどです。でもそんなことは全然なくて、知希君がそばにいるのなら代わってほしいといわれました。電話に出た知希は、ずいぶんと細かいことをいろいろと質問されていました。その後また、知希に代わって私が電話に出ました。倉木さんは、警察にいってはならないとおっしゃいました。自分が何とかするから、とにかく今は下手に動かないようにといわれました」

その後、しばらく倉木からの連絡はなかったようだ。織恵は、いつ警察が自分たちのところへやってくるのだろうかと、びくびくしながら毎日を送っていたらしい。

「ここから先に関しては、倉木氏の供述に基づいて説明したほうがいいだろう」五代は改めて手帳をめくった。「安西知希から犯行の一部始終を聞いた倉木氏は、何としてでも少年を守らなければならないと考えた」

「すべての原因は三十年以上前の自分の過ちにあると思ったから、ですね？」

「もちろんそれはある。しかしそれだけではなかった。倉木氏は安西知希の話を聞き、ある人物の意図に気づいたんだ」

「ある人物……というのは？」

「ここでさっき君が指摘した疑問だ。安西知希は清洲橋近くで白石さんを刺したといった。ところが遺体が発見されたのは、報道によれば全く別の場所だ。その点を不思議に思った倉木氏が出した答えは一つだ。車は白石さん自身が運転した」

あっ、と中町が口を開けた。「白石さんは死んではいなかったんですね」

「瀕死の状態だったが、ぎりぎり動くことができた。思考力もあった。死の間際の消えゆく意識の中で、車を移動させなければならないと白石さんは考えた。おそらく携帯電話を処分したのも白石さん本人だ。車に乗り込む前に隅田川に投げ込んだんじゃないだろうか。車を移動させた後は、ハンドルを拭き、後部座席に横たわった。なぜそんなことをしたか。もういわなくてもわかるな」

「捜査を混乱させるためですね。車を移動させれば、子供の犯行だとはふつう思わない。白石さんは最後の力を振り絞って安西知希を守ろうとした」

「倉木氏も、そう考えた。白石さんは、安西知希を守ることで過去の罪を償おうとしたんだと。だからこそ倉木氏は、その意図を尊重しようとした。東京から五代という刑事がやってきた時、時間の問題で警察が、自分や『あすなろ』に着目するだろうと考え、いざとなれば身代わりで自供する覚悟を固めた。その内容には絶対に齟齬《そご》があってはならない。どこをどう突かれても揺らがない筋書きを懸命に作り上げた。安西知希を守り、さらには浅羽さんたちの長年にわたる無念な思いを晴らす。その両方を満たす物語が、一九八四年の事件の真犯人は自分だった、というものだった。もちろん織恵さんとのホットラインであるスマートフォンも処分した。壊して三河湾に捨てたのは、プリペイド携帯ではなく、そのスマホだった」

中町は頭痛を堪えるように両手の指先でこめかみを押さえ、ふうーっと長い息を吐き出した。

「何ともいえない気分です。人間というのは、そこまでできるんでしょうかね」

「聞いているかもしれないが、倉木氏は癌を抱えていて、老い先は長くないと覚悟しているそうだ。それにしても恐ろしいほどの精神力と知力だと思うよ。だけど織恵さんも辛かったはずだ」

「ああ……そうでしょうね」

「実際、本人もそういっている。倉木氏からいざとなれば自分が身代わりになるという話を聞いた時は、断固反対したと。だけど倉木氏の決心は固く、翻意させられなかったそうだ。そのうちに倉木氏が逮捕されたという報道を見て、どうしようもなくなったらしい」

当時の心境を語る織恵の悲しげな表情は、今も五代の瞼に焼き付いている。本気で死ぬことを考えた、と彼女はいった。

「私が知希と一緒に死ねば一番いいんじゃないかと思いました。その前に事実を警察に知らせておかなければと、手紙を書きかけたこともあるんです。だけどそんなことをしても倉木さんが悲しむだけだと思ったし、どうしていいかわかりませんでした」

倉木が逮捕された後で五代たちに会った時、この人たちが真相を見抜いてくれればいいのに、と思ったりもしたそうだ。

「そうすれば諦めがつくじゃないですか。倉木さんにも顔向けができます。だからこうなってしまって、今はよかったと思っています。真相を突き止めてくださってありがとうございます、と警察に感謝したい気持ちです。これは皮肉なんかじゃありません。本心でいっています」

涙を溢れさせながら織恵が発した言葉は、おそらく嘘ではないだろうと五代も思っている。だが聞き込みで彼女らと会っている間、そんな気配は微塵も感じさせなかった。この世の女は全員名女優——改めて思い知った。

織恵によれば、洋子に隠しているのも苦しかったらしい。洋子は何かに気づいていた様子だったが、二人でいる時には、事件に関することは一切口にしなかったという。

「以上が今回の事件の真相だ。ずいぶんと話が長くなってしまったな」五代は腕時計を見た。三十分以上が経っていた。

中町は唸った。

「何だか、話を聞いただけで腹がいっぱいになった気がします」

「じゃあ、料理はキャンセルするか？」

「いえ、いただきます。それにしても因果ってやつは厄介ですね。人殺しは、やっぱり人殺しを招くんでしょうか。三十年以上も経って、孫が復讐するとは」

「その点は俺には何ともいえない。長年、自分や家族が冤罪で苦しんだ。その原因となった人物を見つけたから殺した——言葉にすると単純だが、十四歳の少年を動かしたものはもっと複雑な心理で、大人には理解できないのかもしれん。それにしても……」五代は首を捻った。

「あの笑いは何だったんだろう？」

「笑い？」

「かすかに笑ったんだ、安西知希が。公衆電話をかけた相手の名前をいう直前に。あの表情の意味が未だにわからない」

「へえ……」中町も当惑の色を浮かべた。

五代は腕を伸ばし、インターホンの受話器を取った。料理を出してくれるよう頼んでから受話器を戻し、茶碗に残った茶を飲み干した。

「さて、では料理をつまみながら、倉木氏が白石さんを庇うに至った、三十年以上前の出来事を話そうか」

「お願いします。ところで、あの二人はこれからどうなるんでしょうね」

「あの二人って？」

「白石美令さんと倉木和真氏です」

ああ、と五代は頷いた。

「光と影、昼と夜——彼等の立場は全く逆転したわけだな。しかしだからこそ、二人にしかわからないこともあるんじゃないか。もしかすると絆のようなものが芽生えているかもしれない」

中町が大きく目を開いた。「そんなことが起こりますか？　そんな奇跡みたいなことが」

「夢だよ、俺の。刑事ってのは、辛い現実ばかりを見せつけられる仕事だ。たまには夢ぐらい見させてくれ」

五代がそういった直後、失礼します、という声と共に入り口の引き戸が開けられた。

48

チャイムを聞き、玄関に出ていった。

ドアの外に立っていた佐久間梓を見て、美令は初めて会った日のことを思い出した。予想していたよりも若くて小柄、そして黒縁の眼鏡とスーツにバックパックを背負った出で立ちが印象的だった。この女性弁護士の容姿をじっくりと眺めるのは、あの時以来だ。何度も会っていながら、話し合ったり議論するのに頭がいっぱいで、相手を見ている余裕などなかった。

どうぞ、と美令は微笑んで迎え入れた。この世にいる数少ない味方だと思っているのは自分のほうだけだろうか。

「母は出かけています。映画を観てくるそうです」佐久間梓を居間に案内してから美令はいった。

「そうなんですか」佐久間梓は意外そうに目を丸くした。「何の映画ですか?」

さあ、とティーカップをテーブルに置きながら美令は首を傾げる。

「特には決めてなくて、時間が合いそうなものを観るんだと思います。たぶん何だっていいんですよ。佐久間先生のお話を聞きたくないだけなんです。家にいたら気になって聞き耳を立てたくなるに違いないから、出ていったんだと思います。何の映画を観るのかわかりませんけど、きっとストーリーなんて頭に入らないに決まっています」

佐久間梓は困ったように眉尻を下げた。

「私はそんなに悪い話をしに来ると思われているんでしょうか」

「怯えているんです。どういう用件かはわからないけれど、どうせいい話であるわけがない。新事実なんてもう何も聞きたくない——そういうことだと思います」

佐久間梓はテーブルに視線を落とした。「たしかに、あまりいい話はできませんね」

美令は膝の上で両手を重ね、深呼吸をした。

「あたしは大丈夫ですから、どうぞ遠慮なくお話しになってください」

佐久間梓から電話があったのは、今日の昼前だ。相談したいことがあるので家に行ってもいいかと尋ねられ、構いませんと答えたのだった。

「犯人の少年の扱いがどうなっているか、現状を御存じでしょうか?」

女性弁護士の問いに美令は首を横に振った。「いいえ、何も」

あの事件に関する報道は、一切見聞きしないようにしている。

「少年は十四歳以上ですから、刑事事件の責任を負わされます。しかも重大事件なので、逮捕された後、送検されました。ただしその後、家庭裁判所に送致されました。家裁では改めて事件を調査して、少年鑑別所に送るか、少年院送致、保護観察、不処分、そして検察への逆送のいずれかを決めます。十四歳の少年が逆送されることは珍しいのですが、今回は殺人事件であることから検察に送られました。つまり今後は大人と同様に裁判が行われ、判決が下されるわけです」

佐久間梓が淡々と語った内容を聞いても、美令に特に感想はない。そうなんですかと答えたが、他人事《ひとごと》だと思っているように聞こえただろう。

「そこで担当検事より、白石さんが被害者参加制度を使われるかどうかについて問い合わせがありました。私に連絡が来たのは、被告人が倉木達郎氏だった時に参加弁護士を務めていたからだと思います。私は、わかりません、と答えておきました。仮に活用されるにしても、私が参加弁護士になるかどうかも不明だと。ただ、私のほうから白石さんの意向を確認してもいいといってみたところ、思った以上に多くの情報を提供してくれました。そこで、それについてお話ししたいと思い、御連絡させていただいた次第です。もちろんこれは私が勝手にしていることですから、何らかの報酬を要求する気はありません」

「わざわざありがとうございます」美令は頭を下げた。「でも事件の詳細については警察からもある程度説明を受けておりますし、特に知りたいこともないんですけど」

「それはそうかもしれませんが、検察の捜査によって判明した新事実もあります」

「新事実……ですか」

これ以上まだ何があるのか。嫌な予感がした。

「新たな被告人に関しては、それが争点となりそうなのです。そのことについて少し説明させていただけますか」

あまり聞きたくなかったが、逃げだすわけにもいかない。お願いします、といって姿勢を正した。

佐久間梓はティーカップを脇に動かすと、バックパックからファイルを出し、テーブルの上で開いた。

「倉木達郎氏が被告人だった時と同様、今回も事実関係では争われません。争点は動機です。被告人の少年は、冤罪によって祖母、母親が長年苦しみ、自分もまた両親の離婚、周りからのいじめといった苦難を強いられてきた。だから真犯人を知り、復讐心から犯行に及んだと主張してきました。ところが検察が少年の担任教師や同級生などから聞き取り調査をした結果、その主張に疑念が生じてきたそうです」

えっ、と美令は声を漏らした。「それが動機じゃないんですか？」

佐久間梓は俯いたまま黒縁眼鏡を指先で押し上げ、ファイルに視線を落とした。

「小学生時代の一時期、祖父が人殺しだという噂が流れ、周りから白い目で見られたことはあったようだが、いじめのようなものは確認されていない。現在通っている中学でも同様で、特段差別的な環境にはなかったと判断される、と検事は見解を述べています。そこで検事は少年本人に、これまでどのような目に遭ってきたか、祖母や母親から今までどのように苦しんできたと聞いているのか、具体的に問い質したようです。それに対する少年の回答は極めて曖昧で、どうやら祖母や母親から何らかの苦労話を聞かされたわけではなく、自分が頭の中で勝手に物語を作り上げていただけらしいと判明してきたのです」

「でも、それなら復讐しようという気にならないのでは？」

佐久間梓は顔を上げて頷き、再びファイルを見つめた。

「検事も同様の疑問を抱き、復讐を決心するまでの心境を徹底的に問い詰めたそうです。すると被告人の少年は、それまでとは全く色合いの違う犯行動機を述べ始めたのです」

「色合いが違う……とはどういうことでしょうか」

少年は、といって佐久間梓が美令に強い視線を送ってきた。

「殺人に興味があったというのです」

女性弁護士の言葉を理解するのに、ほんの少し時間がかかった。数秒の沈黙の後、えっ、と発した。「興味？」

佐久間梓はゆっくりと頷いてから、改めてファイルに目を落とした。

「小学生の時、祖父が殺人犯だったことが周囲に知られ、いじめられるどころか、むしろ恐れられていると感じ、人殺しという行為の影響の大きさに関心を持つようになった。やがては、人を殺す時の気持ちがどんなものか知りたくなり、人を殺してみたいと思うようになった。もちろん殺人が重罪であり、その罪を犯せば人生を棒に振ることは理解していたので、その黒い欲望は想像の中だけに押し込めていた。ところが倉木氏から母親に送られたメールを盗み読みしたことで、その状況が一変した。人を殺す動機を得たと思った。長年の恨みを晴らすためだったとあらば、世間も許してくれるのではないか、刑罰も軽くなるのではないか、と考えた。その思いは瞬く間に膨れ上がり、行動に移す原動力となった――少年の供述を要約すると以上のようになるそうです」

美令は平衡感覚が狂ったような感覚に襲われた。ふらつくのを防ぐためにテーブルに手をついた。「まさか、そんなふうに……」

「白石さん殺害後、犯行をどこまで隠すかは自分でも決めていなかったそうです。何らかの証拠を突きつけられたら、抵抗せずに白状するつもりだったとか」

美令は胸に手を当てた。鼓動が速くなっている。

「倉木さんが身代わりで逮捕されたことについては何と？」

「よくわからなかったといっているみたいです。大人たちが庇ってくれたと認識はしているようだけれど、詳しい事情は理解していなかったらしい、と検事はいってました」

美令は胸を押さえ続け、気持ちが落ち着くのを待って口を開いた。

「たしかに色合いがずいぶんと違いますね。事件の見方も変わるかもしれません」

「その通りなんです。担当検事の見解はこうです。被告人の少年は全く反省していないし、それどころか未だに自分の行為を正当化している。自分や家族の無念な思いを晴らすという動機は、殺人欲求を満たすために後付けで設定されたものにすぎず、その心は歪んだままである。少年に同情したり、少年の行為を正当化あるいは賞賛する空気が世間に漂っていることも看過できず、検察としては強い態度で公判に臨みたい、とのことでした。そこで遺族である白石さんたちに、被害者参加制度を使われるかどうか確認してほしいといわれたわけです」

ファイルから顔を上げ、いかがなさいますか、と佐久間梓は尋ねてきた。

美令は首を深く曲げ、頭の後ろで両手を組んだ。そのまましばらく考えてから、元の姿勢に戻った。

「母と相談してみますけど、おそらく裁判には参加しないことになると思います」

「そうなんですか」佐久間梓の顔に、かすかに落胆の気配が浮かんだ。「理由を伺ってもいいですか」

「うまくいえないんですけど、ひと言でいうなら、納得したから、ということになります」

「納得……できましたか」

釈然としない様子の女性弁護士に、はい、と美令はきっぱりと答えた。

「今日、お話を聞けてよかったです。これでもう何ひとつ疑問は残っていません。そうなのか、そういうことで父は死ぬことになったのかって、全部わかりました。少年にどんな判決が下されるか、検察や弁護人の方々には重要かもしれませんけど、あたしにとってはどうでもいいことです。それに純粋な復讐心ではなく、歪んだ心が犯行の原動力だったとしても、歪ませたのは父です。刺された後、父が自分で車を移動させたってことも聞きました。父は死んで罪を償った、そういうことなんだと思います。あの朝——」美令は、すうーっと呼吸を整えてから再び口を開いた。「事件が起きる日の朝、父が雪の話をしたんです。今年の冬は雪がたくさん降るだろうかってことを。昔、よく家族でスキーに行きましたけど、最近はすっかり足が遠のいています。今思えば、たぶん父は幸せだった頃を振り返っていたんですね。そしてその幸せな日々は、もう手放さなければならないと覚悟していたんだと思います。だから息を引き取る時も、父はきっと無念ではなかったはずです」

佐久間梓は、ふっと息を吐いて頷いた。

「わかりました。では担当検事には、そのように伝えておきます」

「よろしくお願いいたします」

佐久間梓はファイルをバックパックにしまい始めた。「お仕事には行かれてるんですか」

「今は休職しています。でもたぶん、このまま辞めることになると思います。時効になっているとはいえ、殺人犯の娘を受付に置いておける会社はないでしょうから」

佐久間梓は悲しげな目をした。「やっぱり、周りに変化がありましたか」

「周りどころか、日本中の人々から嫌われています。固定電話は解約しました。嫌がらせの電話が多すぎて。あと、いろいろと郵便物も届きます。罵倒する手紙だけでなく、カミソリや謎の白い粉とか。あまりに悪質なものは警察に届けていますけど、きりがないので、最近は放っておくことが多いです」

佐久間梓は辛そうに眉をひそめた。

「時間が経てば状況は変わると思います。日本人は熱しやすく、冷めやすいですから」

「そうだといいんですけど。母といってるんです。いっそのこと海外に移住しようかって。でも、その先どうやって生きていけばいいのかわからないし、そもそもそんな金銭的余裕がありません」美令は肩をすくめ、ふっと唇を緩めた。「不思議な話ですよね。少し前まで被害者の遺族だったのに、今は加害者の家族だなんて」

「被害者の御遺族であることには変わりがありません。だから裁判にも参加されたらいいと思うんですけど」

「その話はもうしないでください。佐久間先生には、本当にお世話になりました。我が儘《まま》をいって困らせたこともありましたよね。謝ります」

佐久間梓はバックパックを膝の上に置き、小さく首を傾げた。

「時々、ふと思うことがあるんです。倉木氏が自供したというのに、美令さんはその内容に納得できず、真相を突き止めようとされましたよね。それを私が、もっと強く止めておけばよかったのかなって。そうすれば……ええと、何というお名前でしたっけ？　例の優秀な刑事さんは？」

「五代さん」

「そうそう、その五代刑事が事件に疑問を抱くこともなく、今のような状況にもならなかったかもしれないって」

「そうして倉木さんが有罪になってめでたしめでたし、ですか？　佐久間先生、それで本当にいいと思います？」美令は女性弁護士の顔を覗き込んだ。

佐久間梓は顔をしかめ、かぶりを振った。「失格ですよね、法律を扱う者として」

「あたしだって何度も同じことを考えました。余計なことをしてしまったのかなって。だけど真実が明らかになって、救われた人もいるでしょう？」

誰のことをいっているのか、佐久間梓はすぐにわかったようだ。

「倉木さんの息子さんのことですね」

「あの方こそ、加害者の家族としてとても辛い目に遭われていました。今はきっと、以前の日常を取り戻せているんじゃないでしょうか。そう考えると、自分の行為は間違いではなかった、人として正しいことだったんだと思えます。あの方が幸せになれたのなら、あたしにとっても救いです」そういいながら美令は、二人で歩いた『やきもの散歩道』の光景を思い出していた。

49

倉木和真が久しぶりに『あすなろ』を訪ねることにしたのは、清洲橋での事件発生から一年半ほどが過ぎた頃だった。門前仲町の商店街を歩きながら、もし店が廃業していたらどうしようかと考えた。店を閉めただけでなく、住居を移している可能性もあった。いろいろと手を尽くせば、連絡先ぐらいは得られるかもしれない。しかしそうまでして会うべきかと問われれば、何とも答えようがなかった。今日にしても、あれこれと迷いながらやってきたのだ。

やがて例のビルの前に辿り着いた。見上げると『あすなろ』の看板は出ている。しかし実際に店が営業している保証はない。

前にここへ来た時のことを思い出した。花を手向ける白石美令の姿を隅田川テラスで見かけた後、歩いてここまでやってきたのだ。あの時、このビルから浅羽織恵と少年が出てきた。今思えば、あの少年が安西知希、即ち白石健介を殺害した真犯人だったのだ。顔に幼さの残る、そんな残虐なことなど到底できそうにない少年だったが、人間というのは見かけだけでは何もわからないものだと改めて思う。

和真は細い階段を上がっていった。『あすなろ』は、まだあった。入り口に『準備中』の札が掛けられているだけでなく、引き戸の隙間から明かりが漏れている。

和真は深呼吸をしてから引き戸に手をかけた。

店内は前に来た時のままだった。清潔感のある上品なテーブルが並んでいる。その一つを腕まくりをして拭いている女性がいた。浅羽織恵だった。彼女は顔を和真のほうに向けると、電池が切れた人形のようにぴたりと動きを止めた。

「いきなり、すみません」和真は謝った。「電話で済ませようかとも思ったのですが、どうしても直に会って御報告したいことがありまして」

ごほうこく、と織恵の口が呟いた。それから彼女は拭き掃除の用具を脇に片付け、「御無沙汰しています」と両手を身体の前で重ねて頭を下げてきた。

「今、少しだけいいですか。すぐに帰りますので」

「大丈夫です。お茶を淹れますので、お掛けになっていてください」

「いえ、お構いなく」

だが和真の声が耳に届かなかったのか、織恵はカウンターの向こうへ行った。

そばの椅子を引き、腰を下ろした。てきぱきと茶の支度をする織恵は、少し痩せたようだ。店内を見回したところ、やはり大きな変化はない。

「お母さんはお休みですか？」和真は浅羽洋子のことを訊いた。

「最近はめったに店には出ません。すっかり老け込んじゃいました」織恵がトレイに湯飲み茶碗を載せて戻ってきた。どうぞ、と和真の前に置いてから向かいの席に腰を下ろした。

和真は、いただきます、といってひと口だけ飲んで茶碗を置いた。

「お元気でしたか？」織恵が訊いてきた。

「まあ、何とか」

「お仕事は？」

「会社に復帰しました。前とはずいぶん仕事内容が変わりましたけど」

顧客と顔を合わせずに済む職場に異動したのだが、そこまで細かいことを織恵に話す必要はないだろう。

「たしか広告のお仕事をされてるんですよね。それはよかったです。お父さんも安心なさったんじゃないでしょうか」

「その父ですが」和真は背筋を伸ばし、敢えて笑みを浮かべていった。「先週、永眠しました」

えっ、と声を発した状態で織恵は表情を止めた。

「半年ほど前に癌の転移が肺にも見つかって、愛知県の病院で治療を続けていたんですが、結局助かりませんでした」

織恵の目がみるみる赤くなった。手の甲で目元を押さえた後、すうっと呼吸した。

「そうですか。それはとても悲しいお知らせです。お悔やみ申し上げます」

「父と最後にお会いになったのはいつですか」

あれはたしか、と織恵は記憶を辿る顔になった。

「知希が逮捕されてからひと月ほど経った頃だったと思います。この店にいらっしゃいました。あなたは御存じなかったんですか」

「聞いてませんでした。その頃なら、すでに安城の自宅に戻っていたはずです。僕に内緒で上京したみたいですね。父とはどんな話を?」

ほっと息を吐いてから織恵は口を動かした。

「改めて謝られました。知希君を守ってやれなくて申し訳なかったって。だから私はいったんです。倉木さんがしたことは間違いでしたよって。倉木さんは昔と同じ間違いをしてしまったんだって」

「同じ間違い?」

「あの時も真犯人を知っていながら逃がした。それがそもそもの間違い。そこからいろんな歯車が狂ってしまいました。そうでしょう？」

和真は顔をしかめ、眉の上を掻いた。

「そんなことをいわれて、親父の奴、さぞかし応えただろうなあ」

「返す言葉がないとおっしゃってましたね」織恵は目を細めた。「あなたは？　お父さんとはゆっくり話をされたんでしょうか」

「事件についてなら、釈放された翌日に父から聞きました。三十年以上も前のことと今回のことを。それでようやく納得できました。今あなたがおっしゃったように、たしかに父のしたことは大間違いなんですが、父らしいな、とも思うんです。やたらと責任感が強くて、自己犠牲を厭《いと》わない」

「それはそうかもしれませんが、そのせいで周りの人間、特に自分の子供にまで苦労させるのはよくないですよ」織恵は眉根を寄せた。

「ところが、父によればそれが必要だったそうです」

「必要？　どういうことですか」

「身代わりになって逮捕されたこと自体は、そんなに辛くなかったというんです。病気で寿命がそんなに長くないとわかっていたので、死刑も怖くなかったと。でも自分のせいで息子が、つまり僕が世間から冷たい目で見られたり、職を追われたりするのではないかと思うと、心苦しくて眠れなかったそうです。そして、この辛さこそが本当の罰なんだと気づいたといいました。これを受け止めることこそが自分に課せられた運命だと」

顔を歪めてそんなふうに苦悩を吐露した父親の姿を、和真は昨日のことのように覚えている。

その話を聞き、得心がいった。たしかに自分が罰せられることより、家族が迫害されるかもしれないという恐怖のほうが苦痛かもしれない。

「倉木さんがそんなことをねえ……そうですか」複雑な思いを嚙みしめるように織恵が視線を彷徨《さまよ》わせた。

和真は店内をさっと見回してから彼女に目を戻した。

「お店のほうはいかがですか。特に変わりはないように感じますけど」

「経営状態のことをお尋ねなら、良くはないけどさほど悪くもないとお答えしておきます。インターネットにはいろいろと書かれているらしいですけど、元々、お馴染みさんに支えられてきた店ですからね」

「それならよかったです」

一連の出来事は、インターネット上では『清洲橋事件』という名称で拡散した。固有名詞は伏せられているが、「犯人の少年の母親が経営する門前仲町にある居酒屋」が『あすなろ』だと気づく者も少なくないだろう。

そうした記事や書き込みを和真は極力見ないようにしているが、友人の雨宮によれば、「身代わりに逮捕された愛知県在住の男性」に関しては、概ね好意的に表現されているものが多いらしい。犯人の少年に対しても同情的な意見が多く、逆に「かつて殺人を犯しながら時効になり、平然と弁護士をしていた被害者」への非難が苛烈だという。

とはいえ世間は飽きっぽいものだ。最近では殆ど話題になっていない様子で、和真もあまりびくびくせずにインターネットを利用できる。

「じつは死ぬ前に父がいい残したんです。浅羽さんたちを助けてやってほしいと。もしおまえに余裕があるのなら、遺産の何割かは譲ってやってもらえないかと」

　すると織恵が右の手のひらを向けてきた。

「その話は倉木さんとしましたよ。きっぱりとお断りしたんですけどね」

「父からもそのように聞いてはいます。でもやはり、一応確認しておかなくてはならないと思いまして」

「お気遣いありがとうございます。そのお気持ちだけ頂戴しておきます。励みになりますので」織恵は頭を下げていった。

　口調は柔らかいが、発せられた言葉からは決意と覚悟が感じ取れた。人に甘えずに生きていこうとしているのだ。その意志を敢えて揺るがす必要はない。わかりました、と和真は答えた。

　安西知希にどんな刑罰が下されたのか、気にはなったが尋ねないことにした。少年ではあるが、一定期間は拘束されるのだろう。その後は父親ではなく、この女性が引き取るのではないか。そんな気がした。

　腕時計を見ると開店時刻の午後五時半が迫っていた。和真は立ち上がった。

「この後に予定があるので、今日はこれで失礼します。次は友人を誘って客として来ます」

「それは是非。お待ちしております」織恵は嬉しそうに目を見開いていった。

　ビルの外に出てから、和真は上着の内ポケットから一枚の葉書を取り出した。そこには、『事務所移転のお知らせ』と印刷されている。

　予定があると織恵にはいったが、はっきりと決めているわけではなかった。この葉書の差出人に達郎の死を知らせるべきかどうか、まだ決めかねている。

道路脇に立つと、空車のタクシーがやってきた。和真は迷いつつも手を上げていた。タクシーに乗り込むと、「飯田橋へ」と告げていた。さらに葉書に描かれている地図を運転手に見せた。

目的のビルの前に到着した時には、まだ六時になっていなかった。和真はビルを見上げ、何度か深呼吸をしてから足を踏み出した。

エレベータに乗り、四階で降りた。すぐそばに入り口のガラスドアがあり、『佐久間法律事務所』と表示されていた。ドアの向こうにカウンターが見えるが、誰もいない。

和真が入り口に近づくと、ガラスドアが自動的に開いた。はい、とどこからか声がして、カウンターの横にあるカーテンが開き、女性が現れた。ブラウスの上に紺のカーディガンを羽織っている。彼女は和真の顔を見て、息を呑む顔をした。

白石美令だった。以前と変わらず美しいが、印象が少し違うのは髪を短くしたせいかもしれない。だが常滑からの帰り、東京駅で別れた時に比べれば、顔の血色が良くなっている。会うのは、あの日以来だった。

「お久しぶりです」和真は頭を下げた。

美令は、ふうーっと長い息を吐いた。「どうしてここに?」

「いや、それは、お知らせをいただいたので……」

「お知らせ?」

「これです」和真は例の葉書を差し出した。「あなたがくれたんじゃないんですか」

美令は葉書を手にし、宛名を確認してから首を振った。「あたしは知りません」

「では誰が……」

葉書の差出人の欄には『弁護士　佐久間梓』と印刷してあるが、その横に手書きで、『白石美令（事務）』と記されているのだ。

「美令さん、どうしたの？」カーテンの向こうから声が聞こえ、黒い眼鏡をかけた小柄な女性が現れた。

「先生、これに覚えがありますか？」美令が葉書を見せた。

眼鏡の女性は葉書を受け取り、宛名を見て頷いた。「はい。私が出しました」

「どうして？」美令が訊く。

「美令さんにとって、それがいいんじゃないかなと思ったからです」

「あたしに？」

眼鏡の女性は笑みを浮かべて葉書を和真に返すと、カーテンの向こうに消えた。それからすぐにまた現れた。コートとバックパックを手にしている。

「私は先に失礼します。美令さん、後をお願いね」

「あ……お疲れ様でした」

佐久間梓と思しき女性は、和真に意味ありげな微笑を向けてから事務所を出ていった。

和真は美令のほうを向いた。「いつからここで？」

「去年の夏です。事務所移転を機に事務の人を雇おうと思っているのだけれど、よかったら手伝ってもらえないかといわれたんです」

「あの方とはお父さんの繋がりで？」

「きっかけはそうですけど、被害者参加制度を使おうとした時、参加弁護士を引き受けてくださった方です」

「あ……そうでしたか」

被害者参加制度——その言葉を耳にしたのはずいぶん昔のような気がした。

美令は気まずそうに俯いている。話の継ぎ穂が見つからないのだろう。

じつは、と和真はいった。「父が先週亡くなりました」

えっ、と美令が顔を上げた。

「元々、癌を抱えていたんです」

「そうでしたか。それは、あの……お気の毒なことでした。御冥福をお祈りいたします」

「ありがとうございます」

「今日は、そのことを伝えにわざわざ？」

「そうなんですけど……」和真は息を整えてから続けた。「それは表向きの理由です」

「表向き？」

「本音は全く別のところにあるということです。正直いうと、葉書を貰った後、すぐにでも来たかったんです。でも勇気が出ませんでした。父が死んで、いい口実ができたと思って、それで今日来たんです。あの日のことが——」和真は美令の目を見つめた。「常滑に行った日のことが忘れられません。たぶん一生忘れないと思います」

美令が目を伏せた。「……あたしもそうです」

「とても辛い一日でしたからね。ただ、忘れたくないこともあります。帰りの新幹線で、あなたと手を繋いだことです。うまくいえないけれど、何かをわかり合えたような気がしました。だから……だから今日、来たんです」和真は下を向き、右手を差し出した。「また手を繋いでもらえませんか、といいたくて」

相手に気持ちが伝わり、応えてくれることを期待した。

しかしその手が握られることはなかった。和真がおそるおそる顔を上げると、美令は両手を重ねて胸に当て、じっと斜め下を見つめていた。

「生きている資格があるんだろうかって思うこともあるんです」細い声でゆっくりと話し始めた。「人を殺しておきながら罪を逃れ、ふつうの生活を送って家庭まで築いた。そんな男の子供が生きていてもいいんだろうかって。母は父とは他人です。でもあたしの身体には殺人者の血が流れています。もしあたしが子供を産んだら、その子にも血が受け継がれます。それは許されることでしょうか?」

和真は出していた右手を下げた。

「僕だって、先祖を辿れば人殺しの一人や二人はいると思います。昔は戦争だってあったわけだし」

「そうかもしれませんね」美令は力なく笑った。「佐久間先生からいわれたんです。罪と罰の問題はとても難しくて、簡単に答えを出せるものじゃない。そのことをこれからも深く考え続けるだろうと思うから、あなたに仕事を手伝ってほしいんだって。二人で一緒に答えを見つけましょうと」

重い言葉だった。それが胸の内に沈んでいくのを和真は感じた。

「罪と罰の問題……ですか。すみません。僕も決して何も考えていないわけではないんですが、軽はずみな行動でしたね。謝ります」

いいえ、と美令は首を振った。

「あなたのお気持ちはとても嬉しいです。もしいつかあたしが何らかの答えを見つけられたなら、そのことをお知らせします。まだあなたのほうに手を差しのべてくださるお気持ちが残っていたなら、その時こそお応えしたいと思います」

和真を見つめる目は、この言葉が嘘やごまかしでないことを物語っていた。まだ彼女には時間が必要なのだ。そしてその時間を与えられる人間――待っていてやれる人間も必要なはずだった。

わかりました、と和真はいった。

「今日は帰ります。でも忘れないでください。その日がどんなに先であろうとも、僕は手を差しのべます。約束します」

ありがとうございます、といって美令はにっこり笑った。

その頬に涙がひとしずく流れた。

本書は、以下の作品をもとに加筆し、長編としてまとめたものです。

「迷宮への誘い」(「小説幻冬」二〇一七年二月号)
「いばらの道」(「小説幻冬」二〇一八年一〇月号)
「蚊帳の中へ」(「小説幻冬」二〇一九年七月号)
「歪んだ交差」(「小説幻冬」二〇二〇年三月号)
「不穏な共鳴」(「小説幻冬」二〇二〇年一一月号)
「光と影」(「小説幻冬」二〇二〇年一二月号)
「迷宮の果てに」(「小説幻冬」二〇二一年二月号)

装画＋ブックデザイン　鈴木成一デザイン室

東野圭吾（ひがしの・けいご）
一九五八年大阪府生まれ。大阪府立大学工学部電気工学科卒業。八五年『放課後』で第三一回江戸川乱歩賞を受賞しデビュー。九九年『秘密』で第五二回日本推理作家協会賞、二〇〇六年『容疑者Xの献身』で第一三四回直木賞、第六回本格ミステリ大賞、一二年『ナミヤ雑貨店の奇蹟』で第七回中央公論文芸賞、一三年『夢幻花』で第二六回柴田錬三郎賞、一四年『祈りの幕が下りる時』で第四八回吉川英治文学賞を受賞。一九年に第一回野間出版文化賞を受賞。近著に、『沈黙のパレード』『希望の糸』『クスノキの番人』『ブラック・ショーマンと名もなき町の殺人』などがある。著書多数。

白鳥とコウモリ

二〇二一年四月五日　第一刷発行

著者　東野圭吾
発行人　見城徹
編集人　森下康樹
編集者　宮城晶子
発行所　株式会社 幻冬舎
〒一五一-〇〇五一 東京都渋谷区千駄ヶ谷四-九-七
電話 〇三(五四一一)六二一一〈編集〉
〇三(五四一一)六二二二〈営業〉
振替 〇〇一二〇-八-七六七六四三
印刷・製本所　中央精版印刷株式会社

検印廃止
万一、落丁乱丁のある場合は送料小社負担でお取替致します。小社宛にお送り下さい。

Printed in Japan ISBN978-4-344-03773-1 C0093
幻冬舎ホームページアドレス https://www.gentosha.co.jp/
この本に関するご意見・ご感想をメールでお寄せいただく場合は、comment@gentosha.co.jpまで。